PABLO ZORZI

O HOMEM DE PALHA

astral cultural

Copyright © 2022 Pablo Zorzi
Todos os direitos reservados à Astral Cultural e protegidos pela Lei 9.610, de 19.2.1998.
É proibida a reprodução total ou parcial sem a expressa anuência da editora.
Este livro foi revisado segundo o Novo Acordo Ortográfico da Língua Portuguesa.

Editora Natália Ortega
Produção editorial Esther Ferreira, Jaqueline Lopes, Renan Oliveira e Tâmizi Ribeiro
Preparação Pedro Siqueira
Revisão Alessandra Volkert e Luiz Henrique Moreira
Capa Paulo Caetano
Foto do autor Arquivo pessoal

Dados Internacionais de Catalogação na Publicação (CIP)
Angélica Ilacqua CRB-8/7057

Z81h	Zorzi, Pablo O homem de palha / Pablo Zorzi. — Bauru, SP : Astral Cultural, 2022. 368 p. ISBN 978-65-5566-233-7 1. Ficção brasileira I. Título
22-1858	CDD B869.3

Índices para catálogo sistemático:
1. Ficção brasileira

BAURU
Rua Joaquim Anacleto
Bueno 1-42
Jardim Contorno
CEP 17047-281
Telefone: (14) 3879-3877

SÃO PAULO
Rua Augusta,101 -
Cj. 1812, 18º andar
Consolação
CEP 01305-000
Telefone: (11) 3048-2900

E-mail: contato@astralcultural.com.br

Dedicatória

Eu poderia dedicar este livro a algumas pessoas, sem as quais minha carreira como escritor teria terminado antes de começar. Mas não gosto de dedicatórias compartilhadas, pois o brilho fica ofuscado quando dividido. No entanto, acredito que nenhum dos dois ficará chateado se eu fizer isso. Eles dividiram tanta coisa na vida que um simples compartilhamento de holofote não os fará brilhar menos.

Dedico este romance aos meus pais, que juntos são a melhor bússola moral que qualquer jovem poderia ter.

Para Cláudio e Darli

Prólogo

Elsa Rugger foi uma de minhas vítimas. Ela tinha um jeito caipira de andar. Seu rosto era bonito, seus cabelos claros e suas pernas torneadas. Qualquer homem teria feito o mesmo na minha posição.

Bem, talvez eu esteja enganado.

Lembro-me de sequestrá-la numa madrugada de 1983. Se não me engano, foi em novembro, mas pode ter sido dezembro. Foi, sim. Foi dezembro. Poucos dias antes do Natal. Flocos de neve caíam do céu e ridículos enfeites coloridos estavam pendurados em todas as casas daquela ruazinha. *Já faz tempo.*

Eu poderia fornecer maiores detalhes sobre o que aconteceu naquela noite, mas minha memória anda fraca depois de tantos anos. Sorte que não quero falar sobre minha memória.

Eu matei Elsa Rugger em junho de 1984. Retalhei seu corpo com uma foice, abrindo talhos da largura de um dedo, e depois a enterrei perto do riacho que corre no bosque de pinheiros. Ela chorou igual criança mimada enquanto eu a cortava.

Preciso dizer, para que fique claro, que eu era apenas um projeto de monstro naquela época: sem método, sem cautela, sem nome. É verdade que nome é algo que ainda não me deram. *Vampiro de Hanôver. Assassino do Zodíaco. Jack, o Estripador.* Estou trabalhando nisso. Ainda assim, mesmo guiado por um amadorismo infantil, as autoridades locais nunca me encontraram, nem o corpo de Elsa. *Amadores. É isso que eles são.* Os policiais deste lugar sempre estiveram dois passos atrás de mim.

O tempo voa para nós...Os vivos.

Agora estamos em 1993. É Natal e já faz quase dez anos desde que deixei minha Elsa naquela cova rasa que cavei ao lado do rio. Uma década sem ouvir o nome que foi manchete em todos os jornalecos dessa pocilga.

Hoje cedo, como faço todas as manhãs, fui até a cozinha e liguei o rádio na estação FM da cidade, a única que consigo captar aqui nas montanhas. O locutor matinal é um fanho filho da puta que mal consegue falar, mas o desgraçado não errou uma palavra quando noticiou sobre uma jovem com corpo retalhado que fora atropelada na autoestrada enquanto saía, nua e cambaleante, do bosque durante a madrugada.

Elsa Rugger.

Parte um

1
Riacho do Alce, Alasca
25 de dezembro de 1993

O investigador Gustavo Prado deu um salto quando o som estridente do telefone inundou o quarto. Era madrugada e fazia um frio de congelar os ossos. Uma porção de ar envolveu seu corpo assim que colocou o braço fora das cobertas em busca do interruptor. Estabanado, tateou a parede acima da cabeceira e, com o cotovelo, fez o abajur se espatifar no chão.

— Puta merda! — Olhou para o telefone vermelho em cima da mesa de cabeceira.

Sua cabeça doía com pontadas agudas no cérebro a cada novo toque. A visão estava turva, mas a claridade de cores vibrantes que entrava pela fresta do cortinado foi o suficiente para que tirasse o aparelho do gancho sem quebrar mais nada.

— Alô. — Sua voz rouca carregava um timbre sonolento.

— Pelo amor de Deus. E eu ainda duvidei quando me disseram que você passaria a véspera de Natal nesse chiqueiro.

Gustavo puxou o telefone para baixo das cobertas.

— Feliz Natal pra você também.

— Feliz Natal o cacete — retrucou Adam Phelps, o chefe de polícia local. — Preciso de você urgente pra resolver um problema que encontrei na autoestrada.

— Autoestrada? Puta merda, Adam. Já deu uma olhada lá fora? Deve ter meio metro de neve no asfalto. — Cobriu a cabeça com a coberta. — Podia me poupar dessa. É Natal.

— É Natal. É Natal — repetiu Adam. — Foda-se o Natal. Acha que fiquei contente quando me ligaram? E quando perdi meia hora de sono só procurando o número dessa bosta de motel?

— Tá bom. Sossega. Qual o problema?

Adam bufou alto.

— A central recebeu uma chamada anônima denunciando um atropelamento no bosque de pinheiros. Parece que o desgraçado do Carlo Cabarca estava dirigindo bêbado de novo e não conseguiu desviar.

Gustavo enfureceu-se, inconformado.

— Deve ter sido um cervo.

— Não importa — continuou Adam. — Vai dar uma olhada.

Sem poder recusar, Gustavo afundou a cabeça no travesseiro.

— Quer saber de uma coisa? — perguntou depois de um instante.

— O quê?

— Você é um grande filho da puta.

— Obrigado. — Adam gargalhou. — Feliz Natal.

Gustavo jogou as cobertas para o lado e levantou. Seus pelos ouriçaram quando colocou os pés no assoalho e rumou até o banheiro. A calefação do quarto tinha pifado. Acionou duas vezes o interruptor para que a luz iluminasse a pia e o vaso. Olhou-se no espelho trincado e, pela terceira vez na semana, concluiu que estava na profissão errada. Fazia nove anos que chegava a essa mesma conclusão, desde que decidira se tornar investigador.

Vestiu-se depressa e ficou um instante fitando o reflexo de um homem de quarenta anos, olhos fundos e barba malfeita. Havia marcas escuras embaixo dos olhos, um inchaço típico de pessoas que dormem pouco. *Um novo homem*. Era isso que dizia toda vez que a água gelada da torneira tocava seu rosto de manhã. *Um novo homem com o mesmo velho reflexo.*

Deu dois tapas no rosto e mais dois em cada braço, para o sangue circular melhor. Depois, ergueu os braços num rápido alongamento e penteou o cabelo escuro com os dedos.

Voltou ao quarto, pegou o coldre e o revólver na poltrona e vestiu o casaco de couro.

— Vai sair? — indagou a mulher que estava na cama.

— Tenho que resolver um problema.

— Agora?

— É. Parece que o velho Cabarca atropelou alguém. — Gustavo caminhou em direção à porta. — Preciso ir.

— A gente se vê na semana que vem?

— Ainda não sei. — Ele girou a maçaneta. — O Adam me convidou pra pescar no estreito. Talvez eu vá com ele — mentiu.

— Tá legal. — A mulher se virou e abraçou o travesseiro.

A porta soltou um rangido quando Gustavo saiu. Ao colocar o rosto para fora, imaginou que congelaria num instante e que no dia seguinte o proprietário encontraria um boneco enfeitando o corredor. Esfregou as mãos, ergueu a lapela e desceu a escada escorregadia até o estacionamento quase vazio. Era 25 de dezembro. A maioria dos infiéis da cidade festejava o Natal com a família. Vestiam a tediosa máscara tradicional e enchiam a barriga na ceia com familiares e amigos.

Gustavo era diferente. Quando era pequeno, os pais raramente lhe davam presentes, e — como para crianças é isso que importa — acabou perdendo o gosto pela data. Sem ressentimentos. Tempos depois, entendeu que um prato na mesa era mais importante que um carrinho de controle remoto.

Correu pelo asfalto úmido, entrou no carro e tentou arrancar, mas o motor não respondeu de primeira. Quando conseguiu fazê-lo funcionar, engatou a primeira e acelerou, derrapando os pneus na neve. O carro passou como um raio pela rua estreita atrás do motel. O ponteiro da velocidade ganhava altura.

Antes que chegasse à primeira esquina, sintonizou uma rádio FM e tentou relaxar com as músicas natalinas. Era estranho escutar aquilo sem remoer alguma lembrança. Corais cantarolando sobre Jesus com um som de sinos ao fundo não representavam nada para ele além de pessoas cantando enquanto um sino irritante tocava.

Pisou na embreagem, trocou de marcha e enfiou o pé no acelerador, como se estivesse disputando corrida com algum veículo-fantasma. Naquela velocidade, e pegando atalho pela estrada de terra na propriedade da viúva Clarke, ele chegou ao acesso à autoestrada em poucos minutos.

Foi preciso dirigir por quase dois quilômetros beirando o bosque até que chegasse ao local da ocorrência. Cinquenta metros à frente, num ponto que os faróis não clareavam com perfeição, ele avistou a caminhonete do velho Cabarca estacionada fora da estrada, no gramado.

— Que merda aconteceu aqui? — murmurou.

Parou o carro e vestiu uma touca de lã.

Havia marcas de freio de aproximadamente vinte metros no asfalto, demonstrando que o velho tinha tentado evitar o impacto. Sem dar maior importância àquilo, Gustavo seguiu em frente. Encontrou Carlo Cabarca desacordado e fedendo a vodca, com uma garrafa vazia caída perto do pedal de freio. O rosto dele estava corado, e as bochechas, vermelhas. Tentou acordá-lo, mas não conseguiu. Como tinha alguns minutos antes que as viaturas chegassem, pegou a lanterna de bolso e começou a vasculhar a área.

Logo viu uma mancha vermelha perto do farol dianteiro. *Sangue fresco*, pensou. Desviou o feixe de luz para a estrada em busca de mais marcas, mas tudo que via era a fina camada de neve que cobria o asfalto.

— Deve ter atropelado um cervo. — Imaginou o animal fugindo machucado para o bosque. Iluminou a vastidão de árvores que tomava os dois lados da pista. Seria difícil encontrar o animal para provar aquela teoria.

Retornando à caminhonete, Gustavo pisou em algo que chamou sua atenção. Direcionou a lanterna e forçou os olhos. Algo brilhante, com tonalidade prateada, refletiu a luz da lanterna. Curvou-se e afastou uma porção de neve com a sola do sapato. Era um relógio quebrado, preso no pulso pálido e ensanguentado de uma pessoa que jazia embaixo da caminhonete. Ajoelhou-se no gramado e viu o corpo nu de uma mulher. Havia marcas arroxeadas no pescoço, e os seios estavam à mostra. Um deles, dilacerado. A cabeça permanecia oculta atrás da roda. Mas, mesmo com todo aquele sangue, foi possível ver os cabelos claros.

— Puta merda. — Avaliou o que havia restado de pele entre os talhos fundos dos braços.

Ao esticar os joelhos para levantar, avistou ao longe as luzes de uma viatura se aproximando. Lançou um olhar inquieto para o velho Cabarca desacordado no banco do motorista, com os olhos fechados, os cílios cheios de pequenos grãos de cera, a boca parcialmente aberta — como num gesto teatral — e o rosto que ganhara um bronzeado extra desde a última vez que o vira, três dias antes.

A viatura estacionou no outro lado da estrada, e um policial branquelo saiu dela. No banco do carona havia outro policial, de pele escura. Assim que o primeiro se aproximou, Gustavo percebeu que a manga da sua farda estava manchada de café.

— O melhor acompanhante numa madrugada de Natal — murmurou Gustavo, apontando para a mancha.

O policial enrugou a testa, sem entender.

— Café. — Gustavo detestava explicar. — Sua manga está suja de café.

O policial ergueu a sobrancelha, surpreso, e começou a esfregar a manga.

— Seu parceiro não vem? — emendou Gustavo.

— Não. Está se queixando de dor de cabeça. — Foi quase uma resposta ensaiada. — Ele tem enxaqueca. Essa porcaria está cada vez mais comum nos dias de hoje. Parece praga. Espero que eu não seja o próximo.

Gustavo mirou o contorno do homem através do vidro fumê. Dor de cabeça era algo que ele passou a conhecer bem nos últimos meses. Aquelas pontadas agudas no cérebro, seguidas de dores que embaralhavam os olhos. Não desejava aquilo para ninguém.

— Tenho analgésicos no porta-luvas.

— Não precisa, não, chefe. Ele já tomou.

Gustavo abriu um sorriso e sentiu um cheiro adocicado quando o policial passou na sua frente. Incapaz de recordar a última vez que tinha comprado um frasco de perfume, e sem entender o motivo de alguém se perfumar para trabalhar de madrugada, logo concluiu que o branquelo devia ser alguém de classe. Talvez um filhote de classe média enviado a Riacho do Alce para compensar a falta de efetivo no Natal.

Fez-se silêncio.

— Então quer dizer que o Cabarca passou dos limites desta vez? — comentou o policial logo que viu o corpo embaixo da caminhonete.

— É o que parece — concordou Gustavo.

— Alguma explicação pra mulher sozinha na estrada?

— Estamos no Alasca. Coisas estranhas acontecem aqui.

Mesmo para uma mente astuta era difícil imaginar a cena que precedeu o atropelamento. Uma mulher nua, caminhando sozinha no bosque, numa noite tão fria que até os ursos estavam entocados.

— Interrogou o velhote?

— Tentei, mas acho que ele apagou — respondeu Gustavo. — Tem um litro de vodca no lado do carona.

Uma rajada de vento levantou cristais de neve.

— Vodca é bem melhor que café — disse o policial, depois de varrer com os olhos o interior da caminhonete. — Acha mesmo que ele está dormindo? — A voz dele soou mais séria. — Ele parece tão...

— Bronzeado?

— É... Não sei... Não parece normal.

Gustavo avançou um passo, mas sua atenção logo foi atraída para o braço esmagado embaixo dos pneus. Tiras de carne escuras sobrepunham-se ao osso quebrado, ambos quase congelados. Pensou em ajoelhar e analisar o relógio. Queria saber se ainda estava funcionando, ou descobrir a hora em que os ponteiros tinham parado.

— Mas que porcaria é essa? — indagou o policial de repente, enquanto averiguava o estado do motorista.

A exclamação repentina fez Gustavo esticar o pescoço, para tentar ver o que era. O policial puxava algo enfiado dentro da boca do velho.

— O que é isso? — Gustavo apontou a lanterna. — Capim?

— Não, chefe. — O branquelo colocou o objeto na palma da mão. — É palha seca. Entrelaçada no formato de um homem. — Ele engoliu em seco e ficou pálido. — Um homem de palha.

2

O vento balançou a copa dos pinheiros, derrubando os flocos de neve presos nos galhos. O rangido assombrado dos caules se contorcendo ecoou na vastidão do bosque, chamando a atenção de Gustavo, que escondeu as mãos no bolso do casaco enquanto esperava a chegada de reforço.

O frio era tão intenso que podia apostar que a temperatura havia caído mais de cinco graus desde que saíra do motel quarenta minutos antes. Ergueu os olhos por baixo da aba da touca de lã e os fixou no policial branquelo, a única alma viva ali por perto. Outra rajada de vento passou assobiando, essa mais severa do que a anterior, fazendo os dedos dos seus pés enrijecerem. Uma sensação nada agradável, mas estranhamente familiar. Era impossível não se lembrar da história dos dedos congelados que seu pai contava, depois de supostamente ter lutado na Segunda Guerra.

"A Guerra do Inverno, que terminou em 1940, foi a época em que mais dedos foram amputados em toda a história."

Depois de detalhar os fatos, Miguel, seu pai, mostrava o pé esquerdo com dois dedos faltando. Não por causa do frio — Gustavo descobriria depois que o Brasil tinha enviado soldados à Europa apenas em 1944 —, mas de um descuido com o motor do barco em que trabalhava.

Quinze minutos passaram sem que as luzes azuis e vermelhas de mais viaturas fossem avistadas. Com paciência esgotando, Gustavo torceu o pescoço e olhou para o velho Cabarca, morto, com a boca semiaberta depois de tirarem dela o pequeno homem de palha. Intrigado, cerrou o punho e socou o capô da caminhonete. O homenzinho de palha escorregou pela fina camada de gelo até cair no chão.

— O pessoal disse quanto ia demorar? — indagou Gustavo.

O policial branquelo balançou a cabeça.

— É Natal, chefe — disse, baforando fumaça de cigarro entre as árvores. — Estamos com pouco efetivo. Devem estar tentando contato com Anchorage. Sabe como é.

Anchorage das luzes e flores. Tinha sido ali que Gustavo passou boa parte da infância depois que sua família chegou do Brasil, ajudando no manejo do guincho do barco caranguejeiro em que seu pai trabalhava. Era um serviço árduo e pouco rentável, mas por alguma razão a vida no mar era melhor do que a que tinham na América do Sul.

A família Prado havia entrado ilegalmente no país no início de 1961, agarrada ao sonho americano e à promessa de emprego do amigo de um amigo que conhecia o proprietário de um barco caranguejeiro. Entraram por El Paso em setembro e chegaram ao Alasca em outubro, no início da temporada de caranguejos-reais. Não demorou muito até o pai de Gustavo descobrir que seu salário seria o suficiente apenas para colocar comida na mesa e pagar o aluguel do sobrado em que viviam na beira do píer. Tempos complicados aqueles, mas Gustavo jamais esqueceria as pescarias no golfo e os acampamentos na ilha Kalgin.

O uivo de um lobo ecoou de algum lugar do bosque não muito distante. Gustavo olhou mais uma vez para Cabarca, imóvel dentro da caminhonete amarela. Passou suavemente o dedo indicador sobre a testa artificialmente bronzeada do finado, fazendo a pele enrugada esbranquiçar. Foi como se tivesse tirado um pedaço da fachada que escondia a verdadeira caricatura de Carlo Cabarca. Analisou o pó amarronzado que ficou na ponta do dedo. Parecia maquiagem.

Deu a volta na caminhonete e abriu a porta do carona, debruçando-se no banco em busca de evidências. Primeiro abriu o porta-luvas, mas não achou nada além de uma revista *Penthouse* com as folhas grudadas. Atrás do banco com estofado rasgado, encontrou um rifle de caça, algo comum para quem vivia na floresta. Conferiu então os vestígios de um líquido incolor no tapete de borracha antes de concluir que era gelo derretido. O litro de vodca no tapete do motorista, próximo ao pedal do freio, não faria a investigação avançar. O velho Cabarca era um famoso beberrão solitário. Estranho seria não encontrar bebida por perto.

Respirou fundo, deixando o cheiro de vodca penetrar seus pulmões quando sentiu uma pontada atrás da cabeça. A maldita dor estava de volta, a mesma que o perseguia sem trégua nos últimos meses. Apontou a lanterna para a viatura no outro lado da estrada, vislumbrando o contorno do policial com enxaqueca sentado dentro dela.

— Encontrou alguma coisa, chefe? — O branquelo se aproximou, com o cigarro pendurado no canto da boca. O cheiro de alcatrão, misturado ao aroma doce de perfume, era nauseante.

— Pode chegar um pouco pra lá? — O pedido de Gustavo soou como uma ordem. — Esse cheiro está me matando.

O policial abriu os braços num gesto de desarme.

— O senhor é quem manda.

Gustavo balançou a cabeça, observando-o se abaixar para recolher o homenzinho de palha e recolocá-lo sobre o capô. Com fisionomia tranquila, o policial o encarou por um instante e voltou ao bosque.

Sentindo outra pontada, Gustavo saiu em busca de analgésicos. Enfiou dois comprimidos na boca e engoliu, sentindo a dor diminuir. Encolheu-se no casaco para continuar esperando.

Não demorou muito para que ouvissem uma sirene depois da curva. Logo os faróis brilharam por entre as árvores, e surgiu um veículo derrapando os pneus traseiros no asfalto. Estacionando atrás da caminhonete, dois policiais saíram da viatura. O que vinha na frente, tão bem agasalhado que mal conseguia mover os braços, olhou com curiosidade para a viatura parada no outro lado.

— Desculpe a demora. Estávamos em outro chamado — disse ele, estendendo a mão em cumprimento.

O policial que vinha atrás fez o mesmo.

— Pediu reforço de Palmer? — O policial não tirava os olhos da primeira viatura. — O negócio foi tão grave assim?

Gustavo levantou a sobrancelha.

— Vocês é que são a porcaria do reforço.

O policial torceu o nariz.

— Somos a única viatura em serviço hoje — esclareceu ele. — Recebemos o chamado e viemos assim que liberamos a outra ocorrência

— explicou, mirando a lanterna. — E aquela viatura não é das nossas. É de Palmer. Olha o adesivo.

Gustavo forçou os olhos e viu o brasão do município vizinho na lateral. Virou-se rapidamente para chamar o policial que fumava no bosque, mas bufou inconformado quando não encontrou ninguém. Nem cigarro, nem fumaça, nem o branquelo. No chão coberto de neve, apenas pegadas que conduziam para a imensidão escura das árvores.

3

Gustavo apertou o volante com força, mas a imagem do homenzinho de palha na boca de Carlo Cabarca não saía da sua cabeça. Socou o volante, acionando sem querer a buzina. *Merda! Merda!* Rangeu os dentes, libertando a raiva. Queria ter continuado no local depois da chegada das viaturas e das ambulâncias. Queria ter ajudado a perseguir o farsante pelo bosque e tê-lo segurado pelo pescoço até que contasse o motivo daquilo. Queria ter metido uma bala bem no meio dos olhos dele assim que conseguisse fazê-lo falar. Mas Adam Phelps fora claro ao ordenar que deixasse a Divisão de Homicídios de Anchorage prosseguir com o caso. Conferiu o relógio no pulso sem largar a direção. Eram 6h23 da manhã de Natal.

Ligou o rádio e aumentou o volume até que a música abafasse o barulho do aquecedor. "*Jingle bell, jingle bell, jingle bell rock...*" Deu mais meia-volta no botão. "*Jingle bells chime in jingle bell time.*" O que Bobby Helms fizera com aquela música para que ela continuasse tocando nas rádios até aqueles dias merecia um estudo.

Antes que a última batida ressoasse, a canção foi interrompida por um fundo jornalístico cheio de tensão, típico dos filmes de Hitchcock. Aquilo abocanhou a atenção de Gustavo, que se concentrou para ouvir o locutor.

— Jovem desaparecida há dez anos é atropelada na autoestrada — destacou ele. — Elsa Rugger, desaparecida desde 1983, foi atropelada por uma caminhonete no bosque de pinheiros nesta madrugada. Relatos dão conta de que o motorista dirigia alcoolizado, em alta velocidade e não teria conseguido desviar da jovem nua que invadiu a pista.

Gustavo logo lembrou que Adam havia dado ordens expressas para que nenhum detalhe sobre os corpos fosse divulgado. No entanto, os coiotes da imprensa já tinham farejado o desastre. Desligou o rádio ao fim da notícia e ficou em estado quase catatônico. O limpador de para-brisas afastava a neve vinda do céu, fazendo os pelos de sua nuca ouriçarem por uma razão bem mais incomum que o rigoroso inverno do Alasca.

O tímido clarão da lua lutava por espaço entre as nuvens quando entrou na garagem do edifício onde morava. Naquele dia, havia mais vagas disponíveis que o normal, pois os festejos da noite anterior tinham levado boa parte dos moradores às casas de amigos e familiares. Estacionou no lugar de sempre e, como o bom policial que era, conferiu os arredores antes de sair do carro. A completa ausência de movimento chegava a ser estranha naquele prédio cheio de famílias barulhentas. Fechou o zíper do casaco e foi para a recepção.

— Como está o frio lá fora, senhor? — indagou o porteiro do prédio quando o viu chegando. O homem tinha um bigode encorpado e segurava nas mãos um livro de gestão empresarial.

— Nada que já não tenhamos visto. — Gustavo chamou o elevador.

— Vai mesmo abrir aquele negócio? — Olhou para o livro na mão do porteiro.

A resposta veio depressa.

— Minha esposa está mais empolgada que eu. Então acho que vamos arriscar.

— Elas é que mandam — brincou Gustavo.

O porteiro concordou.

— Ah! — disse, fechando o livro. — Um homem apareceu aqui noite passada procurando pelo senhor. Pediu pra avisar que na próxima semana vem consertar o encanamento do banheiro.

Gustavo franziu a testa.

— Tem certeza? Não tô com problema no encanamento.

— Bem, ele disse seu nome. — O porteiro alisou o bigode. — Acho que não deve ter sido engano.

— Tá bom. Obrigado pelo recado.

Ao chegar ao seu apartamento, Gustavo passou a tranca e agradeceu ao inventor do sistema de calefação. O mercúrio do termômetro pendurado na parede marcava incríveis 16°C, bem mais agradáveis que os -11°C do lado de fora. Tirou a touca, pendurou o casaco e foi até a geladeira para pegar a garrafa de água tônica. Encheu um copo, acrescentou uma fatia de limão e deixou-se cair na confortável poltrona que comprara no mês anterior. Poucas coisas na vida eram predeterminadas, mas aquela poltrona ergonômica — essa foi a palavra mágica que o vendedor usou — era algo que ele desejava havia anos.

Ali do quinto andar, a imagem das nuvens cinzentas invadindo furtivamente a janela o ajudou a relaxar. Ele esticou as pernas e olhou o horizonte. Tinha escolhido viver naquele edifício de quinze apartamentos na principal avenida de Riacho do Alce porque fazia jus ao anúncio "bom e barato". Suíte, sala, cozinha, quarto de hóspede e parte da mobília instalada. Uma excelente oportunidade para alguém que vivia sozinho. Mais do que precisava, menos do que desejava.

A água tônica desceu gelando.

Olhou o relógio.

Adam tinha solicitado que estivesse na delegacia no início da tarde, pois viajariam até Anchorage para ajudar nas primeiras apurações do crime. Havia tempo de sobra para descansar, por isso ajeitou-se na poltrona e tombou a cabeça na almofada.

Com o passar das horas, o horizonte clareou.

Quando os ponteiros do relógio na estante marcavam 12h52, um ruído baixo, quase inaudível, fez Gustavo acordar com o coração acelerado. Seus olhos estavam pesados, e os músculos, lerdos. Tinha ouvido algo na cozinha? Passos no corredor? Um intruso? Olhou para a arma no coldre pendurado junto do casaco, longe demais para que a alcançasse depressa. Outro ruído, como se alguém tentasse caminhar silenciosamente pelos cômodos. Engoliu em seco e esfregou o rosto, com a vaga impressão de ter visto uma mão na cortina da janela. Uma descarga de adrenalina invadiu seu corpo quando o contorno de uma mulher com cabelos escuros ficou evidente. Ela usava um vestido azul que mal cobria as costas marcadas.

— Claire? — chamou ele.

A mulher se virou com um sorriso radiante.

Naquele instante, o apartamento lhe pareceu mais lindo do que nunca, as paredes brancas brilhavam com a luz do sol. O lábio inferior de Gustavo tremeu com a chance de poder conversar com ela outra vez.

— Não desista de mim. — A voz dela sobressaía do ronco da geladeira, num estranho efeito de irrealidade. — Não desista... — Seu rosto assumiu uma agonizante expressão de terror.

— Continue — implorou Gustavo.

Ao sentir outra presença na sala, seus músculos paralisaram. As paredes ficaram escuras, como se uma entidade tivesse roubado a vida daquele lugar. Um gemido escapou da garganta seca de Gustavo. Era a mão. A mão que pousou sobre a cortina fazendo desaparecer a beleza e o brilho das paredes. A mão que devolveu o marasmo ao apartamento acinzentado. A repugnante mão de palha com dedos alongados que engoliu a figura de Claire antes que Gustavo pudesse agir.

Ele a tinha perdido. De novo.

Acordou agitado, com a testa suada. A claridade afugentou os horrores imaginários. Afundou o rosto nas mãos e chorou, deixando as lágrimas escorrerem pelo rosto antes de secá-las com a manga da camisa.

Claire.

Levantou e caminhou pelos cômodos.

Quando voltou à sala, parou em frente ao aparador e olhou para os porta-retratos. O sorriso de Claire Rivera, fantasiada de Bloody Mary, cintilava na foto em preto e branco tirada numa festa de Halloween em outubro de 1984. Queria voltar no tempo para mudar o que tinha acontecido. As lágrimas voltaram. Sentindo um angustiante aperto no peito, pegou o coldre e vestiu o casaco. Enquanto esperava o elevador chegar, descobriu algo que odiava mais do que o Natal: estar sozinho.

* * *

O telhado da sede da polícia de Riacho do Alce estava branco, e o gramado do terreno que a cercava estava murcho e coberto de neve. Gustavo estacionou na esquina e atravessou a faixa de asfalto até a entrada enfeitada com luzes e bolinhas coloridas. Cumprimentou o azarado policial cujo plantão tinha caído justo no feriado e foi para a sala do chefe. Fez um som estranho com a boca quando chegou à porta, que ganhara um detalhe especial na semana anterior: uma plaquinha prateada com a identificação ADAM PHELPS — CHEFE DE POLÍCIA. Entrou sem bater.

Adam estava sentado estudando um amontoado de papéis espalhados na mesa, ao lado do computador que quase nunca usava. Por baixo dos óculos, seus olhos iam de um lado a outro analisando as letras gastas. Pilhas de livros havia muito esquecidas e fotos de família estavam na estante atrás da cadeira. Adam tinha 64 anos e gostava de ler, mas ultimamente preferia pescar e beber conhaque.

Gustavo se escorou na mesa.

— Quando vai dar ouvidos à sua mulher e cair fora deste lugar?

— Fiquei sabendo que ela vai dar uma festa quando me aposentar — respondeu Adam —, mas faltam alguns meses pra papelada sair.

— Vai para a Flórida?

— Jacksonville, meu amigo. Vou virar caçador de crocodilos.

— Vai é virar comida de crocodilo.

Os dois riram.

— Esse é o arquivo da garota? — Gustavo olhou para os papéis.

Adam fez que sim.

— Dez anos. — Tirou os óculos. — Elsa Rugger ficou desaparecida por dez anos. Dá pra acreditar?

— A vida é uma merda.

— Lembro que ela tinha dezenove quando desapareceu. Fui um dos responsáveis pelas buscas. — Adam olhou para o lustre no teto. — A cidade inteira parou. Policiais, bombeiros com helicópteros e mais de uma centena de voluntários reviraram aquele bosque mais de dez vezes. E não encontramos nada. Pegadas, roupas, marcas. Nada.

Fez-se um momento de silêncio.

— O departamento descobriu algo depois que eu saí? — perguntou Gustavo.

— Não faço ideia, mas fiquei sabendo que Anchorage tem uma nova agente. Parece que se meteu numa encrenca em Seattle e foi transferida pra cá. Ela assumiu o caso e pediu que fôssemos encontrá-la. — Adam pegou o arquivo e o colocou numa pasta. — Agora sei por que vivem mandando agentes encrenqueiros pro Alasca.

Gustavo franziu o cenho.

— Pra esfriar a cabeça — disse Adam, rindo.

4
Anchorage, Alasca
25 de dezembro de 1993

O escritório de trinta metros quadrados da Divisão de Homicídios de Anchorage era mais pomposo do que toda a delegacia de Riacho do Alce. O teto tinha acabamento em gesso, e da janela do segundo andar dava para ver as montanhas a distância.

Sentado num sofá de dois lugares, próximo a uma mesa de madeira de lei com dois estranhos ao seu lado, Gustavo observava pela divisória de vidro Adam conversar com uma mulher de maçãs do rosto acentuadas, lábios finos e sobrancelhas negras delineadas acima de olhos grandes. Ela vestia um terninho social esverdeado e apontava para direções aleatórias, como se estivesse dando instruções. Ao fim da conversa, ela entrou na sala com o nariz empinado, cumprimentou os presentes e se sentou. Era do tipo que não precisava fazer esforço para ser atraente, embora o terninho não a ajudasse.

— Creio que ainda não fomos apresentados. — Ela ergueu as sobrancelhas quase imperceptivelmente. — Meu nome é Allegra Green e estarei no comando do caso Elsa Rugger — disse, e colocou o arquivo sobre a mesa. — Deixe-me apresentar sua nova equipe.

— Minha nova equipe? — interrompeu Gustavo.

— O sr. Phelps não o informou que você vai trabalhar conosco nos próximos dias? — retrucou Allegra.

Gustavo soltou um suspiro e procurou em vão Adam no corredor. Abriu os braços e fez sinal para que ela prosseguisse.

— Adoro surpresas — disse ele.

Allegra esboçou um sorriso sem graça e voltou a falar.

— Esses são os agentes Lakota Lee e Lena Turner — disse ela, apontando para as duas pessoas ao lado de Gustavo.

Gustavo olhou para o homem de nome estranho.

— Meu bisavô era Sioux. — Sem dúvida aquele homem de fronte larga e olhos puxados estava acostumado a ter que explicar sua origem.

Lakota Lee havia entrado na corporação depois do treinamento na Academia de Polícia de Dakota do Sul. Fora designado para a região mais fria do país por indicação do pai, um fuzileiro naval aposentado.

Lena Turner era a mais jovem da sala, tinha um semblante quase adolescente. Gustavo calculou que ela não devia ter mais de 25 anos. Tinha cabelos claros e rosto rosado. Nascera no Alasca e era descendente de uma família com longo histórico de honrarias militares. Isso explicava a presença de alguém com tão pouca idade na corporação.

Lena puxou o arquivo do caso para perto de si.

— Aqui diz que você foi o primeiro a chegar ao local do crime. Procede?

Gustavo fez que sim.

— E quando chegou, Carlo Cabarca já estava morto?

— Isso é um interrogatório? — Gustavo devolveu a pergunta.

— Está parecendo um? — Lena olhou para Allegra.

Fez-se silêncio.

— Acho que estava morto, sim. Mas quando cheguei pensei que estivesse desacordado. Dei uma vasculhada na área e foi aí que encontrei a garota embaixo da caminhonete. Estava nua, ensanguentada e havia cortes nos braços, como deve constar no relatório.

Lena correu os olhos pelo papel.

— E o policial que chegou depois? — Allegra esticou o pescoço para ler o registro. Seu rosto expressava determinação.

— Até onde eu sei, a delegacia foi alertada do acidente por uma chamada anônima. Então imaginei que era algum novato de plantão — explicou Gustavo. — Checaram se a viatura era mesmo de Palmer?

Lena e Lakota entreolharam-se.

— Na noite do crime, a central recebeu uma ligação de Palmer informando que uma viatura não tinha retornado da ronda vespertina e que dois policiais estavam desaparecidos — contou Lakota.

— Então o desgraçado é policial?

— Não. — O olhar de Allegra ficou carregado de tensão. Ela soltou uma exclamação abafada. — Encontramos o corpo de um dos policiais desaparecidos no porta-malas da viatura e...

— E o outro estava morto no banco do carona — interrompeu Gustavo, lembrando-se do policial com enxaqueca. Ele rangeu os dentes. Tinha sido feito de palhaço, igual idoso na mão de estelionatário. — Então podemos concluir que esse "policial" é o assassino.

— Não há como afirmar, mas é provável. — Allegra caminhou em direção à porta. — O desenhista já está aqui. Você precisa ajudá-lo com o retrato falado.

Gustavo dobrou o torso e viu um homem de bigode entrando na sala com uma bolsa de couro a tiracolo. O desenhista sentou à ponta da mesa, acomodou seu chapéu de feltro na cadeira e tirou os instrumentos de trabalho da bolsa.

— Podemos começar? — perguntou ele, dispensando as cordialidades e indo direto ao ponto. Tinha voz rouca de fumante e bafo de fumaça.

Ficaram meia hora rabiscando o rosto do suposto assassino. Aumentaram o nariz, preencheram os lábios e até deixaram a órbita dos olhos mais funda. No fim, embora o desenho não estivesse totalmente fiel ao modelo, Gustavo concluiu que era o suficiente para que qualquer cidadão reconhecesse o suspeito.

— Quero que a central imprima centenas de cópias — ordenou Allegra assim que recebeu o material. — Envie para Palmer, Riacho do Alce e todas as cidades num raio de cem quilômetros. Não se esqueça da imprensa. — Entregou o retrato falado nas mãos de Lakota. — Você, venha comigo — disse, referindo-se a Gustavo, e vestiu um casaco escuro por cima do terninho. — Vamos dar um pulo no necrotério e falar com o legista.

Gustavo demorou a levantar do sofá. Ele abaixou a cabeça e massageou as têmporas, lembrando os corredores apertados do necrotério onde anos antes tinha feito a mais longa caminhada da sua vida.

Não desista de mim.
Claire.
Sempre Claire.

5

A fachada de vidro do Hospital Regional do Alasca ergueu-se diante de Gustavo. As nuvens baixas pareciam roçar o telhado quando Allegra virou o volante para entrar no estacionamento. Faltavam vinte minutos para as quatro da tarde e a claridade do sol começava a dar lugar ao crepúsculo que precedia o anoitecer. O termômetro no painel da viatura marcava -4ºC, três a menos do que a última vez que olhara.

— Eu estava certa quando imaginei que nunca mais teria problemas de trânsito se me mudasse pra cá — murmurou Allegra, observando o estacionamento repleto de vagas vazias.

— Você se mudou para um lugar com 18 horas de escuridão por dia e está preocupada com o trânsito? — Gustavo a olhou de canto.

— Não tenho problemas com o escuro.

— Sei — disse ele. — Melhor não se acostumar. Anchorage costuma ficar bem agitada às vezes.

— Tanto quanto Seattle? Acho que se Anchorage fosse um baile de formatura, Seattle seria Woodstock.

— Interessante — Gustavo assentiu. — Mas eu entenderia melhor se me contasse como deixou Woodstock e veio parar no baileco de formatura.

Allegra hesitou por um momento.

— Longa história. Fiz coisas que não deveria ter feito.

— Aí te colocaram de castigo?

Allegra pareceu não entender.

— Castigo — repetiu Gustavo. — Dizem que o Alasca é o canto do castigo para policiais do Sul. Uma espécie de reabilitação.

— E a reabilitação funciona?

— Acho que não.

Estacionaram na primeira vaga e entraram no hospital.

Um homem velho, com um aspecto de soldado, cruzou a recepção carregando um suporte de soro que gotejava um líquido incolor direto no cateter ligado na sua veia. Ele interrompeu o passo e se apoiou na parede para observar os dois investigadores.

— Boa tarde — cumprimentou Allegra.

O velho fechou o rosto e não respondeu.

— Não esquenta — murmurou Gustavo. — Doentes são estranhos.

— Você é especialista em humor de doentes?

— Quase isso.

Cinco metros à frente, sentada atrás de um balcão de madeira polida, uma mulher vestida de branco soltou um suspiro emburrado quando viu os dois se aproximando.

— Posso ajudar? — A atendente tinha voz mal-humorada.

— Thorwald Morris está? — indagou Allegra.

— Está, mas não pode atendê-los agora. — A mulher forçou os lábios com nuance grosseira. — O doutor pediu pra não ser importunado.

— Ele está na sala de autópsia? — Allegra fez questão de mostrar o distintivo. — Somos da Delegacia de Homicídios.

A atendente nem dissimulou a mudança de timbre.

— Isso — disse ela com um falso gracejo, e conferiu uma planilha. — Vou pedir para um enfermeiro levá-los até o subsolo.

— Não precisa — disse Gustavo. — Conheço o caminho.

Allegra e Gustavo seguiram em direção à sala de autópsia.

Conforme o contorno dos degraus ia tomando forma, Gustavo colocou a mão na frente do nariz. Estava enjoado. Um desagradável odor de produtos químicos, misturado ao cheiro dos doentes, invadiu suas narinas antes que ele começasse a descer a escadaria que levava ao necrotério. Um lembrete de que o pior estava por vir.

Andando pelo corredor estreito e bem iluminado, lembrou-se da primeira vez que tinha estado ali, quando caminhou sobre aqueles mesmos ladrilhos para identificar um corpo que não queria identificar.

Ocultou o aborrecimento e ouviu o som agudo de uma campainha e, em seguida, uma voz de mulher que solicitava a presença de um médico no quarto 209. Olhou para trás, esperando que alguém saísse de uma daquelas portas e se apressasse a entrar em outra. Não viu nada além de uma enfermeira empurrando calmamente uma cadeira de rodas vazia.

Chegaram ao subsolo.

Gustavo deslizou, com um rangido, uma porta corrediça. O cheiro de formol que pairava no ar o fez torcer o nariz. A sala de espera era pequena. Havia uma longarina próxima da parede e, bem no canto, uma escrivaninha com uma sineta de inox. Nada havia mudado desde a última vez. Bateu duas vezes no botão prateado e, em instantes, apareceu um jovem com luvas melecadas e crachá de residente. Ele primeiro solicitou que os dois investigadores se identificassem, depois pediu que vestissem aventais e colocassem toucas cirúrgicas na cabeça. Só então permitiu que entrassem.

Gustavo teria que enfrentar os fantasmas do passado.

O forte odor de formol fez seus olhos arderem quando o jovem abriu a última porta. A sala de autópsia era ampla, com bancadas de mármore repletas de instrumentos cirúrgicos e mesas com baldes e panos que impediam o sangue e os resquícios de tecido dos mortos de sujar o chão. Gustavo evitou olhar para o corpo que jazia na bancada de metal. Sentado em uma banqueta giratória ao lado dele, concentrado no trabalho, Thorwald colocava o bisturi na bandeja e se preparava para cortar o esterno com uma serra cirúrgica. O barulho do aço serrando o osso fez Gustavo se sentir em um açougue.

— Doutor, eles chegaram — anunciou o residente quando o barulho da serra parou.

Thorwald olhou para trás e fez sinal para que se aproximassem.

Embora estivesse preparado, o primeiro contato de Gustavo com o corpo de Elsa Rugger teve o impacto de um golpe físico. Seus membros estavam retalhados, um seio fora removido e alguns fios de cabelo endurecidos de sangue estavam grudados nas feridas abertas do rosto. Havia uma longa incisão mal cicatrizada no abdômen. Os lábios entreabertos, borrados de batom, pareciam ter se paralisado no meio de um grito. A mandíbula estava deslocada e as marcas escuras em torno do pescoço eram um indicativo da possível causa da morte.

— Os laudos cadavéricos do Carlo Cabarca e dos policiais estão na primeira gaveta. — Thorwald apontou para um arquivo sem desviar a atenção do corpo em que trabalhava. — Traga pra mim, Rory. Por favor — pediu ao residente.

Gustavo se posicionou ao lado quando Allegra pegou os laudos e começou a folhear. Todos os campos estavam preenchidos, mas os garranchos não facilitavam a leitura.

Os dois entreolharam-se.

— Pode nos colocar a par do que aconteceu? — adiantou-se Gustavo.

Thorwald se virou na cadeira e ergueu o rosto tenso. Levantou de sobressalto e foi até os refrigeradores. Ao abrir a primeira gaveta, uma nuvem esbranquiçada o envolveu. Ele deu um passo para trás e abriu a segunda. Outra nuvem. Assim que o vapor condensado assentou, dois cadáveres apareceram.

— Esse é o policial Gonzalo Cuerva — disse, coçando o nariz com o antebraço e apontando para o hispânico de pele escura. — E esse é o Ed Tremper, irmão mais novo do xerife de Palmer.

Gustavo estava com os dedos entrelaçados, ouvindo com atenção. Ver dois policiais daquele jeito fez seu sangue ferver.

— Foi fácil identificar que foram mortos com golpes de lâmina na nuca, exatamente entre a terceira e a quarta vértebras. — Thorwald virou a cabeça de Gonzalo para mostrar os ferimentos. — A julgar pela rigidez, posso dizer que estão mortos há cerca de vinte horas.

O horário fazia sentido, levando em consideração a informação que a central de Anchorage havia recebido sobre a viatura desaparecida.

— Alguma evidência? — perguntou Allegra.

— Fibras de tecido e o mesmo bonequinho de palha dentro da boca — respondeu Thorwald enquanto abria a terceira gaveta. — Mas no corpo do Carlo Cabarca, enroscado numa das sobrancelhas, encontrei um fio de cabelo.

— Enviou para análise? — quis saber Allegra.

— Ficará pronta no fim da tarde.

— Ligue para nós assim que receber o resultado.

Thorwald assentiu.

— Carlo Cabarca está morto há mais de 36 horas, julgando pela flacidez muscular. A *causa mortis* foi a mesma. Ferimento com lâmina entre as vértebras. — Daquela vez ele não mostrou o local. — Sem marcas ou arranhões, embora as análises sanguíneas tenham mostrado alto teor de álcool.

— E o pó impregnado no rosto? — Gustavo curvou-se sobre o cadáver para conferir se continuava ali.

— Maquiagem — confirmou Thorwald.

Gustavo imaginou o velho Cabarca sendo maquiado.

— Se o assassino usou os dedos para aplicar o pó, talvez tenha deixado amostras de tecido — avaliou Thorwald.

— Nunca vi fazer isso com os dedos — disse Allegra. — Geralmente se usa pincel.

— Pincel feito com crina de cavalo? — indagou Gustavo, calculando ter desvendado a origem do fio de cabelo.

— Vamos aguardar a análise. — Thorwald fechou as gavetas e voltou para o corpo na bancada. A tensão retornou ao seu rosto quando se sentou. — Querem sentar?

Allegra fez que não.

— Se eu fosse você, sentaria — recomendou Thorwald. — Comecei a analisar o corpo de Elsa Rugger há pouco mais de uma hora e posso adiantar que nunca vi nada tão macabro em toda a minha carreira. — Virou-se na banqueta para mexer no cadáver. — Vocês sabem algo de anatomia?

— O básico. — Gustavo avançou mirando o peito serrado de Elsa. Ela tinha seios pequenos e barriga saliente com uma enorme cicatriz. Evitou olhar para o rosto, julgando que era a única maneira de tratar os restos mortais da garota com certo distanciamento. — Não vejo nada de errado — disse, fazendo uma avaliação superficial.

— Também não encontrei nada de estranho quando vi o corpo pela primeira vez. Não estou dizendo que os cortes são algo normal, mas vocês entenderam. — Thorwald ajeitou as luvas. — Contudo, escutem isso. — Bateu com o dedo indicador nas coxas de Elsa. Um som seco. — A pele está ressecada, embora sua elasticidade e sua textura estejam quase intactas — explicou, sem dar muitos detalhes. — E isso não é tudo.

Allegra e Gustavo se empertigaram.

— Acredito que já tenham percebido o corte transversal no abdômen. — Thorwald mostrou a incisão malfeita. — Posso estar me precipitando, mas é bem provável que Elsa tenha passado por uma cesárea antes da morte. Reparem como a barriga está levemente inchada, típico de mulheres que pariram há pouco tempo.

Grávida?, pensou Gustavo, inclinando-se para olhar a barriga dela. Não era algo que saltasse aos olhos.

— Está dizendo que ela teve uma criança recentemente? — A pressa com que Allegra fez a pergunta demonstrava o tamanho do seu espanto.

— Não, recentemente não. — Thorwald a encarou, como se estivesse escolhendo as palavras certas. — Há várias coisas erradas nesse corpo, senhorita Green. A textura, a pele enrijecida, a ausência de sangue.

— Ausência de sangue? — indagou Gustavo, mirando os cortes e o cabelo empapado da vítima. — E esse sangue todo vem de onde?

— De um cervo. Toda essa sujeira é sangue de cervo — disse Thorwald. — O fato é que Elsa Rugger está morta há anos, mas seu corpo foi mantido extremamente bem preservado. Taxidermia, mumificação. Já ouvi muitos nomes pra esse tipo de coisa. — Pegou uma pinça e retirou a parte serrilhada do peito de Elsa, permitindo que Allegra e Gustavo vissem o interior da caixa torácica.

Gustavo não acreditou quando viu que os órgãos tinham sido removidos e que no lugar deles havia centenas de homenzinhos de palha amontoados, se espremendo entre as costelas. Repelindo o pensamento de quanto a jovem devia ter sofrido nas mãos do seu carrasco, ele se virou quando instrumentos cirúrgicos tilintaram numa bandeja. Era Rory despejando-os na pia de esterilização.

Não bastasse o assombro de Gustavo, Thorwald ainda pegou o bisturi e abriu o corte da cesárea.

— Descobri isso mais cedo enquanto fazia análise de estupro, mas decidi esperar as autoridades antes de remover. — Thorwald enfiou a mão na incisão e retirou outro boneco. Do tamanho de uma criança recém-nascida, ele tinha olhos de vidro, dentes de animal e corpo de palha.

6

Pela janela, vejo dois lobos avançando montanha acima, seguindo o rastro de um alce que terá o corpo devorado por uma matilha faminta ainda esta noite. Curvo o corpo e me aproximo da vidraça para enxergar a presa, mas vejo apenas o movimento dos predadores perto das árvores. Admiro o método que empregam na caça. Abro a janela e respiro fundo, enchendo os pulmões com o aroma que a natureza exala ao prenunciar uma morte. Fecho os olhos e me concentro. Consigo ver as presas afiadas dos lobos rasgando a carne do alce ainda vivo.

Se o abate ocorrer nas redondezas, conseguirei ouvir os movimentos de desespero do pobre animal. Talhos serão abertos no seu pescoço e na sua barriga — é assim que as feras agem. E então seus órgãos encontrarão a neve branca, manchando-a de vermelho enquanto a matilha sacia sua fome com um banquete miraculoso.

Um êxtase selvagem toma conta do meu corpo, mas é hora de acabar com a diversão. Fecho a janela. Está escuro. Segundo os ponteiros do relógio de parede antigo, são 23h58. Em dois minutos, doze badaladas vão ecoar pela cabana, indicando que o Natal acabou.

Não consigo dormir.

Deitei no sofá meia hora atrás, mas a minha Elsa não me deixa pregar os olhos. Foi por causa dela que passei o dia com o rádio ligado, esperando novas informações sobre o atropelamento. Matei aquela menina dez anos atrás. O locutor, aquele cara fanho filho da puta, deve ter enlouquecido.

Faltam dois minutos para que o dia termine e a emissora saia do ar, o que está elevando minha angústia. Se o locutor não abrir a boca logo, estará me condenando a uma noite em claro.

A voz irritante de Billy Joel termina a última música do dia, e o fundo musical de encerramento começa a tocar.

— Billy Joel com *Uptown Girl*, senhoras e senhores. — O locutor ergue o volume da música de fundo. É Natal, falta um minuto para a meia-noite e ele ainda consegue manter um tom de voz animado. É um herói. — É com essa canção que encerramos o programa *Noite de Sucessos* de hoje. Lembre que no próximo sábado, às dez da noite, temos um encontro marcado para mais uma noite de sucessos na minha, na sua, na nossa Riacho FM. — E ergue a música de fundo outra vez. O som da guitarra elétrica mantém o mesmo volume por quase meio minuto. — Sei que hoje é um dia triste para a nossa cidade, mas antes de encerrarmos precisamos trazer as últimas notícias sobre os crimes cometidos na autoestrada durante a madrugada. Para isso, chamo o jornalista Samuel Crowley. — Um leve estalido ecoa quando outro microfone é aberto. — Boa noite, Sam.

Eu me aproximo do rádio e aumento o volume. O relógio de parede começa a badalar o novo dia.

— Boa noite, Matew. Segundo dados de uma fonte, nossa equipe de reportagem descobriu que o relatório da necropsia das vítimas acabou de ser entregue aos agentes responsáveis pelo caso: o investigador local Gustavo Prado, e Allegra Green, perita em homicídios de Anchorage. Informações extraoficiais dão conta de que a polícia encontrou pequenos bonecos de palha dentro da boca de Gonzalo Cuerva, Ed Tremper e Carlo Cabarca. Também nos foi revelado que a jovem atropelada é mesmo Elsa Rugger, e que seu corpo foi submetido a um método de preservação que o manteve intacto desde que ela desapareceu em 1983.

Meu sangue ferve. O apresentador volta a falar.

— Macabro! Um crime sem precedentes, não é verdade, Sam? Lembro que estava cursando o último ano do colegial com a Elsa quando ela desapareceu. Parece que foi ontem que a cidade inteira parou para procurá-la.

— Fico arrepiado toda vez que ouço o nome dela, Matew — prossegue o jornalista. — Em contato com a polícia, o sr. Adam Phelps informou que as investigações estão no começo e que, por enquanto, não há motivo para alarde. De qualquer forma, as autoridades pedem que os moradores tenham cuidado extra nos próximos dias.

O fundo musical sobe outra vez.

— É melhor prevenir mesmo. Agradeço sua participação, Sam. Mais informações sobre esses que estão sendo chamados de crimes do Homem de Palha amanhã a partir das seis. Eu sou Matew Sanders e este foi o programa *Noite de Sucessos*. Até a próxima.

O chiado depois do anúncio demonstra que a emissora está oficialmente fora do ar.

Os crimes do Homem de Palha?

Homem de Palha?

Tenho vontade de trucidar alguém, mas bebo um copo de vodca para manter a calma. Elsa Rugger pertence a mim. Não ao Assassino do Zodíaco, não a Jack, o Estripador, nem ao Homem de Palha. A mim.

Bebo outro copo e sinto o coração palpitar. A vodca desce queimando. Visto um casaco de pele e busco o rifle na sala. Pego o rumo do riacho. Ilumino o caminho com uma lamparina a óleo que ganhei do meu falecido pai. Não vejo os lobos nem o alce, mas consigo sentir o cheiro do banquete.

Depois de caminhar vinte minutos, ouço a correnteza. Aqui, as copas das árvores parecem menos sombrias. O riacho flui no meio de um lençol branco, sobre uma depressão no chão da floresta. À noite, esta parte do bosque é especialmente esplendorosa. O lugar que escolhi para que minha doce menina pudesse dormir em paz não poderia ter sido melhor. Embora os detalhes do que fiz com ela sejam vagos, ainda me lembro da cova onde a enterrei. A pedra em formato de rosto marca seu último repouso.

Penduro a lamparina num pinheiro próximo e deixo o rifle apoiado no tronco. Pego a pá que trouxe. Começo a cavar sem pressa, pois o clima úmido e o som do riacho me agradam. Removo a camada superficial de gelo e começo a cavar com mais cuidado quando a pá encontra o solo. Uso toda a minha força para remover a terra congelada.

Maldição! Solto um grito abafado ao encontrar a cova vazia.

É pavoroso pensar que um maldito ladrão de cadáveres a tenha roubado de mim. E é ainda pior saber que ele levou a fama pela morte dela, e que conseguiu um nome antes de mim.

Homem de Palha.

Elsa Rugger é minha. Meus dentes rangem. Eu mereço um nome, não ele. Eu me recosto na pedra e penso naquele animal invadindo o corpo de Elsa. Que tipo de maníaco empalha um ser humano?

Os lobos uivam na montanha.

Hoje é dia 26 de dezembro de 1993.

O dia em que todos vão saber que voltei.

7
9 de agosto de 1986
Sete anos antes

Gustavo despertou com um cheiro agradável. Deitado na cama, ele tentou descobrir de onde vinha aquele cheiro, deixando-o tomar conta dos seus pulmões, cansados da poluição de Anchorage. O cheiro de relva orvalhada entrava pela janela toda vez que o vento fazia balançar a cortina. Lá fora, as árvores dançavam, embaladas pelo canto dos pássaros. Gustavo virou para o lado e sentiu o cheiro do travesseiro dela. Escaldante e sedutor. Uma flor de sândalo parecia ter dormido ali. Sentiu-se leve como uma pena. Tão leve que sentiu medo de que o vento pudesse soprá-lo pela janela.

Espreguiçou-se.

— Bom dia. Vai preparar o café ou já se esqueceu do que prometeu ontem? — Claire saiu do banheiro vestindo um roupão. — Eu trouxe creme de amendoim, se quiser fazer panquecas.

— Que tal se antes tirar esse roupão? — Gustavo tentou puxá-la.

— Nem pensar. — Ela voltou ao banheiro. — Estamos atrasados.

Gustavo esfregou o rosto e caminhou como um Pé Grande até o espelho. Fazia meses que Claire Rivera insistia para que passassem um final de semana numa casa de campo nas montanhas. Depois de recusar uma meia dúzia de vezes por causa do novo trabalho como investigador, ele finalmente havia conseguido trocar de turno com um colega para atender ao pedido da noiva. Pagaram setenta dólares a um casal de italianos para ficar dois dias.

— Que horas pretende sair? — perguntou ele, na porta do banheiro.

— Já deveríamos ter saído — replicou Claire.

O secador de cabelos interrompeu a conversa por alguns instantes.

— E as panquecas? — disse ele, em tom brincalhão. — Não posso andar por aí caçando ursos sem ter comido panquecas.

— Não vamos caçar urso nenhum, senhor policial — disse Claire. Ela era bióloga e trabalhava como voluntária num projeto de proteção aos ursos-pardos.

— Tudo bem, srta. Natureza. Vou preparar o café.

8
Anchorage, Alasca
26 de dezembro de 1993

Gustavo acordou de sobressalto ao ouvir um molho de chaves chacoalhando. O ambiente estava escuro como breu. As luzes estavam apagadas e não havia brilho algum atrás das cortinas. Atordoado, estendeu o braço em direção ao interruptor.

— Inferno — resmungou, enquanto seus olhos se acostumavam à claridade.

Por um momento, duvidou que aquele reflexo no espelho ao lado da cama fosse seu. Estava com o rosto inchado, e os cabelos desalinhados lembravam um porco-espinho.

Cruzou o quarto do hotel espiando Anchorage pela vidraça. Viu meia dúzia de carros passando com os faróis acesos. Era domingo, o dia de descanso das pessoas normais. Para seu infortúnio, investigadores criminais não se enquadravam na regra. Por isso, entrou no banheiro e tirou a camisa amarrotada que serviu de pijama. A escova e a pasta de dente estavam sobre a bancada, ao lado do sabonete. Havia toalhas brancas bem dobradas e, na prateleira dentro do boxe, um tubo de xampu. *Caprichos de camareira.* Abriu o chuveiro e deixou a água quente deslizar pelo corpo.

Depois da ducha revigorante, ele se vestiu, saiu do quarto, atravessou o hall e desceu até a recepção. No meio do caminho, sentiu o estômago roncar, mas de imediato se lembrou do aviso do recepcionista quando fizera check-in na noite anterior.

"Aqui está sua chave, senhor. O café da manhã é servido até as nove. Tenha uma boa estadia."

Olhou o relógio. Ainda sentia o cheiro de café, embora não fosse mais permitido entrar no refeitório.

Com o estômago roncando, foi para a delegacia.

A manhã gelada e escura de domingo tinha espantado até os moradores de rua. Além de meia dúzia de carros e de um homem com roupa de atleta que caminhava na calçada, a cidade parecia vazia. Escritórios e lanchonetes estavam fechados, e as vitrines das lojas de grife iluminavam peças de roupas caras para ninguém.

A delegacia ficava na região leste da cidade, próxima de uma reserva florestal. Gustavo demorou menos que o previsto para chegar, e, quando viu que a neve bloqueara o acesso principal, precisou dar a volta no prédio para estacionar nos fundos. *Porcaria.* Estava com tanta raiva daquele clima nas últimas semanas que cogitava aceitar a proposta do pai para passar uma temporada com ele no Brasil. Quando desligou os faróis e saiu da viatura, uma ventania súbita soprou folhas pelo pátio. Usando a claridade de um poste solitário, ele chegou à porta do prédio.

— Bem melhor. — Baforou as mãos ao entrar.

Na recepção, encontrou dois policiais perto dos telefones. Ao lado da escada, um terceiro tentava se entender com a máquina de café. Subiu até o segundo andar e seguiu para a sala do departamento. Ao abrir a porta, ele encontrou Allegra sentada de olhos fechados numa cadeira giratória atrás do balcão, com uma pilha de papéis à sua frente.

— Bom dia — cumprimentou ele.

— Bom dia. — Allegra se endireitou. — Diz que trouxe café.

— Não encontrei nada aberto no caminho. — Gustavo se fez de desentendido quanto à máquina do primeiro andar. Ele não deixou de reparar que Allegra vestia o mesmo terninho esverdeado. — Passou a noite aqui?

Allegra franziu a testa.

— Fui para casa depois de te deixar no hotel, mas a imagem daquele boneco enfiado na barriga da garota não me deixou dormir — disse. Havia manchas escuras embaixo dos olhos castanhos dela. — Nem olhei que horas eram quando vim pra cá dar outra olhada no arquivo.

Gustavo sentou e puxou a pasta para perto de si. Os documentos datavam de 1983. Havia dezenas de páginas com depoimentos de testemunhas e outras dezenas de informações coletadas com os familiares de Elsa Rugger.

— Você descobriu algo novo? — Gustavo olhou para Allegra com curiosidade.

— Na verdade, meu foco foi procurar algum registro sobre a gravidez — revelou Allegra, alongando o pescoço. — Mas não há nenhuma informação de que Elsa estivesse grávida quando desapareceu.

— Então ela não estava. — Gustavo olhou os papéis antes de emitir uma nova opinião. — Nem no depoimento da mãe tem alguma coisa sobre isso.

— Talvez ela não soubesse.

— Talvez. Mas já cogitou que Elsa possa ter sido estuprada e mantida refém até a criança nascer?

— Cogitei, mas não foram encontrados sinais de estupro na autópsia. — O timbre dela carregava uma leve autoridade.

— Nove meses é o suficiente para que qualquer sinal desapareça — acrescentou Gustavo. — Você ouviu o legista dizendo que o corpo está daquele jeito há muito tempo. Sabe-se lá o que aconteceu nesses anos. Além do mais, o médico apenas supôs que ela passou por uma cesárea. Ele não tinha certeza.

Allegra suspirou.

— E o boneco enfiado dentro dela? — Ela não iria desistir da sua teoria. — Simbolizava uma criança.

Gustavo olhou para Allegra, roçando o dedo na barba malfeita. A encrenqueira de Seattle era osso duro de roer.

— Me escuta, Gustavo — prosseguiu Allegra. — Não quero confrontar o que foi colocado no arquivo, mas você vai concordar que existem chances de que isso tenha passado despercebido por quem investigou o desaparecimento dez anos atrás.

Foi a vez de Gustavo suspirar.

— Tenho amigos que ajudaram no caso. — Debruçou na mesa. — Adam Phelps, aquele senhor com quem você conversou ontem, foi o responsável pela investigação. Ele já encaminhou os papéis da aposentadoria dele e comprou uma casa na Flórida para sair deste lugar — disse ele, em voz mais baixa, mas não menos nervoso. — Faz ideia do que pode custar se o caso for reaberto e a família descobrir que ela estava grávida e a polícia deixou isso passar?

— Não estou tentando estragar a aposentadoria do seu amigo.

— Então não estrague — interrompeu Gustavo. — Se nem a família sabia, como a polícia poderia saber?

Ficaram em silêncio durante alguns instantes, tentando pescar um novo indício que pudesse explicar aquelas teorias. O clima ficou pouco amistoso depois da interrupção.

— Há quanto tempo você é policial, Gustavo? — Allegra tirou da frente do olho uma mecha de cabelo.

— Tempo suficiente para saber que isso vai dar merda.

Allegra se levantou e caminhou pela sala. Seu salto fazia barulho toda vez que encontrava o piso de cerâmica. Em silêncio, ela parou em frente à escultura de uma africana com o filho no colo e ficou analisando a obra.

— Já te disseram o meu apelido aqui na divisão? — Ela se virou. — A maioria pra quem pergunto prefere mentir e dizer que não sabe, mas eu sei que todos sabem.

— Encrenqueira de Seattle? — perguntou Gustavo. — É, me contaram.

Allegra abriu um sorriso.

— Quer saber por que fui transferida pra cá?

Gustavo deu de ombros, mas queria saber.

— Me recusei a testemunhar contra um parceiro que foi acusado de matar um pedófilo — revelou ela. — Estávamos atrás do desgraçado havia algum tempo, aí recebemos denúncia de que ele estava rondando uma escola com uma máquina fotográfica. Resumindo, meu parceiro e eu o abordamos, mas ele tentou fugir e acabou baleado. Quatro tiros.

— Então essa é sua história? — Gustavo tamborilou na mesa. — Transferida porque o parceiro matou a porcaria de um pedófilo.

— Quem disse que ele matou? — indagou ela, com olhar matreiro.

— Você.

— Não. Eu disse que ele foi acusado.

Gustavo franziu o cenho.

— Eu que matei o cara, Gustavo. Quatro tiros. Descontrole total. Só não atirei mais porque a arma travou — confessou Allegra. — Mas você é policial há tempo suficiente para saber que parceiros se ajudam, não é? Meu parceiro não testemunhou contra mim e eu não testemunhei contra ele. Como mais ninguém viu a cena, o caso foi arquivado. Fomos transferidos de Seattle por segurança, e o mundo continuou girando com um pedaço de merda a menos nas ruas. — Ela voltou a se sentar.

Gustavo cruzou os braços.

— Por que está me contando isso?

— Porque quero que me ajude a descobrir se Elsa estava grávida.

Gustavo concluiu que a nova parceira não iria sossegar. Ela faria a pesquisa sozinha. Era melhor que Gustavo estivesse por perto.

— Tá bom — concordou ele. — Vou falar com algumas pessoas, fazer ligações e ver se descubro algo que possa ter passado batido. Assim está bom pra você?

Ela parecia satisfeita.

— Parceiros se ajudam — disse.

— Falando em parceiro, cadê os... outros dois?

— Lena e Lakota? Pedi que fossem até Palmer conversar com os familiares dos policiais mortos. Depois, vão interrogar o filho do Carlo Cabarca — respondeu ela, colocando a mão nos olhos. — Meu Deus, minha cabeça está explodindo. — Anotou um número de telefone num pedaço de papel e caminhou em direção à porta. — Ligue se descobrir algo.

Assim que ouviu Allegra descendo as escadas, Gustavo trocou de cadeira e olhou o relógio antes de tirar o telefone do gancho. Apesar de ser domingo e de o sol ter acabado de nascer, imaginou que aquela não seria uma hora ruim para fazer uma ligação. Sabia que Adam tinha o costume de assistir a um programa de pesca que começava mais cedo.

O telefone da casa de Adam tocou cinco vezes antes que alguém atendesse.

— Alô — disse Adam.

— Adam? É o Gustavo. Escute. Ontem, no necrotério, nós encontramos algo estranho no corpo da Elsa Rugger e tenho certeza de que você pode ajudar. — O amigo não gostava de enrolação.

Adam pigarreou.

— Desembucha.

Adam ouviu em silêncio e não interrompeu quando Gustavo falou sobre o boneco e a gravidez.

— Talvez eu possa ajudar — disse Adam, em voz baixa, como se não quisesse que alguém o ouvisse. — Mas não por telefone.

— Ok. — Gustavo não estranhou o pedido. — Volto hoje à tarde pra Riacho do Alce. Me encontre no Chacal Vermelho às quatro.

— Estarei lá.

9
Riacho do Alce, Alasca
26 de dezembro de 1993

Gustavo sentou-se à mesa do Chacal Vermelho, na beira do píer em Riacho do Alce, observando pela janela as ondas mansas do golfo invadirem a areia e levarem para alto-mar os flocos de gelo acumulados ali. Naquele bar de decoração duvidosa, com mesas e cadeiras de madeira rústica e lustres coloridos, os únicos fregueses além dele eram dois jovens que jogavam bilhar e um senhor barrigudo de meia-idade que tagarelava com o proprietário no balcão. Alan Jackson, que estourara nas paradas de sucesso naquele mesmo ano, cantava *Chattahoochee* pelos alto-falantes do velho jukebox.

Um copo de água tônica com duas rodelas de limão jazia intocado sobre a mesa enquanto Gustavo olhava ora para as bolhas de gás que escapavam da bebida, ora para as ondas na areia. O relógio pendurado na porta de entrada mostrava que Adam realmente merecia a fama que conquistou ao longo dos anos por não cumprir horários.

— Algum problema com a bebida, senhor? — perguntou uma garçonete. — Quer que eu troque o copo?

— Não, não. — Gustavo balançou as mãos em negativa. — Tá tudo bem.

— Se precisar, é só chamar — disse ela, e voltou para trás da copa.

O jukebox fez uns estalos estranhos e trocou de música duas vezes antes que Adam empurrasse a porta de entrada e procurasse a mesa onde Gustavo estava. Um cigarro queimava nos seus lábios. Adam era um homem alto e de corpo largo, com rosto marcado e cabelos grisalhos projetados sobre sobrancelhas cinza. Os anos não o haviam poupado. Aos 64 anos, ele nem lembrava direito de como era a vida antes de tornar-se policial. Aproximando-se, Adam apagou o cigarro e soltou uma última nuvem de nicotina pelo nariz.

— Como vai o novo investigador de Anchorage? — Ele puxou uma cadeira e ergueu a mão, pedindo uma dose de conhaque.

— Vai pro inferno — retrucou Gustavo. — Foi por causa da sua porcaria de indicação que me meti nessa.

Adam deu uma risada desdenhosa e, afinando a voz, brincou:

— Obrigado por ter me indicado pra trabalhar com aquele mulherão, Adam. Eu realmente não sei o que seria da minha vida sem você. De nada, Gustavo, é pra isso que servem os amigos.

Gustavo bebeu um gole da água tônica e balançou a cabeça numa expressão ranzinza. Os dois ficaram calados quando a garçonete trouxe o conhaque.

— Vai ficar na cidade? — indagou Adam, enquanto acompanhava com os olhos as coxas da garçonete se afastando.

— Vou. Tenho que dar outra olhada nos relatórios e procurar documentos na delegacia.

— Sei — resmungou Adam. — Conseguiu pistas do assassino? Alguém que reconheceu o retrato falado ligou?

— Nada.

— E a história que você mencionou no telefone?

Duas pessoas balançaram a sineta pendurada na porta e entraram no bar conversando alto.

— Liguei pra você porque o legista suspeita que Elsa passou por uma cesárea, embora no relatório não conste que estava grávida quando desapareceu — confidenciou Gustavo, inclinando-se sobre a mesa.

— Não consta porque ela não estava. — Adam estava inquieto, mas sua voz exalava certeza. — Eu mesmo coletei o testemunho dos familiares na época. A melhor amiga dela não disse nada, o pai nem sabia que ela tinha uma melhor amiga, e a mãe não falou de gravidez nenhuma.

— Entendo — disse Gustavo, depois de ter escutado aquele relato sobre a investigação de 1983. Ele não queria aborrecer Adam. — Até cogitei que ela foi estuprada e mantida refém, mas a Allegra achou melhor investigarmos isso mais a fundo.

— Essa Allegra só está querendo mostrar serviço pra ser transferida logo pra outro estado. — Adam fazia movimentos circulares com o copo, balançando o conhaque ali dentro. — Você bem sabe que estamos no canto do castigo para policiais problemáticos. A verdade é que ninguém quer trabalhar no Alasca por muito tempo.

— Eu sei, eu sei. Mas tinha uma porcaria de boneco macabro dentro da barriga da garota. Olhos de vidro, dentes que pareciam de alce. Sem contar o corte. — Gustavo olhou para a mesa de bilhar quando um dos jogadores soltou um palavrão. — Ela tem motivos pra pensar que Elsa estava grávida. — Bebeu o resto da água tônica.

— Já cogitaram que o assassino fez isso para que pensássemos que a garota teve um filho? — opinou Adam. — Quem garante que o corte foi feito dez anos atrás?

Gustavo recordou a imagem do corpo retalhado no necrotério. Imaginou Elsa Rugger amarrada num lugar escuro, lutando para libertar-se. Um casaquinho de malha mal escondendo a barriga grande e arredondada. Ela estava grávida. Pelo menos ali, na sua novela mental.

— Tenho certeza de que Allegra prefere continuar acreditando na gravidez — explanou Gustavo quando voltou a si. — Se isso for verdade, o que o maníaco fez com a criança?

— Você confia nela? — Adam parecia preocupado.

Gustavo hesitou um tempo, mas acenou que sim.

Adam esfregou o rosto e pediu outra dose. Seus olhos se desviavam para pontos aleatórios do bar. Ele estava nitidamente decidindo se contaria algo ou não.

— Foda-se. — Ele recuou na cadeira ao perceber que tinha falado em voz alta. — Em 1983, antes de as investigações começarem, eu já tinha um suspeito para o sumiço da garota. — E continuou revelando uma parte dos fatos que não constava nos relatórios. — A melhor amiga dela me contou que Elsa estava saindo com um rapaz que vinha buscá-la quase todos os dias na saída do colégio. Ao que parece, não era nada sério, e a família não sabia desses encontros. Quando conseguimos interrogá-lo, o cara apareceu na delegacia com o melhor advogado da região e nos apresentou um álibi estranho para o dia do desaparecimento. Ele foi liberado no mesmo dia. — A forma como se referia ao rapaz mostrava que havia algo naquela história que não conseguia engolir.

Gustavo mantinha os olhos fixos no rosto do chefe, tentando enxergar algo oculto na expressão dele.

— Uns três dias depois, o advogado conseguiu uma ordem judicial para que retirássemos o nome do rapaz dos registros, alegando que aquilo poderia atrapalhar a carreira dele. — Adam fez um sinal para que trouxessem logo seu conhaque. — Porra, o moleque era um viciado filho da puta. Que tipo de carreira um merdinha daquele teria? — indagou, entrando numa espécie de transe. — Puta merda, já faz dez anos.

Gustavo deu um tapinha no ombro dele.

— Você está ficando velho.

— É — concordou Adam, acariciando a barriga. — O nome do rapaz é Sean Walker. Pelo que sei, ele casou com uma mulher de Alyeska tempos atrás. Tiveram um filho, mas acabaram divorciando.

— Sean Walker. Sabe onde posso encontrá-lo?

— Não tenho certeza, mas da última vez que tive notícias me disseram que ele vivia num chalé no alto da montanha.

Um chalé na montanha.

— Acha que ele ainda vive lá?

— Não faço ideia. — O bafo de Adam fedia a álcool. — Mas, se quiser saber se a Elsa estava grávida, ele é a melhor opção.

10
Riacho do Alce, Alasca
26 de dezembro de 1993

O céu estava escuro quando Cheryl Hart entrou no curral com um fardo de feno para os cavalos. Ela normalmente não se importava de trabalhar até tarde, mas naquele dia estava cansada demais. O médico da família havia dito que esperaria mais duas semanas antes de tirar o bebê à força. *Só mais alguns dias.* Respirou fundo, espantando o cansaço. Enrolada em diversas camadas de roupa e coberta com um poncho cujas rendas arrastavam no chão, começou a distribuir porções de feno entre as baias. Os cavalos resfolegavam e quebravam os ramos com os dentes, fazendo ecoar no curral o único barulho que se ouvia na fazenda.

Depois de servir o último cocho e acariciar a égua malhada que ganhara no início do ano, Cheryl pegou a tina e encaminhou-se ao poço da propriedade. Estava escuro, mas a lâmpada do curral iluminava o caminho. Ela esfregou o nariz rosado, prendeu a tina na corda e a atirou no poço, logo em seguida a ouviu batendo no gelo ali embaixo.

— Droga. — Recolheu a corda para uma nova tentativa.

Antes que a tina parasse de bater nas paredes, ela ouviu passos na neve. Torceu o pescoço e olhou para trás, mas não viu ninguém.

— Pai? — chamou. — É você?

Não obteve resposta.

Achou estranho que os pais tivessem terminado tão depressa de ordenhar as vacas.

Assustada, puxou a corda para desprender a tina. Então ouviu outro passo. Um odor nauseante pairava no ar. Olhou para trás, e seus músculos amoleceram quando viu um homem ali, observando-a. As alças da mochila que ele carregava estavam manchadas e o objeto que tinha na mão fez Cheryl recuar.

— O que você quer? — A voz dela tremia.

O homem avançou.

— Você — respondeu ele.

Cheryl gritou, mesmo sabendo que os pais não a ouviriam da estrebaria. Ela recuou e esbarrou nas pedras geladas do poço. Seus olhos claros desviaram para uma estreita trilha que levava ao bosque, pela qual costumava andar a cavalo até poucos meses antes, antes de o médico dizer que seria melhor ela dar um tempo. Estudou as possibilidades que tinha e, num impulso, decidiu que aquela seria a melhor saída, visto que o homem estava parado entre ela e o caminho que a levaria em segurança para a estrebaria.

— Vá em frente — disse o homem, olhando para a trilha. — Apenas tenha cuidado. Se respirar alto demais, vou te encontrar. — Ele estendeu o braço, permitindo que ela corresse. — Vou contar até dez.

Cheryl sentiu vontade de chorar ao adentrar a floresta escura. Sabia que não conseguiria correr rápido o suficiente carregando um barrigão de oito meses. Odiava a escuridão, embora naquela ocasião ela pudesse ajudá-la a esconder-se entre as árvores.

— Um... Dois... Três... — O homem fazia uma longa pausa entre os números, como se brincasse de esconde-esconde.

Procurando a porção mais densa da mata, Cheryl torceu para que a ausência de luz ocultasse suas pegadas. Antes de chegar ao primeiro desnível do caminho, pensou que estava indo bem, até perceber que a neve das últimas semanas tinha deformado a paisagem, cobrindo as marcações e estreitando as trilhas que julgava conhecer tão bem.

— Quatro, cinco, seis... — A pausa entre os números diminuía, e a voz do homem ficava mais distante.

Quando localizou um pinheiro de tronco largo, parou para recuperar o fôlego. Costumava jogar voleibol na escola, mas depois que descobriu a gravidez afastou-se da quadra e acabou engordando alguns quilos. Apoiou a mão no joelho e apurou o ouvido. Não ouvia mais a contagem, nem galhos quebrados e passos na neve, apenas o gorgolejo do riacho e sua própria respiração ofegante.

Olhou para a barriga e sentiu medo, mas começou a correr de novo. Sabia que encontraria refúgio na fazenda dos Johnson se conseguisse seguir o riacho até o fim. Chegaria gritando, bateria na porta e encontraria o sr. Johnson, que imediatamente pegaria um rifle e acabaria com o martírio dela. Ela só precisava fazer sua parte e correr.

Cheryl entrou no riacho e a água lhe cobriu até a altura dos joelhos. Fazia tanto frio que ela não demorou a ter cãibras. Seguiu em frente, respingando água para os lados toda vez que dava um passo. Ao chegar ao lajeado, afastou um galho seco do caminho e ouviu o homem gritar:

— Muito barulho, menina. Muito barulho.

Não havia jeito de fazer silêncio andando na água. Pensou em seguir pela beirada, mas o problema seriam as pegadas. Àquela altura, suas roupas já estavam encharcadas. *Vou morrer*, pensou. Mas seguiu em frente. Só assim chegaria aos Johnson. A laje de pedras ficou para trás. A água batia na sua cintura.

Aguentou correr naquele ritmo lento por mais três minutos antes de enroscar-se numa raiz e tombar para a frente, engolindo água com gosto de terra. Tossiu, tapando o nariz e forçando a mão contra a boca para que não fizesse tanto barulho. Passado o pânico inicial, olhou para os lados e viu que o homem não estava por perto. Queria continuar. Mas seus músculos não obedeciam aos impulsos que o cérebro enviava. Arrastou-se até a margem. Estava exausta. Deitada, com a barriga no chão, ela pensou na fazenda dos Johnson, que sempre pareceu tão perto e naquele momento estava a uma distância inalcançável. Respirou fundo e ficou em silêncio. Quando ouviu passos na neve, arrastou-se até um tronco para se esconder.

Sentou-se, tentando expulsar a sensação ruim que se apoderava dela. *Está escuro demais. Ele não vai me ver.* Pegou uma pedra ao perceber que os passos se aproximavam. Ficou imóvel. Os batimentos cardíacos forçavam os tímpanos. *Vou morrer.* Em poucos segundos, os passos se afastaram, fazendo-a imaginar que tinha conseguido.

Tentou arrastar-se para trás de outra árvore pela grossa camada de neve, mas seus dedos começaram a arroxear. Quis ficar em pé, mas as pernas encharcadas tremiam como bambus em vendaval.

Apoiou os cotovelos no chão e ergueu a cabeça para olhar ao redor. Sentiu uma dor aguda e, em seguida, um líquido quente escorrendo entre as pernas. Pensou na possibilidade de ter urinado, mas a forte contração que veio logo depois a fez entender que o médico da família havia errado o cálculo. Tentou não gritar com a dor da segunda contração, mas foi impossível manter a boca fechada.

— Muito barulho, menina. — A voz estava tão perto que seu tom grave ribombava.

Olhou ao redor e viu o homem chegando ao seu lado. Soltou um gemido e se contorceu.

— Ah... meu... Deus! — exclamou ele, com voz cheia de entusiasmo. — Não me diga que... — Colocou a mão entre as pernas dela, sentindo o calor.

Cheryl explodiu em lágrimas. O bebê ia mesmo nascer ali, enterrado na neve, à beira do riacho, longe do hospital e dos avós, que tinham comprado um berço de madeira especial e decorado o quarto com papel de parede do Mickey Mouse.

— Por favor, me ajude — gemeu ela.

— Tenha calma. — O homem tirou a mochila das costas. — Tenho tudo de que precisamos aqui.

— Me leve pra casa, por favor. — Cheryl deitou de lado e fez força para fechar as pernas.

— Eu disse pra ficar calma. — O homem estava nervoso. — Já falei que vamos fazer aqui. — Pegou uma lâmina da mochila.

— Por favor, não. — Cheryl começou a gritar, como se soubesse que aquela seria sua última chance. — Socorro! Socorro!

O homem não se importou com os gritos, tampouco com a tentativa frustrada de fuga que Cheryl empreendeu quando se arrastou com dificuldade para perto do riacho. Com cautela, ele retirou um frasco da mochila, embebeu um pano com o líquido e se aproximou dela.

— Que nome vamos dar para a criança? — indagou.

— Por favor — clamou Cheryl uma última vez. Lágrimas quentes escorriam pelo rosto gelado dela.

O homem esboçou um sorriso.

— Durma bem, doce menina.

11
Riacho do Alce, Alasca
27 de dezembro de 1993

Faltavam quinze minutos para as quatro da manhã quando Gustavo desistiu de dormir e foi para a cozinha. Abriu a torneira e encheu um copo até a água transbordar. Devagar, ele atravessou o corredor e deixou-se cair na poltrona da sala.

Mirando o horizonte ali da janela do quinto andar, pegou o controle remoto e ligou a televisão. O brilho da tela o obrigou a cerrar os olhos. Pensou quando fora a última vez que havia assistido ao seu canal favorito, mas só conseguia se lembrar do noticiário, que ficava ligado durante todo o expediente na delegacia. Recostou-se na poltrona e apertou os números que levavam ao fantástico mundo do Discovery Channel. Com os olhos pesados, assistiu ao documentário sobre uma espécie de jaguatirica que vivia entre o México e a América do Sul capaz de imitar o som de bebês macacos em perigo, chamando assim a atenção dos macacos mais velhos. Depois de causar um alvoroço no grupo, a predadora ficava à espreita, aguardando pacientemente o momento em que os adultos descessem das árvores.

— Mais esperta que muitos humanos — disse Gustavo, bebendo um gole de água.

Enquanto a televisão mostrava imagens da jaguatirica se deliciando com as vísceras da sua presa, Gustavo matutava sobre o método que o assassino empregara para atacar Elsa Rugger, Carlo Cabarca e os policiais. Bebeu mais um gole de água, umedecendo a garganta seca. Logo concluiu que Elsa era o filhote de macaco, facilmente iludido; Carlo, o macaco velho; e os policiais de Palmer, os macacos adultos emboscados, sem chance de revide.

* * *

Quando acordou a segunda vez, a cidade zunia com motores, máquinas pesadas trabalhando e o burburinho dos funcionários nas lojas da avenida principal. Era segunda-feira. Gustavo saltou da poltrona e foi direto ao banheiro. Saiu dali vestindo calça jeans e jaqueta de couro, pronto para visitar o chalé onde vivia Sean Walker, o antigo namorado de Elsa Rugger. Desceu pelo elevador, ligou o carro e foi encontrar Allegra na delegacia local. Por telefone, na noite anterior, ele havia dito que não precisava de companhia. Contudo, Allegra fizera questão de viajar de Anchorage para estar presente.

Às nove da manhã Gustavo precisou dar meia-volta e seguir por outro caminho quando um caminhão removedor de neve entrou em ação para livrar as ruas da imensidão branca. Uma viatura de Anchorage estava estacionada na esquina da delegacia quando ele chegou. Não havia nenhum movimento no saguão, apenas as bolinhas coloridas que continuavam piscando mesmo depois de os festejos natalinos terem acabado. Em geral, os enfeites ficavam pendurados ali até a metade de fevereiro, antes que alguém decidisse removê-los.

— Bom dia, Gustavo. Como passou o Natal? — cumprimentou a recepcionista.

— Bom dia — retribuiu ele, com falsa animação. — Foi bem agitado. Cena de crime, delegacia, necrotério — brincou. — E o seu?

— Nada de empolgante — respondeu ela.

O toque do telefone interrompeu a conversa.

— A mulher de Anchorage está esperando na sala do Adam — cochichou a telefonista antes de atender.

Gustavo serviu-se de um copo de café no balcão e foi direto para a sala do chefe. Encontrou Adam sentado atrás da mesa olhando torto para ele e respondendo a Allegra algo sobre os desaparecimentos.

— Por Deus, Gustavo! — exclamou Adam, surpreso, interrompendo o que dizia. — Plena segunda-feira e você parecendo um trapo.

Gustavo abriu o zíper do casaco. Fazia calor na sala.

— Não consegui dormir bem — disse, cumprimentando Allegra acenando a cabeça. — Pelo menos aprendi sobre felinos sul-americanos.
— Discovery Channel? — perguntou ela, rindo.
— Educativo ao extremo. — Gustavo pegou uma cadeira e sentou.
Fez-se um breve silêncio.
— Antes de você chegar, nós falávamos de uma garota que desapareceu na noite passada — revelou Allegra. — Ficou sabendo de algo? Os pais disseram que ela sumiu enquanto tratava os animais.
Gustavo bebeu o resto de café e ficou brincando com o copo.
— Cheryl Hart? — perguntou.
Adam se antecipou e confirmou com a cabeça.
— Não é a primeira vez que ela foge de casa — disse Gustavo. — Não acho que seja caso de polícia.
— Eu já disse que ela vai aparecer — acrescentou Adam. — Aquela garota sempre foi um problema para os Hart. Dois anos atrás, decidiu que odiava a família e não queria mais viver no campo. Ficou três dias desaparecida até voltar pra casa arrependida.
Allegra encarou Adam.
— Então vocês a conhecem?
— Conheço toda a família, srta. Green. Mas já faz quase um ano que não os vejo. — Adam largou os papéis que estava segurando sobre a mesa. — Eles não saem muito. São reservados. Só vêm pra cidade quando precisam comprar algo — contou. — De qualquer forma, mandei um policial falar com os pais.
— Pode me manter informada?
Adam abriu um sorriso.
— Sei que em Seattle vocês ainda têm pesadelos com o merda do Ted Bundy, mas não está achando que temos um matador de mulheres solto por aqui, está?
A fisionomia séria de Allegra não mudou.
— Sabia que uma das vítimas do Bundy era de Anchorage? — emendou Adam, mas aquele papo não agradou. Ele estufou o peito. — Tudo bem então. Vou pedir pra te manterem informada.
— Obrigada. — Allegra recolheu os papéis da mesa. — Pronto pra visitar o Sean Walker? — perguntou, olhando para Gustavo.

12

Gustavo se acomodou no assento do motorista, deu partida na viatura e acelerou. Dobrou à direita na terceira esquina e ligou a seta para ultrapassar um veículo lento na faixa de mão dupla. Os resquícios de neve que não foram removidos dificultavam a direção. O carro chegou a derrapar algumas vezes.

A cidade de Riacho do Alce ficou para trás quando ele e Allegra cruzaram o portal de concreto com a escultura de um alce gigante. Ao lado do animal, uma bandeira do Alasca, com as oito estrelas amarelas sobre o fundo azul, tremulava com a brisa.

— Conhece Sean Walker? — perguntou Allegra.

— Nunca tinha ouvido falar. — Gustavo olhou para ela, tirando os olhos da estrada.

— Pensei que aqui todo mundo se conhecesse.

— A maioria, mas têm alguns que preferem viver isolados nas montanhas. E, nos últimos tempos, há vários rostos novos escapando da vida agitada e mudando pra cá. — Seu olhar tinha um toque de ironia.

Allegra sorriu.

— Você também não é daqui, é?

Ele fez que não.

— Brasil — respondeu. — Meus pais vieram pra cá quando eu tinha cinco anos. — Fez uma pausa. — O sonho americano e toda aquela baboseira de que qualquer um pode se dar bem desde que trabalhe bastante. Você já deve ter ouvido falar.

Ela assentiu.

— Conseguiram entrar legalmente?

— Conseguimos. Depois de três dias andando pelo deserto — brincou Gustavo. — Espero que não me julgue por estar roubando o emprego de vocês.

Allegra riu.

— Não julgo. Certa vez, não lembro onde, li algo mais ou menos assim... — Ela ficou em silêncio durante alguns instantes. — "Se você é contra a chegada de imigrantes ao país porque acha que essas pessoas desamparadas e sem domínio do idioma vão tomar seu emprego, então você é um bosta."

Gustavo também riu.

— Acho que vamos nos dar bem — disse. — Mas, pra ter certeza, preciso saber o que está achando do Alasca.

— Não é tão ruim como dizem. — Allegra deu de ombros. — Seria melhor se o sol aparecesse mais, mas fazer o quê?

— Você vai se acostumar. Se ficar bastante tempo aqui, vai poder contar aos seus netos que aprendeu a viver como um vampiro.

— Não gosto muito de sangue.

— Então está no emprego errado.

— Não diga!

A paisagem passava pelos vidros como um borrão enquanto eles subiam a montanha. Quando atravessaram uma ponte de madeira e pegaram um acesso secundário, cercado de mata em ambos os lados, puderam sentir o aroma que emanava dos gigantes pinheiros. Ali embaixo, entre os montes, um lago congelado refletia os primeiros raios de sol.

Continuaram andando por mais alguns minutos até avistarem a primeira cabana na mata. Tinha janelas escuras e parecia abandonada, embora um homem velho, de barba e cabelo longos, estivesse caminhando na frente dela com um machado no ombro.

— Cabanas velhas são a única coisa que vai ver por aqui — disse Gustavo, ao perceber o olhar curioso de Allegra. — Na montanha, ninguém se importa se você está vivo ou morto, se é rico ou pobre, ou se sua grama é mais verde que a do vizinho.

— Com isso eu poderia me acostumar. — Allegra acompanhou o velho com a cabeça à medida que a viatura passava por ele.

Quase no fim da estrada, onde ela terminava num imenso paredão de pedra, o contorno de um chalé marrom começou a ficar nítido. Gustavo reduziu a velocidade, vendo se era aquele o lugar. Estacionou no pátio, ao lado de um monte de troncos caídos que aguardavam virar lenha.

Saíram da viatura e foram direto para a porta, molhando os sapatos nas poças de neve derretida. Allegra bateu, enquanto Gustavo esperava mais atrás, desabotoando o coldre e deixando o revólver pronto para qualquer necessidade. Ninguém veio atender. A julgar pelo silêncio, talvez não houvesse ninguém ali.

Enquanto aguardavam, Gustavo deu a volta pela lateral do chalé. Um cheiro azedo vindo de uma fossa aberta cavada no chão o fez torcer o nariz. Por causa daquele fedor, recuou três passos, respirou fundo e prendeu a respiração. Espiou por entre a cortina da janela de vidro. Ali era a cozinha. Havia um rádio com uma luz verde piscando sobre a mesa. Na pia, transbordavam copos, pratos, talheres e restos de comida. Apesar da imundície, não viu ninguém ali dentro. Retornou para a frente.

— Sean?! — chamou ele, e bateu com força na porta.

Nada.

— Tem certeza de que é aqui? — perguntou Allegra.

— A estrada termina em trinta metros e não vi outro chalé no caminho. — Ele forçou o trinco. — Sean! — chamou de novo.

Ouviu alguém se movendo atrás da porta e logo um molho de chaves. Um homem magro feito palito abriu uma fresta e os mirou com os olhos semicerrados.

— Estão perdidos?

— Somos da polícia, senhor. — Allegra mostrou o distintivo. — Estamos procurando Sean Walker.

— Vieram ao lugar errado. — O homem olhou para o chão, parecia tenso. — Não estou metido no esquema de distribuição do pó. Sou apenas usuário. — Mostrou os braços furados.

Gustavo se apoiou no batente.

— Você é Sean Walker? — indagou.

Ele fez que sim.

— Precisamos falar sobre seu relacionamento com Elsa Rugger.

Fez-se silêncio. Depois de alguns segundos, as dobradiças rangeram e Sean permitiu que entrassem.

Allegra fez uma expressão de desgosto assim que colocou os pés no chalé.

A sala estava imunda. Seringas e agulhas tinham sido deixadas sobre a mesinha de centro, ao lado do cinzeiro cheio de guimbas. Havia um sanduíche mordido, com o pão verde de mofo, esquecido na estante perto da TV. O chão, liso de sujeira, não via um sabão havia meses.

Antes de oferecer um lugar para Allegra e Gustavo se sentarem, Sean coçou a virilha e foi para a cozinha pegar duas cadeiras estofadas, que não estavam em melhor estado que o sofá manchado e todo rasgado.

Eles se sentaram.

— Por que querem falar sobre a Elsa? — indagou Sean, com a voz trêmula. — Pensei que o caso estivesse encerrado.

— Você não é desses que assistem ao jornal, é? — Gustavo olhou de soslaio para a televisão empoeirada.

Fios de cabelo caíram sobre o rosto esquelético de Sean quando ele balançou a cabeça. Dava para ver que estava sob efeito de drogas.

— Estamos aqui porque a polícia encontrou o corpo de Elsa algumas noites atrás — relatou Gustavo. — Vamos iniciar uma nova série de interrogatórios com conhecidos e familiares para garantir que nada tenha passado despercebido na investigação de 1983.

Os músculos do rosto de Sean se contraíram.

— Pode nos contar como era seu relacionamento com ela? — perguntou Allegra com calma, para fazer o interrogado relaxar.

Houve um momento de apreensão quando Sean enfiou a mão no canto do sofá e pegou um maço amassado de Marlboro. Colocou o cigarro no canto da boca e riscou um fósforo.

— A Elsa era legal, mas jovem demais. — Ele olhava para lugar nenhum enquanto falava de modo arrastado. — Foi um amigo que nos apresentou. Ela era do tipo criançona, e eu só queria curtir. — Sean gesticulava com o cigarro na mão. — Tomar cerveja no píer, fumar escondido, dar uma volta de carro pela cidade. Fazíamos coisas que jovens desocupados fazem. Sabe como é. — Ele vacilava a cada frase. — Estão achando que eu a matei?

— Não estamos achando nada, senhor. Só queremos ouvir sua história.

Gustavo permaneceu calado, deixando que o charme persuasivo de Allegra tirasse de Sean aquilo que eles estavam ali para descobrir.

— Na real, a Elsa era bem grudenta — disse, e abriu um meio sorriso que fez seus dentes estragados aparecerem. — Toda vez que eu chegava ao colégio, ela imaginava um príncipe encantado montado num cavalo branco, como naquelas merdas de filmes da Disney. Eu gostava da gente junto e até tentei me esforçar, mas depois de um tempo percebi que não iria rolar — continuou ele, sempre desviando o olhar. — Caralho. — Fez uma pausa dramática e pegou o cigarro entre os dedos. — Dez anos e ainda guardo aquele presente que ela me deu antes de sumir.

Allegra e Gustavo se entreolharam.

— Presente? Pode mostrar? — pediu Allegra.

Sean levantou e entrou no quarto por uma porta ao lado da estante. Allegra e Gustavo ouviram gavetas abrindo e fechando ali dentro. Meio minuto depois, Sean retornou com uma caixa velha embrulhada num laço cor-de-rosa e a entregou para Allegra.

— Posso abrir?

— Fique à vontade.

Allegra desfez o laço e retirou o papel com cuidado. Colocou o embrulho de ursinhos no chão e remexeu no papel picado que escondia o presente. Soltou um longo suspiro ao retirar da caixa um sapatinho de bebê com cadarços amarelos finos.

Gustavo ergueu a sobrancelha.

— Foi isso que a Elsa te deu? — perguntou, sua voz entregava certa confusão.

— Foi. Esse deve ter sido o jeito mais fácil que ela encontrou pra me contar sobre o bebê.

— Então ela estava grávida?

— Estava. Achei que tivessem lido meu depoimento da época.

— Lemos. — Gustavo cuspiu as palavras. — E não havia nada nele.

— Bem, a primeira coisa que contei quando me chamaram pra depor foi sobre a gravidez. Falei que ela tinha descoberto pouco tempo antes, que ainda nem tinha contado pros pais, mas o policial não quis saber do assunto. — Era a primeira vez que Sean demonstrava alguma clareza na voz. — Horas depois de me liberar, o mesmo policial me procurou pedindo que eu não contasse sobre isso pra ninguém. Ele veio com a história de que a família não sabia do bebê e que já estavam sofrendo bastante com o sumiço da filha.

Allegra e Gustavo entreolharam-se mais uma vez.
— Lembra quem era o policial? — indagou Gustavo.
— Não — disse Sean, fazendo um gesto de negativa. — Faz tempo.
Gustavo se contorceu na cadeira.
— Tente lembrar. Vamos lá, Sean.
Sean colocou as mãos magras no rosto.
— Phelps — revelou por fim. — Se não me engano o sobrenome dele era Phelps.
Adam.

13

Na delegacia, depois de retornarem do chalé, Gustavo ficou olhando a plaquinha que indicava a sala do chefe. Nuvens camuflavam o sol. Fazia muito frio fora, mas dentro do escritório o calor aquecia os ânimos.

— Nunca ouvi tanta baboseira! — rosnou Adam, inconformado. — Você acha que eu daria informações sobre uma testemunha que poderia ter algo contra mim?! Acha que sou burro?

Allegra resmungou algo inaudível.

— Me poupe do seu julgamento — continuou Adam. Ele estava desalinhado, com o colarinho aberto e a gravata frouxa. — Esqueceu que fui eu quem te entregou a história e o endereço do Sean Walker?

— Não estou fazendo julgamento, sr. Phelps — disse Allegra, reduzindo o tom. — Só contei o que ouvimos da boca do Sean.

— Então tem que se esforçar mais pra esconder o que pensa — disse ele, se debruçando na cadeira. — Não sei como as coisas funcionavam em Seattle, mas aqui você não vai crescer pra cima de mim.

Gustavo pigarreou. Devagar, ele se aproximou da mesa e afastou uma pilha de envelopes para sentar na borda dela. Olhou para o porta-retratos na estante, que mostrava ele e Adam em uma pescaria que tinham feito no Parque Nacional dos Fiordes de Kenai três anos antes. Coçou a barba malfeita e encarou Adam.

— Adam, olha pra mim. Ontem, no Chacal Vermelho, você usou a expressão "álibi estranho" para explicar o motivo da liberação do Sean dez anos atrás.

— Usei — concordou Adam. — Na época, o advogado dele chamou duas testemunhas que confirmaram a versão de que o desgraçado não estava na cidade na noite do desaparecimento.

— E qual é a parte estranha?

— As testemunhas eram duas prostitutas — replicou Adam. — Elas dizem qualquer coisa se as pagarem bem. Cheguei a pedir que mantivessem Sean preso até o fim das investigações, mas descobri que a porcaria do advogado que o pai dele contratou jogava pôquer com o juiz. — Ele abriu a gaveta da mesa e pegou uma garrafa pequena com rótulo de conhaque. — Se importa? — indagou, olhando com cinismo para Allegra.

Allegra fez que não.

— Se estava desconfiado, devia ter insistido na prisão — disse Gustavo.

Adam bebeu um gole da garrafa.

— O problema é que não tínhamos um corpo. — Deu mais um gole e guardou a garrafa. — Na defesa, o advogado expôs que não podíamos manter o cara preso por um desaparecimento que talvez nem fosse criminoso. "Quem garante que Elsa Rugger não enjoou da vida simples e fugiu para Nova York?" Ainda lembro as palavras exatas daquele pilantra, campeão em livrar vagabundos da cadeia.

O escritório ficou em silêncio.

— Quais as chances de pedir um mandado de prisão preventiva para o Sean Walker? — perguntou Gustavo.

— Depois de tanto tempo e sem provas concretas? — Adam abriu os braços. — Acho bem difícil.

— Que merda. — Gustavo tamborilou na mesa. — Se ele mentiu, foi pra ganhar tempo. Temos que agir, ou ele vai sair da cidade.

Allegra suspirou.

— Sei o que podemos fazer. — Ela se esticou e pegou o telefone. — Conheço alguém que vai conseguir um mandado depressa se alegarmos que ele está envolvido com tráfico de drogas.

Gustavo a encarou.

— Algum problema com isso? — indagou ela.

— Não.

Allegra olhou para Adam.

— Então posso telefonar?

— Vá em frente.

14

Gustavo evitou bater a porta da viatura quando saiu. Com o revólver em punho, fez sinal para que os policiais da outra viatura dessem a volta e ficassem escondidos atrás das árvores, vigiando os fundos do chalé. Usando uma pilha de troncos como esconderijo, se agachou e estudou o local. A porta da frente estava fechada, a cortina cobria a janela da cozinha e os dois policiais avançavam sorrateiramente pelas laterais, protegidos pela sombra das árvores.

— Acho que ele não está aqui — disse Allegra, se esgueirando atrás dos troncos com uma pistola em punho.

— Vamos descobrir. — Gustavo engatilhou a arma. — E eu vou querer uma dessas quando voltar pra Anchorage. — Olhou para a pistola 7,65 milímetros dela e mostrou o revólver ancestral que usavam na delegacia de Riacho do Alce. — Agora também trabalho pra Divisão de Homicídios.

— Vou ver o que posso fazer.

Dando outra espiada na posição dos policiais de apoio, Gustavo saiu do seu abrigo e caminhou até a frente do chalé. Allegra o acompanhou. Antes que chegasse à varanda, ouviu uma música pesada tocando ali dentro. Com o pouco conhecimento musical que tinha, concluiu que era heavy metal. Não gostava daquela algazarra de gritos e instrumentos. Bateu com força na porta, duvidando que alguém pudesse escutar qualquer outra coisa além das guitarras e da bateria.

— Sean!? — gritou. — Sean Walker!?

Nenhuma resposta.

— Não estou gostando disso — disse Allegra.

— Fique de olhos abertos. — Gustavo conferiu o trinco.

Segurando o revólver, andou pela lateral do chalé rente às paredes. Desviou da fossa a céu aberto e espiou pela janela da cozinha. Nada diferente do que tinha visto horas antes. Seguiu para os fundos, onde encontrou um puxado com teto de folhas de zinco. Havia caixas de papelão cheias de armadilha para urso em cima de um banco e, penduradas em ganchos fixados nas treliças, duas redes de pesca entrelaçadas. Mais perto da parede, embaixo de uma lona laranja, Gustavo encontrou uma motocicleta com cadeado nas rodas. *Ele ainda está aqui*, pensou. Puxou a maçaneta dos fundos. Trancada. Então fez sinal para que os policiais atrás das árvores se aproximassem.

— Não deixem ninguém sair — disse e voltou para a frente do chalé.

Encontrou Allegra parada, apontando a pistola para a fechadura.

— Nada? — perguntou ela.

Gustavo fez sinal negativo.

— Afaste-se — pediu ele.

O primeiro chute nem sequer moveu a porta, mas o segundo fez ela se abrir com uma chuva de estilhaços. A sala cheirava a cigarro.

Depois de garantir que o cômodo estava seguro, Gustavo começou a procurar a fonte da música, mas logo percebeu que o aparelho não estava ali. Aquela barulheira vinha da porta semiaberta ao lado da estante.

— Ali — disse ele, apontando a porta para Allegra.

O som ficou ainda mais alto quando a abriram. Descobriram um quarto escuro, com janelas cobertas por cortinas grossas e pôsteres de bandas colados nas paredes. Os olhos dos dois logo se fixaram num em específico, pendurado perto da cabeceira e mostrando a imagem de um demônio criança sobre um fundo azul. BLACK SABBATH — BORN AGAIN, era o que estava escrito nele.

— Que coisa medonha — disse Allegra.

— O quarto ou esse troço na parede?

Gustavo desligou o aparelho de som, mas o silêncio só durou até o instante em que eles identificaram um novo barulho vindo de outra porta. Água corrente. Olhou de relance para a fresta inferior. Vapor saía dali. Fez sinal para Allegra, pedindo silêncio.

— Sean? — chamou ele.

Nada.

Num rompante, Gustavo entrou no banheiro inundado de água e vapor. Olhou para o chão e ergueu os sapatos na esperança de que não ficassem encharcados. Tarde demais. Mais à frente, vislumbrou uma cortina de chuveiro. Deslizou-a com o cano da arma e encontrou Sean deitado dentro da banheira, que transbordava água avermelhada.

Allegra se aproximou.

— Jesus Cristo.

A cena era aterradora.

Gustavo se apoiou na banheira e conferiu a respiração de Sean, sem se importar em ficar encharcado.

— Chame uma ambulância! Ele está vivo! — gritou.

Allegra guardou a arma no coldre e saiu correndo.

Sean estava imóvel, com os braços amarrados na torneira e as pernas entrelaçadas com cordames. Apenas sua cabeça estava fora da água. Foi possível ver que havia um ferimento atrás da orelha, embora muito sangue saísse pela boca. Quando Gustavo o pegou pelos cabelos e puxou sua cabeça para trás, impedindo que se afogasse, Sean se debateu e abriu os olhos. Ele encarou Gustavo. Parecia um morto-vivo ensanguentado. Suas pupilas estavam dilatadas, e de imediato começou a balbuciar algo. Era difícil entendê-lo.

— Está aqui... — As palavras não eram totalmente inteligíveis. — Ele está aqui... — Cada vez que abria a boca, mais sangue escorria.

— Fique calmo. A ajuda está a caminho. — Gustavo tentou acalmá-lo enquanto pegava o revólver e o mirava para fora, através do vapor. — Allegra? — chamou, temendo pela segurança dela. Ninguém respondeu. Quem tivesse feito aquilo, fora pego de surpresa pela visita da polícia e fugido dali, deixando o serviço inacabado.

Ficou parado, com o revólver em riste, como um caçador esperando o cervo que se aproxima. Mas o único cervo naquele chalé era ele. Concentrou-se. Se algum estranho aparecesse naquela hora, puxaria o gatilho sem pensar duas vezes. Ele esticou o braço e fechou a torneira, fazendo o banheiro mergulhar no silêncio.

— Você conhece quem fez isso? — perguntou.

Sean fez que sim. Um rio de sangue escorria da sua boca.

Gustavo virou-se para conseguir enxergar o interior do quarto. Mas o vapor e a escuridão o impediam de enxergar qualquer coisa. Seus batimentos aceleraram. Engoliu em seco, tentando encontrar um modo de se expressar e obter alguma resposta antes que fosse tarde.

— Sean, quem fez isso? — perguntou, fitando os olhos assustados do homem que estava morrendo em seus braços.

Com dificuldade, Sean moveu a cabeça.

— Um nome — insistiu Gustavo, balançando o corpo de Sean para mantê-lo desperto. — Me dê um nome.

Sean torceu os lábios e abriu a boca, mas acabou desmaiando.

— Merda! — esbravejou Gustavo.

Um som de passos cuidadosos veio do quarto.

Gustavo acomodou Sean de modo que não se afogasse, engatilhou a arma e pôs o dedo no gatilho.

O vulto de um policial surgiu.

— Olá? — adiantou-se ele.

Gustavo manteve o revólver apontado. Estava suado, com a calça jeans encharcada de água e sangue e o casaco úmido de vapor.

— O que aconteceu? — indagou o policial ao vê-lo.

— Conferiram o perímetro? — rebateu ele. — É provável que o criminoso ainda esteja por perto.

— Está tudo limpo. — O policial apertou o interruptor e a lâmpada incandescente clareou o banheiro. — Mas que porcaria é essa? — Assim como Gustavo, ele levantou os pés para não se molhar. — De onde vem esse aguaceiro?

— Daqui. — Gustavo ficou em pé. Seu coração estava mais calmo. — Deve ter alguma coisa bloqueando o ralo. — Colocou a mão na água e, sem fazer muita força, puxou algo dali. Sentiu náusea ao ver o que era.

— O que foi?

Gustavo franziu a testa e jogou no chão um pedaço de língua.

15
9 de agosto de 1986
Sete anos antes

As panquecas fumegavam, o vapor desaparecia assim que se desprendia delas. Depois de colocar a pasta de amendoim na mesa, Gustavo pegou o bule de café e alcançou duas canecas na prateleira empoeirada. Soprou-as, imaginando que o ar dos seus pulmões espantaria qualquer resquício de pó.

— É melhor lavar essas coisas. Sabe-se lá quanto tempo estão juntando sujeira. — Claire apareceu no corredor vestindo roupas de caminhada. Coturnos, calça militar, jaqueta e boné.

Gustavo fez uma careta e foi para a pia.

O canto dos pássaros pousados nas árvores da mata quase abafava a música do radinho toca-fitas que levavam para todo lugar que iam. *Burning Heart*, do Survivor.

Era verão. Com as tundras derretidas, aquela era a melhor época do ano para encontrar ursos emergindo de suas tocas de inverno. Embora as trilhas estivessem lamacentas, o que as deixava lisas e perigosas, se conseguissem subir o suficiente para avistar o horizonte, poderiam ver a migração dos caribus.

— Alguma chance de parar no lago e pescar um salmão pro jantar? — Gustavo colocou as canecas na mesa e abriu uma caixa de lenha para jogar alguns gravetos no fogo.

— Se sairmos logo, talvez a gente consiga catalogar os filhotes e sobre tempo pro salmão — respondeu ela. — Termine o café enquanto eu arrumo as coisas.

Na sala conjugada, jogados sobre uma poltrona xadrez, diversos apetrechos de acampamento esperavam ser guardados na mochila marrom. Havia biscoitos de avelã, garrafas d'água, corda, canivete, pederneira, spray para ursos, barraca e um revólver calibre 32. Para Claire, formada em biologia, trabalhar naquele projeto de proteção aos ursos-pardos era uma conquista pessoal. Desde que haviam recrutado os primeiros voluntários dois anos antes, a morte de animais por caçadores ilegais havia diminuído pela metade.

Quando o bule chiou, Gustavo pegou uma toalha rendada para tirá-lo do fogão e servir as canecas. O café, assim como as panquecas, também soltava vapor.

Entre mordidas e goles de café amargo, Gustavo mantinha os olhos fixos no tampo da mesa.

— Algum problema? — indagou Claire.

— Só pensando no que me contou sobre aquele cara que está te importunando no trabalho — disse ele.

Claire sorriu.

— Na verdade, estou analisando os prós e os contras de te trocar por ele. Ele é estranho, mas fiquei sabendo que é rico — brincou ela.

— Relaxa, amor, eu te disse que já está tudo resolvido.

— Sei. — Gustavo retribuiu o sorriso, olhando para o pote de pasta de amendoim. — Que nota você dá pras panquecas?

— Seis — respondeu Claire.

Gustavo apoiou o queixo nas mãos.

— Tá bom. — Claire manteve o tom de brincadeira. — Que tal sete? — E ergueu a sobrancelha.

— Sete é bom.

Terminaram de comer conversando sobre as notas que cada um tirava na época do colegial. Embora Claire tenha comprovado com números que era mais inteligente em quase todas as matérias, Gustavo ficou todo o tempo se gabando por ser o único aluno que nunca havia tirado nota baixa em educação física.

— Meus parabéns! Você é um atleta e tanto. — Claire bateu palmas. — Gostaria que fosse ágil assim quando o assunto é escolher o terno do casamento. — Ela o fitou com um olhar matreiro.

— O quê? — perguntou ele, se fazendo de desentendido.

— O alfaiate me ligou na quinta dizendo que você não apareceu lá.

Gustavo inventou uma desculpa esfarrapada.

— É que tive que atender um chamado na mesma hora. Prometo que faço isso na segunda.

— Se quiser ajuda, é só me dizer — ofereceu Claire.

— Pode deixar que eu me viro.

E então a luzinha vermelha do *walkie-talkie* que Adam havia dado a ele em caso de emergência acendeu.

— Só pode ser brincadeira — reclamou Gustavo.

O *walkie-talkie* começou a chiar.

— *Gustavo? Tá aí? Câmbio.*

Gustavo esfregou o rosto.

— Gustavo? — chamaram outra vez.

— Não vai responder? — perguntou Claire. Seu olhar denunciava certo desgosto, embora ela tenha tentado esconder.

Gustavo caminhou até a sala e pegou o *walkie-talkie* de cima da lareira.

— Na escuta. Câmbio — disse, com voz de poucos amigos.

— Desculpe o chamado, mas o Adam ligou dizendo que precisa de você. — A telefonista soava apressada. — Está havendo um assalto com reféns em Palmer e toda a força policial da região foi convocada.

Gustavo olhou para Claire antes de pressionar o botão de resposta.

— Tudo bem — cochichou ela. — É o seu trabalho.

— Tem certeza? Posso inventar uma desculpa.

— Pode ir. — Claire deu uma piscadela. — Mas, antes de voltar, passe no mercado e compre um salmão. Quero ver como se sai preparando peixe assado.

Gustavo sorriu. Amava aquela mulher.

— Diga ao Adam que estou a caminho.

16
Riacho do Alce, Alasca
27 de dezembro de 1993

Gustavo parou perto dos troncos na frente do chalé de Sean Walker. O céu carregado estava pálido e, no pé da montanha, a distância, via-se Riacho do Alce coberta pela neblina.

A ambulância que levava Sean ao hospital partira havia cerca de uma hora. Policiais se embrenhavam na mata que cercava a propriedade em busca de pegadas que mostrassem a direção em que o suspeito havia escapado. No interior do chalé, três peritos da criminalística vasculhavam os cômodos atrás de marcas, impressões ou qualquer resquício de material.

Gustavo entrou olhando para as tábuas alinhadas do assoalho. O cinzeiro na mesa de centro continuava repleto de guimbas, mas havia algo no braço do sofá que não estava ali durante a visita daquela manhã: uma seringa de vidro com o êmbolo empurrado até a metade. Pelo aspecto cristalino e pelo cheiro de ácido acético, julgou que era heroína. Uma colher de metal com o fundo esbranquiçado e um isqueiro deixado ao lado confirmavam sua suspeita. Devolveu tudo ao lugar e foi para o quarto. Encontrou Allegra encarando o pôster do Black Sabbath na parede.

— Há uma loja de discos na cidade onde você pode encontrar algo parecido. — Ele parou ao lado dela. — Não conheço seu gosto musical, mas acho que daria um bom quadro — zombou.

— Não, obrigada — suspirou Allegra. — Cansei de ouvir Black Sabbath quando dividia o alojamento da faculdade com minha irmã.

— Você tem irmã? E fez faculdade?

— Pois é.

— Interessante. — Gustavo varreu o quarto com os olhos. — Descobriram mais alguma coisa?

— Que a língua provavelmente foi cortada com estilete.

— Grande descoberta — ironizou ele.

Entrou no banheiro.

Havia um perito procurando marcas com um tubo de luz negra, como se aquilo fosse muito difícil. O piso e a banheira brilhavam tanto que era mais fácil procurar os locais onde não havia marcas. Olhando para as próprias roupas, Gustavo não pôde deixar de notar que sua calça e seus sapatos também brilhavam, como uma árvore de Natal.

— Alguma coisa?

— Encontramos evidências na sala e no quarto. Fios de cabelo, resquícios de sêmen e pequenas manchas de sangue — respondeu o perito. — Mas, como o lugar não é limpo há um século, e muita gente deve vir aqui, vai ser difícil identificar o que é relevante.

Gustavo analisou as paredes e o teto. A luz negra deixava o ambiente estranho. A capacidade de enxergar coisas além do alcance humano o deixava desconfortável. Mirou a banheira vazia. Sentiu um cheiro desagradável pairando no ar. Uma mistura de sabonete com os produtos químicos que os peritos utilizavam. Piscou duas vezes, esperando que isso o ajudasse a se concentrar.

Começou a refletir sobre o que havia ocorrido enquanto o assassino estivera no chalé. Imaginou-o nas sombras, observando Sean no sofá, entorpecido pelo efeito tardio da heroína. Um único golpe acima da orelha teria feito Sean desmaiar, o que facilitaria o trabalho de carregá-lo e amarrá-lo na banheira. Sean mal deve ter se mexido enquanto sua língua era cortada. A quantidade de sangue era enorme, mas a água corrente do chuveiro fizera grande parte da sujeira escorrer pelo ralo.

— Encontraram digitais na torneira? — Gustavo não se aproximou do perito para não atrapalhar o trabalho dele.

— Encontramos, mas estavam borradas e incompletas — informou o perito. — Quem as deixou tinha as mãos sujas de sangue.

Ficava cada vez mais claro que Sean estava a poucos minutos de morrer quando os investigadores chegaram. O assassino deve ter deixado o retalho de língua cair na banheira e corrido para procurar uma saída.

Gustavo ergueu os olhos para a janela basculante.

— Conferiu a janela?

— Achei resquícios de fibras vermelhas — respondeu o perito. — Tenho quase certeza de que é lã tingida.

Lã no basculante, digitais incompletas no banheiro, fios de cabelo que poderiam estar na sala havia meses e resquícios de sangue e de sêmen de viciados. Nenhum avanço. Concluiu que era hora de deixar os policiais trabalharem e fazer uma visita ao hospital para onde Sean fora levado.

* * *

A recepção estava silenciosa quando Gustavo e Allegra entraram no Hospital Beneficente de Riacho do Alce. O edifício de um piso estava longe de ser adequado para abrigar um estabelecimento de saúde, mas era o que tinham, visto que a ampliação que os dois últimos gestores prometeram não saíra do papel.

Atravessaram o curto saguão onde estava montado um pinheiro de Natal e, embaixo dele, um presépio. A estatueta de porcelana do pai de Jesus estava caída ao lado do berço. *Médicos não têm tempo pra resgatar um José de porcelana.* Gustavo se agachou e o arrumou.

Com as solas dos sapatos guinchando no linóleo, avançaram pelo corredor que conduzia à emergência. No caminho, encontraram uma enfermeira que pediu para aguardarem até que o médico pudesse atendê-los.

— Está uma correria aqui. — A enfermeira usava uma touca cirúrgica e suas mãos estavam esbranquiçadas de pó de luva.

— Só queremos saber o estado de Sean Walker. — Allegra colocou a mão no bolso em busca do distintivo. — Somos da polícia.

— Eu sei que são da polícia — afirmou a enfermeira. — Sentem e esperem um pouco. O médico vem logo.

Allegra sentou na longarina. Gustavo permaneceu de pé, observando um cartaz colorido com o desenho de um órgão genital feminino visto por dentro, e embaixo as palavras: "Cuide-se. Toda mulher é maravilhosa." Embora concordasse com a segunda parte, sentiu-se estranho olhando para aquilo. Corado de vergonha, resolveu se sentar.

— No que está pensando? — perguntou Allegra.

— No motivo de o assassino ter ido ao chalé justo depois da nossa visita — disse Gustavo. — Não deve ser coincidência.
— Não mesmo. Meu palpite é que talvez ele esteja envolvido e alguém estava vigiando-o — explicou ela. — Nossa presença foi o estopim. Você mesmo disse que ele balbuciou algo sobre conhecer o criminoso.

Gustavo concordou.

— Sean é nossa melhor chance. Precisamos dele vivo.

Dez minutos depois, um homem com cabelo lambido e estetoscópio no pescoço apareceu no corredor. Ele carregava uma prancheta embaixo do braço e fez sinal para que os investigadores o seguissem para dentro do consultório. Gustavo caminhou na frente, passando por cartazes tão estranhos quanto o primeiro.

— Fiquem à vontade — disse o médico. — Queria oferecer um café, mas estou sem tempo. Não estamos tendo um dia bom.

Allegra assentiu.

— Também estamos com pressa — disse ela, ajeitando-se na cadeira. — Só viemos verificar o estado de Sean Walker.

O médico olhou por cima dos óculos.

— O quadro dele é estável. — O prontuário estava aberto na mesa. — Ele chegou desacordado, com graves ferimentos na língua e na cabeça. Nós o sedamos, fizemos transfusão de sangue e realizamos o primeiro atendimento, mas vamos precisar transferi-lo para Anchorage. Ele necessita urgentemente de uma cirurgia de reconstrução de tecido, além de uma tomografia para avaliar a gravidade da lesão na cabeça — explicou.

— Mas ele ficará bem? — perguntou Gustavo.

O médico se reclinou na cadeira.

— Creio que sim — respondeu. — A remoção da língua pode parecer grave, mas não é. O mais complicado é a pancada na cabeça. Mas, se a tomografia não mostrar nada, poderão conversar com ele em dois dias.

Gustavo soltou um suspiro de alívio.

— Vão transferi-lo hoje?

— Vamos — disse o médico, fechando o prontuário. — Uma ambulância já está sendo preparada.

Gustavo olhou para fora. Não demoraria para o sol se esconder, deixando a escuridão reinar pelas quinze horas seguintes. Na parede do consultório, pendurado acima do aparador, um diploma universitário com moldura dourada refletia a luz da lâmpada. De certa forma, médicos e policiais levavam vidas parecidas. Mantinham-se firmes mesmo depois de terem visto a humanidade sob os piores ângulos.

— Queremos que o senhor preencha os papéis autorizando a presença de um policial na ambulância durante o transporte — solicitou Gustavo. — Temos motivos para acreditar que ele não estará seguro enquanto não pegarmos a pessoa que tentou matá-lo.

Os olhos azuis do médico cresceram.

— Acham que ela pode voltar?

— Sempre existe a possibilidade.

O médico se remexeu na cadeira. Os traços do seu rosto mudaram de médico centrado para espectador curioso.

— Quais as chances de que o ocorrido tenha a ver com o Homem de Palha? — indagou ele. — Foi assim que o apresentador do jornal batizou o assassino da autoestrada.

Gustavo e Allegra permaneceram em silêncio.

— Entendo. Não podem falar sobre o assunto. Vou preencher os papéis — disfarçou o médico, procurando uma caneta na gaveta. Sabia que fora inoportuno. — Avise seu policial que a ambulância partirá em meia hora.

***

O sol já tinha sumido quando as luzes da ambulância desapareceram rumo a Anchorage. A temperatura havia caído naquela última hora. O casaco de couro que Gustavo vestia já não era o suficiente para mantê-lo aquecido. Sentado no carona da viatura, ele olhava pela janela enquanto Allegra dirigia, dentro dos limites de velocidade.

— Quer que eu te deixe em casa? — perguntou ela, freando.

— Me leve para a delegacia. Preciso falar com o Adam sobre o chalé.

Allegra ficou séria.

— Não posso deixar você fazer isso. — Ela ligou a seta e entrou na avenida principal. — Adam não terá mais acesso aos detalhes da investigação até descobrirmos quem está mentindo sobre o depoimento do Sean.

Gustavo a encarou, mas não abriu a boca.

17
Anchorage, Alasca
28 de dezembro de 1993

O trajeto de Riacho do Alce a Anchorage levou menos tempo naquela terça-feira gelada. Talvez porque era Gustavo quem dirigia, acima do limite de velocidade. Allegra mexia nos botões do rádio, mudando de estação toda vez que começava a tocar alguma música que não era do seu agrado.

— Lamento informar, mas nenhuma estação vai tocar Black Sabbath a esta hora da manhã — disse Gustavo, quando Allegra mudou de estação pela terceira vez em dez minutos.

"*Oh, girls just wanna have fun.*" A voz aguda de Cyndi Lauper ecoou dos alto-falantes assim que a antena captou outra sintonia.

Eram 8h40 da manhã e ainda estava escuro quando eles entraram no estacionamento subterrâneo do Hospital Regional do Alasca. Havia uma dúzia de carros parados nas vagas de funcionário e alguns poucos na área dos visitantes. A iluminação ali era parca. Gustavo e Allegra saíram da viatura e foram em direção ao elevador. Um bipe soou assim que a grande caixa de aço parou no primeiro andar. Uma enfermeira e um paciente de muletas esperavam sua vez quando a porta abriu.

Havia diversas pessoas sentadas na recepção. Atrás do balcão de atendimento, uma recepcionista com cabelo preso levantou os olhos e saudou os dois investigadores com um sorriso automático.

— Posso ajudar?

— Poderia nos informar em qual quarto está o paciente Sean Walker? — Gustavo se apoiou no balcão de madeira. — Chegou ontem à noite, transferido de Riacho do Alce.

A recepcionista não desfez o sorriso e desviou o olhar para um policial que estava parado na porta do hospital.

— Desculpe, mas não estamos em horário de visita — disse, de forma simpática.

Quando Gustavo mostrou o distintivo, ela pegou o telefone, discou um número de três dígitos e pediu que alguém descesse.

— Sinto muito, mas fui instruída a ligar pro supervisor sempre que alguém chegasse pedindo pelo sr. Walker. — Ela voltou a atenção para a tela do computador.

— Sem problema.

Um número quatro vermelho brilhava no indicador eletrônico do elevador. Demorou alguns instantes para que o elevador chegasse ao térreo. Quando isso aconteceu, o agente Lakota Lee saiu dali acompanhado de um policial grandalhão.

— Chegaram na hora — disse Lakota. — Sean acabou de ser levado pro quarto. A cirurgia acabou e tudo correu bem.

— Como ele está? — indagou Gustavo.

— Precisou de muito sangue e plasma — revelou Lakota. — O médico disse que está estável, mas inconsciente. Vamos subir.

Atravessaram o saguão e entraram no elevador.

— Disseram quando poderemos falar com ele?

— Nas últimas horas, aborreci todos do hospital pedindo relatórios do progresso dele. — Lakota olhou para o chão. — Tudo que sei é o que contei.

Quando a porta se abriu no quarto andar, um policial barbado recuou um passo, permitindo que eles acessassem o corredor. Gustavo não deixou de perceber o aparato de segurança no local. Avançaram mais um pouco e pararam em frente a um quarto. Pela divisória de vidro, viram a cabeça enfaixada de Sean, sua boca estava cheia de curativos com algodão. Três linhas corriam no monitor cardíaco ao lado dele.

— Os sinais estão estáveis. — Lakota se aproximou. — Vou chamar o médico para que possam conversar.

Gustavo olhou para o fim do corredor quando ouviu um barulho. Um bioquímico vinha carregando uma bandeja com tubos de ensaio e seringas, e uma enfermeira entrou apressada num cubículo em cuja plaquinha fixada na porta estava escrito PREPARO. Pensou no número de pessoas que entravam e saíam dali todos os dias. *Centenas.* Mirou o policial perto do elevador e o guarda ao lado do quarto 401. O quarto em que Sean fora colocado era o primeiro do corredor, parcialmente isolado dos demais, de modo que o movimento de pessoas pudesse ser controlado. Por um instante, duvidou de que aquele fosse um lugar seguro, caso o assassino voltasse. Pela divisória, observou o peito de Sean subir e descer no ritmo da respiração.

— O que acha de colocar outro policial no corredor? — Os olhos de Gustavo denunciavam tensão.

Allegra olhou ao redor.

— Ele vai ficar bem — disse. — Outro policial só vai chamar mais atenção.

A resposta dela não o acalmou. Mas quando Lakota e o médico se aproximaram, Gustavo se sentiu melhor.

— Dr. Thorwald? — perguntou Allegra. O médico se empertigou. — Não sabia que seus dotes iam além de legista.

— Dois anos a mais de estudo. Traumatologia. — Thorwald ensaiou um sorriso. — Quando os mortos me dão folga, subo para tratar dos vivos. Vamos entrar? — Abriu a porta do quarto.

Gustavo manteve distância da cama, embora de onde estava fosse fácil identificar um inchaço anormal na lateral da cabeça de Sean.

— Como ele está? — perguntou.

— Fora de risco. — Thorwald mexeu nos botões do monitor. — A pressão sanguínea está estabilizada em 105/70. — Os números apareciam no monitor. — E a tomografia não mostrou lesão grave.

— Tem ideia de quando ele poderá conversar?

— Veja bem, investigador. Ele acabou de passar por uma cirurgia na língua, então é pouco provável que consiga falar qualquer coisa antes da cicatrização — explicou Thorwald. — Se o interrogatório for urgente, como penso que é — disse, olhando para o policial que vigiava a porta —, vocês poderão tentar se comunicar com ele através da escrita em breve.

— Em breve quando?

— Um paciente nesse estado leva, em geral, de um a dois dias pra recobrar totalmente a consciência. Mas preciso deixar claro que existe a possibilidade de que ele não se lembre de muita coisa.

18

Era o início da tarde.

No escritório da Divisão de Homicídios de Anchorage, Gustavo bebericava um café espresso e lia o jornal. O título do artigo publicado na primeira página do *Anchorage Daily News* daquele dia era: "Você conhece o Homem de Palha?" Embaixo dele, aparecia o retrato falado que a delegacia havia espalhado pela região.

— Sabe se recebemos alguma informação do retrato? — perguntou ele, olhando por cima do jornal.

— Cinco ligações entre ontem e hoje. — A agente Lena Turner apoiou os cotovelos na mesa, os cabelos claros caindo no rosto. — Três trotes. As outras duas eram de malucos dizendo ser o assassino.

Voltando a atenção ao jornal, Gustavo procurou a página do artigo. O início do texto descrevia os assassinatos da autoestrada. Parágrafos com detalhes sórdidos que o jornalista tinha conseguido com algum informante de dentro da corporação. A típica matéria que fazia os jornais se esgotarem nas bancas. Sangue na neve, corpos retalhados e uma pitada de sensacionalismo. A receita do sucesso jornalístico.

O jornalista ainda aventava a possibilidade de que um novo assassino estaria agindo na região. Ele citava todas as vítimas do *serial killer* Robert Hansen, o caçador de humanos, que tinha agido no Alasca entre 1973 e 1983. Robert, um hábil piloto de avião e exímio caçador, levava dançarinas e prostitutas até sua cabana na floresta, e as mantinha como escravas sexuais antes de soltá-las na floresta e caçá-las como animais.

Gustavo fez uma pausa na leitura para refletir sobre o que havia lido. Quando Allegra entrou no escritório trazendo o relatório da análise feita pelos peritos no chalé, ele colocou o jornal de lado.

— Notícias nada animadoras — disse ela. — Foram encontradas dezenas de impressões digitais diferentes. A quantidade de fios de cabelo no local é impossível de contar, e as gotículas de sangue na sala eram de no mínimo oito pessoas diferentes. — Ela aproximou a folha do rosto.

— Aquele lugar devia ser o salão de festas de todos os viciados da cidade — comentou Lena.

— Não tenho dúvida — complementou Allegra. — Havia resquícios de sêmen até no fogão.

O telefone da mesa tocou.

— Homicídios — disse Lena, atendendo.

Fez-se um momento de silêncio.

— Entendo. Diga que retornaremos a ligação. — Lena devolveu o telefone no gancho.

— Quem era? — questionou Allegra.

— A delegacia de Palmer dizendo que o xerife Tremper quer saber em que pé está a investigação — contou ela, com o rosto impassível. — Por que ele sempre se mete no trabalho?

— Porque o irmão dele foi uma das vítimas? — interpôs Allegra.

O telefone tocou outra vez. Intervalos curtos entre as ligações indicavam que algo muito errado estava acontecendo.

— Quer atender? — Lena olhou para Allegra.

— Fique à vontade. — Allegra abanou as mãos em negativa.

Lena atendeu outra vez:

— Divisão de homicídios.

De repente, ela ficou pálida e pegou uma caneta para anotar algo.

— Sigam o protocolo. Dois agentes chegarão aí o mais rápido possível. — Ela desligou o telefone, quase atônita.

Gustavo olhou para ela, querendo saber o que havia acontecido.

— Acharam o corpo da garota grávida que desapareceu em Riacho do Alce anteontem.

— Cheryl Hart?

Lena concordou.

— Encontraram-na mutilada, numa baia na fazenda da família.

19
28 de dezembro de 1993

Eu fiz.
Fazia tanto tempo que, por um instante, pensei que não seria capaz. As lembranças pulsavam em mim como um coração enfartado, empurrando o último sopro de vida pelas artérias entupidas de alguém prestes a morrer.
Eu fiz. E agora Cheryl Hart é meu troféu.
É madrugada, e a lua cheia inunda a terra congelada com seu brilho fosco. Em pé na cozinha, embalado pelo pio de uma coruja, ainda consigo sentir o calor do sangue fresco escorrendo pelos meus dedos. Fico lisonjeado de Cheryl ser minha agora. Ter ouvido, sentido e assistido ao último suspiro daquela jovenzinha de nariz rosado era a peça que faltava em algo que eu não sabia que estava incompleto. *Meu troféu.*
O chão de madeira da cozinha gela meus pés enquanto preparo uma dose de vodca com gengibre. Bebo um gole da mistura. Minha última refeição foi o café da manhã, de modo que o álcool entra direto na minha corrente sanguínea. A tontura da vodca é agradável, mas não me impede de manusear com perfeição a faca com que corto fatias de queijo e pico cebolas para o jantar. O toque contínuo da lâmina na tábua de carne me acalma.
Coloco os ingredientes numa panela de ferro.
Agora chegou a vez dos tomates, arredondados e bem vermelhos. A mesma cor que ficou o rosto de Cheryl quando terminei de lidar com ela. Pobre menina. Implorou pela sua vida quando fiz o primeiro corte.

— Nós mal começamos — eu disse, quando ela tentou escorregar para o riacho. — Tenha calma ou vamos perder o bebê.

Ela gritou.

Fiquei preocupado. De onde estávamos, era possível ver as luzes da fazenda vizinha. Rasguei um pedaço da barra da calça dela. Fazia frio. Muito frio. Por sorte, Cheryl se acalmou quando amarrei o tecido na boca dela e a fiz inalar mais um pouco de clorofórmio. Ela tentou não respirar, mas segurei o pano contra o nariz dela por tanto tempo que ela não pôde resistir. Ficou tonta, mas não adormeceu. O clorofórmio deve ter perdido o efeito depois de tanto tempo guardado no baú.

Ela fixou os olhos vermelhos de medo em mim. Um olhar vazio. Lágrimas escorreram pelo seu rosto. Uma cena de cinema. Ficamos daquele jeito durante um tempo, nos olhando e esperando que o pavor nos transformasse numa pessoa só.

— Por favor — pediu ela, num pequeno e terrível lamento.

— Tudo vai terminar logo, doce menina — disse, com a voz mansa.

A neve gelou minhas pernas quando ajoelhei. Meu coração batia como louco, e tive que me esforçar para não tremer. Cheryl quase não se moveu quando encostei a navalha na barriga dela e abri um corte horizontal, grande o suficiente para que o bebê fosse retirado. Eu não podia esperar a natureza fazer o trabalho. Sangue, gordura e líquido placentário aqueceram minhas mãos.

Respirei fundo.

Sou o dono das cordas. Ninguém vai me enforcar.

A pele de rena que carrego na mochila serviu para aquecer o bebê que removi de dentro dela. Estava todo lambuzado, mas não chorou. Não chorou. Cheryl o privara do primeiro choro, roubando todas as lágrimas dele, derramando-as em súplica momentos antes. Tomei o pequeno nos braços e o aproximei do rosto dela, presenteando-a com a possibilidade de ver o filho. Ela não sorriu, nem demonstrou emoção. Seus olhos permaneciam vidrados num ponto fixo qualquer, como se nada mais no mundo importasse.

Confesso que quase perdi a calma, mas é claro que eu não deixaria esse detalhe acabar com minha conquista. Coloquei o menino de lado, cortei o cordão umbilical e me concentrei. Deitei Cheryl de bruços e a agarrei pelos cabelos, erguendo sua cabeça e deixando seu pescoço vulnerável. Um segundo antes, senti o ar gelado no rosto, como um vento maligno assobiando na escuridão. Abri um talho de orelha a orelha, partindo a carótida e expondo a cartilagem. A neve salpicava-se de vermelho enquanto ela se debatia. Segurei-a com força, deixando o sangue escorrer e a vida esvair. Assim que terminou, me arrependi da rapidez com que fiz tudo. Deveria ter dado um pouco mais de esperança a ela.

Quando me afastei para lavar a navalha no riacho, resolvi que deixaria o corpo dela ali, banhando-se na luz da lua, para que os lobos a comessem. Guardei meus brinquedos, peguei o bebê e caminhei entre as árvores com a alma saciada. Antes que a escuridão me engolisse, olhei para trás e me despedi do meu novo parque de diversões.

Meu troféu.

O cheiro do molho de tomate cozinhando com a cebola picada é quase tão atraente quanto o cheiro de Cheryl Hart. Retiro a tampa da panela e aspiro aquele aroma. Diminuo a chama do fogão enquanto pego uma rama de manjericão para dar o toque final ao jantar.

Em breve, os holofotes estarão focados em um novo astro.

20
Riacho do Alce, Alasca
28 de dezembro de 1993

Gustavo olhou para o alto, para o crepúsculo sobre a fazenda dos Hart. Inalou o aroma de pinheiro e de esterco de vaca e esquadrinhou os arredores. A casa bem cuidada, o celeiro pintado de vermelho e branco, a estrebaria com os animais aglomerados e o curral coberto e mal iluminado de onde vinham as vozes. As fitas de isolamento indicavam o local onde o corpo tinha sido encontrado.

Para alcançar o curral, Gustavo e Allegra seguiram a trilha de pegadas indicada pelos peritos. Chegando ao galpão, iluminado por uma lâmpada amarrada na viga do teto, Gustavo olhou em volta. Baias para os animais, ferramentas dispostas na parede e um rolo de arame farpado no canto. Não viu nada de anormal, não fosse o corpo parcialmente escondido por uma tábua na última baia. Caminhou até ali, ainda analisando a cena do crime. O chão estava coberto de feno e não havia uma gota de sangue sequer, indícios de que a jovem fora morta em outro lugar.

— Gustavo? — chamou alguém.

Era Adam.

— Adam. Oi. — Gustavo manteve o rosto fechado.

Dentro da baia, Cheryl Hart estava nua e tinha um corte no pescoço, que ia de uma orelha a outra. Cartilagem e retalhos de carne apareciam por baixo da pele, embora alguém tivesse tentado costurar rapidamente o ferimento com fio de pesca. Na barriga grande e inchada, havia mais um talho, este feito com perfeição. Os seios estavam mutilados e o rosto tinha marcas escuras. Não bastasse a crueldade, Cheryl ainda estava pendurada nas vigas pelos pulsos. Embaixo do seu corpo, presa a uma barrigueira para que ficasse de pé, havia uma égua malhada morta, cuja cabeça estava cheia de marcas de pancada.

 Com a mão no rosto, Gustavo se lembrou do dia em que conheceu Cheryl. Ela ainda era uma criança com coque no cabelo quando o parou no mercado central de Riacho do Alce perguntando onde poderia conseguir uma arma igual à que ele carregava. Disse que também queria ser policial. Gustavo lembrou que abotoou o casaco para esconder o revólver. O sr. Hart então se aproximou pedindo desculpas e puxando a menina pelo braço falando para ela parar de importunar os outros.

 — Nunca vi nada parecido. — Adam pôs a mão no bolso e pescou um maço de cigarros.

 Gustavo ergueu uma das sobrancelhas e fez um demorado gesto afirmativo. Procurou a arma do crime, mas não viu nada. Chegou mais perto. De repente, sentiu um cheiro estranho, diferente de esterco. Algo químico. Aproximou-se mais. Não queria tocar no corpo, mas não pôde evitar. Tocou com a ponta do dedo indicador as coxas desnudas de Cheryl. Escutou o mesmo som seco que ouvira dias antes no corpo de Elsa Rugger.

 — Mesmo método? — perguntou Allegra.

 Gustavo concordou.

 Ele se virou para o perito que estava com Adam e perguntou:

 — O que temos até agora?

 — Cheryl Hart. Dezessete anos — respondeu o perito. — Desaparecida desde o dia 26. Estava grávida de 37 semanas. Os familiares disseram que estavam no outro lado da propriedade quando ela sumiu. — Ele correu o olho pelas anotações. — Quem a encontrou foi a mãe. Está em choque. Não conseguimos muita informação. Ela só disse que veio buscar feno e achou a filha desse jeito.

 — Alguma análise preliminar?

 — Terminaram de fotografar a cena há pouco — respondeu ele rapidamente. — Ainda não fizemos nenhuma análise.

 — Quero as fotos no escritório assim que forem reveladas.

 O perito assentiu.

 Gustavo estava intrigado. Fez um sinal para Allegra e apontou para a perfeita incisão na barriga de Cheryl.

— Tem luvas aí? — perguntou Gustavo ao perito, apontando para a maleta no chão.

O perito abriu a maleta e pegou um par.

Gustavo arregaçou as mangas do terno e colocou somente uma luva na mão esquerda. Com esforço, ficou na ponta dos pés para alcançar a boca de Cheryl. Enfiou os dedos quase até a garganta, mas não encontrou o boneco de palha que procurava.

— Temos que abrir o corte na barriga — disse.

— Não vou fazer isso aqui — disse o perito, arregalando os olhos.

Gustavo respirou fundo.

— Então me dê o bisturi. — Sua voz denunciava irritação.

— Tá ficando louco? — O perito olhou para Adam e depois para Allegra, esperando que eles interviessem. — O lugar de fazer isso é no necrotério. Não num curral.

Gustavo encarou Allegra, e foi incisivo:

— Você sabe o que significa se tiver uma porcaria de boneco dentro dela, não sabe? Assassinatos em série, Allegra. Então diga logo pra esse cara parar de enrolar e me dar o bisturi.

O perito recuou.

— Dê o bisturi pra ele — ordenou Allegra.

Gustavo agradeceu com a cabeça.

Ele pegou o bisturi e, com cuidado, enfiou-o no corte, seguindo a linha da incisão. Os fios usados na sutura romperam com facilidade. Ele virou o rosto, evitando olhar para o ferimento, e enfiou a mão até a altura do punho. Encontrou apenas uma cavidade oca. Embora não fosse especialista em anatomia, sabia o suficiente para concluir que os órgãos tinham sido removidos.

Fez força para alcançar a parte superior. Seu antebraço estava enfiado até a metade quando sentiu uma textura diferente. Puxou um objeto dali de dentro, que bateu nas coxas de Cheryl antes de cair no chão. Olhos de vidro e dentes de animal saltavam do rosto de um boneco de palha.

— Meu Deus — sussurrou o perito.

Gustavo fechou os olhos. Não queria nem imaginar o que tinha acontecido com o bebê.

* * *

Para cobrir uma área maior em menos tempo, os policiais e investigadores dividiram-se em quatro grupos e embrenharam-se na mata em busca do local onde a jovem tinha sido morta.

Poe, um pastor holandês batizado em homenagem ao escritor Edgar Allan Poe, tinha sido trazido pela patrulha canina para auxiliar na busca. Gustavo segurava Poe pela guia e seguia a direção para que o focinho dele apontava. Allegra os acompanhava com a arma em punho, pisando nos mesmos pontos para não afundar na neve fofa.

Gustavo ouvia apenas o som dos seus passos e o fungar de Poe. Mesmo com a ajuda da lanterna, não enxergou nenhuma marca ou detalhe que chamasse a atenção. Pensou no nome que o âncora do telejornal havia dado ao assassino. *Homem de Palha.* Os pelos do seu braço arrepiaram. Ele se esforçou para acreditar que o que sentia era apenas frio.

Andaram dez minutos até descobrirem uma trilha estreita obstruída por folhagens. Não precisar desenterrar o pé da neve a cada novo passo era reconfortante, mas aquela sensação de alívio durou apenas até Poe farejar algo novo.

Sombras corriam entre as árvores na escuridão toda vez que Gustavo direcionava a lanterna para a frente. Uma raposa ou o pio de uma coruja eram o bastante para assustá-los. Uma sensação desconfortável de que alguém os observava o assolou.

Apressaram o passo quando Poe mudou de direção.

Allegra quebrou o silêncio:

— Há quanto tempo conhece a família da garota?

— Desde sempre. — Gustavo olhou para trás. — Cidade pequena.

Fez-se um instante de silêncio.

Gustavo mudou de assunto.

— Lakota disse algo novo sobre o estado de saúde do Sean?

— Só o que já sabemos — disse Allegra. — Em breve vamos saber o que aconteceu no chalé.

Ouviram água corrente e se calaram. Poe forçou a guia até a beira de um riacho que serpenteava entre as árvores.

— Bom garoto. — Gustavo acariciou as orelhas de Poe e varreu os arredores com a lanterna.

Embora o tempo tivesse acobertado boa parte do que havia acontecido na mata, ainda era possível enxergar uma leve depressão na neve, que ia do riacho até um ponto três metros acima. Alguém havia se arrastado por ali. Perto do pinheiro mais próximo também era possível ver que a neve tinha um tom mais rosado.

Gustavo recuou.

— Temos que isolar a área e chamar os peritos. Foi aqui que ele a matou.

Allegra pegou o rádio, apertou o botão e falou:

— Encontramos o que parece ser o local do crime. A sudoeste do curral, na beira do riacho.

O rádio chiou.

— Entendido — respondeu um policial. — Estamos a caminho.

Quando Allegra desligou, Gustavo avançou até o meio das árvores. Tinha visto mais marcas. Pegadas quase invisíveis que desapareciam mais à frente. Não eram recentes, mas ainda eram pegadas. Ouviram um farfalhar. Gustavo sentiu novamente que alguém os observava. Colocou a lanterna entre os dentes e sacou o revólver. Uma rajada de vento levantou flocos de neve.

— Allegra, venha ver isso — chamou ele.

21

Fazia -12ºC quando Gustavo entrou no seu apartamento, em Riacho do Alce. Estava cansado. Era madrugada. Ele tirou as botas molhadas e as deixou ao lado da porta, depois jogou o casaco no sofá e foi para a geladeira em busca de algo para beber. Água tônica. Abriu a garrafa no encosto da cadeira, já todo esfolado, e bebeu quase metade sem respirar.

Alongou o pescoço, movimentando-o em círculos, para trás e para a frente, fazendo-o estalar. Aquela era a primeira vez em meses que o borbulho refrescante da água tônica não atendia as suas expectativas. Dessa forma, precisou recorrer à garrafa de rum que ganhara de Adam dois anos antes, guardada na prateleira atrás dos pacotes de macarrão instantâneo. Colocou um pouco num copo, espremeu meio limão e voltou para a sala.

Ligou a televisão, sintonizada no Discovery Channel, que daquela vez documentava os ataques de orcas a focas. Nas filmagens feitas a partir de um barco, quase não dava para enxergar as baleias, mas elas estavam ali, embaixo da água, esperando o momento certo de dar o bote e manchar a água de vermelho. A cor do sangue. A cor com que Moisés manchara as águas do Nilo, segundo a Bíblia. A cor com que o Homem de Palha manchara a neve na beira do riacho durante o último ataque.

— Uma baleia e seu filhote. Esta é a primeira migração dessa pequena baleia para o norte. — A voz do apresentador era grossa e afinada. — Ela passou cada momento da sua vida ao lado da mãe. — Uma pausa dramática, com som de ondas quebrando nas pedras. — Depois de uma viagem de mais de 3.900 milhas, agora elas estão quase chegando ao seu destino: as abundantes áreas de alimentação do mar de Bering.

O barulho das ondas e a maciez da poltrona ergonômica fizeram Gustavo fechar os olhos. *Uma baleia e seu filhote.* Bebeu um gole de rum com tônica e começou a pensar no depoimento do sr. e da sra. Hart que haviam colhido logo depois que os peritos isolaram a área.

Sob o efeito de calmantes, a sra. Hart tinha contado que o comportamento da filha havia mudado depois que descobrira a gravidez.

"Cheryl deixou de ser um problema para nós", dissera ela, apertando a mão do sr. Hart, que se esforçava para não chorar.

Dentre dezenas de informações pouco relevantes sobre Cheryl, eles contaram que o pai da criança era um homem cuja família parecia ter saído de um comercial de TV. Gustavo precisou pressionar a sra. Hart até ela revelar que o homem era filho do pastor da igreja que sua família frequentava.

Gustavo não era muito religioso. Só usava o nome Deus quando precisava demonstrar espanto. Tinha perdido a fé e o costume de acompanhar celebrações religiosas ainda adolescente, logo depois que sua mãe parou de obrigá-lo. Conhecia pouco o tal pastor, embora o visse constantemente pela cidade. Sabia que ele e a família eram reservados e que fora transferido para o Alasca havia pouco mais de um ano, por ordem da congregação, que costumava fazer um rodízio entre os pastores do país. Forçou a memória para tentar lembrar o nome dele, mas desistiu. Procurou no bolso o bilhete onde tinha feito anotações. *Pastor Edmund Jr.* Leu e guardou o papel.

Quando as orcas cansaram de estraçalhar focas e começou o comercial de um carro que seria lançado em 1994, Gustavo levantou e foi se preparar para o banho. Chegando ao quarto, percebeu, pela luzinha verde piscando na secretária eletrônica ao lado da cama, que havia recados não ouvidos. Apertou o botão REPRODUZIR e esperou o atendente de telemarketing oferecer um serviço exclusivo que faria toda a diferença na sua vida.

"Oi, filho. Vou mandar o Exército atrás de você se ficar de novo tanto tempo sem ligar." Era a mãe. "Liguei pra pedir pra você passar o Ano-Novo aqui. Javier e Lucia estão preparando uma grande festa. Eles reformaram o salão, compraram champanhe, fogos de artifício e tudo mais." A voz dela estava animada. "Faça um esforço. Eles ficarão felizes se você vier. Estamos te esperando. Amo você."

Gustavo sorriu.

Fazia onze anos que Dolores Prado vivia em Juneau, no sul do Alasca, quase na divisa com o Canadá. Mudou-se depois do divórcio, em busca de novos ares, e acabou abrindo um negócio que se tornou lucrativo em pouco tempo. Javier e Lucia Rivera, os pais de Claire, foram escolhidos para gerenciar a logística das lojas de eletrodomésticos quando a terceira filial, esta em solo canadense, fora inaugurada.

Gustavo chegou a tirar o fone do gancho para retornar, mas lembrou que já era madrugada. *Assassinatos em série.* Daquela vez, pelo menos, teria uma boa desculpa para não viajar.

Continuou até o banheiro e tomou um banho demorado, daqueles que fazem a pele enrugar. Depois, vestiu uma calça de moletom e foi para a cama. Queria passar um tempo pensando em Claire antes de dormir.

22
Anchorage, Alasca
29 de dezembro de 1993

A telefonista ofereceu café a Gustavo quando ele chegou à delegacia.
— Estou tão mal assim? — ele indagou.
— Nem tanto — respondeu ela. — Só acho que cairia bem para alguém que vestiu o casaco de trás pra frente.

Gustavo olhou para baixo e, vendo que realmente estava ao contrário, colocou o casaco do lado certo.

— Vou dispensar o café, mas obrigado pelo alerta — disse. — Se isso se repetir, não deixe de me avisar. — Abriu um sorriso.

A telefonista concordou com a cabeça.

Gustavo subiu até a Divisão de Homicídios. No segundo lance de escadas, cruzou com um homem de cabeça grande e fedendo a alcatrão. O cheiro azedo de cigarro o acompanhou pelo resto do caminho até o escritório.

— Hoje o dia começou bem — reclamou, ao entrar. — Não me diga que aquele cara estava fumando aqui?

Allegra, sentada atrás da mesa, ergueu os olhos e fez que sim com a cabeça.

— É o inspetor — revelou ela, pegando um envelope pardo da gaveta.
— Veio trazer as fotos da fazenda.

Gustavo pegou o envelope e o abriu.

— Lena também perdeu a hora? — perguntou.

— Ela está visitando delegacias na região. Pedi que nos conseguisse uma lista de desaparecimentos e assassinatos não solucionados desde

1980. — Allegra sentou no canto da mesa. — E mais cedo o Lakota me ligou dizendo que os médicos vão liberar o Sean para interrogatório amanhã. Faremos as perguntas e ele escreverá as respostas.

— Ótimo — respondeu Gustavo. — Falando nisso, quando vamos interrogar o filho do pastor?

— Seu amigo Adam conseguiu uma ordem e chamou o rapaz pra dar depoimento. Parece que ele é amigo da família, então o encarregaram disso. Os trâmites mudam quando o interrogado é filho de um pregador.

— Tudo bem pra você o Adam interrogá-lo?

— Ainda não sei. — Allegra apontou o envelope. — Mas estamos com tanta coisa pra fazer que nem reclamei.

Gustavo estudou as fotografias do crime.

A primeira imagem mostrava o exterior do curral, isolado com fitas amarelas. A qualidade da foto não era das melhores. O curral, a cabeça toda machucada da égua, os seios mutilados de Cheryl, o corte no pescoço e no abdômen dela.

Num segundo envelope estavam as fotos da floresta. A neve rosada, as pegadas que não levavam a lugar nenhum e a cena completa, onde apareciam policiais e peritos trabalhando.

Pegou uma das fotografias e foi para perto da janela, onde a claridade era mais intensa. Aproximou-a dos olhos. *Não pode ser.* Seu cérebro podia estar lhe pregando alguma peça. Queria estar enganado.

— Você viu essas fotos? — perguntou, arreliado.

Allegra fez que não.

— Olha esse homem de boné e óculos de grau com os policiais. — Gustavo a olhou com preocupação.

— O que tem ele? — Allegra não estava entendendo.

— É o filho da puta que fingiu ser policial na autoestrada — disse, nervoso. — Como ninguém percebeu essa merda?

Um silêncio incômodo se instalou.

Allegra voltou para a mesa e discou um número no telefone.

— Diga pro Norman vir aqui agora.

Em menos de um minuto, o perito que tinha se recusado a abrir o corte na barriga de Cheryl na noite anterior entrou pela porta.

Norman cumprimentou Gustavo com um aceno meio encabulado e perguntou:

— Algum problema?

Allegra colocou a fotografia sobre a mesa.

— Esse homem de boné escuro. Quem é?

Norman precisou de um segundo para processar a imagem.

— É o motorista do carro que levou o corpo da garota ao necrotério.

Esfregando a testa, Allegra resmungou algo inaudível.

— Sabe a hora que essa foto foi tirada? — indagou Gustavo.

Norman apertou os lábios.

— Acredito que enquanto o depoimento dos pais era colhido.

De repente, o tempo se tornou escasso. Até o tique-taque do relógio de parede atrás da mesa soava mais rápido que o normal.

— Por favor, me diga que o corpo não foi levado pro necrotério do Hospital Regional — disse Gustavo, não querendo ouvir a resposta.

— Foi — respondeu Norman.

Naquele instante, até a claridade que vinha da janela ficou embaçada. Gustavo olhou o relógio. Mais de 18 horas haviam passado desde que aquela fotografia fora tirada.

— Ligue agora pro Lakota e ordene que reforcem a segurança no quarto do Sean. — Embora fizesse frio, suor porejava da testa de Gustavo. — O assassino está no hospital.

23
9 de agosto de 1986
Sete anos antes

Gustavo permanecia escondido atrás da lixeira, nos fundos da joalheria em Palmer. Informações preliminares davam conta de que duas horas antes um jovem armado tinha invadido o local e mantinha o proprietário e uma cliente reféns.

— Algumas testemunhas disseram que é um bandidinho que costuma invadir residências — contou Adam quando Gustavo chegou. — Parece que desta vez ele resolveu dar um passo maior do que a perna e perdeu o controle.

Gustavo esticou o pescoço por cima da lixeira para espiar o beco. A calmaria ali era apenas aparente. Enquanto policiais especializados esgotavam as possibilidades de negociação, ele relaxou os ombros e examinou o revólver. Abriu o tambor e o completou com as duas balas que faltavam, fechando-o em seguida com um movimento da mão.

Ouviram um disparo dentro da joalheria. Gustavo se preparou. Os curiosos que assistiam ao desfecho atrás do cordão de isolamento gritavam. Espiou novamente. Uma mulher empurrou a porta de trás e cambaleou antes de cair. Ela ainda tentou se arrastar, mas não conseguiu continuar. Um filete de sangue começou a escorrer pelo asfalto. Tinha sido baleada.

Outro disparo. Vidros estilhaçando. Mais gritaria.

Gustavo engatilhou o revólver quando o bandido saiu usando o proprietário como escudo. Estava a aproximadamente cinco metros de distância deles e pôde ver o medo nos olhos do joalheiro, que implorava para que não fosse morto enquanto o bandido o arrastava em direção ao beco. Colocou o dedo no gatilho e apontou a arma, mantendo a mira firme enquanto eles se aproximavam da lixeira.

Prendeu a respiração.

Um jato de sangue espirrou no muro de tijolos quando ele atirou, acertando o bandido na têmpora direita. Enquanto ele espasmava, mais morto do que vivo, o joalheiro se desvencilhou e correu em direção aos policiais que saíam da loja.

Gustavo passou o restante daquela manhã e toda a tarde respondendo perguntas, esperando autoridades e assinando papéis na delegacia de Palmer. Toda vez que levava as mãos para perto do rosto, podia sentir o cheiro de pólvora nos dedos. Depois de ser liberado pelo xerife, ele ainda precisou ficar mais uma hora conversando com um psicólogo antes de receber a arma e o distintivo de volta e poder voltar ao trabalho.

— No seu lugar, eu teria feito o mesmo — disse Adam, assim que saíram da delegacia. — Aquele merdinha ia acabar matando mais gente se conseguisse se livrar.

Gustavo entrou no carro.

Eram 19h08 quando retornou para Riacho do Alce. Quinze minutos depois, estava saindo da feira de peixes com os temperos e o salmão fresco que prepararia no jantar com Claire. Passava um pouco das oito da manhã quando estacionou o carro na frente da casa de campo alugada.

Os dias eram mais longos no verão do hemisfério norte.

Passou pela sala e não viu a mochila de caminhada. Olhou o relógio, calculando ter cerca de meia hora para começar os preparos se quisesse o salmão no forno quando Claire chegasse. Apressado, ele colocou as compras na estante e começou a preparar o molho de manteiga com limão.

Às 20h26 colocou o salmão para assar.

Enquanto ele assava, espalhando um agradável aroma de ervas e manteiga, Gustavo não parava de olhar pela janela. Os minutos passavam. Ia da cozinha para a sala. Da sala para a cozinha. Em certo momento, enxergou nas árvores o borrão de um urso-pardo com seus filhotes.

Claire não tinha costume de caminhar até tarde e, embora o sol ainda estivesse no céu, logo escureceria.

Às 21h06, quando o forno emitiu um sinal sonoro e desligou sozinho, Gustavo estava calçando um coturno de couro para procurar Claire.

— Claire! — chamava a cada trinta metros.

Apenas o vento e os pássaros respondiam.

Foi assolado por uma onda de preocupação. Ele caminhou por quase duas horas, procurando nas trilhas principais e se enfiando nas pouco utilizadas. Havia pegadas que levavam a todas as direções e, como aquela era uma área de caminhada grande, seria impossível saber qual delas pertencia a Claire. Todo o horizonte, para onde quer que olhasse, era cortado por elevações e árvores com musgo. A noite chegava depressa.

Sentindo a preocupação se transformar em desespero, pegou um caminho alternativo que descia em direção ao lago. Quando os últimos raios de sol se foram, encontrou um grupo de adolescentes montando acampamento no descampado perto da água.

Quando chegou perto deles com a lanterna, duas jovens de cabelo loiro recuaram e se postaram atrás dos garotos.

— Boa noite — disse a eles, apoiando-se nos joelhos para tomar fôlego.

— O que quer aqui, cara? — indagou um garoto de fala arrastada, largando os canos da barraca que tentava montar.

— Estou procurando minha esposa. — Gustavo afastou os braços, mostrando que não estava armado. — Talvez vocês tenham cruzado com ela. Tem cabelo comprido e escuro. Vestia calça militar, jaqueta e boné.

Os adolescentes se entreolharam.

— Não a vimos — respondeu outro. — Não andamos pelas trilhas hoje. Ficamos o dia todo na beira do lago.

— Tudo bem. — Gustavo tentou não perder o controle. — Eu, eu... Vou voltar. Talvez ela tenha retornado. — Esforçava-se para acreditar.

Voltou para o alto da montanha, até que a claridade da fogueira no acampamento sumisse. Começou a correr, para chegar mais depressa.

Abriu a porta da casa com violência.

Vazia.

Até o cheiro dos temperos do salmão tinha sumido.

Pegou o rádio da estante e sintonizou o canal da emergência.

— Adam, você está aí? — Esperou alguns segundos. — Adam!

— Na escuta — respondeu Adam. — Não me diga que precisa de ajuda pra preparar o peixe? — brincou.

— Adam! Preciso que envie uma viatura agora. — Sua voz soava afobada. — A Claire saiu pra caminhar de manhã e ainda não voltou.

24
Anchorage, Alasca
29 de dezembro de 1993

Allegra contou cinco toques até que alguém no hospital atendesse.
— Aqui é do Departamento de Homicídios — apresentou-se ela. — Transfira a ligação pro agente Lakota Lee. É urgente.
A atendente cochichou algo com uma terceira pessoa.
— Um instante, por favor.
O telefone ficou mudo por tempo suficiente para que Allegra ficasse nervosa. Ela rabiscou com um lápis uma folha de papel e bebeu um gole de água da garrafa plástica que havia comprado mais cedo.
Uma voz masculina atendeu.
— Alô.
Ao perceber que não era Lakota, ela disse:
— Alô. Preciso falar com Lakota Lee. É urgente.
O desconhecido fungou no outro lado da linha.
— O Lakota não está aqui. Ele está acompanhando o Sean Walker num exame solicitado pelo dr. Thorwald Morris. — Fez uma breve pausa. — Tomografia.
— Tomografia? — indagou Allegra com a voz carregada. — Sean Walker não está no quarto?
— Não, senhora.
Outra pausa.
— Sabe dizer há quanto tempo o levaram?
— Uns trinta minutos, senhora — respondeu o homem.
Apreensiva, Allegra olhou para o relógio de parede do escritório.

Na sua frente, parado em pé perto da mesa, Gustavo mantinha a testa franzida de preocupação.

— Preciso que mande um guarda à tomografia agora — ordenou ela.

O homem afastou o telefone da boca e conversou com alguém.

— Um guarda está a caminho — disse. — Algum problema?

— Peça que mantenham a vítima em segurança até nós chegarmos — disse ela. — Precisamos do Sean Walker vivo.

Allegra ouviu pessoas gritando e, em seguida, o telefone sendo deixado sobre uma superfície.

— Alô? — chamou Allegra. — Alô?!

Som de correria.

O homem voltou ao telefone.

— Senhora, temos um problema.

Allegra esmagou a ponta do lápis na folha de papel, sentindo uma pontada na cabeça. Tinham perdido o controle.

— Senhor, preciso que me escute — ordenou ela. — Mande os guardas fecharem todas as saídas e avise o diretor do hospital que temos um alerta vermelho.

***

Gustavo olhou por cima da fita de isolamento para o corpo do dr. Thorwald estirado na sala de tomografia. As prateleiras estavam bagunçadas e havia caixas no chão. Mais perto da porta, o tomógrafo estava salpicado de vermelho, e havia bastante sangue nas paredes.

— Algum sinal de Sean Walker ou do agente Lakota Lee? — perguntou ele a um policial de passagem.

— Nenhum. — O homem correu o olho pela sala. — Mas já estão analisando as fitas de vigilância.

Gustavo andou pelo corredor olhando para cima, à procura das câmeras. Não viu nenhuma. Subiu pelo elevador até o último andar, onde Allegra, a enfermeira-chefe e o diretor do hospital assistiam às gravações num cubículo abafado. Apenas a enfermeira olhou na sua direção quando ele entrou.

— Reconhecem todos? — Allegra pausou o vídeo em preto e branco. A tela mostrava funcionários entrando no elevador no quarto andar.

— É difícil dizer. — O diretor aproximou o rosto do monitor. — As duas da frente são enfermeiras e o de cabelo raspado é fisioterapeuta.

— Certo. — Ela anotou o que ele dissera num papel. — Como vocês transportavam o Sean Walker quando precisavam levá-lo para outro lugar?

— Com uma maca.

— Então ele provavelmente foi levado pelo elevador.

— Provavelmente — confirmou o diretor. — O problema é que, como eu disse, as gravações das últimas horas sumiram. A única fita que sobrou é essa que está no vídeo.

— Que começou a ser gravada pouco antes do alerta vermelho?

— Isso.

A imagem pausada tremia no monitor de qualidade mediana. O rosto dos que estavam no fundo era um borrão. Gustavo sabia que o assassino tentara ficar atrás dos outros, tomando o cuidado de manter outra pessoa entre ele e a câmera. Havia seis funcionários no elevador e, embora o vídeo não tivesse áudio, era possível perceber o nervosismo deles.

— De quanto em quanto tempo essas fitas são substituídas? — Allegra queria descobrir o máximo de informações.

— Isso é responsabilidade da empresa de segurança — disse o diretor. — Sei que as gravações são feitas em qualidade média, o que significa cerca de seis horas de filmagens.

Allegra anotou tudo.

— Sem dúvida foi o mesmo filho da puta que sumiu com as fitas — cochichou Gustavo.

— E colocou uma pra gravar antes de sair? Jura? — Allegra o inquietou com a indagação.

Gustavo pôs as mãos no queixo.

Allegra apertou o play e a imagem do interior do elevador voltou a rodar. A porta fechou, as pessoas se moveram e o elevador passou direto pelo terceiro andar. Pausou quando a porta abriu no segundo andar, local onde ficava a sala de tomografia. Uma pessoa entrou.

— Quem é esse rapaz?

— É o auxiliar do dr. Thorwald. — disse a enfermeira, enfiando o dedo no monitor. — Ele deveria estar lá embaixo e não no segundo andar.

— O residente? Nós o vimos na primeira vez que estivemos no necrotério. — Allegra estava pronta para tomar nota. — Qual o nome dele?

— Rory Flinn — antecipou o diretor. — Está conosco há dois meses.
— Onde podemos encontrá-lo?
— No mesmo lugar em que todos estão. Na sala de reuniões, no térreo.

Allegra olhou para Gustavo.

— Quer ter uma conversa com o sr. Flinn enquanto verificamos o resto? — indagou ela.

Gustavo deu uns tapinhas na coxa e levantou.

— Vamos ver o que ele tem a dizer.

Saiu da sala de vídeo e caminhou pelo corredor vazio do último andar. No trajeto, viu apenas uma mulher de jaleco branco saindo do setor de quimioterapia com uma bandeja cheia de bolsas de soro. Entrou no elevador e apertou o zero.

O movimento de policiais no térreo do hospital era grande. Havia dois brutamontes com colete da polícia estadual impedindo qualquer um de entrar e sair do acesso principal. Através da porta de vidro, Gustavo viu a confusão de repórteres, com seus microfones e câmeras. Alguns agentes conversavam na recepção enquanto grupos menores faziam buscas em todos os andares do prédio.

Um homem de terno aproximou-se dele com a mão estendida.

— Gustavo Prado? Sabe dizer onde está a srta. Green?

— Com o diretor, analisando as imagens das câmeras. Por quê?

— Meus homens encontraram o furgão que foi buscar o corpo de Cheryl Hart na fazenda. — Ele tinha mau hálito.

— Descobriram quem era o motorista?

— Não.

Gustavo franziu a testa.

— Duas crianças encontraram um corpo boiando a quinhentos metros do píer agora há pouco — disse o agente. — Foi degolado e atirado ao mar, mas as características físicas não batem com o cara do retrato falado.

— Excelente. Mais corpos. — Gustavo olhou para os repórteres espremidos ali fora. — É tudo de que as emissoras precisam.

— Estão chegando aos montes na cidade — disse o agente, referindo-se aos repórteres. — Vi alguns com jaqueta da CNN. Essa porra de Homem de Palha está virando notícia nacional.

Gustavo balançou a cabeça.

— Alguma pista sobre Lakota e Sean? — indagou.

— Interrogamos os funcionários, mas ninguém sabe de nada.

— Não deixe de informar se tiver informações. — Gustavo colocou a mão no ombro do agente. — Preciso ir.

Atravessou a recepção até uma porta larga ao lado do balcão. A sala de reuniões, que parecia um auditório, estava repleta de funcionários com jalecos brancos, verdes e azuis.

Olhou ao redor.

Havia um grupo de funcionários no canto, e outro perto da caixa de som, do lado oposto. Tentou calcular o número aproximado de pessoas que entravam e saíam daquele hospital todos os dias.

Precisou de dois minutos e três pedidos de informação para encontrar Rory Flinn. O rapaz de óculos e cabelo escovado estava sentado sozinho numa cadeira na última fileira, lendo um livro.

— Sr. Flinn? — Gustavo ficou em pé ao lado dele.

Rory ergueu a cabeça e arregalou os olhos quando viu o distintivo.

— Eu mesmo — confirmou ele. — Precisa de algo?

Gustavo sentou na cadeira ao lado e iniciou a conversa com uma pergunta qualquer.

— Então é aqui que vocês se reúnem quando algum problema acontece?

— Estou aqui há pouco tempo. — Rory dobrou a página do livro e o guardou na maleta. — Na verdade, esta é primeira vez que vejo um alerta vermelho. A gente ouve falar disso na faculdade, mas nunca espera presenciar um.

— Bem-vindo ao mundo real. — Gustavo mantinha o rosto sério.

— Acho que é a mesma coisa quando um policial precisa puxar o gatilho — prosseguiu Rory. — Todos sabem que existe a chance de precisarem matar alguém, mas acabam vivendo achando que nunca precisarão fazer isso.

— Conheço alguns que só entraram na polícia pra puxar o gatilho.

Rory sorriu.

— Mas nunca conheci alguém que quisesse um alerta vermelho.

Ficaram calados por um momento. O burburinho dos funcionários não parava. Numa ação quase involuntária, Rory tirou os óculos e, com uma flanela, limpou as lentes. Quase deixou tudo cair. Tremia. Era visível que estava nervoso.

— Está aqui pra saber o que eu estava fazendo no segundo andar na hora do crime, não é? — Rory colocou os óculos de volta no rosto.

Gustavo fez que sim.

— Embora eu ache que você não teve nada a ver com o que aconteceu, ainda assim preciso ouvir o que tem a dizer — sussurrou. — E confesso que estou curioso.

Rory apontou para um grupo de enfermeiras com o queixo e meneou a cabeça, como se hesitasse em dizer alguma coisa.

— O nome dela é Lilian. Ela é farmacêutica — confidenciou. — Às vezes, vou até a farmácia no segundo andar para encontrá-la. Hoje, quando cheguei lá, me disseram que ela estava de folga, então voltei ao necrotério para que não percebessem minha ausência.

Gustavo se inclinou.

— Se eu conversar com a Lilian, ela vai confirmar?

— Vai. Mas me ajudaria se você não contasse isso pra ninguém — pediu Rory. — Mandariam a gente embora se descobrissem.

— Vou ver o que posso fazer.

Gustavo ficou de pé e andou pela fileira de cadeiras vazias. No percurso de volta à sala de vídeo, pela fresta das portas abertas dos quartos, teve um vislumbre do mundo dos doentes, presos em seus casulos, impedidos de sair até que se livrassem da doença. Lembrou que, quinze anos antes, também tinha passado uma temporada num daqueles quartos. Fratura de braço. Naquela ocasião, o tempo voara com os gibis de Jonah Hex.

Logo que Gustavo entrou na sala, Allegra pausou o vídeo e os três o encararam.

Gustavo sentou-se novamente na cadeira.

— Parece que Rory tem uma queda pela farmacêutica Lilian. Disse que às vezes visita a farmácia e conversa com ela, por isso estava no segundo andar.

O diretor e a enfermeira trocaram olhares.

— Bem — disse o diretor, torcendo o nariz —, o problema é que nenhuma farmacêutica Lilian trabalha aqui.

— E a farmácia não fica no segundo andar — disse a enfermeira.

25

Gustavo cerrou o punho.

O grupo de policiais designado para procurar Rory Flinn tinha acabado de informar que não o encontraram na sala de reuniões. Uma das funcionárias chegou a dizer que o viu caminhando em direção ao elevador logo depois de conversar com Gustavo, mas os guardas que vigiavam a recepção alegaram que ninguém havia passado por eles.

Às 11h36 da manhã, mais duas viaturas estaduais chegaram. Com o auxílio de agentes especializados, novas buscas foram feitas no necrotério, nas garagens e nos ambulatórios, sem que encontrassem qualquer sinal de Rory. Quando começaram a procurar nos quartos, o diretor do hospital quase teve um surto, dizendo que aquilo não era profissional e feria a privacidade dos pacientes. Um dos estaduais engravatados pegou do bolso um telefone via satélite e, em pouco mais de vinte minutos, alguém apareceu com um mandado assinado pelo juiz do condado.

Por um momento, Gustavo quis colocar para fora o que estava pensando, mas desistiu. *Ele* é que tinha causado toda aquela desordem ao não perceber o blefe de Rory.

"O nome dela é Lilian", Rory havia dito. "Às vezes, vou até a farmácia no segundo andar para encontrá-la."

Algo naquela história o inquietava.

Respirou fundo e silenciou a voz da mente. Tudo o que queria era resolver aquilo depressa. Voltou à sala de reuniões e sentou na cadeira em que Rory estivera sentado. Ficou imóvel por um tempo, pensando.

Sentiu que o tempo havia parado. Olhou para o chão e passou a mão embaixo da cadeira, como se algo tivesse sido deixado ali.

Levantou-se.

Na recepção, agentes zanzavam em pares, deixando marcas no linóleo. Do lado de fora, repórteres não paravam de chegar. Eles espremiam-se atrás da fita de isolamento em busca de imagens, entrevistando pessoas aleatórias que mal sabiam o que se passava dentro do hospital. Tudo pela audiência e pela exclusividade, a regra de ouro das emissoras. O movimento perto da porta de vidro era tamanho que Gustavo nem conseguia enxergar a rua atrás das câmeras e dos microfones.

Às 12h14, o corpo do dr. Thorwald foi tirado da sala de tomografia e levado de helicóptero ao hospital de Fairbanks, para passar pela autópsia. Gustavo fez questão de acompanhar o corpo até o heliponto na cobertura. Enquanto as rodinhas da maca giravam e grunhiam, ele olhava para o cadáver embaixo do lençol.

Naquela guerra, o assassino já vencera batalhas demais.

Depois da decolagem, ele deu meia-volta e se afastou sem falar com ninguém. Seguiu até o elevador e apertou o número um. Em algum lugar acima dele, um conjunto de engrenagens entrou em movimento, estalando e chiando à medida que a caixa de metal descia. Depois do sinal sonoro, a porta abriu.

Andou até o fim do corredor e entrou no centro obstétrico.

Cercados de fórceps, curetas, tesouras e outros instrumentos que pareciam medievais, Allegra e o diretor do hospital conversavam com um obstetra amigo de Thorwald.

— Com licença — disse Gustavo. A porta estava semiaberta, mas mesmo assim ele bateu para anunciar sua chegada. — Tem um minuto? — referiu-se a Allegra.

Allegra acenou positivamente.

Gustavo hesitou. Preferia não discutir aquele assunto perto do médico.

— Pode nos dar um minutinho, doutor? — Allegra abriu um sorriso e apontou para fora.

— Claro. — O obstetra caminhou em direção à porta. Antes de se retirar, ele olhou para Gustavo com uma expressão de "você interrompeu algo importante".

Gustavo entrou e disse aos dois:

— Andei pensando naquela história da farmácia no segundo andar. — Encarou o diretor. — O senhor disse que Rory trabalhava aqui há dois meses, certo?

— Certo — concordou o diretor.

— Quando comecei a trabalhar em Riacho do Alce... — Gustavo cruzou os braços. — Com dois meses, eu sabia exatamente de quem eram os sanduíches na geladeira só de ver os guardanapos enrolados.

Allegra apertou os lábios.

— Eu gosto de sanduíches, sr. Prado — disse o diretor. — Mas aonde você pretende chegar?

— Quero dizer que Rory sabia que a farmácia não ficava no segundo andar — sussurrou Gustavo. — Também devia saber que não tinha nenhuma farmacêutica chamada Lilian.

O diretor refletiu a respeito. Um vinco apareceu entre suas sobrancelhas.

— Eu mesmo apresentei o hospital para Rory quando o contratamos — salientou. — Com o tempo, você aprende que os residentes podem ser bem estranhos, mas acredito que ele de fato soubesse que a farmácia não ficava no segundo andar.

A sala ficou em silêncio. Os instrumentos refletiam a luz da lâmpada fluorescente.

— No que você está pensando? — O diretor parecia ansioso.

Gustavo encarou o chão.

— Acha que pode ser um aviso? — arriscou Allegra, olhando para dois policiais que passavam no corredor.

— Tenho quase certeza — assegurou Gustavo.

— Não entendo por que Rory diria isso. — Parecia que algo estava entalado na garganta do diretor.

— Acho que ele estava sendo vigiado.

— Por quem?

— Não sei.

— Isso é impossível — disse o diretor, seguro do que estava dizendo. — Apesar das laranjas podres, nossa equipe é muito unida. Eu seria o primeiro a ser informado da presença de alguém estranho na sala de reuniões durante um alerta vermelho.

Gustavo se lembrou dos funcionários aglomerados na sala, todos vestindo roupas claras e conversando em grupos, formados de acordo com sua remuneração, cada um com sua própria história.

Apesar do tom exaltado do diretor, Gustavo respondeu num sussurro.

— Então talvez o vigilante não fosse um estranho.

E se um deles fosse o homem que estamos caçando?

E se um deles fosse o Homem de Palha?

Ouviram passos no corredor.

— O negócio é o seguinte — prosseguiu ele. — Um dos nossos agentes desapareceu com a vítima. Temos que pegar esse cara antes que comecem a dizer que estamos sendo feitos de palhaços.

— Já devem estar falando isso. — Allegra apertou os lábios. — Vou disparar um alerta para as delegacias da região.

Um policial alto, de porte atlético, rosto sério e queixo pontudo apareceu na porta.

— Senhorita... — Sua voz era seca. — O pessoal da delegacia trouxe a ficha do Rory Flinn. — Entregou o envelope a Allegra.

Assim que Allegra agradeceu, ele sumiu no corredor.

Ela retirou os papéis do envelope e leu as primeiras informações.

— Ele está limpo — disse num tom brando, como se já esperasse aquilo. — Nenhuma passagem.

Molhou o dedo com saliva e virou a página. À medida que lia, sua testa ficava mais franzida.

— Adivinha quem é o pai do Rory? — indagou.

Gustavo deu de ombros.

— Pastor Edmund Flinn Jr. — revelou Allegra.

— Está dizendo que Rory é o pai do filho de Cheryl?

— É o que parece.

26

Era meio da tarde em Anchorage e os prédios no outro lado da rua lançavam sombras longas sobre a janela espelhada do escritório do hospital. Gustavo segurava um copo de café numa das mãos e o telefone mudo na outra. Nada fora do normal, o telefone ficava mudo sempre que uma ligação era transferida na delegacia de Riacho do Alce. Com o telefone grudado na orelha, não tirava os olhos da ficha de Rory Flinn.

Alguém atendeu.

— Gustavo, oi — cumprimentou Adam, com a mesma animação de sempre. — Como estão as coisas?

Gustavo manteve-se sério.

— Na verdade, estão ficando cada dia mais estranhas — disse.

— Estranhas? — indagou Adam. — Me conte sobre isso.

— Agora estou sem tempo — despistou Gustavo. — Estamos investigando um novo crime e precisamos que você nos envie com urgência uma cópia do depoimento do Rory Flinn.

Adam fungou.

— O filho do pastor? Ele ainda não prestou depoimento — disse Adam, também adotando um tom sério. — Não o encontramos.

— Porra, Adam! — retrucou Gustavo, amassando o copo de café vazio. — Tá achando que isso é brincadeira?!

O clima que se formou estava longe de ser amigável.

Gustavo resistia a acreditar na teoria de Allegra de que Adam não era confiável, mas aquela resistência estava por um fio. No silêncio que se seguiu, um médico foi chamado para algum quarto pelo alto-falante do hospital.

— Quer saber de uma coisa? — disse Adam, com a voz serena. — Vai à merda, Gustavo! Vai à merda! — E desligou.

* * *

Depois de quase uma hora interrogando testemunhas, Gustavo e Allegra deixaram a polícia estadual continuar o trabalho no hospital.

Enquanto o elevador descia para a garagem, Gustavo recostou-se ao lado do painel de botões e fitou o espelho. Seu cabelo estava bagunçado. Ajeitou-o com a mão, mas não obteve o resultado desejado. *Deixa pra lá.* Estava mesmo preocupado com a notícia de que Rory era o pai da criança que fora retirada do útero de Cheryl. Duas peças aleatórias do quebra-cabeça do Homem de Palha que, de repente, se encaixaram com perfeição.

Naquele silêncio, pôde ouvir o murmúrio de cada andar enquanto o elevador descia até a garagem.

Percebeu de relance a expressão abatida de Allegra e logo imaginou que fosse fruto do sumiço de Lakota. Não era bom em animar pessoas. A vida o tinha ensinado que, em determinados momentos, palavras valiam quase nada. Lembrou-se das centenas de palavras que ouvira sete anos antes e, pensando bem, apenas uma ou duas o tinham ajudado a seguir em frente. *Besteira.* Aquela ocasião era diferente.

Evitou encarar Allegra.

— Tá preocupada com o Lakota? — Foram as melhores palavras em que conseguiu pensar. — Ele parece ser um cara durão.

Allegra tentou manter o ânimo.

— Ele é descendente dos Sioux. — Ela revirou os olhos. — Claro que é durão.

Os dois forçaram um sorriso.

— Novidades sobre o relatório que a Lena está fazendo?

— Parece que há mais crimes não solucionados do que imaginávamos. — Allegra se olhou no espelho. — O problema é que algumas delegacias são uma verdadeira bagunça, com arquivos misturados e infestados de traças. Lena vai precisar de mais tempo.

— Ela comentou sobre a situação do arquivo de Riacho do Alce?
— Riacho do Alce é o império das traças.
O elevador emitiu um sinal sonoro, e a porta abriu.
Quando Gustavo acessou a garagem, sentiu uma corrente de ar frio no rosto. Baforou nas mãos. O frio liquidava seu raciocínio, e aquilo era algo que um agente de homicídios não podia permitir.
A dez metros do elevador, escorado numa das vigas, estava um homem na casa dos quarenta anos. Tinha ombros largos e o cabelo escuro salpicado de fios brancos. Vestia um terno azul-marinho com gravata bordô, o que o deixava com aparência de empresário. A maturidade cavava linhas sóbrias no seu rosto. Quando ele viu Gustavo e Allegra chegando, deu a última tragada no cigarro, atirou a guimba acesa longe e começou a se aproximar deles.
— Por Deus! — resmungou Gustavo. — Me explique, como ele conseguiu entrar aqui?
— Você o conhece? — perguntou Allegra.
— Conheço. Ele ajudou a polícia a resolver uns casos algum tempo atrás. Agora trabalha como detetive particular. O cara é bom, mas é meio chato às vezes.
— É o mínimo que se espera de um detetive, não é? — emendou ela.
Gustavo foi ao encontro do homem.
— Dimitri? — disse, fingindo surpresa. — Faz quanto tempo?
— Andei ocupado. Mas não o bastante pra esquecer que você me deve uma cerveja. — Dimitri apertou a mão de Gustavo. Era um homem bonito, não tão alto quanto Gustavo. Mas, se perguntassem para as pessoas, muitas diriam que era sim. Talvez por causa da postura ereta ou do ar confiante dele.
— Você sempre teve boa memória — brincou Gustavo. — Vai me dizer como conseguiu entrar aqui? — Olhou para o acesso, onde deveria haver um policial vigiando.
— Dei um jeito.
Dimitri Andreiko era um polonês que conseguira visto americano depois de casar com uma texana que conheceu na Sibéria. Morava em Anchorage, mas passava a maior parte do tempo numa fazenda que adquiriu em Riacho do Alce desde que a esposa falecera, vítima de câncer de mama.

Todos da cidade sabiam que aquele homem de olhos verdes impenetráveis era fechado e tinha um círculo de amigos pequeno. Alguns veteranos de guerra comentavam que ele era espião da KGB infiltrado nos Estados Unidos.

Gustavo conhecia Dimitri havia muitos anos, embora a agitação da vida impedisse que se vissem com mais frequência. Na última vez que haviam sentado para beber, Gustavo acabou perdendo uma aposta que ele mesmo propusera, sobre qual time faria o primeiro *touchdown* no jogo de futebol a que assistiam.

Uma jogada de azar.

— Essa é a agente Allegra Green — apresentou Gustavo, percebendo que Dimitri não tirava os olhos dela. — Está chefiando...

— Ouvi falar dela — interrompeu Dimitri, curvando-se para cumprimentar Allegra. Seus olhos pareciam querer devorá-la.

Allegra desviou o olhar.

Começaram a andar em direção ao setor B do estacionamento. Gustavo ficou imaginando o que havia tirado Dimitri de sua fazenda e o trazido ao hospital.

— Vai me contar no que está metido desta vez? — indagou por fim.

— Em algo que vai te interessar.

— Ah, é?

Dimitri acelerou o passo para acompanhar Gustavo.

— Estou investigando algumas coisas incomuns que aconteceram no acidente da autoestrada — respondeu ele. — Muita coisa estranha num só lugar.

Gustavo ergueu a sobrancelha, e o alertou:

— Você sabe que se meter em assuntos da polícia pode causar problemas. — Não quis que aquilo soasse como uma ameaça. — Está investigando por conta?

— Não. Os Rugger me contrataram.

Um tempo antes, alguém havia comentado com Gustavo que os pais de Elsa Rugger não admitiam que a polícia não tivesse encontrado sequer um vestígio do paradeiro dela em 1983.

Ficou sabendo também que os Rugger haviam procurado a justiça quando o caso fora arquivado.

— Os Rugger são osso duro de roer — comentou.

Dimitri parecia estar ensaiando para dizer algo.
— Tem visto o Adam? Fiquei sabendo que ele está pra se aposentar. Estavam quase chegando à viatura.
— É verdade — respondeu Gustavo. — A primeira coisa que ele vai fazer quando os papéis saírem é dar o fora deste lugar.
— Vai viver na praia?
— Em qualquer lugar, menos no Alasca. — Gustavo começou a andar mais devagar. — Vai me contar por que está aqui?
— Como eu disse, coisas estranhas aconteceram na autoestrada naquela noite. — Dimitri pegou uma caixa de metal do bolso e tirou um cigarro. Colocou na boca, mas não acendeu.
Gustavo ficou agradecido de não ter que cheirar fumaça.
— Eu sei. Fui o primeiro a chegar.
— É por isso que estou aqui. — O cigarro dançava entre seus lábios. — As iniciais L.L.K. dizem alguma coisa a vocês? — A pergunta dirigia-se a ambos.
Os dois se entreolharam e negaram com a cabeça.
Allegra devolveu a pergunta.
— Deveriam dizer?
— Talvez. — Dimitri abriu um sorriso. — Fora Elsa Rugger, que foi achada daquele jeito, as outras três vítimas na autoestrada foram o velho Carlo Cabarca e os policiais Gonzalo Cuerva e Ed Tremper. — Fez uma concha com a mão para acender o cigarro. — O que me deixa intrigado é que ontem deixaram cartas com as letras L.L.K., marcadas a sangue, na caixa de correio das famílias de todos eles.
Gustavo estava prestes a abrir a porta da viatura, mas interrompeu o movimento. Virou-se e encarou Dimitri.
— E isso quer dizer alguma coisa?
— Não sei — respondeu Dimitri. — Mas seria bom se você conversasse com o Adam sobre o assunto.
— Por que você mesmo não conversa?
— Eu tentei — revelou. — Estive na delegacia hoje cedo, mas ele não pareceu feliz com minha visita.
— E o que Adam tem a ver com isso?
— Não faço ideia. — Dimitri guardou o isqueiro no bolso e soprou fumaça para o alto. — Só sei que ele também recebeu uma dessas cartas.

As pernas de Gustavo fraquejaram. Ele olhou para Allegra, que estava com a testa franzida. Ela não falou nada, mas era fácil ler o que se passava dentro da sua cabeça: "Eu avisei que ele não era confiável".

Gustavo abriu a porta da viatura e entrou.

— Vamos investigar — disse, olhando pelo espelho retrovisor para manobrar. — Vou conversar com o Adam e te ligo.

— Liga mesmo? — Dimitri deu um passo para trás.

— Só se ficarmos quites da cerveja.

Gustavo apertou o acelerador, fazendo o motor roncar.

— Eu sabia que você daria um jeito de não pagar. — Dimitri colocou o cigarro na boca e se afastou. — Você sempre encontra um jeito de não pagar.

Gustavo apertou o volante com força, como se quisesse tirá-lo do lugar. Estava intrigado, mas não queria ouvir Allegra transformar seus pensamentos em palavras. *Merda, Adam.* Dirigiu na direção da claridade que vinha da saída. Havia dois policiais postados ao lado da cancela. Eles conferiram quem estava na viatura antes de liberar a passagem.

Como era de esperar, repórteres abordaram a viatura na calçada. Gustavo olhou para Allegra, querendo saber o que ele deveria fazer. Ela era a chefe. Allegra fez sinal para que mantivesse os vidros fechados enquanto os guardas pediam aos repórteres que o caminho fosse liberado.

Aproveitando uma brecha, uma repórter de terninho social bateu no vidro e fez uma pergunta sobre o interrogatório de Rory Flinn.

Gustavo estranhou e abriu um pouco o vidro.

— O que você disse? — indagou.

A repórter aproximou o microfone dele.

— Perguntei quando vão interrogar Rory Flinn — repetiu ela.

— Quando conseguirmos pegá-lo. — Ele ameaçou fechar o vidro.

— Não sei se foram informados, mas o sr. Flinn acabou de se apresentar na delegacia com um advogado — informou ela.

Até Allegra ficou surpresa com aquela notícia.

27
27 de dezembro de 1993

Parada na minha frente, ela espera. Uma espera fácil, pois não sabe o que vai acontecer. No começo, olha ao redor, mas não vê motivos para fugir. Sou invisível, e ela não sabe de nada. Não vê razão para nada que acontece e não há nada que possa fazer, mesmo assim ali está ela, parada na minha frente.

O tempo passa.

Algo se move entre as folhagens. Ela ergue a cabeça e, como se sua vida dependesse daquilo, some entre as árvores.

Aprender a controlar a respiração é algo importante para um caçador. Seguindo pela floresta em ritmo furtivo, respiro de forma bem profunda. A bandoleira do rifle aperta meu peito. As botas de couro de alce deslizam quase sem ruído pela neve espessa que recobre o chão da montanha.

O ar gelado quase congela meus pulmões. Em breve o sol vai desaparecer. Os dias ficam mais curtos no inverno. Preciso me apressar.

Seguindo as pegadas frescas, pego um atalho em direção ao lago, congelado, assim como todo o resto. Mais algumas centenas de metros e chego à margem. Dou uma olhada na paisagem. Vejo pequenas cabanas que são ocupadas por pescadores e turistas no verão. Àquela altura do inverno, estão quase todas abandonadas.

Quase todas.

Meu estômago ronca de fome. O almoço não estava do meu agrado.

Avanço mais um pouco costeando a margem, onde a neve é menos espessa. Não vejo movimento nenhum. Pego do chão uma pedra pouco maior que meu punho. Atiro-a no lago, para ver quanto ele está congelado. A pedra quica e desliza até um ponto a que eu não arriscaria ir. É improvável, mas ela pode ter cruzado por ali. Talvez até tenha morrido afogada quando o gelo em que pisava rachou. Ou quem sabe tenha escolhido um bom lugar para se esconder.

Hoje não parece ser meu dia.

Volto ao atalho, mas antes de me embrenhar na mata ouço galhos quebrando. Um som que muda minha sorte. Fico de cócoras e me viro devagar. Ali está ela. A mais bela figura que a natureza poderia me mostrar. Mantenho a calma. Não quero assustá-la. A maravilha da morte é algo que precisa ser aproveitado em toda sua essência. Estou ofegante, mas controlo a respiração.

Encosto a coronha do rifle no ombro. Gosto de sentir o coice da arma quando puxo o gatilho. O impacto da pólvora explodindo, disparando o projétil que findará uma vida é algo que me agrada.

Fecho o olho esquerdo e, com o direito, olho através da luneta. Árvores. Rochas. Neve. Então a cruz da mira a encontra.

Puxo o gatilho.

O estampido ecoa pela montanha. Os pássaros levantam voo, abandonando a segurança do ninho. Devolvo o rifle às costas, firmo a bandoleira no peito e me aproximo.

Posso sentir o sofrimento da rena que tenta erguer a cabeça com aqueles chifres grossos e bonitos. Sangue escorre de um buraco no pescoço, logo abaixo da orelha. Ela tenta levantar, ouço sua respiração. Agora, há sangue escorrendo pela boca.

Sei que posso pôr fim ao sofrimento dela em menos de um segundo com a faca que carrego na cintura. Posso, mas não quero. Vê-la lutar pela vida, mesmo sabendo que as chances dela são nulas, é tudo que anseio. Ela agoniza. Arregala os olhos. Bate as pernas, e cristais de gelo se levantam. O bramido que ela emite antes da morte me arrepia.

* * *

A noite está fechada. O vento bate contra a janela, acumulando neve no peitoril. Faz frio. Um pedaço de lenha queima na lareira enquanto termino de cortar a carne.

19h28. Faltam dois minutos.

O barulho dos ossos das costelas sendo cerrados inunda a cabana, me impedindo de ouvir a música do rádio. Desligo a serra. As costelas vão ficar para depois.

19h29. Falta um minuto.

A ventania faz o rádio chiar.

Depois de vinte segundos, a música termina com um melancólico solo de violão. Então o rádio fica mudo, mas não por muito tempo. Lavo as mãos durante o comercial de uma loja de produtos de limpeza, mas antes que eu possa remover o sangue que está embaixo da minha aliança, a vinheta do programa *Notícias Noturnas* rufa. Chegou a hora do show.

19h30.

— Boa noite. Iniciamos agora pela Riacho FM o programa *Notícias Noturnas*. — O locutor é o mesmo do programa anterior, só que desta vez ele tenta engrossar a voz. — Você ouvirá a partir de agora os principais fatos ocorridos no país e no mundo. — Uma música que parece trilha sonora de filme roda ao fundo. — *Notícias Noturnas*, a informação perto de você.

Aumento o volume. Eles não deram a notícia ontem.

A trilha de filme fica tocando mais um tempo.

— No programa de hoje, destacamos outro crime que voltou a chocar a cidade nesta tarde. — A voz do locutor indica que o assunto é sério. — O assassinato da jovem Cheryl Hart.

Meu peito pulsa ao ouvir aquele nome. *Cheryl*. Permito que minha mente flutue enquanto o apresentador discorre sobre a vida da jovem que matei.

Encontraram-na.

Espero este momento há dias.

O locutor deixa uma pergunta no ar:

— O que leva alguém a matar uma jovem grávida? Depois das informações, ouviremos a entrevista com uma psicóloga forense de Nova York especialista em casos como esse.

Fico radiante. A imprensa procurou uma psicóloga para tentar explicar o motivo de eu ter feito o que fiz. Sinto-me como um artista de teatro, com luzes passeando sobre minha cabeça, cercado de fãs que aplaudem e gritam meu nome.

Agora as luzes estão focadas num novo astro.
Volto a escutar. Quero saber o que vão dizer sobre mim. Quero saber o que vão dizer sobre meus métodos. Quero saber como vão me chamar.
Um nome só meu, pelo qual serei lembrado eternamente.
O rádio chia, mas um toque na antena o faz voltar ao normal.
O locutor começa a ler a matéria.
— O que antes era angústia pelo desaparecimento, hoje se transformou em sofrimento para a família Hart. Nesta tarde, o corpo da jovem Cheryl Hart, de dezessete anos, foi encontrado pendurado numa baia de animais na fazenda da família. Segundo relatos da polícia, o autor do crime é o mesmo do caso Elsa Rugger, encontrada morta na autoestrada dias atrás.
Aumento o volume ainda mais. O som está tão alto que a voz do locutor fica distorcida. Não me importo.
Minhas mãos formigam.
— Em contato com uma fonte na polícia, ficou claro que as autoridades não querem causar pânico, mas entre elas é unanimidade que um assassino em série está em ação na região. — A trilha de fundo sobe. — Um perigoso assassino que todos estão chamando de Homem de Palha.
Meu sangue ferve.
Outra vez creditaram minha obra ao ladrão de cadáveres.
No meu teatro mental, as luzes perdem o foco e meus fãs me olham como se eu os tivesse traído. Eles querem mais. Pedem mais. Gritam que o Homem de Palha é um assassino melhor.
Nunca somos nós mesmos quando há plateia.
Querem mais?
Vou lhes dar mais.

28
Anchorage, Alasca
29 de dezembro de 1993

Gustavo olhou para a saída de ar do sistema de calefação, abriu o zíper do casaco e o pendurou na cadeira. Apesar de ser inverno, a sala de interrogatório estava mais quente que o normal.

Respirou fundo e pôs a maleta escura sobre a mesa, onde havia dois copos d'água. Quando sentou, olhou para o grande vidro espelhado e acenou discretamente. Imaginou Allegra e os outros policiais acenando de volta, depositando todas as fichas no interrogatório para que pudessem encontrar Lakota Lee, que estava desaparecido.

No centro da mesa, pendurado por um fio a meio metro do teto, um lustre ovalado proporcionava um grau calculado de iluminação à sala de interrogatório. Rory Flinn estava sentado de frente para Gustavo, algemado na mesa. Com a cabeça enterrada nos ombros, Rory se mexia na cadeira e olhava para o espelho falso, ciente de que o observavam. Ao lado dele, havia um homem barbado, que lembrava a efígie de Ulysses Grant na nota de cinquenta dólares. Tinha rosto redondo, nariz caído e vestia um terno cáqui com um lenço dobrado no bolso.

Gustavo retirou o gravador da maleta.

— Importa-se?

Rory olhou para o advogado.

O advogado concordou.

Gustavo conferiu se a fita estava rebobinada e apertou o REC.

— Pode me dizer seu nome, para que fique registrado? — pediu.

— Rory J. Flinn.

— J.?

— James. Rory James Flinn.

Desacostumado com o calor, Gustavo bebeu um pouco de água e retirou algumas folhas grampeadas da maleta. Folheou-as, correndo os olhos pelos rabiscos feitos a lápis. Allegra escrevera algumas perguntas específicas que precisavam ser feitas ao suspeito.

Não foi por nenhuma delas que ele começou.

— Rory, quando me informaram que você tinha se apresentado, um policial me disse que você só falaria quando eu chegasse. — Levantou os olhos da folha. — Antes de começarmos, gostaria que contasse o motivo de ter escolhido falar comigo.

Rory vestia um pulôver xadrez de gola alta, e sua testa brilhava de suor. Ele também bebeu um pouco de água.

— Não fui eu que escolhi. — Colocou o copo sobre a mesa. — Foi ele.

Gustavo ficou perturbado.

— Ele?

— O homem que estão procurando.

Gustavo olhou para o espelho falso com o canto dos olhos. Estava bastante tenso. Torceu para que o gravador estivesse registrando aquela revelação.

— Esse homem citou meu nome em específico?

Rory tentava demonstrar calma, mas sua voz deixava transparecer nervosismo.

— Disse que se eu fosse pego, que contasse a verdade apenas para Gustavo Prado — revelou, descascando a borda da mesa com a própria unha. — Eu nem sabia quem era Gustavo antes de você me procurar no hospital.

Diferente de outros advogados, aquele ali mantinha-se calado, como um adereço. A parte do pescoço dele dentro da gola estava molhada de suor. Num movimento lento, ele cruzou as pernas, deixando à mostra o par de meias brancas que usava por baixo do sapato lustroso.

— Vamos em frente — continuou Gustavo. — Que tal me contar por que mentiu sobre suas visitas à farmácia do hospital?

— Porque eu estava sendo vigiado. — Rory fitou o tampo da mesa. — E eu estava desesperado com o que tinha acabado de fazer.

— Matado o dr. Thorwald Morris? — Gustavo rapidamente se arrependeu de ter dito isso.

— Meu Deus, não! É claro que não! — exclamou Rory, afoito. — Eu nunca machuquei ninguém. Eu me referi à tomografia. Fui eu quem preencheu os papéis solicitando o novo exame e deu pro dr. Thorwald assinar.

— E ele assinou sem saber o que era?

— Como sempre.

Gustavo tomou nota, mesmo que tudo estivesse gravado.

— Tem algo a me dizer sobre as fitas de segurança? — indagou.

Rory corou.

— Eu as removi.

— Sabe onde podemos encontrá-las?

— Não. — Rory balançou a cabeça. — Aquele homem pediu que eu colocasse tudo num saco de lixo e deixasse no estacionamento.

De volta à estaca zero.

As fitas jamais seriam recuperadas.

— Fale um pouco sobre esse homem. — Gustavo tentou puxar a cadeira para mais perto da mesa, mas ela era parafusada ao chão.

Rory olhou novamente para o advogado, que não esboçou qualquer reação.

— Anteontem, recebi uma ligação...

— No dia 27? — Gustavo olhou para o gravador.

— Isso — confirmou Rory. — Na noite do dia 27, recebi uma ligação. Quem falou comigo tinha um jeito peculiar de falar.

— Jeito peculiar?

— Não sei explicar, só sei que aquela voz me deixou assustado.

— Como ela era? — Gustavo buscou na memória a voz do falso policial na cena do atropelamento. — Fina? Grossa?

— Grossa e culta. Lembro que ribombava nos ouvidos. Parecia forçada.

— Meio eletrônica?

— Talvez.

— Lembra-se de ter ouvido algum som no fundo?

— Do tipo?

— Pássaros, veículos, obras, máquinas, crianças... Qualquer coisa que possa nos ajudar a decifrar a origem.

— Não lembro.
— Suponho que também não saiba quem possa ter telefonado?
Rory negou com a cabeça.
— E o que esse homem queria?
— Primeiro perguntou se estava falando com Rory Flinn. Respondi que sim. — De repente seu rosto ficou tenso. — Então, disse que iria me mostrar algo no dia seguinte. Um presente. Foi esse o termo que ele usou. Quero te dar um presente. E depois desligou.
Gustavo pousou o dedo indicador sobre os lábios.
— Ele não falou que tipo de presente?
— Não.
— E por que você não procurou a polícia?
Embora viesse tentando engolir o choro desde que começara a falar, naquela hora Rory não se conteve.
— Não sei. — Sua voz saiu engasgada. — Pensei que fosse um trote.
— Tudo bem, Rory. Acalme-se — disse Gustavo, temendo perder a testemunha. — Estamos aqui pra ajudar.
O advogado ofereceu um lenço a Rory.
— Ontem assisti no jornal da noite que tinham encontrado o corpo da Cheryl daquele jeito. Pendurado. E que nosso filho tinha sido levado. — Rory mal conseguiu pronunciar aquelas palavras. Sua fala tremia. — Já tínhamos comprado até o papel de parede pro quarto do bebê.
Por um momento, Gustavo compadeceu-se dele, embora não pudesse demonstrar sentimentos naquela situação.
— Beba um pouco de água — sugeriu.
Rory abaixou a cabeça para beber. A corrente das algemas não era comprida o bastante para que ele levasse o copo até a boca sem se curvar.
— Uns quinze minutos depois do jornal, o telefone tocou outra vez. E eu sabia que era ele. — Rory tossiu, interrompendo a frase. — Antes de atender, peguei o gravador que usava pra gravar minhas aulas. É quase igual a esse. — Apontou o aparelho sobre a mesa. — Então peguei o telefone do gancho.
— Era ele?
— Era.
Um pequeno arrepio subiu pela espinha de Gustavo.
— Você ainda tem a gravação?

— Entreguei com meus pertences quando me apresentei.
Gustavo ficou aliviado.
— Tudo bem. Vamos solicitar o registro da companhia telefônica para descobrir a origem das chamadas. — Olhou para o espelho falso, mandando um recado para Allegra.
Rory abaixou a cabeça e bebeu mais água, mantendo os olhos fixos no chão. Ele remexia os dedos em volta do copo plástico e não parava quieto na cadeira.
— Se quiser dizer algo mais, estou ouvindo — disse Gustavo.
Rory fez que não com a cabeça.
— Que tal me contar como conheceu Cheryl?
— Na igreja — respondeu Rory. — A família dela frequenta a congregação onde meu pai é pastor.
— E os fiéis sabiam que vocês esperavam um filho?
— Isso é importante?
— Qualquer detalhe é importante.
— Não. — Rory desviou o olhar. — Só nossa família sabia.
— Tem certeza?
— Tenho.
Gustavo bebeu mais água e passou a língua nos lábios.
— Você conhecia Elsa Rugger?
— A garota atropelada?
— É.
— Não. Minha família se mudou há pouco tempo. — Rory se remexeu na cadeira. — A primeira vez que ouvi o nome dela foi na televisão.
— E Sean Walker? — insistiu Gustavo. — Você conhecia?
Rory fez que não outra vez.
Àquela altura, apenas o advogado estava calmo. Ele continuava sentado com aprumo, a cabeça erguida e as pernas cruzadas. Seus olhos — ativos, inquietos — moviam-se pela sala.
— Antes de terminarmos, tenho uma última pergunta — murmurou Gustavo. — Sabe onde estão Lakota Lee e Sean Walker?
Rory colocou a mão no rosto e engoliu em seco.
— Há uma lixeira de ferro nos fundos do hospital onde são depositadas as sobras da cozinha — disse, sem muita certeza. — Acho que foi lá que ele os deixou.

Aquela informação foi como um soco no estômago de Gustavo, mas ele tentou manter a expressão serena.

— Acha que vão me prender? — perguntou Rory. Estava pálido, suas mãos tremiam tanto que balançavam as algemas.

— Não sou eu quem decide isso.

— Mas acha que vão?

— Não sei. — Gustavo sabia a resposta. — Acredito que seu advogado possa te responder com mais propriedade.

Rory olhou para o lado.

O advogado balançou a cabeça em negativa, encarando com olhos esbugalhados.

— Não me obrigue, garoto — balbuciou ele.

Rory torceu o pulso e olhou para as algemas.

— Ele não é meu advogado — revelou.

O homem levou a mão até o sapato.

Gustavo se apressou em pegar a arma, mas deu-se conta de que o coldre estava no bolso do casaco pendurado na cadeira. Antes que pudesse intervir, o homem já estava com uma lâmina do tamanho de um dedo encostada no pescoço de Rory.

— Não faça isso. — Gustavo ergueu as mãos, mostrando que estavam vazias.

— Acredita em fantasmas, policial? — perguntou ele. Estava tenso e falava com afobação, como se estivesse à beira de um surto.

— Não faça isso — repetiu Gustavo.

— Tudo é um jog... — Rory começou a falar, mas não conseguiu completar a frase. O homem afundara a lâmina na garganta dele, deixando o tampo da mesa vermelho. Uma grande porção de sangue escorreu pelo peito de Rory, jorrando para longe no ritmo da pulsação cardíaca. Ele até tentou se desvencilhar do segundo ataque, mas, como estava preso às algemas, acabou tombando morto em cima da mesa.

Gustavo olhou para o espelho falso.

O homem colocou a lâmina no próprio pescoço.

— Não se pode prender o que não existe. Não é você quem está no comando! Não é você quem está no comando! — gritou ele. — Que Deus possa me perdoar. — E cortou a própria garganta.

29
18 de agosto de 1986
Sete anos antes

Gustavo caminhou centenas de metros até se aproximar da encosta da montanha. Apontando a lanterna para baixo, avistou a copa dos pinheiros e a mancha acinzentada da estrada asfaltada que cortava a vastidão de árvores.

— Claire! — gritou o mais alto que pôde.

Ficou em silêncio, atento a qualquer ruído que indicasse o paradeiro dela. Seu coração pulsava acelerado. Diante daquela sensação de impotência, não conteve as lágrimas.

Aquele era o oitavo dia seguido que ele fazia o mesmo trajeto depois do expediente na delegacia. Ia para casa, vestia roupas grossas e subia a montanha. Naquela noite, estacionara o carro ao lado da casa de campo, atrás de um arbusto de mirtilos.

Havia algum tempo que o sol tinha dado lugar à luz azulada do luar.

Tomado por um desespero arrebatador, se embrenhou numa porção densa da mata onde a polícia garantiu já ter procurado. Saltou por cima de uma corrente enferrujada sem dar importância à placa que dizia NÃO SAIA DA TRILHA.

Claire estava desaparecida havia nove dias. Ela saíra para colher dados sobre a população de ursos-pardos na região e não voltara mais. Na noite em que Claire desapareceu, depois de ter entrado em contato com a delegacia de Riacho do Alce, Gustavo e mais três policiais iniciaram a busca. Não encontraram nada além de pegadas que poderiam ser de qualquer um.

No segundo dia, com a notícia se espalhando, a comoção tomou conta da cidade. Um grupo de jovens e várias entidades se uniram à causa e, na tarde do dia 10 de agosto, cerca de setenta moradores, sem contar os policiais de municípios vizinhos, varreram toda a floresta até o anoitecer. Nada foi encontrado.

Depois daquele dia, começaram a surgir rumores de que Claire, apesar de conhecer os perigos da floresta, havia se afastado demais das trilhas e sido atacada por algum animal.

No terceiro dia, a polícia estadual chamou cães farejadores.

Nada.

No quarto, um helicóptero.

Nada.

No sexto dia, apesar do insistente apelo popular para que as buscas continuassem, as autoridades encerraram os trabalhos.

Desde então, Gustavo começara a procurar sozinho. Todos os dias.

Avançando feito louco pelo terreno íngreme, contornou um conjunto de pequenas bétulas retorcidas. Não havendo mais trilhas para guiá-lo, ele tentava caminhar sempre em linha reta, uma tarefa difícil para alguém inexperiente. Suas botas chapinharam numa área pantanosa próxima do riacho.

Mal tinha andado dez metros pelo pântano quando foi tomado de um silêncio sobrenatural. Sentiu-se observado. Manteve a lanterna apontada para as árvores e achou ter visto sombras correndo na escuridão. Esfregou os olhos. Estava exausto. Mal conseguia manter os olhos abertos. Mas se recusava a desistir. Claire era tudo que importava. Encontrá-la tinha se tornado a razão da sua vida. Ele não conseguia se lembrar da última noite que conseguiu pregar os olhos. O sono simplesmente não vinha. Tampouco se lembrava da última vez que conseguiu trabalhar sem ouvir a voz dela dentro da cabeça. Para onde quer que olhasse, via o rosto de Claire. Os cabelos escuros, o olhar penetrante dela.

Não podia desistir.

— Claire! — gritou.

Antes que atravessasse o pântano, um véu de garoa caiu da nuvem escura que cobria o brilho da lua. Logo o vento começou a vergar os galhos e a garoa transformou-se em chuva, ensopando seu casaco militar. Vestiu o capuz.

O relógio de pulso marcava 1h11 da madrugada quando escutou um uivo. Dois dias antes, um guarda-florestal o tinha alertado da presença de alcateias naquela área. Tinha ido longe demais. Era hora de voltar. Não poderia encontrar Claire se um lobo o devorasse.

Retornou pelo caminho de onde viera e acessou a trilha de terra marcada pela corrente enferrujada. A chuva engrossou. A cada passo que dava, sua calça ficava mais suja de lama.

— Claire! — chamou uma última vez, antes de enxergar algo que pôde reconhecer.

A casa de campo.

Com as pernas doloridas, Gustavo contornou o edifício de madeira e foi direto para o carro. Ficou um tempo parado, sentado sobre o capô, culpando-se pelo que havia acontecido, punindo-se de não ter recusado o chamado da polícia e ficado com Claire.

Lágrimas aqueceram seu rosto.

Novamente sentiu que alguém o observava. Por instinto, apagou a lanterna, deixando a escuridão cair como um cobertor pesado. Prendeu a respiração e escutou os galhos balançando, a chuva acertando o chão.

Ligou a lanterna e procurou ao redor.

Não havia mais ninguém ali, mesmo assim não conseguia se livrar daquela sensação.

— Vá pra casa, Gustavo — murmurou para si mesmo.

Entrou no carro e acendeu os faróis. Seus músculos congelaram. Na clareira em frente, ao lado de uma árvore, alguém olhava para ele. Com a respiração acelerada, Gustavo se esticou para pegar o revólver que deixava no porta-luvas.

Quando olhou de volta, a figura tinha desaparecido.

30
Anchorage, Alasca
29 de dezembro de 1993

— Alguém pode explicar como o cara entrou na sala de interrogatório com um estilete? — As veias do pescoço de Gustavo estavam saltadas.

À sua frente, na sala do Departamento de Homicídios, estavam os dois policiais responsáveis pela segurança.

— Desculpe se não revistamos os sapatos do advogado! — retrucou o policial mais encorpado, num tom quase ameaçador.

— Ninguém nunca olha os sapatos — emendou o outro.

Gustavo percebeu que Allegra estava concentrada em algo. Ela havia jogado o paletó no sofá, revelando uma camisa amassada. Ela estava de braços cruzados, apoiada na mesa coalhada de papéis.

O telefone tocou.

Allegra atendeu e ficou ouvindo.

Assim que desligou, ela virou-se para os policiais e disse:

— O capitão quer ver vocês lá em cima.

Os dois deram meia-volta e rumaram para a porta.

— Na próxima vez, revistem os sapatos — disse Gustavo em voz alta, quando os dois já estavam no corredor.

Ele levantou do sofá, foi até a janela e ficou olhando o movimento nas ruas da maior cidade do Alasca. Era noite, mas ainda havia repórteres em frente à delegacia, que não demorariam a descobrir sobre as mortes.

Desligou-se por um instante. Aquele incidente poderia acabar com sua carreira. *Esse caso está virando uma bomba-relógio.* Cogitou conversar com Allegra sobre a coletiva de imprensa que ela daria no dia seguinte, mas ficou calado. Poucas vezes na vida estivera diante de um microfone, por isso duvidava de que pudesse dizer algo útil.

Estamos em busca de pistas... É nossa responsabilidade manter a segurança... De acordo com as informações... E, quando a conversa passasse para o campo das perguntas difíceis, a coletiva seria encerrada.

Voltou a si no momento que Allegra desencostou da mesa.

— Antes de ser morto, Rory tentou nos dizer que estamos dentro de um jogo — analisou ela.

— E o maluco de terno perguntou se eu acreditava em fantasmas. — Gustavo massageou as têmporas. — Talvez comprar um tabuleiro *ouija* não seja má ideia — brincou.

Meio minuto depois, um policial uniformizado apareceu e entregou uma cópia da fita que Rory dissera ter gravado durante a ligação que recebeu do assassino. Allegra foi para a mesa pegar um gravador na primeira gaveta e Gustavo se aproximou. Ela colocou a fita no aparelho e apertou o botão.

Uma leve interferência e um som de movimento antecederam a voz temerosa de Rory que se ouviu em seguida:

— Alô.

Um suspiro.

— *Gostou do presente?* — perguntou a voz grave, falando baixo.

O gravador não era dos melhores.

Gustavo aumentou o volume.

— Quem é você? — retorquiu Rory.

Apenas a respiração ofegante.

— O que quer comigo?

— *Eu perguntei se gostou do presente* — insistiu a voz, mantendo um timbre calmo, mas falando pausadamente.

Gustavo debruçou na mesa. Apesar da baixa qualidade, queria reconhecer se aquela voz parecia com a do falso policial que encontrara no atropelamento. *Grossa e culta.* Em alguns momentos parecia, em outros não.

— O que quer comigo? — repetiu Rory, tentando esconder o medo e falando com mais firmeza.

Durante cinco segundos, a ligação ficou muda.

— *Sabia que Cheryl não te amava?* — Aquela pergunta incomum indicava que o jogo havia começado. — *Sabia disso, Rory? Ela não te amava.*

Rory ficou calado.

Algum tempo antes, Gustavo lera numa coletânea que sociopatas costumavam jogar com suas vítimas, usando violência e fortes descargas emocionais. Excitação e simpatia planejadas e propositais.

— *Quando abri o peito dela, a primeira coisa que arranquei foi o coração.* — Era perceptível o orgulho com que o assassino falava. — *Era um belo órgão, um dos mais simétricos que já vi, e garanto que seu nome não estava nele.* — Surgiam os primeiros requintes de crueldade. — *Fiz questão de abri-lo ao meio para conferir. Seu nome não estava lá.*

Rory não falava.

— *Já que está gostando de ouvir, quero falar um pouco sobre o pequeno Phillip* — continuou a voz. — *Não sei se esse é o nome que escolheram, mas não importa. Phillip foi o nome que eu escolhi. Sabia que Cheryl ia ter um menino?*

— Se machucar meu filho eu vou te matar — ameaçou Rory.

Um riso descontrolado retiniu.

A ligação ficou muda outra vez.

— *Escute bem, Rory.* — A voz ficou mais séria. — *Em alguns minutos, um homem vai bater à sua porta. Ele não tem respostas, por isso não faça perguntas. É alguém igual a você. Um meio necessário.* — Soltou um longo suspiro. — *Você vai deixá-lo entrar e fazer exatamente o que ele disser.*

— Você... — balbuciou Rory.

— *Eu ainda não terminei.* — Era evidente a exaltação dele. — *Se você não colaborar, vou matar sua mãe, sua irmã e aquele velho inútil comedor de fiéis que você chama de pai. Depois, vou pendurar os corpos no altar da sua igreja e fazer você rezar embaixo deles. Por fim, vou desmembrar o pequeno Phillip e colocar os pedaços dele dentro da sua caixa de correio.*

— Você está blefando — desafiou Rory.

Uma campainha tocou ao fundo da ligação

— *Não brinque comigo, Rory. Outros brincaram e as coisas não acabaram bem.* — E desligou o telefone.

Allegra estava com o dedo indicador sobre os lábios quando a gravação terminou.

— O advogado também estava sendo usado. — Ela se esticou e pegou um amontoado de papéis. — Ele era o homem que bateu à porta de Rory.

— Assim como Sean foi usado — completou Gustavo. — E agora estão mortos.

Ficaram alguns momentos em silêncio.

— "Ele é alguém igual a você". Ambos tinham motivos pra fazer o que fizeram. Temos que descobrir quem era esse homem e por que se passou por advogado.

— O nome dele era Ian Lazar. Morava com a irmã em Willow, numa propriedade a cento e trinta quilômetros daqui — respondeu Allegra. — Ele estava com a carteira de motorista no bolso.

O telefone tocou. Allegra atendeu.

— Homicídios.

Gustavo olhou para o arquivo de Ian Lazar sobre a mesa. Embaixo da foto 3x4, leu um longo parágrafo sobre os antecedentes criminais dele e descobriu que em 1989 Ian tinha sido indiciado como suspeito pela morte de Ângela Lazar, sua esposa, mas que por falta de provas fora inocentado naquele mesmo ano.

— Me mantenha informada de qualquer novidade — disse Allegra, ao telefone. — Quero que continuem as buscas. — E desligou.

Ela se aproximou da grande mesa do centro.

— Encontraram o corpo do Sean na lixeira do hospital — revelou ela. — Mas nenhum sinal do Lakota.

Um misto de alívio e frustração invadiu o peito de Gustavo. Alívio porque a polícia não havia confirmado a morte de Lakota. E frustração porque a única testemunha que conhecia o assassino estava morta.

— Eles vão encontrá-lo — garantiu Gustavo, e entregou a Allegra o arquivo de Ian. — Dê uma lida nisso.

Allegra começou a ler.

— Mas o quê? — indagou ela, surpresa. — Suspeito de assassinar a esposa grávida e de sumir com o corpo?

— Parece um crime do Homem de Palha, e de 1989.

Allegra virou a página.

— Não há mais informações — alertou Gustavo.

— Mas o último endereço está aqui. — Ela o anotou num papel. — Vamos pra Willow. Temos que conversar com a irmã.

O relógio de parede do escritório marcava 18h41.

Gustavo apontou para o céu escuro atrás da janela.

— Não acha que é meio tarde? E eu tenho uma conversa marcada com o Dimitri daqui a pouco.

— O detetive polonês?

— O próprio.

Allegra assentiu.

— Certo. Conhece esse cara há muito tempo? — perguntou. — Quero dizer, tem certeza de que podemos confiar nele?

— Ele é mulherengo, mas confiável.

Allegra pegou o terninho do sofá.

— Tá bom. Esteja aqui amanhã às oito — disse, caminhando para a saída.

— Às oito — confirmou Gustavo.

31
Willow, Alasca
30 de dezembro de 1993

Eram 9h58 da manhã e Gustavo estava em Willow, na calçada da casa onde Ian Lazar morava com a irmã. A antiga rua de terra estava asfaltada de uma ponta a outra. *O progresso é uma criatura faminta.* Olhando para a neve que cobria os jardins, alguns ainda com enfeites natalinos, lembrou-se da última vez que estivera ali, dois anos antes, quando fora comprar anzóis num mercado para pescar no lago Nancy, que ficava poucos quilômetros ao sul.

Ian Lazar, o homem que abria um talho na própria garganta, vivia numa casa de dois pisos. Embora a vista do andar superior não fosse inspiradora — dava para o único terreno baldio da vizinhança —, a casa oferecia uma tranquilidade típica de cidades do interior.

Gustavo caminhou pela faixa ladrilhada até a porta. No batente, havia luzes coloridas fixadas com percevejos e, pendurado sobre o olho mágico, um artesanato de madeira com desejos de feliz Natal. Logo no primeiro toque da campainha, uma criança atendeu. Um menino com chapéu e lenço de caubói, montado num cavalinho de pau e segurando um revólver de plástico.

Ele apontou o revólver para Gustavo e disse:

— Está procurando encrenca, forasteiro?

Gustavo ergueu as mãos. Uma mulher de avental sujo de tinta apareceu.

— Perdão por isso. — Ela tirou o chapéu do menino e o jogou no sofá. — Hoje ele cismou que é o Cavaleiro Solitário. Em menos de uma semana, já quebrou um vaso e o vidro da janela do quarto.

— Quando era pequeno, eu sonhava ser o Billy the Kid. — Gustavo abriu um sorriso. — Pelo menos o Cavaleiro é o mocinho da história.

A mulher pareceu sem jeito.

— Sou o investigador Gustavo Prado — apresentou-se ele, mostrando o distintivo. — A senhora tem um minuto?

— Claro. — Ela abriu a porta por completo. — Entre.

Gustavo observou a sala antes de entrar. Móveis antigos cujas textura e cor combinavam, uma mesinha de centro de vime e um tapete bege onde espalhavam-se inúmeras peças de Lego. Mais no canto, onde a luz da manhã se infiltrava pelas persianas, uma tela pintada pela metade explicava o avental manchado de tinta.

— Está aqui por causa do Ian? — perguntou a mulher.

Gustavo devolveu a pergunta.

— Você é irmã dele?

Ela se virou para o menino e pediu que ele subisse para brincar no quarto.

— Sou, o Ian é meu irmão.

Gustavo sentou no sofá, imaginando que a presença de Allegra ali facilitaria as coisas. *Mulheres se entendem.* Allegra preferira ficar em Anchorage, pois no início da tarde haveria uma coletiva de imprensa sobre o Homem de Palha.

Antes disso, ela ainda receberia de Lena o relatório sobre crimes não solucionados desde 1980.

Respirou fundo.

— Sra. Lazar, sinto ter que dar essa notícia, mas seu irmão cometeu suicídio ontem à noite — revelou ele.

A mulher abaixou a cabeça e suspirou. Seus olhos ficaram vermelhos e cheios de lágrimas, mas ela não chorou, tampouco demonstrou surpresa.

— Como isso aconteceu?

— Não acho que seja boa ideia eu contar isso.

— Conte — insistiu ela. — Quero saber.

Gustavo olhou para o teto, relutante.

— Ele cortou a própria garganta durante um interrogatório.

— Interrogatório? — Ela limpou os olhos. — Ian estava preso?

— Não — disse Gustavo. — É uma longa história, que esperamos esclarecer em breve.

Enquanto pensava no que dizer em seguida, Gustavo olhou para a porção de figurinhas de beisebol dentro do pote de vidro redondo no centro da mesinha de vime.

— Não sei se meu instinto engana — prosseguiu ele —, mas não pude deixar de notar que a notícia da morte dele não te pegou desprevenida.

A mulher corou.

— O Ian mudou muito de uns dias pra cá. — Ela desviou os olhos para o alto da escada. — Passava bastante tempo no telefone. Ficava nervoso por qualquer motivo. Chegou até a levantar a mão pra mim anteontem.

— A senhora é casada?

— Sou — assinalou ela. — Mas não contei isso ao meu marido.

— Você sabe com quem seu irmão conversava por telefone?

— Não. Mas na segunda-feira passada ele saiu pra se encontrar com alguém num bar aqui da cidade.

— Ele disse com quem?

— Não.

— E qual era o bar?

— Baleia's — respondeu ela. — Fica na saída da cidade.

Gustavo tirou o bloco do bolso e fez algumas anotações.

— Aconteceu algo estranho depois desse encontro?

— Ele já vinha agindo estranho, mas naquele dia chegou em casa com a fotografia de uma criança. — A mulher levantou e caminhou até a cristaleira. — Quando perguntei quem era aquela menina, ele disse que era uma afilhada, filha de um amigo. Eu não sabia que ele tinha afilhados.

— Posso ver?

Ela entregou a foto. A criança aparentava ter três anos, não mais que isso. Seus cabelos eram muito pretos, quase azuis. Usava um vestido de renda e uma das mãos estava erguida, como se acenasse. Estava num cômodo com paredes de madeira e uma janela de vidro fosco.

— Percebeu alguma atitude estranha dele de segunda pra cá?

— Tirando o que te contei, não. — Ela enxugou o rosto com o avental. — O Ian falava bastante sobre a Ângela, mas isso não é estranho, ele vive falando dela.

— Eles eram divorciados? — disfarçou Gustavo. Sabia que ela tinha sido assassinada e que Ian fora investigado como suspeito.

— Não. — A mulher voltou à cristaleira e trouxe outra foto. — Ângela sumiu do mapa três anos atrás. Tempos depois, alguns pescadores encontraram o corpo dela boiando no lago Nancy.

Gustavo mirou a fotografia.

— Descobriram o que aconteceu?

— A autópsia foi inconclusiva, devido ao estado do corpo, mas as autoridades acham que ela se afogou. Inclusive foi o que colocaram no óbito — contou ela, com a voz engasgada. — Ela gostava de passear no lago, mas os médicos a proibiram de ir lá sozinha, por causa dos problemas que tinha.

Gustavo ergueu as sobrancelhas.

— Ela sofria de esquizofrenia — explicou a mulher. — Estava reagindo bem ao tratamento e fazia terapia uma vez por semana, mas às vezes saía de casa e esquecia-se de voltar.

— Doença desumana — comentou Gustavo, e fez mais anotações no bloquinho. Seu cérebro trabalhava acelerado. — A família, por acaso, não ficou com uma cópia do laudo da autópsia?

— Não. A última coisa de que o Ian precisava era da lembrança dela.

— Deve ter sido difícil. — Gustavo procurava sempre expressar compaixão antes de fazer novas perguntas. — Sabe se os médicos encontraram anormalidades no corpo? Marcas? Cortes?

A mulher respirou fundo.

— Você não está entendendo, investigador — esclareceu ela. — O que os pescadores encontraram naquele dia nem sequer parecia uma pessoa. Os policiais calcularam que o corpo ficou boiando por meses no lago antes de ser descoberto. — Os olhos dela encheram de lágrimas outra vez. — Foi meu irmão que fez o reconhecimento. E aquilo foi muito doloroso pra ele. Pra ser sincera, aquilo o destruiu.

— Posso imaginar — disse Gustavo, remoendo velhas memórias.

— O Ian me disse que a Ângela estava irreconhecível. Toda inchada, com a pele abrindo e essas coisas que vocês da polícia devem saber melhor que qualquer outro.

Gustavo estava com a próxima pergunta na ponta da língua, mas hesitou. Olhou para a pintura no canto iluminado da sala, para o pote de figurinhas na mesa de centro e fixou os olhos numa palavra específica que havia rabiscado e circulado no seu bloquinho.

Gravidez.
— A senhora sabe se a Ângela estava grávida?
— Não que eu saiba. Se estivessem esperando um bebê, com certeza o Ian teria me contado.
— É. — Gustavo riscou a palavra. — Ele teria contado.
De repente, os dois ouviram passos e um tilintar de chaves no lado de fora. A porta se abriu, revelando uma jovem com cabelos bagunçados em tons azulados, maquiagem escura ao redor dos olhos, munhequeira com espinhos de metal e jaqueta de couro. De longe, parecia a versão feminina de um integrante da banda Kiss. A moça parou quando viu que um policial estava ali. Gustavo logo imaginou que ela vira o distintivo. *Tem medo de homens da lei?* Certamente o Homem de Palha era uma ameaça mais perigosa que aquela adolescente.
— Oi, mãe — disse a garota, sem tirar os olhos de Gustavo. — Algum problema?
— Depois conversamos. Vá ao quarto do seu irmão ver como ele está. — A mulher abriu um sorriso forçado.
— Posso pegar uma revista? — pediu a garota.
A mãe concordou, então ela pegou embaixo da TV uma *Rolling Stone* com um homem de peito cabeludo, brincos e óculos escuros na capa. "U2: Artist of the Year." E subiu para o segundo andar.
Gustavo estava pronto para ir embora. Tinha decidido que a próxima parada seria no Baleia's, o bar onde Ian se encontrara com o homem dos telefonemas. Antes de levantar, a mulher voltou a falar:
— Achei estranho o senhor perguntar sobre Ângela estar grávida. — Ela estava pensativa.
Gustavo ficou interessado.
— Estranho?
A mulher levantou de novo, mas daquela vez foi para outro cômodo. Voltou em menos de um minuto com uma bolsa feminina.
— Dê uma olhada nisso. — Entregou a Gustavo uma folha dobrada. — Anteontem, quando Ian saiu de casa, ele deixou esse bilhete na minha carteira, com a fotografia da menina.
Gustavo desdobrou o papel.
"Quando ela chegar, receba como se fosse da família."

32

O sol perdia espaço para nuvens carregadas. Gustavo dirigia ao longo da avenida principal. Depois de alguns minutos, ele estacionou num espaço aberto, no final dela. A porta do Baleia's Bar estava encostada, mas pela vidraça lateral Gustavo conseguiu ver a movimentação de pessoas trabalhando em algum tipo de decoração. Ficou parado, observando. A meia dúzia de pessoas que empurrava mesas e pendurava balões era, na sua maioria, de jovens roqueiros com jeans desbotados. No centro do bar, num pequeno palco atrás da copa, garotas colavam um letreiro colorido com as palavras FELIZ 1994. Gustavo estava tão envolvido na investigação que precisou ler de novo para lembrar que o réveillon seria no dia seguinte.

Empurrou a porta. A música alta o fez se lembrar da sua adolescência, quando frequentava pubs parecidos com aquele. Tomando cuidado para não pisar nos balões, abriu caminho até a copa, onde uma mulher que parecia ser a garçonete empilhava copos dentro do refrigerador.

— Vejo que amanhã a festa não vai acabar tão cedo — disse Gustavo em voz alta, e olhou para as garrafas de bebida.

A iluminação do lugar era esverdeada.

— Aqui só temos festas uma vez por ano — disse a garçonete, sem interromper o que fazia. — Precisamos aproveitar.

Gustavo assentiu.

O som era alto demais para um bar que nem estava aberto.

— Sabe onde posso encontrar o dono daqui? — gritou Gustavo.

A garçonete o encarou.
— Já encontrou.
— Bom. Sou o investigador Gustavo Prado. — Mostrou o distintivo.
— Podemos conversar em algum lugar mais calmo?

Foram para a parte de trás do bar, onde o barulho era menor e havia mais claridade. A mulher caminhou na frente, balançando os cabelos mais vermelhos que Gustavo já vira. Iam até o bolso traseiro da calça jeans apertada, mas não eram longos o suficiente para esconder os quadris arredondados.

Sentaram num lugar que aparentava ser o escritório.

— Não temos garotas de programa aqui, se é isso que veio investigar — disse ela.

Gustavo enfiou a mão no bolso da calça e pegou seu bloquinho.

— É bom saber que não trabalham com prostitutas aqui, mas não é sobre isso que quero falar. — Pegou uma cópia do retrato falado do falso policial. — Já viu esse homem?

No início, ela pareceu perplexa, mas sua perplexidade durou pouco.

— Esse é o cara que aparece toda hora na televisão? — respondeu ela. — Vi a imagem dele no noticiário ontem.

— É. Ele está em todo lugar. — Gustavo guardou a folha. — Parece que temos uma nova celebridade na região.

— Veio até aqui só pra perguntar isso?

— Na verdade, alguém me contou que um morador da cidade pode ter se encontrado com esse homem no seu bar alguns dias atrás — revelou ele, olhando para as pernas dela. — Ian Lazar. Conhece?

— Conheço. O Ian é um cara estranho, mas não é o tipo de estranho que frequenta meu bar. — Ela pegou um cigarro na gaveta e colocou nos lábios. — Importa-se?

Não ouse acender essa merda.

— Fique à vontade.

Ela acionou o isqueiro.

— Então o Ian nunca esteve aqui? — Gustavo fechou o bloquinho. Não precisaria dele.

— Nunca é bastante tempo — retrucou ela. — Mas garanto que faz uns três anos que não o vejo por aqui.

— Há chance de ele ter vindo e você não ter visto?

— Difícil, mas não impossível. — Ela colocou os cabelos para a frente, escondendo a curva dos seios. — Às vezes eu saio, mas nunca fico fora muito tempo.

— E por acaso você saiu na última segunda-feira?

— Saí.

Gustavo suspirou. O cheiro de cigarro estava de matar.

— Quem fica responsável quando você sai?

— Tenho uma funcionária.

— Uma das garotas que está cuidando da decoração?

Ela assentiu, tirando o cigarro com marca de batom da boca. Sem que dissesse nada, levantou e saiu pelo corredor por onde tinham vindo. Gustavo a acompanhou com os olhos até ela sumir. Em poucos segundos, ela retornou com uma garota de olhos azuis e sardenta.

— Esse é o investigador... — A dona do bar não completou a frase. Não se lembrava do nome de Gustavo. — Ele quer saber se você viu o Ian Lazar no bar na segunda passada.

A garota balançou a cabeça.

— Não.

— Em nenhum outro dia? — insistiu Gustavo. — É possível que ele estivesse acompanhado de outro homem. — Pegou o retrato falado e o mostrou a ela.

— Não. Não o vejo há algum tempo.

33
Anchorage, Alasca
30 de dezembro de 1993

Gustavo olhava para as anotações no bloquinho.
Não conseguia se concentrar.
Ele estava longe de ser um investigador perfeito, mas sempre se considerou bom em capturar bandidos. Olhou pela janela do Departamento de Homicídios de Anchorage. A chuva não pararia de cair tão cedo. Recostou-se na cadeira e fechou os olhos, ouvindo a chuva acertar o chumbo da moldura da janela.
Aquela agradável sensação de bem-estar evaporou quando Lena Turner entrou apressada pela porta. Ela se aproximou da mesa e abriu a gaveta para pegar uma resma de folhas marcadas com o timbre da corporação.
Gustavo se ajeitou na cadeira.
— Como estão se saindo lá em cima?
— Estamos indo bem. — O rosto de Lena estava mais rosado que o normal. — Acho que não seremos demitidas — brincou.
— Se precisarem de mim, estou aqui.
— Pra sua sorte, eles te consideram um agente emprestado — disse ela, caminhando para a saída. — Por enquanto você não precisa dar explicações.
— Gostei da ideia. — Gustavo sorriu. — Diga a Allegra que vou voltar pra Riacho do Alce antes do anoitecer. Quero dar um pulo no meu apartamento antes de ter aquela conversa sobre as cartas com o Adam.
Lena assentiu, deu meia-volta e sumiu no corredor.

Fazia mais de uma hora que Allegra e Lena estavam reunidas com o prefeito de Anchorage e os supervisores do departamento, repassando dados sobre o que haviam conseguido até o momento.

Gustavo olhou o relógio. Eram três horas da tarde. Esfregou o rosto e voltou às anotações, concentrando-se nas mais importantes.

Elsa Rugger. Vítima. Grávida. 1983.
Sean Walker. Divorciado. Um filho. Mentiroso?

Cheryl Hart. Vítima. Grávida. 1993.
Rory Flinn. Ligações anônimas. Ameaças aos familiares.

Ângela Lazar. Afogada. 1989. Esquizofrenia. Grávida? Vítima?
Ian Lazar. Telefonemas. Foto da criança. Suicídio.

Apesar do método, não restava dúvida de que Ângela Lazar se encaixava no perfil das vítimas do Homem de Palha. *As ligações. O bilhete. A foto da criança.* Coincidências demais para que fossem apenas coincidências. Riscou os pontos de interrogação ao lado das palavras "Grávida" e "Vítima" na linha de Ângela.

Olhou para as informações sobre Elsa Rugger. O corpo esfacelado da jovem embaixo da caminhonete não saía da sua cabeça. *O sangue de cervo. O falso policial.* Circulou a palavra "Mentiroso" ao lado do nome de Sean Walker.

Pegou o telefone e discou o último número conhecido da residência da ex-mulher de Sean. A ligação ficou chamando, mas ninguém atendeu.

Tentou de novo.

Um toque.

Dois toques.

— Alô. — Era uma voz de mulher.

— Quem fala?

Gustavo conseguia ouvir alguém chorando do outro lado da linha, ao fundo.

— Suzan.

— Suzan, eu poderia falar com... — Gustavo conferiu o nome da ex-mulher de Sean. — Millie?

— Só um segundo.

Gustavo esperou na linha durante quase um minuto, ouvindo o berreiro da criança e os trovões do temporal que caía sobre a cidade.

— Alô. — Desta vez, era uma voz mais grossa, mas não menos feminina.

— Millie? — perguntou Gustavo.

— Isso. Com quem eu falo?

Gustavo puxou o fio do telefone.

— Aqui é o investigador Gustavo Prado — apresentou-se. — Gostaria de fazer algumas perguntas a respeito de Sean Walker.

Millie soltou um suspiro. Aquele assunto parecia não agradá-la.

— Eu vi a notícia da morte na televisão — disse Millie, com a voz apressada. — O que quer saber?

— Não vou tomar seu tempo, senhora. Só gostaria que me dissesse se conversou com seu ex-marido nas últimas semanas.

Fez-se um silêncio de desconfiança.

— Conversei.

— Notou alguma coisa estranha?

— Defina o que é estranho — disse, com perceptível menosprezo. — Sean era viciado. Tudo que ele fazia era estranho.

Gustavo apertou o telefone contra a orelha.

— Estou falando sobre algo estranho *estranho*.

— Hum — resmungou Millie. — Estranho tipo telefonar de madrugada totalmente chapado, implorando pra eu sair da cidade e levar nosso filho comigo?

— Desse tipo — confirmou Gustavo.

— Então, sim. Ele agiu de forma estranha.

— E o que a senhora fez a respeito?

— O que sempre faço quando ele telefona — disse ela mais baixo, como se não quisesse que alguém ouvisse. — Mandei à merda.

34
30 de dezembro de 1993

É madrugada.

Caminho pelas sombras no bairro mais afastado de Anchorage. Este é o lugar onde os pobres da cidade se empoleiram em prédios e casebres. *Não tenho pena deles.* Uma corrente de vento sopra do vão entre duas casas e faz a lapela do meu casaco levantar. Meus ossos estão congelando.

Vejo garrafas vazias e poças de urina congeladas perto de um muro. O frio faz com que eu não sinta o fedor. Quando chego à última esquina, onde o asfalto termina, vejo um edifício no fim do beco. Um prédio de três andares com tijolos nus, cuja fachada é iluminada por um poste. Avanço alguns passos. Olho para a janela dos apartamentos de cima, me perguntando se alguém estaria me observando. Não vejo qualquer movimento atrás das cortinas.

Posiciono-me embaixo do basculante do banheiro. Está semiaberto. Um lance de sorte, pois não estava assim da última vez que estive aqui. Um caçador sempre observa sua presa antes de agir. *E eu sou um caçador. O melhor de todos.* Preciso chegar ao segundo andar, mas a escada de incêndio está recolhida e travada.

Penso no que fazer.

Eu poderia dar a volta e ir até a entrada principal, mas tenho notado que um homem de boné de aba reta passa as noites olhando revistas pornográficas na escadaria. Ele sempre usa calças folgadas e uma jaqueta com o símbolo do Denver Nuggets nas costas. Dias atrás percebi que ele carrega uma arma. Não tenho certeza, mas acho que traficantes usam algum desses apartamentos.

O céu está encoberto e faz muito frio. Tenho que me apressar. Hoje é um dia especial. Não quero que meus músculos fiquem enrijecidos, isso dificulta os movimentos.

Evitando a luz dos postes, volto duas quadras e entro no carro que deixei estacionado no beco. É uma lata-velha, mas o motor não faz tanto barulho. Dirijo com os faróis apagados até embaixo da escada. Vou subir no carro para alcançar o segundo andar.

No caminho, abro o vidro e sinto os aromas da noite.

Sou um lobo cinzento cheirando a tundra.

O capô amassa quando subo e tomo impulso para saltar. Minhas botas deixam marcas na lataria, mas isso não será problema. Agarro a escada de ferro. As luvas de couro não deixam minha mão escorregar. Ela emite um estalido e ameaça ceder, mas antes que um desastre aconteça consigo firmar o braço no encosto da parede.

Faço força. Não sei se vou conseguir.

Eu deveria me preocupar mais com meu físico agora que estou de volta.

Meus músculos tremem.

Uso as pernas como apoio e, antes de começar a sentir cãibras, passo pela janela.

Não gosto de caçar na cidade. A selva de pedras e as paredes de cimento me causam arrepios. Quando estou aqui, me sinto vigiado, embora isso não me incomode, pois ninguém pode ver dentro da minha cabeça. Não podem adentrar as paisagens sombrias do meu inconsciente. Prefiro a floresta, com suas grandes árvores, suas folhagens e seus pequenos roedores. O cheiro da natureza me completa. Meu parque de diversões. Sinto que posso ser eu mesmo na floresta. Nada de máscaras.

O banheiro em que entro fede a urina. Quando acendo a lanterna, vejo gotas amarelas no chão ao lado do vaso. Para alguns homens, é difícil acertar um alvo a meio metro de distância.

Fico parado por um minuto. O apartamento está em silêncio, bem como imaginei que estaria. É assim que um caçador deve agir. Sem pressa. Sorrateiro. Mortal. Pelo que investiguei, minha nova presa não foi agraciada com a presença de um pai — pelo menos não um que ela conheça

—, e a mãe é uma vagabunda aidética que prefere trepar por dinheiro numa boate do centro do que ficar em casa com a filha.

Abro a porta do banheiro com um rangido. Bem devagar, passo pelo corredor apertado e olho para dentro do quarto. Não encontro ninguém. Vejo uma cama simples e bagunçada, um guarda-roupa pequeno e um quadro com a imagem de Jesus Cristo na cabeceira. Tenho vontade de resgatá-lo deste lugar imundo. Mantenho a calma. Em meio ao cheiro de pobreza, consigo sentir um suave aroma feminino.

De repente, ouço um barulho de madeira em atrito, vindo de outro lugar. Os pelos da minha nuca se eriçam. Dou meia-volta e entro na sala. Ali, a luz dos postes da rua atravessa as finas cortinas de algodão e ilumina o sofá.

Então eu a vejo.

Minha mente acende. Dentro do meu cérebro quimérico, pequenos sinos começam a bimbalhar. Dedico um instante a olhá-la. Faz tempo desde que a vi pela última vez, e muita coisa nela mudou. Os cabelos escuros derramados sobre a almofada continuam quase os mesmos, mas o rosto está diferente. Antes era marcado, com os ossos saltados. Agora está mais cheio.

Não importa.

De repente, o ar fica carregado com um cheiro doce de perfume vagabundo. Respiro fundo. A excitação corre pelas minhas veias como droga, despertando cada nervo meu. Com cautela, abro o zíper do bolso do casaco. O pano e o vidro âmbar são tudo de que preciso. *Estamos nas preliminares.* Fico ansioso de ouvir o que os paspalhos da rádio vão dizer quando eu terminar. *Desta vez, farei diferente.*

Ajoelho no tapete ao lado do sofá. Consigo ouvir sua respiração.

Mesmo que ela não consiga ver, dou um sorriso.

O sorriso da morte.

Toco nos seus ombros. Ela abre os olhos e levanta o rosto. O que ela vê nos meus olhos a paralisa. Tenta gritar, mas eu a impeço. A força dela me surpreende.

— Durma bem, doce menina — cochicho enquanto ela tenta se soltar, o clorofórmio entrando nos pulmões dela.

35
Riacho do Alce, Alasca
30 de dezembro de 1993

Gustavo estacionou em frente ao prédio onde morava, no ponto mais alto da cidade. A via de mão dupla que corta Riacho do Alce de ponta a ponta fora batizada em homenagem a Vitus Bering, o primeiro europeu a conduzir uma expedição que cruzou o estreito e chegou ao Alasca.

Era fim de tarde e estava escuro.

No alto da fachada de uma loja do outro lado da rua, o relógio marcava 5h39 e o termômetro, em neon vermelho, -13ºC. Gustavo tremia com qualquer pequena corrente de ar que atravessava o casaco.

Ele entrou no prédio e subiu de elevador até o quinto andar.

O filho mais novo do vizinho berrava como se tivesse sido esfaqueado. Gustavo tirou um molho de chaves do bolso e abriu a porta do apartamento. Ali não havia corrente de ar, mas o frio não era muito diferente. Largou a sacola de compras e foi acender o calefator. Em quinze minutos pôde tirar o casaco. Sentado na poltrona da sala com uma garrafa de água tônica e um hambúrguer, ele se imaginou por um instante com os pés enfiados na areia branca de alguma praia brasileira.

Precisava de férias. Um ano antes de tudo desmoronar, tinha combinado com Claire de passar uma semana num hotel à beira-mar no Brasil. Bebeu um gole de tônica com limão, mas pela segunda vez em menos de uma semana aquilo não o deixou satisfeito.

Inclinou-se e olhou para a garrafa de rum na estante. Nos últimos dias, estivera muito envolvido com cadáveres e cenas de crime repulsivas. Hospitais, necrotérios, sangue e gargantas cortadas. Não conseguia parar de pensar nas mulheres mortas e nos bebês desaparecidos. Durante todo o tempo em que trabalhava como investigador, sempre se considerava imune o bastante para viver e desempenhar seu papel sem interferência emocional. Mas aqueles rostos pálidos não o deixavam em paz. E aqueles olhos. Os olhos dos mortos.

Só precisava de um tempo para desviar o foco e desligar-se do Homem de Palha, pelo menos por uma noite.

O cheiro de hambúrguer de carne grelhada e anéis de cebola estava melhor que o de costume. Depois de ter reclamado na última vez que jantou no Bob Burger, os cozinheiros resolveram caprichar. Deu duas mordidas e colocou o lanche de lado, olhando para as manchas de ketchup no guardanapo. *Sangue*. Deveria saber que aquela merda toda não o abandonaria tão cedo.

Cogitou ligar a televisão num daqueles programas que prendem a atenção de qualquer espectador, mas preferiu ficar ouvindo o som do tráfego na rua. Olhou em volta, para a sala mobiliada, as paredes nuas nas quais nunca tinha pendurado um quadro. A única decoração, se é que poderia ser chamado disso, era um vaso de porcelana sem flores embaixo da janela. Algum tempo antes, aquele vaso estivera entupido de flores artificiais, que foram descartadas ao perderem a cor depois de muito tempo expostas ao sol e nunca mais substituídas.

Quando Gustavo curvou-se para tirar os sapatos, sentiu uma pontada na cabeça, como se tivessem enfiado uma agulha de tricô pelo seu nariz. Antes que sua visão começasse a embaralhar, como sempre acontecia nas crises de enxaqueca, foi até a cozinha e engoliu dois analgésicos.

O telefone começou a tocar.

Gustavo sabia que era a mãe ligando para saber se ele tinha decidido passar a virada com ela. Soltou um suspiro, sentindo-se o pior filho do mundo por ter se esquecido de retornar a ligação. Pensou no que fazer. Se atendesse, teria que ficar meia hora com o telefone grudado na orelha contando detalhes dos crimes e ainda correria o risco de ser convencido a viajar pela persuasiva Dolores Prado. Se não atendesse, poderia dizer que não estava em casa e que o caso do Homem de Palha o estava consumindo. Um "Eu te amo" e "A gente se vê em breve" bastariam para que tudo ficasse bem.

Concluiu que era melhor deixar o telefone tocar e ouvir a mensagem.

Ao retornar à sala, massageando as têmporas, Gustavo parou e se escorou na borda do aparador de madeira quando sentiu outra agulhada no cérebro. Fechou os olhos. A ausência de claridade sempre ajudava. Quando os abriu novamente, notou uma leve mudança na ordem dos porta-retratos.

Embora eles tivessem sido mexidos e recolocados de modo que a mudança passasse despercebida, Gustavo notou que a foto em preto e branco de Claire fantasiada no Halloween de 1984 não estava no lugar certo.

Largou o copo, arrumou o porta-retratos e pegou a arma que estava no braço da poltrona. Foi até a janela que dava para a rua e olhou o movimento de carros e pessoas. Aquele 30 de dezembro era um dia como qualquer outro, não fosse o intenso movimento de consumidores gastando dinheiro com preparativos do Ano-Novo.

Analisou a fechadura da porta. Estava intacta. Se alguém tivesse entrado no apartamento, não havia arrombado. Somente três pessoas tinham cópias da chave: Dolores, que estava muito longe para fazer uma visita-surpresa; o síndico do prédio, que uma semana antes tinha pegado uma cópia para que os pintores pudessem terminar de pintar as sacadas; e Adam, que ficou de dar uma olhada ali enquanto Gustavo estivesse em Anchorage.

A secretária eletrônica apitou com uma nova mensagem. Gustavo caminhou até ela e, antes de ouvir, discou um número anotado num papel de chiclete.

— Alô, aqui é o Gustavo — disse assim que alguém atendeu.

— Ei, Gustavo. — O síndico do prédio tinha voz polida. — Fiquei sabendo que você é um dos investigadores do caso do Homem de Palha.

— Até você falando disso? — brincou Gustavo, mas no fundo falava sério. — Liguei pra saber se você ainda está com a chave do meu apartamento.

— Tá aqui no chaveiro — respondeu o síndico. — Tentei entregar duas vezes, mas nunca te encontro.

— Pelo menos terminaram a pintura?

— Terminaram. Ficou pronta no mesmo dia. Os caras fizeram rapel por fora. Nem precisaram entrar.

Gustavo franziu a testa.

— Ok. Quando arrumar um tempo, posso buscar a chave.

Sentiu-se um idiota de ter pensado que o síndico invadira seu apartamento e mexera onde não devia. Deveria ter sabido que o principal suspeito era outro.

Apertou o botão para ouvir a mensagem na secretária. Já estava preparado para escutar Dolores brigando com ele por não ter retornado a ligação.

— Gustavo, me ligue assim que ouvir. — Era Allegra. — Não tenho certeza, mas acho que temos um problema.

Gustavo pegou o fone e discou o número da delegacia.

Antes do segundo toque, alguém atendeu do outro lado da linha.

— Não achei que fosse retornar tão rápido — disse Allegra.

— E eu não esperava receber uma ligação sua numa hora dessas. O que houve?

— Adam.

— O que tem ele?

O barulho dos tacos dos sapatos de Allegra batendo no piso podia ser ouvido na linha.

— Falou com ele sobre as cartas? — perguntou ela.

— Ainda não. O Dimitri ficou de passar mais informações sobre isso, mas esqueceu do que tínhamos combinado e acabou saindo da cidade.

— Droga.

— O que foi?

— Parece que o Adam saiu pra trabalhar hoje cedo, mas não apareceu na delegacia e não voltou pra casa — explicou Allegra.

— Passar o dia fora é um problema pra você?

— Depende — respondeu ela. — Mas ninguém na delegacia o vê desde ontem, quando recebeu a carta.

Gustavo puxou a cadeira e sentou.

— Quem te contou que ele não foi trabalhar?

— Pedi que um policial ficasse na cola dele. — Allegra soltou um suspiro. — Sei que vocês são amigos, mas foda-se. Pra mim, o Adam continua sendo suspeito.

— Posso estar enganado... — Gustavo soava desconfiado. — Mas acho que ele esteve no meu apartamento hoje.

— Acha?

— É. Alguém mexeu nas minhas coisas. E ele é o único que tem as chaves e vem agindo de maneira estranha.

Allegra respirou fundo.

— Dê um jeito de descobrir onde ele está. Vou ligar nas delegacias da região pedindo que fiquem atentos.

— Tudo bem — concordou Gustavo, olhando para o aparador. — Alguma notícia do Lakota?

— Nada. Por enquanto, só informações desencontradas.

— Certo. Manterei contato.

Gustavo bebeu a água tônica e jogou o resto do hambúrguer no lixo.

Quinze minutos depois, estava a caminho da casa de Adam. Queria conversar com a esposa dele e ver a carta com as iniciais marcadas a sangue. No fundo, buscava algo que pudesse fazê-lo voltar a acreditar que o amigo não estava envolvido naquilo tudo.

Aumentou o volume do rádio e acelerou.

Quando a estrada fez uma curva abrupta e a claridade da casa foi avistada, ele agarrou o volante e virou para entrar na trilha. O carro derrapou no gelo enquanto os pneus tentavam se firmar no chão. Estacionou perto da cabana de utensílios, ao lado de uma tenda cônica de madeira coberta de musgos.

A casa amarela ficava nos fundos. Era ali que Adam e Clotilde viviam. Os dois haviam escolhido morar naquele lugar, pois preferiam ouvir o canto dos pássaros ao barulho dos carros. Apesar do sossego, Gustavo achava que eles tinham enjoado do silêncio, depois de tanto tempo ali. Apenas isso explicava a casa que compraram na Flórida para quando Adam se aposentasse.

Um vento forte soprou no vale quando saiu do carro e correu em direção à porta com os sapatos de couro enterrados na neve. Seus dedos estavam roxos e ele teve que baforá-los para aquecê-los. Parou na varanda, encolheu-se embaixo do capote e tocou a campainha, esperando que alguém atendesse.

Uma fungada seguida de farejadas incontroláveis na fresta de baixo indicou que havia alguém em casa. Quando a porta abriu, Bojangles saltou nas suas pernas com a língua para fora.

— Oi, garoto. — Gustavo fez carinho no cachorro quando ele deitou de barriga para cima. — Estava com saudade?

Bojangles era um vira-lata que fora abandonado na tundra nove anos antes. Adam o tinha encontrado. Tinha problemas de visão e uma pata quebrada e cicatrizada fora do lugar.

Sorrindo ao lado da porta, Clotilde usava um avental florido sobre a blusa clara. Tinha 61 anos, mas os óculos de armação preta a faziam aparentar setenta.

— Gustavo, até que enfim um rosto amigo. — Beijou o rosto dele. — Entre, antes que você congele.

Foram para a cozinha, onde o cheiro de comida impregnava o ar.

— Veio falar sobre o Adam? — perguntou Clotilde, reduzindo a temperatura do forno elétrico.

— Pois é — murmurou Gustavo. — Disseram que ele não aparece na delegacia desde ontem.

— Nem sei o que pensar. Você sabe que não é a primeira vez que ele sai de casa sem avisar.

— Sei. Às vezes acho que falta um parafuso nele.

— Também acho, mas agora é diferente. — Clotilde se sentou. — Ele estava estranho desde que acharam o corpo da menina na estrada. Ontem, quando encontrou aquela coisa na caixa de correio, passou a manhã toda sentado na varanda.

— A carta?

Clotilde assentiu.

— As iniciais escritas nela te dizem alguma coisa? — indagou ele.

— Não.

— Posso ver?

Clotilde pegou o envelope embaixo de um enfeite na mesa de jantar.

— Não tem remetente. Só as letras — disse ela.

Gustavo havia passado boa parte do dia pensando naquela carta. E naquele momento ela estava em suas mãos, fechada, silenciosa, portando uma mensagem cujo significado ele precisava descobrir. Tirou-a do envelope e analisou as letras escritas a sangue. L.L.K. Não reconheceu a caligrafia. Letras maiúsculas e borradas, separadas por pontos firmes, que aparentavam ter sido feitas com um pincel velho. Tentou sentir algum cheiro aproximando-a do nariz. Colocou-a contra a luz. Correu os dedos sobre ela, sentindo a textura do papel.

— Acha que ele está bem? — perguntou Clotilde.

Gustavo estava tão concentrado nos traços de sangue que nem sequer ouviu o que Clotilde havia perguntado, sabia apenas que ela havia dito algo.

— Desculpe?

— Acha que ele está bem?

— O Adam? — Gustavo abriu um sorriso. — Claro.

Colocou a carta no bolso e se despediu.

— Vou encontrá-lo. — Abriu a porta e, com a perna, impediu que Bojangles saísse. — Ligue pra mim se lembrar de qualquer coisa.

— Só quero que o tragam de volta.

— Vou trazer.

Gustavo cruzou o gramado fofo de neve e entrou no carro. Antes de engatar a ré, pegou o envelope e o abriu.

L.L.K.

Os pontos vermelhos entre as letras pareciam olhos o encarando.

Essa merda nunca vai ter fim.

Gustavo coçou atrás da orelha. O aparelho de som havia começado a tocar uma música.

— Clotilde! — chamou ele, colocando a cabeça fora da janela.

Clotilde voltou.

— Dê uma olhada se a chave do barco está no lugar — pediu Gustavo.

Clotilde entrou na casa e voltou depois de alguns instantes.

— Não — gritou ela. — Acho que ele levou.

36
30 de agosto de 1986
Sete anos antes

O sol havia sumido, mas uma vaga luz azulada permanecia no horizonte. Inclinado no balcão, o dono do bar nem sequer percebeu a presença de Gustavo na mesa perto da janela.

O Urso Negro tinha o chão forrado de tacos escuros, e nas paredes de madeira ficavam expostas fotos emolduradas de carros antigos, Jimi Hendrix e pôsteres de Marlon Brando interpretando Vito Corleone em *O poderoso chefão*. Uma mistura curiosa. Naquela noite de sábado, o bar acolhia o público habitual dos fins de semana: homens de meia-idade que buscavam, na bebida e no fumo, uma distração para a rotina.

— Uma dose dupla de uísque — pediu Gustavo quando um garçom sem uniforme chegou para anotar o pedido.

Através da vidraça engordurada, ele observava o movimento de pessoas na calçada, imaginando Claire em cada mulher que passava.

Queria tê-la de volta.

A falta dela o consumia.

Gustavo lembrava sobretudo do perfume, aquele que Claire deixava na gaveta do banheiro. Um frasco transparente com uma fragrância floral que ela costumava borrifar nos pulsos e esfregar no pescoço.

Três semanas haviam passado desde o desaparecimento dela. Policiais, moradores, cães farejadores e helicópteros procuraram por toda a floresta e não haviam encontrado nenhum vestígio. Quando as buscas foram encerradas sem que houvessem conseguido respostas, as autoridades se sentiram frustradas.

"Não há corpo ou pertences. E nenhuma das testemunhas viu a srta. Rivera na trilha naquele dia. É como se procurássemos um fantasma." Foram as palavras que o comandante da polícia estadual usou numa entrevista à imprensa. "O caso segue aberto. Nós apenas encerramos as buscas por enquanto."

Gustavo chegou a telefonar para os supervisores, mas àquela altura já havia rumores de que Claire não havia desaparecido, e sim fugido de um casamento indesejado.

Às vezes, durante a noite, quando se revirava na cama, com pesadelos, Gustavo ficava pensando se Claire teria coragem de abandoná-lo. Mas, naquele momento, olhando pela vidraça do Urso Negro, estava certo de que ela não tinha feito aquilo. Eles se amavam. Talvez Claire fosse até quem amava mais.

É, ela amava mais. Enquanto Gustavo, sempre ocupado em ser policial, trocava-a por ocorrências, ela restringia seu mundo para amá-lo.

A dose de uísque desceu queimando quando bebeu.

Balançou o copo no ar, chamando o garçom.

Dois velhotes de cabelo grisalho numa mesa próxima olhavam compadecidos para Gustavo, com a calça suja de terra e uma jaqueta amarrotada que parecia ter saído das linhas de frente da Segunda Guerra. Seu cabelo estava desalinhado; a barba, malfeita; e os olhos, fundos. Nas últimas semanas, ele deitava na cama e traçava mapas imaginários das trilhas da floresta nas rosetas de gesso do teto. Sabia que não adiantaria desligar a luminária, o sono não viria. Sabia que na escura vigília da noite, ele começaria a sentir a presença dela até que tudo se transformasse num pesadelo.

A segunda dose de uísque não o esquentou como a primeira. Talvez as duas pedras de gelo tivessem reduzido o teor alcoólico do uísque. Exausto, deixou uma nota de cinco dólares embaixo do copo e saiu.

Entrou no carro e começou a dirigir.

Na última esquina, quando já conseguia ver a claridade do jardim da casa que haviam alugado, viu um veículo escuro estacionado na rua. Escorado nele, um homem de chapéu cinza se recompôs assim que percebeu alguém se aproximando.

Gustavo reduziu a velocidade e acessou o caminho de cascalho da garagem. Pelo retrovisor, viu o homem atravessar a rua.

— Sr. Prado? — chamou ele quando Gustavo saiu do carro.

Gustavo assentiu com a cabeça.

— Tem um minuto? — O homem tinha um cavanhaque escuro e sobrancelhas grossas.

— O senhor é...? — Gustavo tentou identificá-lo, mas os olhos dele estavam escondidos embaixo das sobrancelhas.

— Polícia estadual. Fui designado pro caso Rivera.

Gustavo não sabia que tinham designado um investigador de fora. Achava que, com as buscas encerradas, todas as autoridades estaduais envolvidas tivessem partido.

— Não pode esperar até amanhã? — Ele olhou o céu escuro.

— É importante.

— Se importa de mostrar a credencial? — suspirou Gustavo. — Estou cansado de jornalistas.

O homem colocou a mão no bolso e mostrou um reluzente distintivo prateado do FBI.

— Podemos conversar?

Gustavo estendeu o braço, mostrando o caminho.

Entraram na sala de estar, que estava uma completa bagunça. Um retrato da vida de Gustavo nas últimas semanas. Havia roupas no encosto do sofá e pratos sujos sobre a mesinha de café.

— Aceita uma bebida? Tenho uísque — ofereceu Gustavo, por educação. Era ele que queria outra dose.

— Vou recusar — disse o agente.

Olhando para a calça suja que vestia, Gustavo sentou no sofá. Por alguns instantes, ficou envergonhado de receber um policial naquele estado deplorável.

— Não está sendo fácil lidar com isso — disse.

O agente coçou a testa.

— Sr. Prado, temo não trazer boas notícias.

Gustavo ergueu os olhos.

— Algumas horas atrás, um criador de renas encontrou restos humanos no outro lado da montanha — revelou o agente. — Não temos confirmação, mas achamos que são de Claire.

Gustavo desabou.

37
Riacho do Alce, Alasca
30 de dezembro de 1993

A noite estava calma e quase não havia tráfego na autoestrada. Mesmo a ciclovia que beirava o asfalto, onde as pessoas pedalavam no verão, estava deserta. No céu, nuvens carregadas impediam que a lua iluminasse aquele único carro.

— Já sabe onde vai passar o réveillon? — Lena Turner abriu uma fresta na janela e cuspiu o chiclete para fora.

Allegra apertou o freio para fazer uma curva.

— Vou alugar um filme e ficar em casa.

— Eu também — disse Lena. — Com o sumiço do Lakota, tudo que programei perdeu a graça.

— Pois é. — Allegra manteve as mãos no volante.

Allegra não gostava de festas, pelo menos não daquelas com mais de três ou quatro pessoas. A solidão não a assustava, mas a aglomeração de pessoas preenchendo seu ego com falsas companhias, sim. Para alguém que mudara havia pouco tempo era difícil engrenar uma conversa, até mesmo com os maiores falastrões da cidade.

Observando os pinheiros na beira da rodovia, Allegra lembrou que, no segundo final de semana depois de ter chegado ao Alasca, uma nova amiga a convidou para conhecer uma cafeteria que, à noite, se transformava numa discoteca.

A ideia parecia divertida, mas o cheiro de café misturado a álcool e fumo, somado às investidas de adolescentes bêbados, a fizeram ir embora antes da banda de rock subir ao palco.

— Não quer vir jantar lá em casa? — convidou Lena. — Depois, podemos assistir àquele filme de dinossauro que lançaram.

— *Jurassic Park?* — Allegra sorriu. — Vi o trailer e parece bom.

— Então já vou pensar no que fazer de janta. — Lena sorriu de volta. — Depois encaramos os dinossauros.

Alguns quilômetros à frente, flocos de neve começaram a cair do céu, rodopiando sem rumo, impassíveis diante da força do vento. Se a mulher do tempo estivesse certa, haveria uma tempestade de madrugada. Allegra ligou o rádio para abafar o som do limpador de para-brisa. Naquele mau tempo, só se ouvia chiado, estática e alguns poucos momentos de música.

— Vi que você deixou o relatório dos desaparecimentos na minha gaveta — disse Allegra, alongando a conversa. — Pode me adiantar o que encontrou?

— Pensei que tivesse lido.

— Não tive como. O prefeito ficou me enrolando até pouco antes de sairmos — explicou. — Ele é sempre insuportável daquele jeito, ou só estava querendo se vangloriar na frente dos supervisores?

— É um puxa-saco do governador que vive metendo o nariz no trabalho da polícia. Ninguém do departamento suporta aquele cara. — Lena se ajeitou no banco do carona. — Quanto ao relatório, fiz o que você pediu. Concentrei as buscas em mulheres grávidas ou em idade fértil. Foi um pouco difícil. Os arquivos de algumas delegacias estavam um caos.

— Nada fora do normal.

— É. Encontrei muitos relatos de desaparecimentos nos últimos anos, mas na maioria deles as mulheres voltaram pra casa depois de alguns dias. O grande problema é que a polícia nem sempre é informada do retorno, e os arquivos acabam ficando desatualizados — queixou-se Lena. — Fiz o possível pra isolar os casos sem solução.

— Era muita coisa?

— Tem alguns desaparecimentos estranhos — pontuou ela. — Vou tentar explicar seguindo a cronologia.

— Perfeito — disse Allegra.

O aquecedor da viatura estava no máximo, mas não aquecia o suficiente.

— O primeiro caso que chama a atenção aconteceu em Anchorage em 1982, quando uma jovem de 27 anos ficou três dias sem aparecer no trabalho. Uma amiga foi até a casa dela e encontrou o lugar bagunçado, com a fechadura dos fundos estourada. Esse poderia ser um dos casos de arquivo desatualizado, mas eu mesma telefonei no escritório onde ela trabalhava. O dono disse que ninguém nunca mais a viu.

Allegra estava atenta.

— Um ano depois, em 1983, tivemos o desaparecimento de Elsa Rugger — prosseguiu Lena. — O legista confirmou a gravidez. E eu imagino que tenha sido a partir desse ponto que o assassino começou a agir.

— Por que você acha isso?

— Agora as coisas ficam interessantes. Três anos depois, em 1986, Claire Rivera, uma bióloga de 28 anos desapareceu enquanto acampava com o noivo nas montanhas, em Riacho do Alce. — Lena parecia estar empolgada. — Culparam um urso.

— Em Seattle, diziam que antigamente a polícia do Alasca culpava ursos e lobos quando não conseguia solucionar um crime.

— Talvez seja o caso — continuou Lena. — Mas agora vem a parte intrigante. Adivinha quem era o noivo da bióloga?

Allegra olhou para o lado.

— O Gustavo — revelou Lena.

— Tá brincando?!

— Não.

— Como ele nunca falou sobre isso?

— Não sei. Talvez o caso tenha sido resolvido. Ou talvez ele pense que não teve nada a ver com nosso assassino.

— Isso pode até tirá-lo da investigação.

Lena concordou.

— Quer saber o que mais eu descobri?

— Continue.

— Ângela Lazar em 1989. O corpo dela foi encontrado num lago tempos depois — prosseguiu. — Mais três anos e, no fim de 1992, uma garota de Palmer que tinha acabado de descobrir que estava grávida saiu de casa pra ir à faculdade e nunca mais foi vista.

Allegra bateu os dedos no volante.

— Oitenta e três, 86, 89 e 92 — enumerou ela. — Acha que os intervalos de três anos são propositados?

— Só podem ser.

— Então algo aconteceu para que a cronologia fosse quebrada.

— Exato — disse Lena. — O corpo de Elsa Rugger na autoestrada coincide com o início de um novo ciclo. Que agora mata policiais, médicos e testemunhas, sempre girando em torno de um eixo.

— As mulheres grávidas — ponderou Allegra.

Lena fez que sim.

— Nos relatórios havia evidências ou suspeitas acerca da identidade do assassino?

— Não me aprofundei nos nomes e nas informações de cada caso. — Lena esfregou as mãos, tentando aquecê-las. — Mas as cópias dos arquivos estão na sua mesa.

— Amanhã daremos uma boa olhada.

Depois de dez minutos, viraram numa estrada secundária cercada de floresta dos dois lados. Por quase dois quilômetros, a única luz que enxergavam era a dos faróis. A neve continuava caindo, acumulando-se no espaço entre o capô e o para-brisa.

Lena olhava as árvores, quando virou-se para Allegra e perguntou:

— Esse cara que te ligou. Você conhece?

— Vi uma vez — respondeu Allegra. — Gustavo disse que é um detetive que ajudou a polícia em alguns casos.

— Tá falando do Dimitri Andreiko?

— Conhece?

— Quem dera! Eu o vejo às vezes quando saio com minhas amigas. Ele fica lá, bebendo e conversando com o garçom, enquanto as mulheres babam naqueles olhos selvagens.

Allegra riu.

— Olhos selvagens? Sério? — indagou, boquiaberta.

— O que foi? — Lena entrou na onda. — Que eu saiba, ele é solteiro.

— E, que eu saiba, viúvo.

— Viúvo?

— A esposa morreu de câncer. Gustavo que disse.

— Droga! De qualquer forma, ele é muito velho pra mim. — Lena se encolheu no banco. — Mas não pra você.

— Tá me chamando de velha?

— Não foi o que eu quis dizer.

Quando a estrada à frente ficou mais estreita, Allegra reduziu a velocidade.

Logo chegaram numa casa de dois andares. Um edifício antigo pintado de marfim, com janelas e portas restauradas. Uma caminhonete com correntes nos pneus estava estacionada do lado de fora. Allegra viu se havia algum movimento atrás das janelas. A luz da varanda estava acesa. Quando ela desligou os faróis, alguém abriu a porta e acenou.

Allegra e Lena saíram da viatura, vestiram o capuz e correram até a varanda, para escapar da ventania.

Quando entraram, Dimitri fechou a porta atrás de si e colocou uma tranca. Vestia uma camisa informal e, enrolado num cobertor xadrez, segurava uma xícara de chá. Como tinha sido avisado sobre aquela visita, Allegra concluiu que ele simplesmente não se importava com sua aparência.

Por dentro, a casa não parecia velha, e pelo menos metade dos móveis estava ali havia menos de um ano. Pouca decoração nas paredes, algumas plantas nos cantos e cortinas quase transparentes. Dimitri ofereceu a elas o sofá de couro. À frente, a televisão mostrava a mensagem NO SIGNAL em amarelo.

— Esse é o problema dos satélites — disse Dimitri, apontando para a tela. — Quando uma tempestade chega, o sinal se vai.

— Sua antena deve estar mal posicionada — comentou Lena.

— Você é eletricista também? — Ele riu. — É difícil achar alguém que faça esse tipo de coisa por aqui. E acho que eu não conseguiria subir no telhado sem me espatifar no chão — brincou, jogando o cobertor na poltrona.

Allegra deu um meio sorriso.

— Aconteceu alguma coisa com o Gustavo? — Dimitri caminhou para perto da porta. — Pensei que ele também viria.

— O Gustavo não está na cidade.

— Entendo — murmurou Dimitri. — Aceitam chá? É de pinho.

Ambas recusaram.

— Imagino que estejam mais interessadas no motivo de eu ter pedido que vocês viessem até aqui.

Allegra o encarou.

— Espero que valha a pena.

— Vai valer — disse Dimitri.

Ele foi até a estante e abriu uma caixa de charutos.

Passou um tempo acendendo o charuto, puxando e soprando o ar até a ponta brilhar.

Parado naquela posição, com o rosto liso e os cabelos arrumados, Dimitri parecia muito um detetive que visitou a escola de Allegra no Dia da Carreira quando ela tinha nove anos.

— Imagino que também não vão aceitar um charuto.

— Vamos direto ao ponto. — Allegra tirou uma mecha de cabelo da sua testa. — Hoje foi um longo dia e espero estar em casa antes da tempestade.

Dimitri olhou pela janela.

— Ouvi dizer que você não tem muito apreço pelo chefe de polícia aqui de Riacho do Alce. — Enquanto ele falava, fumaça saía pelo seu nariz.

— Não se trata de apreço — corrigiu ela. — O problema é outro.

— Sei — continuou Dimitri. — Estive investigando umas coisas nos últimos dias. Decidi ligar porque quero compartilhar algo que vai te fazer confiar menos ainda em Adam Phelps.

Allegra olhou para Lena com uma expressão de arrebatamento.

— Acho que vamos aceitar o chá.

38
30 de dezembro de 1993

Gabriela Castillo abriu os olhos, mas não enxergava nada naquela escuridão. Embora estivesse deitada numa superfície macia, suas costas doíam — uma dor camarada com que se acostumou nos últimos meses. Estava abafado e não havia um ponto de luz ou um contorno distinguível onde pudesse fixar o olhar. Piscou com força uma, duas vezes, imaginando que voltaria a enxergar. Não voltou.

Ao apalpar o chão, encontrou o que parecia ser pacotes de bolacha e garrafas plásticas. Fora isso, apenas trapos com textura de algodão. Não estava na sua cama, e em nenhum outro lugar familiar. Não sabia se era dia ou noite e nem quanto tempo estava ali.

— Mãe?! — chamou.

Mas tudo que ouvia era a própria respiração.

Dobrando os joelhos para ficar em pé, Gabriela bateu a cabeça numa parede. Aquilo não podia ser bom. Sentiu medo. Estendeu a mão e sentiu a lisura das pranchas de madeira. Seu coração disparou quando se virou para o outro lado e acertou o nariz em outra parede.

Uma caixa.

Disposta a fazer tudo que pudesse para se libertar, ela colou as costas contra uma das paredes, firmou os pés no chão e empurrou com toda força que pôde, mas, como havia previsto, suas pernas ficaram cansadas em poucos segundos e a madeira não deu qualquer sinal de que cederia.

Algo próximo de desespero a dominou.

Gabriela gritou e se debateu, atingindo tábuas de madeira bruta em todas as direções.

— Socorro! Me tirem daqui!

Ela golpeou o interior da caixa até seus dedos ficarem machucados. Seus nervos estavam à flor da pele, a ponto de fazê-la tremer sem controle. Em pouco tempo, seus gritos se tornaram lamúrias. E, no fim, apenas silêncio.

Fechou os olhos, tentando lembrar como havia parado ali.

Lembrava-se de estar na casa de uma amiga até perto das duas da manhã. A festa estava divertida, mas o cheiro de canela do narguilé a deixara nauseada. Fora ao banheiro vomitar e pediu ao namorado que a levasse para casa. Ele tinha tentado beijá-la quando a deixou na frente do prédio, mas como ele estava bêbado ela o dispensou. Na escadaria, havia cumprimentado Ted D. Lembrou que Ted até escondeu a *Playboy* embaixo da jaqueta de beisebol quando a viu. Ela fingiu que não tinha visto nada, subiu ao segundo andar e cochilou no sofá.

Não conseguia se lembrar de mais nada depois disso. Nada. Como se sua memória fosse um caderno que pegou chuva e ficou com as páginas borradas. Em meio aos esforços para tentar se lembrar de mais alguma coisa, houve breves momentos em que julgou conseguir. Momentos vagos em que reuniu lembranças lúcidas de alguém pronunciando palavras enquanto apertava algo com cheiro de álcool contra seu nariz. Depois disso, mais nada.

Pense.

Sentiu falta de ar.

Tremendo dos pés à cabeça, Gabriela voltou a lutar. Chutou, socou e gritou pelo que pareceram longas horas de desespero. Só parou quando a exaustão se tornou insuportável. Suor escorria pela sua testa. Não descobrira qualquer fragilidade naquele casulo, nenhuma fresta que pudesse socar para abrir.

— Alguém, por favor, me tire daqui! — insistiu, aos gritos.

Sem esperança, ela decidiu ficar em silêncio, estudando os sons do ambiente para descobrir que lugar era aquele. Sua respiração ofegante inundava a escuridão. Prendeu o ar. Por um instante, pensou ter ouvido pássaros. Depois, passos. E, em seguida, estalos em piso de madeira.

— Socorro! — Torceu para que a ouvissem.

Apurou os ouvidos, mas o silêncio tomou novamente conta do ambiente. Já não era possível alimentar qualquer dúvida quanto à sorte que lhe restava. Presa. Presa até que seu algoz aparecesse.

Entrou em pânico.

Sentiu um sopro de ar fresco entrando. Procurou com os dedos de onde ele vinha. Havia um pequeno buraco ali.

Tentou enfiar os dedos nele, mas não era maior que a espessura de uma unha. Posicionou-se para tentar espiar através dele, mas ficou receosa. Não de descobrir algo amedrontador, mas de que não houvesse nada para ver. Quando espiou, seu medo se confirmou.

Começou a questionar quem tinha motivos para fazer aquilo. Alguém com quem se desentendeu? Um vizinho descontente com a música alta que ouvia de noite? Não se lembrava de ninguém. Ninguém além do namorado, que tinha muitas inimizades.

Não tenho nada a ver com o que ele faz.

Era o preço que pagava por namorar um traficante.

Talvez estejam me usando para atingi-lo.

— Socorro! Estou ficando sem ar!

Apertou a barriga quando sentiu o bebê chutando.

Pobre bebê.

Fechou os olhos e chorou, com o rosto afundado nas mãos.

39
Point MacKenzie, Alasca
30 de dezembro de 1993

Gustavo estacionou num terreno de frente para o mar e saiu da viatura sem desligar os faróis. As ondas da água refletiam a claridade. Ao longe, no outro lado do estreito, Anchorage era apenas uma pequena área de luz. O dia fora agitado. Gustavo estava cansado e com frio, mas a vontade de encontrar Adam o fez dirigir até Point MacKenzie, onde ficava o barco de passeio que Adam herdara da família.

O pátio asfaltado do cais cheirava a sal e peixe fresco, embora não houvesse ninguém pescando. Gustavo olhou rapidamente para a garagem de barcos perto do mar e percebeu que o cadeado do galpão que Adam alugava estava solto da corrente. Guiado pela luz dos faróis, ele pisou na areia gelada e aproximou-se do galpão azul, onde ao redor havia galões de óleo, pilhas de madeira e redes de pesca. Ao puxar a corrente, um estalido metálico ecoou. Olhou para os lados. Não havia ninguém ali. Logo imaginou que o vigia estava aproveitando a calmaria para dormir, em vez de trabalhar. Não o culpava. Ninguém merecia trabalhar ao relento numa noite gelada como aquela. Com cuidado, pendurou a corrente num prego, acendeu a lanterna e entrou.

Exceto os cordames jogados no chão, o galpão estava vazio. Apontou a lanterna para as paredes e para as marcas de pneu perto da porta. Algum veículo havia rebocado o barco para o mar.

Fora dali, o vento fazia a neve rodopiar numa cena irreal.

Desviou o olhar para as nuvens escuras. Havia uma grande tempestade a caminho. Daquelas que deixavam as centrais meteorológicas em alerta. Ergueu as mãos quando um vulto surgiu contra a claridade e uma arma foi engatilhada.

— O que pensa que tá fazendo, seu merdinha? — Um homem de macacão cinza-escuro e touca de lã apontava uma espingarda para ele. — Caia fora ou vai levar chumbo.

— Sou policial — explicou Gustavo depressa. — Posso mostrar o distintivo se me deixar pôr a mão no bolso.

Desconfiado, o vigia meneou o cano da arma num sinal positivo. Estava impassível. O frio parecia não o afetar. Gustavo calculou que ele tivesse mais de setenta anos. Seu nariz era grande, mas o que mais chamava a atenção era uma cicatriz na lateral do rosto, aparentemente feita por uma faca.

Gustavo mostrou o distintivo a ele, mas nem aquilo o fez sair da mira da espingarda.

— Diga lá, chefe, o que precisa? — enunciou o vigia com clareza, do jeito que as pessoas fazem quando tentam esconder que beberam.

— Estou procurando uma pessoa. Você estava aqui quando o barco foi rebocado deste galpão?

— Por que quer saber?

— Porque o dono está desaparecido.

O vigia torceu o nariz.

— Eu estava aqui, sim.

— Sabe me dizer quem rebocou?

— Não conheço a maioria dos proprietários, mas, se tinha chave pra abrir o cadeado, devia ser o dono.

— É um palpite. — Gustavo não tirava os olhos da espingarda apontada para sua barriga. — Pode abaixar isso?

O vigia deu uma fungada e obedeceu.

Um vento gelado passou assobiando e levantando cristais de gelo que grudavam na roupa e picavam a pele do rosto. Com aquele frio, ficar ali logo se tornaria uma tortura. Ambos recuaram e entraram no galpão.

— Você anota os horários de partida das embarcações?

— É claro que não, chefe — respondeu o homem, com sarcasmo. — Mas o barco que o senhor tá falando saiu hoje cedo.

— Ajudou no reboque?

— Sou pago pra vigiar, não pra rebocar.

— Sei. Tinha mais alguém com o dono? — Por experiência, Gustavo sabia que era quase impossível levar um barco até o mar sem ajuda.

— Tinha — confirmou o vigia, escorado na pilastra. — Dois homens que chegaram numa caminhonete.

Os pelos de Gustavo eriçaram, e não por causa do frio.

— Pode descrevê-los pra mim? — Pegou o bloquinho e rabiscou um círculo, aquecendo a caneta que não queria soltar tinta.

— Eu estava na guarita, chefe. Não sei como eles eram. — O vigia apontou para um edifício longe dali. — Só vi duas pessoas chegando, colocando o barco no reboque e o largando no mar. Depois carregaram um caixote de madeira e partiram.

As coisas estavam ficando estranhas.

— Partiram de barco?

— Isso aí.

— Então onde está a caminhonete?

O vigia franziu a testa e olhou para o pátio.

— Boa pergunta. — Ele parecia surpreso. — Estava aí estacionada da última vez que olhei.

Gustavo balançou a cabeça como se dissesse não. Sabia que perguntar a placa do veículo seria perda de tempo. E, dando uma olhada ao redor, não viu nenhuma câmera de segurança no cais. Umedeceu os lábios rachados. Uma antiga lembrança, na qual tentava não pensar, começou a atormentar. Olhou outra vez para o céu. Embora a visibilidade estivesse boa, o tempo não demoraria a se tornar infernal. Ficou preocupado. Sabia, com o pouco conhecimento que tinha de navegação, que seria difícil navegar naquelas condições.

— Preciso de um barco — disse, em tom de ordem.

Gustavo tinha aprendido a navegar com o pai, Miguel, que trabalhava como pescador no litoral de Santa Catarina na década de 1930, antes de entrar para o Exército. Gustavo não era nascido na época, mas soube que o pai teve problemas e acabou perdendo o barco quando não conseguiu pagar um empréstimo bancário. Depois de pedir dispensa militar, Miguel chegou a trabalhar como estivador antes de tentar nova vida atravessando o México e entrando ilegalmente nos Estados Unidos.

— Você tá de brincadeira? — O vigia abriu um sorriso irônico em que faltava um dente. — Pra que um barco?

— Você vai me levar ao leito do rio Susitna antes da tempestade.

Gustavo olhou para o atracadouro em busca de uma embarcação. Havia uma lancha amarrada num poste de madeira na beira da praia.

— Pode esquecer! O dono dessa lancha é um advogado ricaço que me deu dez dólares pra passar água no motor e colocar no galpão.

— Então você está com as chaves?

— Qual parte do "pode esquecer" o chefe não entendeu? — disse o vigia, fazendo um movimento para mostrar que ainda estava com a espingarda.

Gustavo cerrou o punho.

— Com quem você pensa que está falando? — esbravejou. — Pegue a porcaria da chave e me leve até a margem do rio antes que eu chame reforço e te prenda por obstrução de justiça.

— Tenha calma, chefe. Já tenho problemas demais com a justiça.

O vigia procurou um lugar para esconder a espingarda.

— É melhor levá-la — disse Gustavo.

— Tá bem.

Ele colocou a bandoleira no ombro e acompanhou Gustavo até a lancha.

Quando a primeira ventania provocou uma ondulação anormal na enseada, os dois já estavam navegando. Pedaços de gelo batiam no casco da lancha, que parecia levantar voo a cada nova onda. Relâmpagos iluminavam o céu, e o vento não dava trégua. Depois de um sibilar repentino, veio o rugido da chuva.

— Pelo menos o chefe vai me contar quem são os caras que tá procurando? — perguntou o vigia.

Gustavo não respondeu. Esgueirou-se atrás do para-brisa da lancha quando sentiu o frio chegar aos ossos. Encolhido, ele pensou que morreria congelado se não chegassem logo. Para piorar, não tinha nenhuma certeza de que a empreitada valeria o risco. Adam poderia ter ido a qualquer lugar. Ilhas. Praias. Havia dezenas de opções, mas nenhuma delas aguçava seus instintos como a cabana inuíte abandonada na floresta.

Assim que os blocos de gelo ficaram para trás, o vigia virou o volante para sair da enseada e acessar o leito do rio, onde as ondas não eram tão bravas e as árvores quebravam a maior parte do vento. A cabana onde Adam costumava acampar ficava na margem oeste, três quilômetros antes do povoado que dava nome ao rio. Era um lugar isolado e tomado de vegetação, que no auge do inverno ficava enterrado debaixo de grossas camadas de neve.

 Depois de quase meia hora, a lancha parou perto do banco de areia. Com ajuda do holofote, Gustavo a amarrou numa árvore repleta de musgo. Procurou sem sucesso pelo barco de Adam. Esfregou os braços e deu alguns tapas nas pernas para que o sangue voltasse a circular. Aquele lugar era basicamente uma vasta extensão de floresta fechada, onde poucas espécies de vegetação rasteira conseguiam furar a neve. Gustavo estivera ali uma única vez, muitos anos antes, quando era adolescente. Acendendo a lanterna de bolso, ele se embrenhou na mata e torceu para encontrar logo o brilho dourado de um lampião, indicando que havia alguém na clareira.

 À medida que Gustavo avançava mata adentro, o barulho da correnteza dava lugar ao farfalhar de galhos e ao assobio do vento. Longe da claridade da lanterna, até onde a vista alcançava, só havia a densa escuridão.

 — Não estou gostando disso, chefe — reclamou o vigia, apontando a espingarda para os lados. — Vamos dar o fora daqui.

 — Ainda não.

 Percorrendo a trilha com o corpo curvado, Gustavo não demorou a localizar um rastro que a neve ainda não cobrira. Seguiu abrindo caminho por entre os galhos. O cheiro de madeira úmida impregnava o ar. Pingos de chuva que se acumulavam nas folhas caíam sobre sua cabeça, encharcando seu cabelo e seus ombros. A distância, animais selvagens grunhiam. Os lobos cinzentos da região podiam sentir o cheiro deles a centenas de metros, e os ursos que não haviam hibernado continuavam sua busca incessante por comida.

 — Pelo amor de Deus, chefe.

 — Fique perto de mim. — Gustavo forçou os olhos assim que um ponto luminoso apareceu entre as árvores. — Estamos quase chegando.

 Havia alguém na cabana.

40
Riacho do Alce, Alasca
30 de dezembro de 1993

Allegra olhou pela janela quando um raio rasgou o céu, transformando a noite em dia por um milésimo de segundo. As nuvens carregadas estavam cada vez mais perto, e as rajadas de vento torciam os galhos ali fora. Sentada ao lado dela, Lena mantinha os olhos fixos num inseto que se arrastava pela parede sem adornos. No silêncio entre as trovoadas, era possível ouvir o berro das ovelhas no curral, nos fundos da propriedade de Dimitri.

Alguns minutos depois de entrar na cozinha, Dimitri voltou carregando uma bandeja prateada que bamboleava de um lado para outro.

— Se eu disser que costumava ser o garçom nos encontros de escoteiros, vocês não vão acreditar. — Ele colocou a bandeja na mesa da sala.

— Você era escoteiro? — questionou Allegra.

— O melhor deles — riu Dimitri.

Outro raio, seguido pelo estrondo do trovão.

A mensagem NO SIGNAL que aparecia na televisão começou a dar espaço ao jornal noturno, mas a imagem travava tanto que era impossível entender o apresentador.

Dimitri tirou o aparelho da tomada.

— Talvez isso não seja da minha conta, mas há quanto tempo vocês conhecem o Adam? — perguntou ele quando sentou.

— Há muito tempo — respondeu Lena.

Allegra escorou o braço no encosto do sofá e observou o detetive servir chá em duas xícaras de porcelana.

O aroma do pinho misturava-se ao cheiro de charuto.

— Ouvi comentários sobre ele quando cheguei ao Alasca, mas a primeira vez que nos encontramos foi há uma semana. — Allegra endireitou o corpo. — Até vê-lo pessoalmente, eu o conhecia apenas como o chefe de polícia de Riacho do Alce.

— E agora ele é o quê? — Dimitri ergueu os olhos da xícara em suas mãos, oferecendo-a a ela.

Olhos selvagens.

— Diga-me você. — Allegra pegou a xícara e agradeceu com um aceno de cabeça. — Não foi por isso que ligou?

Dimitri abriu um sorriso e pôs o charuto no cinzeiro.

— Investigaram a história das cartas? — perguntou ele.

— Designei um agente — respondeu Allegra.

— O Gustavo? — Ele passou os dedos sobre o lábio superior.

Allegra imaginou que aquele gesto fosse um flerte. Devolveu a pergunta:

— Algum problema?

— Com o Gustavo? Nenhum. — Os olhos verdes de Dimitri pularam de Allegra para Lena e de volta à Allegra enquanto bebericava o chá. — Ele foi o primeiro a chegar ao acidente na autoestrada, não foi?

— Foi — respondeu Allegra, seu olhar denunciava certa fadiga. — Mas você já sabia disso.

— É. Sabia. — Dimitri curvou-se para pegar o charuto. Soprou a cinza da ponta acesa e deu uma tragada. Segurou a fumaça na boca por um tempo e a baforou, recostando-se no sofá.

— É impressão minha ou você tá criando coragem pra dizer alguma coisa? — Lena tomou a frente.

Allegra sentiu-se agradecida de não ter precisado fazer aquilo.

— Antes de começar, gostaria de deixar claro que trabalho por conta própria. Então, alguns meios que utilizo pra conseguir informações podem parecer um tanto... — Fez uma pausa. — Fora da lei.

— Não quero saber como você consegue as coisas — disse Allegra com calma, encarando-o. — Na verdade, isso pouco importa.

Dimitri relaxou. A tensão abandonava seus ombros.

— Tudo bem. — Levantou e pegou uma maleta que estava na estante da TV.

Quando retornou, entregou a Allegra um caderno cheio de anotações. A caligrafia beirava o garrancho, e havia tanta informação misturada que as únicas palavras que Allegra conseguiu compreender foram os nomes de uma cafeteria e de dois restaurantes que ficavam no centro de Anchorage. Um deles era o lugar onde costumava almoçar.

— Esqueça os rabiscos por enquanto. — Dimitri parou ao lado dela. — Antes ouça o que tenho a dizer.

O perfume dele era amadeirado.

Allegra largou o caderno.

— Chamei vocês pra conversar sobre o envolvimento do Adam naquele falso atropelamento na véspera de Natal. Tenho motivos para acreditar que ele sabia o que aconteceria, antes de acontecer.

— Explique.

— Aqui. — Ele abriu o caderno e mostrou uma anotação. — Esse foi o horário que a polícia recebeu a ligação anônima denunciando o acidente. 2h33.

Allegra correu os olhos pelo caderno ao notar que havia mais horários nas linhas seguintes.

— Agora veja — continuou ele. — 2h14. Dezenove minutos antes, alguém usou o telefone da casa do Adam pra ligar pro Star Motel, um motel de beira de estrada que não fica longe daqui. — Dimitri voltou ao sofá.

Houve um momento de silêncio.

— Devo presumir que você tenha investigado isso?

— Conheço o dono do lugar — prosseguiu Dimitri, soltando fumaça pelo nariz. — Ele me disse que não tem registro dos hóspedes, mas garantiu que o Gustavo passou a noite lá.

— Tá legal. — Allegra curvou-se para a frente, colocando os cotovelos nos joelhos. — Está insinuando que o Adam pode ser o assassino?

— Eu não disse isso. Só comentei que as ligações mostram que ele sabia do crime antes da polícia.

— Tá, mas você já levou em conta que ele é o chefe da delegacia? — rebateu Lena. — Ele pode ter sido avisado antes da central.

Dimitri franziu a testa.

— Talvez. Mas ser avisado antes da central? Será mesmo? — duvidou ele. — E tem outra coisa. Olhem os horários no fim da folha. Uma hora antes do crime, Adam recebeu uma ligação da delegacia de Palmer. Cinco minutos depois, ligou quatro vezes pra casa do homem encontrado morto dentro da caminhonete naquele dia.

— Ele ligou pro velho Cabarca?

— Ligou. E, no intervalo entre essas ligações, ainda houve um telefonema para um número residencial de Anchorage. Ontem, averiguei toda a lista telefônica pra descobrir quem é o dono da linha, mas não achei nada. Tudo indica que deve ser alguém que não quer ser encontrado.

Allegra olhou para o chão, tentando se acostumar com a nova versão dos fatos. Ela desviou os olhos para Lena.

— Sabe se havia algum registro de telefonema alertando sobre o acidente na delegacia de Palmer?

— Sei o que você está pensando, mas a chamada anônima foi feita para a central de Riacho do Alce — respondeu Lena. — Palmer não tinha como saber do atropelamento antes de Riacho do Alce.

Outro trovão ecoou. A chuva, que até aquele momento caía mansamente, passou a acertar as vidraças com força.

Allegra pegou sua xícara.

— Eu conheço o Adam há pouco tempo. — O chá de pinho desceu queimando. — Mas o que não faz muito sentido é por que ele telefonou primeiro pro Gustavo. Por que queria que ele atendesse ao chamado? Pelo que sabemos, o Gustavo não estava em serviço naquela noite.

— Também não sei. Mas tem mais uma coisa que me incomoda — assinalou Dimitri. — Eu conheço Gustavo há muito tempo. Muito tempo mesmo. E ele sempre trabalhou aqui em Riacho do Alce. Vocês sabem como ele foi parar na Delegacia de Homicídios em Anchorage?

— Indicação da polícia local.

Dimitri franziu a testa de novo.

— Da polícia ou do chefe de polícia? — indagou ele, pegando algo da maleta. — Veja. Essa é a foto de uma das cartas enviadas para as famílias das vítimas na autoestrada.

Allegra aproximou a foto do rosto.

L.L.K.

— Descobriu o que são essas letras? — perguntou, passando a foto para Lena.

— Não tenho certeza — respondeu ele. — Mas acho que podem ser as iniciais de Landon Lionel Klay.

Lena emitiu um som estranho com a boca.

— O eremita?

— Ele mesmo. — Dimitri sorriu. — O velho Landon era tão conhecido que virou lenda urbana na região.

Allegra olhou para os dois.

— Landon Klay era um eremita que vivia nas montanhas — explicou Lena. — Algum tempo atrás, a cabana dele pegou fogo. Dizem que morreu queimado, embora ninguém nunca tenha investigado.

— E o que a polícia sabe sobre isso?

— Não há relatório. — Lena não tirava os olhos da fotografia. — Como não tinha familiares ou amigos, ninguém cobrou providências. Na verdade, depois de algum tempo, a polícia descobriu que Landon nem era o nome verdadeiro dele.

— E qual era?

— Acho que nem ele sabia.

41
Povoado de Susitna, Alasca
30 de dezembro de 1993

Seguindo o brilho entre as árvores, Gustavo e o vigia do cais continuaram pela trilha, que as plantas deixavam cada vez mais fechada. Precisaram seguir com cuidado, abaixando-se de vez em quando para que algum galho não os cortasse. A chuva havia engrossado, e o vendaval fazia folhas voarem para todos os lados, como borboletas num jardim. Apressaram o passo. Em poucos instantes, chegaram à área aberta onde estava a cabana.

Os primeiros metros da clareira estavam tomados de galhos quebrados e folhagens trazidas pela chuva. Mais à esquerda, ao lado de um gigante pinheiro, a cabana sem pintura e com tábuas nas janelas deixava ver o brilho de um lampião pendurado.

Gustavo apontou a lanterna para a entrada.

— Puta que o pariu, chefe. — O vigia ficou imóvel. — Se esse é o lugar que estava procurando, melhor nem chegar perto.

— Qual o problema?

— É a cabana comunitária dos inuítes. — Sua voz exalava medo. — Dizem que quem entra aí é amaldiçoado.

— Que problemão, hein — disse Gustavo. — Acampei aqui com um amigo algum tempo atrás e nenhum de nós foi amaldiçoado.

O vigia engoliu em seco.

— Tem certeza? — indagou.

Gustavo apertou os lábios e pensou no que tinha acontecido com Claire quando alugaram uma cabana parecida com aquela.

Maldição? Baboseira.

— Fique atrás de mim — disse.

A porta da cabana era pesada e estava trancada com um cadeado de bronze aparentemente novo. Disposto a investigar, Gustavo grudou a orelha na porta, mas não ouviu nada além da tempestade. Não queria bater ou arrombar. Perder o fator surpresa não era uma opção até que descobrisse com o que estava lidando. O fato é que Gustavo não sabia nem mesmo quem era o homem que acompanhou Adam até aquele lugar. E não tinha como confirmar se um dos homens que o vigia dissera ter visto no barco era mesmo Adam. Tentando forçar o cadeado, uma imagem veio à sua mente. *O Homem de Palha*.

Gustavo sacou o revólver e cochichou para o vigia:

— Preciso que dê a volta e procure algum lugar por onde possamos entrar. A gente se encontra nos fundos.

— Mas não vou mesmo. — O vigia apontou a espingarda para o cadeado.

Lascas de madeira voaram para todos os lados.

— Entre logo e depois vamos dar o fora — disse ele.

Gustavo queria socá-lo, mas, em vez disso, olhou para o interior da cabana. Não esperava que alguém saísse, senão a porta não estaria trancada por fora. Quem quer que estivesse ali já havia saído. Só aquilo explicava o cadeado e a ausência de um barco ancorado na beira do rio.

Deu um passo e parou na soleira. Varreu com a lanterna o primeiro cômodo. Uma sala repleta de garrafas vazias e com quadros antigos pendurados nas paredes. O vidro da janela coberta de tábuas estava quebrado, seus cacos se misturavam aos flocos de gelo endurecidos pelo vento glacial.

— O que vai fazer? — indagou o vigia.

— Procurar — respondeu Gustavo.

— O quê?

— Qualquer coisa.

Gustavo engatilhou o revólver, sentindo cheiro de mofo.

Havia uma enorme poça d'água embaixo da janela e pelo menos três goteiras que aceleravam o processo de apodrecimento das madeiras do chão. Gustavo teve a impressão de que o lugar estava abandonado havia mais tempo que imaginara.

Seguiu para a cozinha, calculando cada passo para que não fosse surpreendido. Teias de aranha grudaram no seu cabelo quando esticou-se para abrir a portinhola de um pequeno armário onde encontrou ferramentas enferrujadas. Ouviu um guincho e viu um rato se enfiando num buraco na parede.

— Tudo tranquilo aí dentro, chefe? — gritou o vigia de fora.

Gustavo levou um susto.

— Tudo certo — disse, mascarando o arrepio. — Se vai ficar aí, pelo menos avise se vir alguém.

Deu meia-volta e acessou o corredor. A porta do único quarto estava escancarada. Ali dentro, um colchão que havia se transformado num grande lar de fungos recebia os pingos de outra goteira. Não chegou a entrar, mas fez cara feia para aquele amontoado de espuma podre.

Virou-se e puxou a argola de ferro de um alçapão no fim do corredor. As dobradiças rangeram, e um odor rançoso de comida estragada subiu. Tentando inspirar menos ar, desceu pela escada de madeira quase tão podre quanto todo o resto.

Iluminou com a lanterna o porão de chão batido repleto de penduricalhos. Cordas, correntes e arames estavam pendurados nas vigas. Encostadas na parede, havia pás, enxadas, picaretas e instrumentos de pesca atirados num canto. Quanto mais Gustavo mergulhava no escuro, mais forte ficava o odor de comida estragada. Parou por um momento. Pensou em voltar para cima, mas a luz da lanterna caiu sobre uma prateleira cheia de potes de conserva. Azeitonas, figos e pepinos tomados por uma enorme colônia de bolor.

Torceu o nariz.

Uma lona escura atirada no canto oposto fisgou sua atenção. Deixou os potes para trás e caminhou até ela. Havia algo embaixo. Chutou-a, mas logo percebeu que aquele formato estranho era apenas o jeito como fora deixada.

Mas o que é isso?

Sentiu arrepios ao ver um círculo de terra remexida. Soube de imediato que não devia ser coisa boa. Removeu uma camada de terra com a sola do sapato. Percebendo que aquele era um trabalho cuja recompensa demoraria a surgir, ficou de joelhos, segurou a lanterna e o revólver com uma das mãos e usou a outra para cavar.

Uma onda de náusea subiu pela sua garganta.
Isso é...
Cerrou os olhos.
... A mão de alguém?
Havia uma aliança de casamento no dedo anelar.
Começou a cavar com mais afinco.
Aos poucos, surgiram um braço, um ombro e um rosto cinza-azulado. Aquele homem de idade, com os olhos vidrados e a boca aberta, provavelmente morrera em decorrência do ferimento à bala na região esquerda da testa.
Gustavo levantou num salto.
— Preciso de ajuda aqui embaixo! — gritou.
Ouviu os passos do vigia no andar de cima. Enquanto esperava, focou na fisionomia do cadáver. A lanterna o ajudava a enxergar com clareza. *Puta que pariu*. Recuou, quase caindo para trás. Aquele era o corpo de Arnold Tremper, o xerife de Palmer, irmão do policial Ed Tremper, um dos mortos na cena de atropelamento na autoestrada.
Removendo mais um tanto de terra, viu que Arnold vestia a camisa azul escura da polícia e que a estrela dourada da corporação continuava pendurada no peito. Com a ponta dos dedos, verificou o bolso em busca de documentos. Não encontrou o distintivo nem a carteira, apenas uma folha dobrada três vezes que trazia as mesmas letras da carta que horas antes pegara na residência de Adam.
L.L.K.
Mais passos no andar de cima.
— Estou no porão — avisou Gustavo. — O alçapão fica no corredor.
E então silêncio.
Apontou a lanterna para a escada, mas ninguém desceu. Gustavo só escutava a chuva castigando a cabana. Respirou fundo, certo de que não era o vigia que estava ali. *O assassino?* Olhou para o revólver e verificou as balas no tambor. *O Homem de Palha?* Recuou e escorou as costas na parede.
Embora o Alasca estivesse enfrentando temperaturas abaixo de zero, gotas de suor escorriam pela testa de Gustavo. E a culpa não era do calor no porão. Alguns minutos depois, sem que ouvisse qualquer movimento desde que se escondera, ele ficou de cócoras e iluminou a escada. Ninguém.

Pisando macio, atravessou o porão e circundou o buraco do alçapão antes de subir.

Ouvindo atentamente, colocou um pé na escada. Quando colocou o segundo, a madeira cedeu um pouco. Se visse qualquer pessoa que não fosse o vigia, atiraria sem pensar. Uma corrente de vento gelado vinha da porta da frente aberta. Gustavo não parava de suar. Apertou o cabo do revólver com força quando começou a tremer. Assim que pôs parte da cabeça para fora, ele varreu o corredor com a lanterna.

Tudo limpo.

Sentiu uma pancada e o calor do sangue nas bochechas.

Caiu de costas. Sua cabeça encontrou o chão batido do porão com um som seco. A arma e a lanterna escaparam das suas mãos. Gustavo tateava no escuro quando alguém apontou um forte feixe de luz direto nos seus olhos.

— Quem é você? — indagou, zonzo.

Gustavo não conseguia enxergar os traços do rosto do homem, mas via que ele olhava para a cova do xerife.

— Essa merda não devia terminar assim — disse o homem.

Gustavo reconheceu a voz dele.

— Adam?

— Desculpe por isso.

Ouviu o estampido de um tiro e sentiu uma dor no peito, como se uma navalha cortasse sua carne.

Seus olhos ficaram turvos. Era difícil respirar.

Sentiu-se deitado numa poça.

O feixe da lanterna tomou proporções surreais.

Abriu os braços na terra, com os pulmões enchendo de sangue.

Pensou em Claire.

Sempre Claire.

Tentou falar, mas antes que conseguisse abrir a boca mergulhou na mais profunda escuridão.

42
31 de agosto de 1986
Sete anos antes

Uma devastadora onda de melancolia invadiu o coração de Gustavo, mas algo não o deixava chorar. Sentado numa longarina de três lugares, ele fitava as paredes do corredor do necrotério. Passava das dez da manhã e, mesmo sem dormir, ele estava alerta. A imagem de Claire não saía da sua cabeça. Não conseguia pensar em nada senão no sorriso que ela dera na última vez que tinham se visto. Desolado, as lágrimas não saíam.

Sentada ao lado, agarrada num terço de Nossa Senhora de Guadalupe, Lucia Rivera orava em espanhol e esperava o esposo Javier entrar no necrotério para fazer o reconhecimento.

"Um criador de renas encontrou um corpo próximo a uma barraca, no outro lado da montanha." Foi o que o agente estadual contou à família. "Ainda não temos confirmação, mas tudo indica que a vítima foi atacada por um urso. A barraca estava amassada e tinha rasgos de meio metro." Para Gustavo, ele disse que o corpo de Claire tinha ficado três semanas na floresta e foi parcialmente devorado por animais.

Era difícil de acreditar.

Gustavo fechou os olhos e a lembrança da primeira vez que tinha visto Claire inundou sua mente.

Era uma tarde de outono, ele tinha nove anos e estava num posto, sentado dentro do carro, esperando o pai pagar a gasolina. O barulho de um caminhão o fez olhar através do vidro. Naquela hora mágica, ele a viu. Claire usava um vestidinho colorido que deixava descobertos os braços finos e segurava um pacote de bolacha recheada enquanto caminhava de mãos dadas com a mãe. *Amor à primeira vista*, foi o que ele pensou com toda sua experiência de criança.

Dois meses depois, no aniversário de um colega do curso de violão, voltou a vê-la. Ela cheirava a perfume de morango. No ano seguinte, quando foi estudar numa escola no centro, descobriu que Claire estudava na outra turma, três salas ao lado. Naquele dia, sentou para lanchar na mesma mesa em que ela estava e arriscou um tímido "oi". Escondida atrás da lancheira do *Looney Tunes*, ela tinha aberto um sorriso.

O sorriso de Claire animava seus dias desde os nove anos.

Amor à primeira vista.

O alto-falante do hospital o tirou do transe, fazendo-o deixar o aroma de morango no passado para encher os pulmões com uma nuvem de formol que passeava pelo corredor.

Um criador de renas encontrou um corpo...

Ainda não temos confirmação...

Havia esperanças.

Esticando o corpo, Gustavo conseguiu escutar parte da conversa entre Javier e dois policiais, antes que ele entrasse pela porta metálica que separava a ala dos vivos da dos mortos.

— Leve o tempo que precisar. — Gustavo podia ouvir a frieza na voz do policial. — Um agente e um médico o acompanharão. Se o parentesco for confirmado, o senhor poderá ficar com os pertences.

Javier estava esmorecido como nunca vira. Seus olhos haviam afundado e perdera bastante peso nas semanas anteriores.

Um pai jamais deveria ter que fazer isso.

Quando a porta abriu com um rangido e Javier entrou na sala, Gustavo sentiu uma sensação desagradável no estômago. Algo tão forte que bile subiu até sua garganta. Lucia o segurou pela mão, pedindo que orassem juntos. Ele olhou para a Virgem de Guadalupe, mas se manteve calado. A porta fechou-se, e o silêncio tomou conta do corredor.

Desde o desaparecimento, Gustavo se sentia envergonhado sempre que encontrava Lucia. Ela tentava não demonstrar, mas por baixo daqueles olhos castanhos algo o acusava. Três semanas e a ferida ainda pesava como um bloco de concreto. Se tivesse deixado o trabalho em segundo plano apenas uma vez, se tivesse escolhido ficar com Claire, não precisariam passar por aquilo.

Olhou o relógio na parede. Pensou se as pilhas dele não estariam fracas, para os ponteiros se arrastarem tão lentamente daquela maneira.

Mais lembranças vieram. Daquela vez, do dia em que pediu Claire em namoro, quando tinha 16 anos. Na época, aqueles poucos segundos que ela demorou para dizer "sim" também pareceram uma eternidade. É verdade que ela não esperava que ele fizesse aquilo na saída do colégio, mas também é verdade que ela poderia ter aceitado mais rápido, reduzindo as chances de Gustavo ter um infarto.

Naquele mesmo dia, ele a presenteou com um colar que havia comprado com o dinheiro que ganhara lavando o carro dos vizinhos. Nada especial. Era um colar de latão com um pingente de borboleta banhado em prata.

Claire Rivera.

Os melhores momentos eram quando sentavam perto um do outro e falavam sobre os planos de fazer faculdade, comprar uma casa na beira da praia e ter filhos. Às vezes, Gustavo ficava apenas olhando os lábios de Claire se movendo em palavras que eram seu porto seguro, e o mundo ao redor perdia importância.

Ela estava usando aquele mesmo colar quando a viu pela última vez.

Uma lágrima quase escorreu do seu olho.

Seu coração palpitava quando imaginava que não saberia lidar com o mundo sem ela ao seu lado.

Depois de alguns minutos, Javier voltou para a ala dos vivos.

Gustavo sentiu as pernas amolecendo. O terror ficando mais próximo.

Lucia lhe apertou a mão.

Dizem que é preciso muito tempo para entender o estrago que uma tragédia causa na vida de alguém. O sentimento de raiva por não conseguir aceitar a realidade é algo que te abraça de maneira impetuosa, te mantendo preso num labirinto de sofrimento sem fim.

Isso nem sempre é verdade.

Gustavo entendeu as consequências quando Javier entregou o colar com pingente de borboleta. Entendeu que nunca mais veria Claire, e que os dois nunca realizariam seus sonhos. Entendeu que jamais teriam filhos, e que precisaria aprender a lidar com o mundo sem ela. Entendeu que nunca mais estariam juntos, e que nada que fizesse mudaria o passado.

Não haveria segunda chance para eles.

Começou a chorar.

43

Anchorage, Alasca
31 de dezembro de 1993

Eram quase três da manhã quando o telefone tocou pela segunda vez em vinte minutos. O barulho estridente parecia fora do alcance, como uma sirene de ambulância a duas quadras de distância. Allegra esfregou os olhos. Daquela vez precisava atender. Havia chegado tarde na noite anterior e, antes de deitar, ainda tinha ficado meia hora observando a tempestade e lendo os últimos capítulos de *A casa torta*, um presente que ganhara de um ex-namorado anos antes, mas que nunca parou para ler.

Allegra estendeu o braço e pegou o telefone do gancho.

— Quem fala?

— Allegra, é o Norman. — O perito criminal da Delegacia de Homicídios parecia nervoso. — Estou no escritório finalizando um relatório e me avisaram que a central recebeu uma ligação sobre um policial baleado numa cabana indígena em Susitna.

— Susitna?

— Um povoado na beira do rio que fica a quarenta quilômetros de Anchorage.

— Entendi — disse Allegra, sonolenta. — Não seria melhor ter ligado pra emergência?

— Um helicóptero de socorro já foi deslocado para o local, mas acredito que você vai querer estar no hospital quando a vítima chegar.

Sentiu um calafrio descendo pela espinha e sentou na cama tão depressa que o quarto girou. *Lakota*.

— É o Gustavo — revelou Norman. — Os paramédicos vão levá-lo ao Hospital Regional. Devem demorar uns quarenta minutos. Se decidir ir pra lá, Lena estará esperando.

A última vez que Allegra tinha falado com Gustavo foi pelo telefone, no dia anterior. Haviam conversado sobre o desaparecimento de Adam. Gustavo estava em casa e tinha comentado sobre a possibilidade de Adam ter invadido o local.

— Avise a Lena que estou indo. — Ela acendeu a luz.

No caminho até o banheiro, Allegra observou a noite pela janela do sétimo andar. Embora não houvesse mais relâmpagos fatiando o céu, o ar continuava carregado de umidade, e flocos de gelo deslizavam pelo telhado das casas no outro lado da rua.

A primeira porção de água que saía da torneira era fria, mas ela não esperou o sistema de aquecimento começar a funcionar para enxaguar o rosto. Sentiu os poros reclamando de frio quando jogou a água no rosto. Olhou-se no espelho. Viu a expressão cansada de alguém que havia dormido pouco. Enquanto escovava os dentes, lembrou-se de Hercule Poirot, um detetive incansável que sempre capturava os assassinos pela persistência. Esfregou o nariz e as bochechas para fazer o sangue circular. Sabia que uma pequena ferida de frio podia desfigurar um rosto. Amarrou os cabelos num rabo de cavalo desalinhado e foi se vestir.

Uma camada generosa de gelo cobria o asfalto quando ela saiu com o carro da garagem. Por causa do vento, a sensação térmica parecia -50°C. Os limpadores empurravam cristais de gelo do para-brisa enquanto os pneus derrapavam na neve espessa de um trecho sinuoso. Não havia como acelerar muito sem que o veículo perdesse a estabilidade, mas a ausência de movimento nas ruas compensou o atraso.

No hospital, antes de entrar no estacionamento subterrâneo, Allegra olhou para o alto através do vidro lateral em busca do helicóptero. Não o viu. Então desceu a rampa e estacionou na vaga mais próxima do elevador.

Quando a porta do elevador abriu na recepção, Allegra viu Lena conversando com uma mulher perto do balcão. Não queria ter voltado tão cedo para aquele hospital. Sua última passagem ali não tinha sido agradável. Em pensamento, ainda podia ver os agentes zanzando em pares e os repórteres se espremendo atrás da fita de isolamento em busca de informações sobre o mais novo astro do país: o Homem de Palha.

Aproximou-se pelo saguão.

Lena deu as costas para a mulher com quem conversava quando a viu.

— Que bom que está aqui.

— Vim o mais rápido que pude. — Allegra abriu o primeiro botão do casaco de lã. — Alguma informação da emergência?

— Nada. — Lena fez sinal para que fossem ao elevador dos funcionários. — Os médicos estão com a sala de cirurgia pronta, mas ainda não falaram nada sobre o estado de saúde dele. Quem ligou disse que ele estava numa cabana em Susitna. Um lugar de difícil acesso.

— Sabem quem ligou?

— Um homem que não se identificou.

— Preciso do áudio da ligação. — Allegra entrou no elevador. — O filho da mãe que pediu socorro com certeza chegou ao local antes.

— Já fiz isso. Ele teve o cuidado de mascarar a voz com um pano ou coisa do tipo. — Lena apertou o botão do último andar. — Também acha que tem algo de muito errado acontecendo?

— Acho. E acho que aquele merda do Adam está envolvido.

Quando a porta abriu, elas atravessaram o corredor e acessaram o terraço. Ventava muito ali no alto. Os flocos de neve faziam a neblina parecer mais espessa. Num espaço coberto à esquerda, uma equipe de emergência aguardava o helicóptero.

Dois minutos depois, uma luz fraca apareceu no horizonte e foi ficando cada vez mais forte, até que o barulho do helicóptero se tornou ensurdecedor.

Allegra recuou um passo quando as pás do rotor afastaram a neblina. O piloto completou a aterrissagem e quatro pessoas da equipe médica se aproximaram. Assim que colocaram Gustavo na maca, um homem de roupa laranja saltou do assento traseiro e atravessou o terraço.

— Vocês são da polícia? — gritou ele, para se fazer ouvir.

— Homicídios — respondeu Allegra. — Como ele está?

— Levou um tiro no peito. Vai precisar de cirurgia — explicou o homem. — Perdeu bastante sangue.

Abriram espaço para a maca.

O corpo de Gustavo estava coberto até os ombros. Havia uma máscara de oxigênio fixada no seu rosto e uma bolsa de sangue pendurada no cabide lateral.

Aquela imagem abalou Allegra. De imediato, dezenas de pensamentos cruzaram sua cabeça. Naqueles poucos segundos em que ficou olhando para o rosto azulado de Gustavo, ela chegou a se culpar pelo ocorrido, mas logo expurgou a culpa, sabendo que aquele tipo de sentimento poderia levar à desgraça qualquer um responsável por uma investigação.

A equipe médica sumiu dentro do prédio.

— Alguma pista do que aconteceu? — perguntou Allegra.

— É sobre isso que quero falar — alertou o homem. — Há outros dois corpos no local. Devido ao mau tempo, não conseguimos contato com a polícia pelo rádio.

Allegra e Lena ergueram a sobrancelha.

— Vocês precisam enviar alguém pra lá — prosseguiu ele.

— Faremos isso.

O homem assentiu e retornou ao helicóptero.

Allegra e Lena voltaram ao elevador e foram para a recepção. Pela porta de entrada, viram um furgão com adesivo da NBC. Não demoraria muito para que outros furgões como aquele aparecessem.

— Pode me explicar como esses caras conseguem ser tão rápidos? — Allegra virou de costas para a porta de vidro.

— Não faço ideia — disse Lena. — Mas, se tivesse que apostar, diria que eles têm informantes em todas as delegacias do país.

Allegra concordou.

Olhou para fora por sobre o ombro e tomou uma decisão que, em situações normais, levaria bastante tempo para tomar. Pediu licença à recepcionista para usar o telefone e ligou para a residência do supervisor do departamento. Em geral, tentaria encontrar outra solução antes de fazer algo parecido com aquilo, mas a situação demandava medidas urgentes.

Era alta madrugada.

A ligação chamou diversas vezes antes que alguém atendesse.

— Alô. — A voz grossa de Edgar Causing ribombou no telefone.

— Senhor, aqui é Allegra Green.

— Oi, Allegra. Já disse mil vezes pra me chamar de Edgar. — Seu tom mudou para cordial. — Algum problema?

Edgar era respeitado, tinha muitos amigos e chegara ao cargo mais elevado do departamento por ser afilhado de um ex-senador. Embora displicente, Edgar cumpria bem seu papel. Tinha intenções políticas para as eleições, e todos que trabalhavam com ele sabiam disso. O que poucos sabiam é que, embora fosse casado, tinha segundas intenções com Allegra.

— Temos uma cena de crime num povoado de difícil acesso ao norte — explicou Allegra, sem dar muitos detalhes. Estava com pressa. — E um dos nossos agentes acabou de dar entrada no hospital.

— Qual agente?

— Gustavo Prado.

— O que veio de Riacho do Alce?

— Ele mesmo.

— Meu Deus — resmungou Edgar. Fez uma pausa antes de prosseguir. — O que pretende fazer?

— Tenho relatórios que precisam ser investigados quanto antes. E, como Gustavo não tem nenhum familiar na cidade, imagino que alguém do departamento deva ficar aqui pra dar suporte.

— Você está no hospital?

— Estou.

Edgar ficou em silêncio durante alguns momentos.

— A agente Turner está aí? — indagou ele.

— Está.

— Diga-me do que precisam. — O eco da ligação fez parecer que Edgar entrara num banheiro.

— Que o senhor ordene outra equipe pro povoado. E que Lena coordene essa investigação. Ela é a única que está por dentro do caso.

A resposta veio depressa.

— Tudo bem. Darei um jeito. Diga pra ela ir até a delegacia. Vou fazer umas ligações.

Enquanto Edgar falava, Allegra olhou para um jornal velho deixado atrás do balcão que trazia um retrato falado na primeira página.

— Obrigada, senhor — agradeceu ela.

— Não agradeça — disse Edgar, e desligou.

Allegra devolveu o telefone ao gancho.

Na lateral do saguão, numa televisão próxima da sala de espera, o canal interrompia a transmissão de um filme para mostrar imagens da chegada do helicóptero ao Hospital Regional. Embaixo, numa faixa vermelha, aparecia a frase: "Caso Homem de Palha: Policial ferido é levado ao hospital em estado grave".

— Vai me dizer que eles sabem até o estado de saúde dele? — perguntou Lena, balançando a cabeça.

— Não sabem. — Allegra colocou a mão no ombro de Lena. — Lena, você vai chefiar uma equipe secundária pra investigar a cabana — assinalou. — Vá pra delegacia. Peça que enviem dois homens pra fazer a segurança do quarto e espere o contato do Edgar.

— Você vai ficar aqui?

— Vou.

44

Olhe só você, aprisionado na escuridão, incapaz de entender a beleza do que estou fazendo. Olhe só você, espremido num caixão, rastejando por ruas imundas sem a mínima ideia de quem sou.

Minha vida é meu testamento.

Quer me conhecer de verdade? Chegue mais perto que eu mostrarei.

* * *

Paris, França
12 de abril de 1980

"Pare! Este é o império da morte." O aviso na entrada deixava claro que os vivos eram minoria a partir daquele ponto.

Nem todos conhecem a história, mas, nas entranhas da capital francesa, vinte metros abaixo das ruas, existe um gigantesco complexo de túneis que corta quase todo o subsolo da cidade: as catacumbas de Paris. Naquele buraco escuro, estão expostos os ossos de seis milhões de parisienses que ajudam a sustentar a Cidade do Amor.

Já estive lá. Precisei esperar alguns minutos na fila e pagar dois francos para entrar. *Pagar para ver um amontoado de ossos.* Para alguns isso pode soar aterrorizante, mas não para mim.

Lembro que era sábado de manhã quando entrei naqueles túneis pela primeira vez, escondido no meio de um grupo de latinos infestado de mulheres e crianças que pensavam estar num parque de diversões. Todos tão felizes e distraídos que nem sequer tiveram tempo de ver que eu os observava. *Odeio respirar a sujeira dos outros.* Algum tempo depois, descobri que sábado era o dia preferido dos turistas. Não tenho nada contra latinos ou crianças, mas, se eu retornar um dia, me lembrarei de não visitar as catacumbas nesse dia.

Depois de descer uma escada espiral que não terminava nunca, chegamos às câmaras onde os ossos estavam expostos. O maior ossário do planeta. Incontáveis fileiras de crânios nas paredes. Milhões de tíbias, fíbulas e fêmures de pessoas que um dia tiveram os pulmões cheios de ar e agora não passam de meras obras de arte que qualquer um com dois francos no bolso pode apreciar.

O ar lá embaixo era pesado e tinha cheiro de morte.

Quando meus sapatos tocaram o chão de terra da primeira câmara, precisei de menos de um minuto para concluir que os seres humanos são tão selvagens e impiedosos quanto imaginei.

Moralidade.

Tolerância.

Princípios.

Disfarces necessários.

Compreendi que, em alguma parte do caminho, eles perderam a essência daquilo que são de verdade.

Selvagens.

A diferença entre eles e mim é que, quando me olho no espelho, vejo o verdadeiro reflexo humano. Não preciso chegar em casa depois de um dia num emprego de merda e anestesiar meu cérebro com álcool, drogas ou televisão. Não me permito cair na rotina, senão perderia a capacidade de perceber que posso estar vivendo num poço de areia movediça chamado vida. Não preciso me esforçar para disfarçar meu caráter. Essa é a diferença.

"Pare! Este é o império da morte."

Meu cérebro fervilhava. Tantas perguntas. Lembro que o homem que nos guiou túnel adentro usava óculos de grau e não sabia responder nem metade do que perguntavam. Eu também queria perguntar, esclarecer minhas dúvidas, mas não podia. *Não, não podia.* Depois de alguns minutos ouvindo-o ditar um texto decorado sobre como as catacumbas foram criadas, comecei a fingir que ele não existia. Aquele era meu último dia na cidade, o dia pelo qual ansiava por muito tempo. Eu precisava aproveitar, e aquele maldito filho da puta não estava ajudando.

Respirei fundo.

Outro grupo de visitantes tinha entrado no local pouco antes dos latinos. Todos se misturaram na entrada da segunda câmara quando o guia começou a falar, então, sobre a origem dos ossos. Olhei para os arredores. Eu estava fora de vista. Mesmo assim, me posicionei atrás de um casal que usava chapéu. A história dos ossos aguçava meu interesse, mas aquele não foi o real motivo que me levou às catacumbas naquele dia.

Quando o grupo dispersou, avançando como vacas na direção em que o guia apontava, eu consegui vê-la.

Meus olhos brilharam.

Por um momento, lembrei-me de como amava aquela mulher.

Ela continuava linda, mas tinha mudado o corte de cabelo e estava com alguns quilos a mais. *Nada que ofuscasse seu esplendor.* Olhei para sua barriga, redonda feito lua cheia. Calculei que ela abrigava um feto com cerca de sete meses. Ela nunca me disse que estava grávida.

Recuei um passo e voltei a me misturar.

Durante o resto do passeio, constatei que ela estava sozinha, como imaginei que estaria. Eu tinha esperado muito tempo por aquele momento, de modo que não poderia deixá-lo escapar pelo meio dos dedos por pura falta de planejamento. Ninguém além de mim sabia que eu estava em Paris.

Eu sou bom no que faço.

Vinte dias antes, eu havia chegado ao aeroporto Charles de Gaulle e me hospedado num hotel perto da Torre Eiffel. Desde o momento em que pisei em solo francês, dediquei todo meu tempo a ela. Foi fácil descobrir onde morava e trabalhava, e até os dias em que o novo marido viajava sozinho a negócios.

Não consigo pensar que ela me trocou por dinheiro.

Pouco importa.

Ela estava grávida e parecia feliz, mas aquela barriga redonda me ofendia. Fazia-me lembrar dos planos que tínhamos feito juntos.

Ela preferiu outro caminho.

Concentrei-me na missão.

Os latinos cumpriram bem o papel de me esconder, por isso desfrutei inteiramente de cada minuto que passamos juntos.

Ela está grávida.

Pouco importa.

Meus dentes rangiam.

Senti a textura do sangue humano pela primeira vez em abril de 1980. Depois, nunca mais parei.

Passei o dia todo seguindo-a pelas avenidas centrais.

Ela almoçou num restaurante árabe. Eu sentei três mesas ao lado. Ela entrou numa loja de roupas infantis num shopping. Eu fingi que estava interessado em comprar meias na loja do lado. Ela pediu um milk-shake na cafeteria da praça de alimentação. Eu tomei um café expresso no outro lado do balcão. No fim da tarde, quando ela pegou um ônibus para ir para casa, eu sentei no último banco, escondido embaixo da aba do boné.

Aquele poderia ter sido um sábado perfeito se ela não tivesse escolhido me excluir da vida dela.

Pouco importa.

Abri um talho na garganta dela com uma faca de cozinha, dessas com cabo de plástico que usamos para passar geleia no pão. Não era uma faca afiada, mas tinha dentes que fizeram bem o serviço. Ela se debateu um pouco enquanto a lâmina cortava a pele e os músculos, mas ficou imóvel em menos tempo do que eu esperava. *Eu amava aquela mulher.* Os tacos de madeira do chão do apartamento onde ela vivia ficaram salpicados de sangue. Antes de morrer, ela me lançou um olhar. Não um olhar de medo, mas de dúvida. Ela movia os lábios, tentando falar, mas se afogava com o sangue que jorrava da garganta dilacerada. Imaginei que ela quisesse perguntar "Por quê?".

Eu não sabia o que responder.

Ódio? Rancor? Nenhuma dessas motivações fazia sentido.

Ela estava ali no chão, morrendo, e merecia uma resposta.

Acariciei os cabelos dela uma última vez, do mesmo jeito que eu fazia quando vivíamos juntos, e cochichei no seu ouvido aquilo que julguei ser o melhor motivo.

— Porque preciso.

* * *

Treze anos passaram e cá estou eu, lendo esse jornaleco de quinze dias atrás recheado com o mesmo lixo de sempre, ainda sem entender algumas respostas. *Não me importo.* Se eu fosse à banca e comprasse o exemplar de hoje, as notícias seriam as mesmas de ontem e anteontem. A única coisa que muda nesse teatro são os personagens da história. Que se repete. E repete.

 Está escuro lá fora. O frio intenso força os lobos a ficarem encolhidos em suas tocas na montanha. *Eu aprecio a vida dos lobos.* Em horas como essa, compreendo que temos mais coisas em comum além da desobrigação de esconder nossos instintos. *Canis lupus.* Assim como eles, eu não preciso caçar todos os dias. Posso me divertir por meses com uma única presa. *Tudo bem.* Admito que estou caçando bastante nos últimos tempos, mas quero que saibam que nem sempre foi assim.

 As circunstâncias agora são outras.

 Tudo estava indo bem, a polícia nunca me pegaria. E eu ainda conseguiria tudo que sempre quis. Mas aí ele apareceu. *O Homem de Palha.* Aquele maldito ladrão de cadáveres chegou e roubou tudo que deveria ser meu. E agora é o retrato dele que estampa a primeira página dos jornalecos. É o nome dele que o locutor fanho vive falando no rádio. Ele se tornou um astro, enquanto eu, apenas um figurante.

 Não por muito tempo.

 Preciso continuar.

 Faz um silêncio avassalador no porão da cabana. Não ouço o vento nem a chuva, mas o ar gelado da noite envolve meu corpo. Sinto-me sozinho, embora não esteja. Ela está aqui comigo, minha doce menina, trancada nessa caixa de madeira que eu mesmo construí. Até poucos minutos atrás, fiquei ouvindo-a gritar, clamando por socorro. Agora ela se calou, mas quero que continue. *Não gosto do silêncio.* Os gritos dela alimentam meus demônios. E meus demônios estão famintos.

45
Anchorage, Alasca
31 de dezembro de 1993

Deu para sentir o bafo quente dos videocassetes quando o diretor do hospital abriu a sala de gravação. Os policiais que vigiariam o quarto para onde Gustavo seria levado depois da cirurgia tinham chegado havia quinze minutos e, conforme solicitado, eles haviam trazido a pasta com as informações que Lena coletara sobre os desaparecimentos na região.

Allegra estava curiosa para analisá-las.

O diretor foi o primeiro a entrar. Ele acendeu a luz e organizou a mesa, colocando um monte de tralhas numa prateleira de metal.

— Não é o melhor lugar do mundo, mas vai poder trabalhar em paz.

— É o suficiente. — Allegra escondeu um bocejo.

— Vou pedir a uma das camareiras que traga café. — O diretor parou na soleira da porta. — Fique à vontade. Qualquer problema, me ligue.

Allegra ficou um instante em pé, olhando para os números verdes nos displays dos videocassetes. Esfregou os olhos e respirou o ar gelado do corredor mais uma vez antes de fechar a porta. A lâmpada incandescente de quarenta watts não iluminava muito bem o ambiente.

Ela pendurou o casaco de lã no encosto da cadeira, abriu o zíper da pasta e posicionou lado a lado, em ordem cronológica, os arquivos de cada caso. Eram cinco resmas de folhas A4 com fotos, anotações e documentos presos com clipes coloridos. Em cada uma delas havia papeizinhos grampeados que Lena rabiscara com nomes, datas e endereços.

Deixou-se cair na cadeira estofada e concentrou-se no caso de 1982, que tratava do sumiço de Berta Emmanuel, uma mulher de 27 anos dada como desaparecida depois de passar dias sem ir ao escritório da corretora de seguros onde trabalhava, em Anchorage. Na penúltima folha, havia a cópia de um protocolo com as assinaturas de todas as retiradas daquele processo do arquivo da delegacia. Allegra passou o dedo indicador sobre as datas dos últimos três registros. Embora o caso continuasse aberto, ninguém tinha se ocupado com ele nos últimos sete anos.

— Berta Emmanuel. — Allegra repetiu o nome da vítima para fixá-lo na memória.

Avançou para o caso de 1983. Elsa Rugger. Grávida. A última anotação tinha sido feita recentemente. Removeu o clipe de cima da fotografia da jovem. Elsa era bonita e tinha traços meigos. Nas páginas seguintes, havia dezenas de depoimentos de parentes, conhecidos e também do ex-namorado Sean Walker. No fim, dentro de um envelope, estavam as fotografias da autópsia e do momento que encontraram o corpo embaixo da caminhonete.

Allegra fechou os olhos. Quase conseguia sentir o cheiro do sangue de Elsa manchando a terra congelada na autoestrada. Passou a mão no rosto e fitou a imagem do corte transversal logo acima do púbis, por onde o assassino tinha removido o bebê. Cerrou os punhos. Sentiu vontade de gritar, mas engoliu a ira tentando convencer a si mesma de que estavam perto de pegar o assassino.

Endireitou-se na cadeira.

Foi para 1986.

No fundo, aquele era o caso que queria ver de verdade.

— Com licença — disse alguém atrás dela.

Allegra virou-se.

— Foi aqui que pediram café? — Uma mulher rechonchuda de avental branco sorriu para ela.

— Isso — respondeu Allegra gentilmente. — Pode deixar na mesa.

A mulher entrou toda cuidadosa e colocou a garrafa térmica no canto da mesa. Ela até tentou fingir desinteresse enquanto deixava os copos plásticos ao lado, mas seus olhos estavam fixos nas fotos.

— Obrigada — agradeceu Allegra.

— Se precisar de algo, estarei na cozinha. — A mulher deu um passo para trás. — Ramal 217.

Allegra serviu café e voltou a ler.

Claire Rivera, bióloga, 28 anos, noiva de Gustavo. No início do relatório, constava que o desaparecimento fora informado em 9 de agosto, depois de Claire ter saído para caminhar na montanha. Um asterisco vermelho na linha seguinte destacava a informação de que a vítima era especialista em sobrevivência e conhecia bem a região.

Na segunda página, Allegra encontrou uma fotografia 3 × 4 em preto e branco. Os grandes olhos hispânicos de Claire destacavam-se. O parágrafo abaixo dizia que um criador de renas havia encontrado o corpo 21 dias depois do desaparecimento, próximo de uma barraca a cinco quilômetros do local em que tinha sido vista pela última vez.

"Indícios de ataque de urso se mostram plausíveis devido *às* marcas no tecido da barraca e no corpo. A região *é* conhecida por esses ataques. Na semana seguinte ao ocorrido, um caçador matou um urso-pardo de 530 quilos próximo do local. Depois das análises, os veterinários designados pela polícia *não* encontraram qualquer vestígio de restos humanos no estômago do animal."

Allegra virou a página.

O laudo da autópsia.

"Trata-se do corpo de um indivíduo do sexo feminino, com 1,70 de altura e 55,8 quilos. O corpo apresenta inúmeras lesões na região torácica anterior, nos braços e nas pernas, comparáveis a amostras de uma autópsia realizada em um indivíduo do sexo masculino atacado por um urso no ano anterior."

Atrás do laudo, havia um envelope cor ocre. Colocou-o de lado. Antes de abrir, procurou a cópia do protocolo de retiradas do arquivo. A última assinatura datava de 11 de fevereiro de 1988. *Cinco anos atrás.*

Olhou os papéis, procurando alguma assinatura de Gustavo. Não encontrou. Pensou no que ele poderia sentir se lesse os detalhes e visse as imagens do corpo da noiva apodrecendo na mata. Sentiu um aperto no peito, como se compartilhasse da dor dele. Naquele momento, entendeu o motivo de Gustavo ter escolhido nunca abrir o relatório.

Sete anos é tempo suficiente para esquecer?

Nenhum sentimento pessoal poderia atrapalhar seu trabalho.

Abriu o envelope.

A primeira foto mostrava uma barraca, com destaque para os rasgos de meio metro no tecido azul. Ao fundo, era possível avistar policiais trabalhando. A segunda imagem retratava o corpo. Os braços e as pernas de Claire estavam repletos de cortes profundos, e toda a lateral direita da barriga tinha sido devorada. As irregularidades na extremidade dos cortes davam indícios de que aquelas eram mordidas de animal.

Voltou a atenção para a palavra "urso" no relatório.

Por experiência, sabia que precisava ir além daquilo se quisesse avançar. Lembrou-se do que um diretor lhe dissera certa vez em Seattle. "Sempre use sua intuição e investigue além do que foi investigado. Você vai se surpreender com a quantidade de perguntas sem resposta que encontrará num caso resolvido."

Foi seguindo aquele conselho que acertara quatro tiros nas costas de um pedófilo e acabara sendo transferida para o Alasca.

Investigar além do que foi investigado.

Olhou para a parte superior da fotografia, mas o que viu não se parecia nem um pouco com a mulher da foto 3 × 4. A face de Claire estava toda desfigurada, cheia de cortes e arranhões. Irreconhecível. Uma das orelhas tinha sido arrancada, assim como parte do couro cabeludo. A mandíbula estava fora do lugar. A única coisa inteira na cena era o colar no pescoço, que o barro e o sangue quase escondiam.

Colocou a fotografia de lado e tentou se lembrar de algum crime parecido àquele, mas não conseguiu. Enquanto tentava imaginar a cena, leu um trecho do laudo grifado com marca-texto.

"A confirmação da identidade foi feita por Javier Rivera, familiar que diz ter reconhecido as características, tais como peso, altura, cor dos cabelos e detalhes corporais. Javier também diz ter reconhecido a barraca e a mochila. Houve grande comoção quando lhe entregaram o colar prateado com pingente encontrado junto ao corpo."

Aproximou a fotografia do rosto. Os cabelos escuros de Claire estavam empapados de sangue, e a pele marrom-clara tinha descolorido e dado lugar a uma coloração arroxeada. Focou no que havia restado do abdômen. Queria encontrar alguma evidência de cesárea. Um corte, uma cicatriz, qualquer coisa. Não viu nada.

Tamborilava no tampo da mesa com as unhas pintadas de base transparente enquanto olhava para os anos dos respectivos desaparecimentos: 1982, 1983, 1986, 1989, 1992. Pegou uma folha de papel em branco e escreveu aquelas datas, circulando o ano de 1982.

Bebeu um gole de café, quase forte demais para seu gosto. Quando colocou o copo de lado, alguém bateu na porta e entrou.

— Disseram-me que você estaria aqui — cochichou a pessoa, como se estivessem num local onde não podiam falar alto.

Allegra olhou para trás e não conseguiu disfarçar a surpresa.

— Dimitri?! — Perguntou-se se deveria questionar o motivo de ele estar no hospital àquela hora da madrugada. — O que faz aqui? — Ouviu na própria voz o timbre áspero.

— Vi você e a Lena na televisão enquanto falavam sobre o Gustavo — explicou ele.

— Na televisão?

— É — confirmou ele. — Havia repórteres filmando enquanto vocês conversavam na recepção.

Allegra ergueu os olhos. Dimitri a fitava de maneira tão direta que quis se esconder para não ser sugada por aquele olhar penetrante que a atravessava como estilhaços de granada.

— E você estava assistindo à televisão a essa hora? — indagou ela.

— Não tenho conseguido dormir.

Allegra ficou em silêncio.

— Estou atrapalhando, não é? — Dimitri olhou para os papéis na mesa. — Desculpe. Eu não deveria ter subido. Vou descer e esperar notícias do Gustavo. — Ele colocou a mão na maçaneta. — Se precisar de algo, estarei na sala de espera.

— Você e Gustavo se conhecem bem, certo? — perguntou Allegra antes que ele saísse. — Quero dizer, se conhecem há muito tempo?

— Bastante.

— E Claire? Chegou a conhecê-la?

Dimitri franziu a testa, numa clara expressão de desconfiança. Depois balançou a cabeça em sinal positivo.

— Um pouco. Por quê?

— Porque preciso... — Allegra apontou para duas cadeiras escondidas atrás da estante de metal. — Veja se consegue me ajudar com isso.

Dimitri sentou.

46
4 de setembro de 1986
Sete anos antes

Gustavo guardaria para sempre as imagens daquela manhã. O mármore das lápides no meio da relva, a névoa cobrindo o vale, a garoa no rosto. Um dia triste, com cheiro de terra molhada. Sobre o gramado, aos pés do caixão, uma porção de coroas de lírios exalava um aroma forte que o faria sentir náuseas pelo resto da vida.

— Ainda que eu caminhe por vale tenebroso nenhum mal temerei, pois estás junto a mim; teu bastão e teu cajado me deixam tranquilo — orava o ministro.

O sol mal havia aparecido naquela fria manhã de quinta-feira. Gustavo vestia um capote preto que ia até os joelhos. Com os olhos semicerrados, encarava as fileiras de pessoas que acompanhavam o funeral. Amigos, parentes, conhecidos e algumas pessoas que ele nunca vira estavam ali, em pé, ao redor do caixão, pisando nos túmulos vizinhos para se despedirem de Claire.

Sentado numa cadeira mais à frente, Javier estava abraçado a Lucia, que soluçava a cada palavra do ministro. Gustavo tentou consolá-la durante o cortejo fúnebre que partiu da igreja, mas desistiu. Não adiantava. Não havia como. Amigos se aproximavam deles dizendo: "Claire está num lugar melhor". Quando Lucia finalmente conseguia se acalmar, aparecia mais alguém: "Deus a chamou porque precisava de um anjo no céu".

Guarde suas condolências.
Palavras não ajudam nessa hora.

— Ele enxugará toda lágrima dos seus olhos, pois nunca mais haverá morte, nem luto, nem clamor, e nem dor. — A voz grave do ministro começou a soar como um zumbido irritante.

Uma nuvem desceu sobre o cemitério como um manto.

Gustavo fechou os olhos. Não havia mais lágrimas. Ele tinha derramado todas sem trégua durante quatro dias. Foi difícil. Quase impossível. Não deixava ninguém tocá-lo. Dormia com a cabeça enterrada no travesseiro, tentando sentir algum resquício do cheiro dela. Sentia uma dor insuportável. Não queria ter que viver sem Claire nem mais um dia. O médico tinha receitado comprimidos, mas ele os jogou na privada. O uísque anestesiava mais.

A mãe o segurou pelo braço, trazendo-o de volta à realidade. Um músico começou a tocar o teclado que tinham instalado embaixo da tenda de lona. Uma música triste. Um salmo daqueles que só se ouvem em enterros. Gustavo sentia vontade de vomitar enquanto as notas subiam e desciam acompanhadas pela voz do cantor que falava sobre perdão e redenção.

Às 10h48, o caixão começou a ser colocado dentro de um buraco escuro na terra. Todos os presentes se aproximaram. Lucia precisou ser acorrida por membros da família. Alguns dos voluntários que trabalhavam com Claire começaram a depositar flores ali. Eles vestiam camisetas brancas com a foto dela na frente.

Gustavo se abaixou e pegou um punhado de terra úmida. Atirou-a no túmulo. O barulho do barro acertando a madeira do caixão causou desconforto. Quando o ministro terminou a oração, as pessoas começaram a conversar, mas ele não prestava atenção ao que diziam. Alguns rostos passaram como fantasmas na sua frente, mas Gustavo nem sequer erguia a cabeça. Sua atenção estava fixada no buraco escuro onde Claire ficaria para sempre.

Um pingo de chuva contornou seu nariz e escorreu pelo canto da boca. O frio havia enrijecido seu rosto.

O caixão tinha descido totalmente quando a música parou.

Ele olhou para o céu e depois para a mãe.

— Você está bem? — Clotilde não sabia o que dizer.

— Não — disse Gustavo —, mas vou ficar.

47
Anchorage, Alasca
31 de dezembro de 1993

Na sala de gravação do hospital, Allegra mal olhava para Dimitri, com medo de que ele visse a agitação em seus olhos.

— Se me perguntarem, devo dizer que você nunca me deixou ver essas coisas, não é? — Apontou para as fotografias do corpo de Claire na mesa. — Deve existir alguma lei que te proíbe de fazer isso.

— Que te deixei ver o quê? — ironizou ela.

Dimitri tinha tirado o paletó, revelando uma camisa branca amassada. Ele estava inclinado na cadeira, procurando um ângulo em que batesse mais luz para avaliar as fotografias. Seguiu a sequência de imagens, mas às vezes retornava a uma ou outra. Seu rosto pálido, de traços expressivos, parecia determinado. De vez em quando, os olhos claros se fixavam em Allegra.

— Esse é o corpo de Claire? — perguntou ele.

Allegra fez que sim. Ao analisar aquela fisionomia revolta, perguntou-se se tinha feito a escolha certa ao pedir ajuda.

— E esses são relatórios de casos parecidos? — Dimitri apontou para o restante dos papéis na mesa.

Tarde demais para se arrepender.

— Ao todo, cinco mulheres grávidas ou em idade fértil desapareceram na região nos últimos anos — explicou ela. — Pelo menos duas têm ligação confirmada com o Homem de Palha. Elsa Rugger e Ângela Lazar. Não podemos descartar nenhum outro.

Dimitri coçou a orelha enquanto lia as anotações.

— Certo — murmurou depois de alguns segundos, quando só se ouviam os motores dos videocassetes. — Lembro-me do caso Lazar, mas nunca imaginei que pudesse ter ligação com o Homem de Palha.

— Pois é. Tudo indica que sim. — Allegra empurrou os papéis em direção a ele. — Antes de você chegar, eu estava seguindo a cronologia dos desaparecimentos e era justamente a vez de Claire.

Dimitri se inclinou outra vez, afundando a cabeça nos ombros.

— Aquilo nunca deveria ter acontecido. — Ele mirou a foto do corpo mutilado. — Claire era uma pessoa doce. Que tipo de Deus permite que uma voluntária protetora de ursos morra atacada por um urso?

Allegra puxou a garrafa térmica para si.

— Pode me contar o que aconteceu na época?

Eu te deixo ver os relatórios, e você me conta tudo que sabe sobre Claire.

— Eu morava próximo da casa deles quando tudo aconteceu, mas não fui até o local na mata onde a encontraram. — Dimitri bebeu café.

— Você e o Gustavo já se conheciam?

— Já. Ele e Claire iam se casar em poucos meses. Tinham preparado tudo. O Gustavo ficou destruído. Começou a beber demais, faltar ao emprego e arrumar confusão por onde passava — contou. — Ele nunca comentou nada sobre isso?

Allegra fez que não.

Dimitri hesitou durante alguns momentos.

— Não pense que ele estava tentando esconder — explicou ele. — Não deve ter sido fácil passar por toda aquela merda. Acredite. Eu já passei por isso. — Esticou as pernas embaixo da mesa. — Deve fazer uns dois anos que ele aceitou o que aconteceu e voltou a viver normalmente. Por isso não o culpo de não querer tocar no assunto.

— É. Deve ter sido difícil.

— Demais. Numa tarde, você está junto à pessoa que mais ama, e, alguns dias depois, a encontram desse jeito. — Bateu o dedo na fotografia. — O funeral foi com o caixão fechado.

— Você esteve no funeral?

— Eu e quase toda a cidade. Claire era querida por todos. Trabalhava naquele projeto ambiental e dava aulas para uns moleques que não conseguiam boas notas — relatou.

— Entendo. — Allegra respondia com frases curtas para demonstrar que estava atenta. — Então foi um acidente?

— Um urso, ao que parece. Isso deve constar aí.

Allegra olhou para o relatório.

— Não está achando que Claire pode ter sido uma das vítimas desse maníaco? — Dimitri parecia não acreditar naquela possibilidade.

— Não sei. É por isso que estamos investigando.

— Na época, os legistas disseram que a morte foi por ataque de urso. E não acho que Claire estivesse grávida quando morreu. — Ele espichou os olhos para o relatório. — Não estou descartando a hipótese, mas acredito que o Gustavo seria o primeiro a desconfiar.

A sala sem janelas começou a ficar mais abafada com duas pessoas ali dentro. Enquanto analisavam em silêncio o que tinham, ouviram passos no corredor. Allegra apertou a sanfona da garrafa térmica e apenas um resto de café caiu no copo. Olhou o relógio de parede. Os médicos tinham levado Gustavo para a sala de cirurgia havia bastante tempo. Ela pensou em ligar para a recepção em busca de notícias, mas se conteve. O diretor havia garantido que ela seria a primeira a ser avisada quando o procedimento terminasse.

Ao seu lado, Dimitri lia com atenção o relatório do caso de uma jovem grávida que desaparecera depois de sair de casa para ir à faculdade em 1992. Além do depoimento dos pais sobre como ela e o namorado estavam felizes com aquela gravidez, não havia muita informação. Aquela velha história de adolescentes apaixonados e felizes para sempre, até que a morte os separe, que todos já sabem como termina.

— Essa, sim, parece ser uma vítima dele — disse Dimitri, em voz baixa. — Jovem. Grávida. Corpo nunca encontrado.

— É provável que sim — concordou Allegra. — Temos que pegar esse cara antes que ele volte a agir.

— Já tem alguma pista?

Allegra usou a mesma frase que ouvira antes.

— Se perguntarem, você vai dizer que eu nunca te contei?

Dimitri torceu o nariz.

— Não precisa contar se não quiser.

— Não. — Allegra guardou toda a papelada. — Ainda não temos ideia de quem possa ser o assassino.

Cinco minutos depois, os dois estavam dentro do elevador de funcionários indo para o térreo. Allegra estava de costas para a porta, olhando no espelho. Ela alisou o cabelo com as mãos e tratou de refazer o rabo de cavalo torto. Com o canto dos olhos, percebeu que Dimitri a olhava. Fitou-o, perguntando-se que jogo ele estaria fazendo e como fora tão facilmente sugada por aquele detetive polonês. Allegra conhecera homens carismáticos, mas Dimitri era diferente, algo que misturava boa genética com uma pitada de mistério. Cruzou os braços e se apoiou na parede. Eles não haviam dito uma só palavra desde que entraram.

O aviso sonoro anunciou que tinham chegado ao destino. A porta abriu e, quando mal tinham dado meia dúzia de passos no saguão, uma mulher de jaleco claro, segurando uma prancheta, apareceu.

— Allegra Green? — perguntou ela.

Allegra confirmou, lendo o crachá no bolso do jaleco dela.

— O diretor mandou avisar que o paciente foi levado para a unidade de terapia intensiva agora há pouco — relatou. — Ele perdeu bastante sangue, mas vai se recuperar. Por sorte o ferimento não era tão grave quanto parecia.

Allegra e Dimitri trocaram olhares.

— Quando poderemos vê-lo?

— Ele está sedado, mas poderão vê-lo assim que o primeiro visitante sair.

— Tem alguém lá com ele? — emendou Allegra.

— Um amigo entrou há pouco. Os seguranças autorizaram.

— Quem?

Ela olhou para a prancheta.

— Um policial chamado Adam Phelps.

48
30 de dezembro de 1993

Encolhida no caixote, envolvendo a barriga com os braços, Gabriela Castillo começou a chorar quando se lembrou do dia em que caminhou cinco quadras até a farmácia do bairro. Uma tímida explicação e a nota de cinco dólares que havia pegado na bolsa da mãe bastaram para que saísse dali com uma caixa cor-de-rosa dentro da sacola plástica.

— Não é pra mim — explicara ela quando o farmacêutico a encarara.
— É pra uma amiga.

O tempo parecia estar suspenso quando voltou ao apartamento e se trancou no banheiro com o teste de gravidez. Antes de fazê-lo, lavou as mãos e leu as instruções. Não era complicado. Aliás, achou simples demais, considerando a importância do que poderia revelar.

Fez o que tinha de ser feito.

Positivo.

Era difícil expressar o que sentiu ao encarar aquelas duas linhas vermelhas.

Felicidade.

Desespero.

Euforia.

Sentimentos juvenis se misturavam ao pensamento de que ter um filho não seria brincadeira. Sua mãe vivia reclamando sobre como estragara a própria vida quando escolhera, com apenas quinze anos, levar a gravidez até o fim. "Não quero isso pra você, menina", dizia ela toda vez que o filho do vizinho tocava a campainha e entrava com aquela panca de playboy que não se importava com nada além de mostrar os tênis de marca e os casacos descolados que comprava com o dinheiro do pai.

Gabriela ficou sentada no vaso sanitário por quase vinte minutos, criando coragem para encarar o mundo real fora do banheiro. *Vou ter um bebê.* Ela mesma ainda não era adulta. Como contaria aquilo para a mãe sem que ela surtasse? E para o namorado? Como ele reagiria? Nunca tinham conversado sobre o assunto. Nunca tinham nem se preocupado com aquilo. O que aconteceria depois? Concluíra que não havia um jeito fácil de contar.

No fim daquela tarde, eles se encontraram.

— Estou grávida.

Por muito tempo, guardou na memória a expressão de desagrado dele.

— Nem ferrando você vai ter essa criança — gritou ele. — Você já parou pra pensar na merda em que nos meteu?

Gabriela sentiu o coração sendo arrancado.

— Na merda em que nos meti? — retrucara ela. — Na merda em que *eu* nos meti?

Ele ficou com as bochechas tão vermelhas quanto o boné do Red Sox que usava. Andava para lá e para cá com aqueles tênis Adidas no tapete da sala, esfregando o rosto com as mãos.

— Quer saber? Você é mesmo uma puta! — Ele a empurrou no sofá. — Dê um jeito de se livrar dessa merda. — Virou as costas e bateu a porta.

Gabriela chorou a semana inteira. Chegou a visitar uma clínica clandestina de aborto dias depois. No começo, concordou que abortar seria a melhor opção, mas depois mudou de ideia.

Até aquele momento, quase oito meses depois, continuava se perguntando por que tinha cometido o erro de dar outra chance ao namorado. Respirou fundo. Era difícil não se desesperar com aquele ar abafado da caixa. Seus pulmões pareciam grudados. Pela primeira vez, cogitou que poderia morrer ali, fechada.

Algum tempo passou, sem que ela soubesse se minutos ou horas. Não sabia nem se era dia ou noite. E aquela era a pior parte. Começou a sentir sono, mas não queria dormir. Seu estômago roncava, mas não queria abrir os pacotes de bolacha perto das garrafas de água. Só queria encontrar uma maneira de sair dali. Mas como? Tinha passado horas tentando. Já tinha gritado, chutado as madeiras e machucado os dedos.

E aquela escuridão não ajudava.

Apesar dos momentos de pura aflição, julgou que até aquele instante tinha conseguido se manter forte, mas aquele silêncio cabal começou a aumentar sua sensação de solidão. Sentiu-se abatida, desamparada, como se não pudesse contar com ninguém. Encolheu-se em desespero, fechando-se dentro de si, dentro do seu casulo particular, mais escuro e mais sombrio do que qualquer prisão onde pudessem trancá-la.

Caiu no sono.

Acordou horas depois com um estalido de madeira em algum lugar próximo. Fechou um dos olhos e pela fresta viu um filete de luz que sumiu na mesma velocidade em que apareceu.

— Tem alguém aí? — chamou.

Ninguém respondeu.

Não sabia se devia sentir medo ou ter esperança.

— Por favor, me tire daqui.

— Shhh — sussurrou alguém.

Gabriela ficou animada.

Por pior que fosse a situação, ao menos sabia que não tinha sido abandonada em algum buraco sujo para morrer.

— Quem está aí?!

— Shhh. Pare de gritar ou vai acordar as crianças. — Era uma mulher.

Gabriela agarrou aquela oportunidade.

— Me tire daqui, por favor — implorou. — Não consigo respirar.

— Fique calma — murmurou a mulher. — Ele vai te castigar se você não parar de gritar. E vai me machucar se descobrir que estou aqui.

Gabriela colou o ouvido na madeira.

— Quem vai nos machucar?!

Ouviu a mulher conversando consigo mesma. Perguntando e respondendo com extrema naturalidade. Sua voz era macia como veludo, mas soava delirante.

— Não posso contar — respondeu ela.

— Por que não?

— Porque ele vai me amarrar na árvore. E está frio. Não quero passar outra noite sozinha na floresta.

— Estamos na floresta?
— Não posso contar. Shhh. Ele vai me amarrar na árvore.
Você já disse isso.
O coração de Gabriela palpitava, mas ela manteve a calma e tentou reconhecer alguma particularidade na voz da mulher. Um timbre, um sotaque. *Seria alguém conhecido?* Queria descobrir quem a tinha prendido ali e, acima de tudo, por quê.
— Pode me tirar daqui?
Outra vez a mulher começou a conversar sozinha.
— Tire-a daí — cochichou, como se se ordenasse. — Shhh. Não posso. Ele vai me machucar. — A mesma voz mudava o timbre para amedrontado. — Ele já te machuca todos os dias de qualquer jeito. — Deu uma risadinha de deboche.
Fez-se silêncio.
— Preciso subir e cuidar das crianças — disse ela, se afastando.
— Volte — chamou Gabriela. — Você tem crianças aqui?
— Tenho, mas não posso trazê-las. Se ele descobrir vai me amarrar na árvore.
— E você não quer passar outra noite na floresta?
— Não. Está muito frio.
Gabriela imaginou que poderia usar os delírios da mulher a seu favor.
— Pode me dizer seu nome? — perguntou.
— Meu nome?
— É. Você tem nome, não tem?
— Tenho. — Ela parecia não ter certeza. — Todos têm um nome.
— E qual é o seu? — insistiu Gabriela.
Outro instante de silêncio. Depois, um pequeno suspiro impaciente e mais cochichos. A mulher voltou lentamente para perto da caixa, mas no caminho derrubou algo.
— Seu bebê está bem? Falta quanto tempo pra ele sair?
— Como sabe que vou ter um bebê?
— Se está aqui é porque vai ter. Todas as que ele trouxe antes tiveram — disse a mulher. — O último nasceu no riacho. Tomara que seu bebê saia logo, assim você não vai precisar ficar tanto tempo aí fechada esperando ele amadurecer.

Um calafrio desceu pela espinha de Gabriela. Seus pelos eriçaram. Perguntou-se se ela era a primeira a ficar trancada naquela caixa escura e apertada. *Eles querem meu bebê?* Passou a ponta dos dedos nas paredes de madeira. *Essas marcas são arranhões?* Uma lágrima escorreu pelo seu rosto. Seu coração quase parou. *Quantas outras já estiveram aqui?* Precisava manter a calma e parar de imaginar coisas.

— Tem mais alguém preso aqui? — indagou, com a voz trêmula.

— Não. Ele levou as outras pra brincar na floresta — sussurrou a mulher. — E eu estou cuidando dos bebês.

Gabriela sentiu os olhos se enchendo de lágrimas. Quando percebeu, estava implorando.

— Me tire daqui, por favor.

Outro instante de silêncio.

— Agora preciso pôr as crianças na cama. Não diga pra ele que estive aqui. Está muito frio lá fora.

Ela começou a se afastar.

— Volte! — chamou Gabriela.

O filete de luz apareceu e sumiu outra vez.

49
Anchorage, Alasca
31 de dezembro de 1993

Nada ajudava a tornar o frio de Anchorage menos implacável naquela manhã. Pela janela do hospital, Allegra viu de passagem o estrago que a tempestade fizera no pátio. A placa que indicava o estacionamento das ambulâncias estava torta, e o vento havia tombado uma macieira, deixando parte das raízes exposta acima da neve. A notícia dos acontecimentos da madrugada tinha se espalhado depressa depois da cobertura ao vivo da NBC. A emissora anunciara uma transmissão exclusiva nos próximos dias com a presença de psicólogos e peritos criminais que traçariam o perfil psicológico do Homem de Palha.

Sem tempo para imaginar como o Departamento de Segurança receberia aquela notícia, Allegra atravessou uma porta vaivém e viu dois policiais fardados em frente à UTI. Acompanhando-a de perto, Dimitri também parou quando ela se dirigiu aos policiais de forma ríspida.

— Qual parte do "ninguém entra" vocês não entenderam? — demandou ela, vendo Adam através do vidro.

— É o chefe de polícia de Riacho do Alce. Amigo dele — argumentou o policial franzino. — Queria que o barrássemos?

— Quando digo ninguém, é ninguém.

— Desculpe. Pensamos que...

— Tudo bem. — Ela acalmou a voz. — Faz tempo que ele chegou?

— Cinco minutos. — O policial levantou a manga da jaqueta e conferiu o relógio. — Entrou, sentou e não se mexeu desde então.

— Ficaram de olho?

— Ficamos.

— Ele disse alguma coisa?

— Só mostrou a identificação e falou que é o chefe do cara. Disse que queria ver como ele estava.

— Só isso?

— Só.

Allegra se virou ao ouvir alguém correndo no corredor. A mulher da recepção vinha em zigue-zague, com os cabelos balançando e desviando das enfermeiras. Ofegante, ela parou e entregou a Allegra um fax rabiscado.

— Uma garota ligou pedindo pra entregar — disse, e fez uma pausa para tomar fôlego. — Disse que é urgente.

Allegra olhou para o fax. Era um documento naval emitido pela guarda costeira. Sua curiosidade aflorou ao ver que, embaixo do brasão do estado do Alasca, havia um número de identificação com o nome do proprietário do barco. Leu as anotações que Lena rabiscara numa parte em branco.

"Os mortos na cabana são o xerife de Palmer e um vigia que fazia o turno da noite num cais em Point MacKenzie. Conferindo a lista de locatários dos galpões, encontrei o documento desse barco. Veja o nome do proprietário."

Dobrou a folha e colocou-a no bolso.

— Algo importante? — indagou Dimitri.

— Provavelmente.

Os dois entraram no quarto.

Uma lâmpada fluorescente iluminava aquele ambiente de cores claras. Havia um forte cheiro de medicamentos no ar, e a cama onde Gustavo estava sedado era maior do que o normal. A bolsa de soro pendurada no suporte pingava um líquido incolor que descia pelo tubo até a agulha enfiada no braço. No rosto, uma máscara de oxigênio cobria o nariz e a boca. Sentado numa cadeira ao lado, Adam vestia roupas úmidas e botas embarradas. Parecia um andarilho. Com os cotovelos escorados nos joelhos, ele olhava para o chão. Ao perceber que alguém entrou no quarto, ergueu os olhos.

Por alguns poucos segundos, o clima permaneceu leve, mas então os velhos desentendimentos vieram à tona e a tensão apareceu.

— Cansou dos policiais de Riacho do Alce e resolveu vir encher o saco dos de Anchorage? — comentou Adam, ao ver que Dimitri se aproximava. Sua fala estava arrastada, como se tivesse bebido.

Dimitri inchou o peito.

— É que aqui eles não se escondem quando alguém faz perguntas.

— É que aqui eles não te conhecem — rebateu Adam.

Allegra fez sinal para que se acalmassem. Disfarçadamente, ela colocou a mão no casaco e procurou a pistola no coldre de ombro, apertando-a quando sentiu a textura áspera do cabo. Não queria ter que usá-la, mas era melhor garantir que estivesse preparada caso precisasse.

Deu um passo à frente, assumindo o controle. Quando se posicionou perto da cama, analisou as linhas de expressão no rosto de Adam. Ele estava com olheiras e tinha o semblante cansado.

— Noite difícil? — questionou.

— Mais do que imagina. — Adam ergueu os olhos vermelhos. — Os médicos disseram se ele vai ficar bem?

— Perdeu bastante sangue, mas está fora de risco.

Adam soltou um suspiro aliviado e seus ombros relaxaram. Endireitou-se na cadeira e olhou para Gustavo. O bipe compassado do monitor cardíaco quebrava o silêncio.

— Esses dias eu e ele falamos da possibilidade de morrer no trabalho. — Adam fez um som estranho com a boca. — É a primeira coisa que passa pela cabeça de um policial que entra nesse jogo: Será que um dia vou levar um tiro?

— Vivemos fazendo escolhas. — Allegra conferiu o soro. — Se tem medo de levar um tiro, deveria mudar de profissão.

— É — assentiu Adam. — O Gustavo nunca teve medo. Uma vez, ele disse que uma marca de bala no corpo seria algo interessante, pois nunca ficaria sem assunto numa roda de conversa.

— Se ele pudesse falar agora, diria que mudou de ideia.

Allegra sentou na poltrona perto do banheiro pensando no fax que recebeu de Lena. Queria fazer Adam abrir a boca, mas sabia que aquela não era a hora nem o lugar. Lembrou-se do que Dimitri havia contado sobre as cartas e as ligações feitas na noite do crime, mas não queria usar aquilo sem ter certeza de que era verdade. Aquela impotência a angustiava. Seu instinto não duvidava de que Adam estava envolvido, embora ainda não tivesse tudo de que precisava para intimidá-lo.

Uma rajada de vento passou assobiando e fez tremer a janela. Através da cortina, Allegra viu que a neve estava de volta, caindo em flocos tão finos que pareciam cristais.

— O que te contaram sobre o Gustavo? — Como não podia segurar Adam pelo pescoço, ela decidiu tentar de outra maneira.

— Um tiro. É tudo que sei — disse Adam, com uma calma forçada.

Então Allegra cravou os olhos nas botas embarradas dele. Manteve-os ali até que ele dobrou os joelhos e as escondeu embaixo da cadeira.

— A informação que tenho é de que o Gustavo foi atrás de uma pista em Riacho do Alce, mas acabou naquela cabana abandonada no outro lado do estreito — contou ela. — Faz ideia de como ele chegou lá?

— Se o conhecesse saberia que ele é igual a um cão treinado. Quando fareja algo, vai até o fim pra descobrir de onde vem o cheiro.

— É o que se espera de um homem da lei.

Adam fechou o rosto.

— Os socorristas relataram outros dois corpos no local — continuou Allegra. — Parece que ele foi o único que sobreviveu. Teve sorte.

Adam semicerrou os olhos atrás dos óculos.

— Não acho que foi sorte. Ele é bom no que faz. Deve ter espantado o assassino depois de ser baleado.

— Como um cão treinado?

— Como um cão treinado.

Allegra soltou um suspiro.

— Sabe o que achei estranho? O fato de essa cabana ficar num lugar isolado. Pra dizer a verdade, não faço ideia de onde seja, mas me disseram que fica numa antiga terra indígena desocupada — disse. — Tão longe que tiveram que resgatá-lo de helicóptero.

— Aqui não é Seattle, srta. Green — expôs Adam. — Esse tipo de cabana é mais comum do que imagina. Eu poderia te dar a localização de uma meia dúzia que fica a menos de dez quilômetros daqui.

— Isso ainda não torna as coisas menos estranhas. — Ela forçou um riso irônico. — Outro fato curioso é que está bem claro que a pessoa que atirou foi a mesma que chamou o resgate. Que tipo de maluco puxa o gatilho e depois liga pra emergência?

Adam deu de ombros.

— Um tipo de maluco que se arrepende fácil — respondeu ele. — Tem todo tipo de louco vivendo neste lugar.

— Ainda bem que o louco se arrependeu depressa. Se esperasse mais dez minutos, Gustavo teria morrido.

Adam abriu o zíper do casaco e colocou a mão no bolso interno.

Allegra apertou o cabo da arma no coldre.

— Eu não sou besta, srta. Green. — Ele tirou do bolso um pedaço de papel e o entregou para ela. — Sei o que está pensando.

— Sabe?

— Sei.

— Então que tal começar contando o que aconteceu naquela cabana? — Ela franziu a testa ao ver as letras L.L.K. escritas com sangue no papel.

Parte dois

50
Anchorage, Alasca
3 de janeiro de 1994

Quatro dias tinham passado desde que Gustavo fora baleado. Depois de uma cirurgia, três bolsas de sangue e muito descanso, ele pediu ao médico que o deixasse sair do hospital. Pela vidraça do segundo andar, podia sentir os ares do ano novo. Pessoas caminhavam pelas calçadas da rua em frente e motores roncavam soltando fumaça, poluindo o ar e fazendo-o perceber quanto era bom estar de volta.

Passava pouco do meio-dia, e a maior parte da neve tinha derretido. O sol brilhava no céu, iluminando Anchorage de uma maneira pouco comum durante os rigorosos meses de inverno.

Sentado ao lado da cama, Gustavo amarrava o cadarço dos sapatos que pegara no guarda-roupa. Ao dar o último nó, olhou para a TV presa num suporte. Uma matéria listava os dez motivos que levaram 1993 a tornar-se um ano para ser festejado. Levantou e tirou o aparelho da tomada.

Alguém bateu à porta.

— Vejo que não consegui te convencer a ficar mais um dia. — O médico chegou com uma prancheta.

— Fiquei parado tempo demais, doutor — disse Gustavo. — E, com todo respeito, não aguento mais comer sopa e gelatina.

— Ok. Então vou deixar registrado aqui que a alta foi dada por culpa da comida. — brincou o médico, sorrindo e fazendo anotações no prontuário.

— Pode culpar qualquer coisa, só diga que estou liberado.

O médico fez sinal para que Gustavo sentasse. Aferiu a pressão sanguínea dele e conferiu os batimentos.

— Como está se sentindo?

— Bem melhor.

— Isso é bom. — O médico colocou o estetoscópio ao redor do pescoço. — Vou te liberar, mas terá que pegar leve por alguns dias.

— Queria poder prometer isso.

— Imagino que sim. Está liberado, sr. Prado. Mas eu não estou brincando quando digo pra pegar leve.

— Eu sei.

Ao dar meia-volta, Gustavo se deparou com um rosto familiar.

— Toque-toque — disse Allegra, e abriu um sorriso.

O médico olhou por sobre o ombro.

— Chegou bem na hora.

— Quer dizer que está liberado?

— É o que parece. — Gustavo abriu os braços.

O médico pegou um bloco de receitas no bolso do jaleco e passou um tempo preenchendo uma folha.

— Passe na farmácia e pegue uns analgésicos. Você vai sentir um pouco de dor nos primeiros dias, principalmente quando trocar os curativos. — Entregou a receita. — Qualquer problema que tiver não deixe de retornar pra eu dar uma olhada.

Allegra esperou o médico sair e colocou sobre a cama um distintivo e um revólver.

Gustavo inclinou-se e pegou uma sacola com as roupas que vestia quando dera entrada no hospital. Como estavam sujas de lama e sangue, iriam direto para o lixo. Afivelou o relógio no pulso e olhou a hora. Apesar de tudo, estava se sentindo bem. *Um novo homem.* Respirou fundo, sentindo uma fisgada no peito. Foi até o banheiro e conferiu o ferimento. Aproveitou e olhou-se no espelho. A barba continuava malfeita, mas as olheiras tinham desaparecido.

— Tudo bem? — indagou Allegra quando ele retornou.

— Ainda não. Antes, preciso comer alguma coisa de verdade.

Allegra riu baixo.

— Tipo hambúrguer com fritas?

— Só se for o maior da cidade.

— Conheço um lugar — disse ela. — Vamos. Lena está esperando.

Desceram até a garagem pelo elevador dos pacientes e entraram no carro. Gustavo sentiu outra fisgada quando sentou no banco da frente. *Puta que pariu.* Lena acelerou pelas ruas movimentadas de Anchorage até a Blue Potatoes, uma lanchonete à beira-mar que Allegra afirmava ter a maior porção de fritas da região.

Estacionaram embaixo de uma árvore, perto da batata sorridente que era a placa do estabelecimento. Escolheram uma mesa perto da varanda, onde podiam ver o mar agitado e as gaivotas. Gustavo sentou de costas para a parede, pois não queria ser surpreendido. Uma xícara de café pela metade estava sobre a mesa, mas uma garçonete a recolheu depois de ter anotado os pedidos.

Gustavo ficou calado por algum tempo. Algo parecia subir pela sua garganta e sufocá-lo. Ele olhava para as decorações marítimas nas paredes da lanchonete e para as ondas, esperando o momento em que Allegra começaria a falar sobre como tinha razão a respeito de Adam.

Lembrou-se de quando acordou depois da cirurgia e viu Allegra com Dimitri no quarto. Demorou um pouco até que ficasse lúcido por completo, mas por fim revelou o que tinha acontecido na cabana naquela noite.

— É difícil admitir que você estava certa — disse por fim Gustavo, abandonando qualquer reserva.

— Não se preocupe. Você não foi o primeiro a ser enganado por um amigo.

— Isso é uma merda.

— Bem-vindo de volta.

Uma coluna de fumaça levantou atrás do balcão onde o cozinheiro fritava os hambúrgueres. Gustavo endireitou o corpo e esperou a nuvem com cheiro de comida desaparecer no ar.

— Ele confessou ter matado os outros dois caras? — indagou. — Admitir um erro não é algo que combina com ele.

— Disse que matou o xerife e o vigia. Então atirou em você, somente porque estava no lugar errado na hora errada. Depois se arrependeu e ligou pra emergência — contou Allegra. — Não sei o que o levou a confessar.

— Diminuição de pena — supôs Lena, bebericando uma Pepsi. — Eu diria que ele percebeu que o cerco estava fechando, então abriu a boca.

— Pra mim, parece arrependimento. Atirar e ligar pra emergência? — emendou Allegra. — Acha que ele já matou antes?

Com os maxilares contraídos, Gustavo balançou a cabeça.

— Não sei. Caramba, é o Adam. — Assumiu uma expressão confusa. — Foi ele que me ensinou metade das coisas que sei.

— Ensinou você a atirar? — brincou Lena.

Gustavo deu um sorriso fingido.

— Um ano atrás desconfiei que ele estivesse metido em alguns esquemas ilegais. Mas não acho que envolvia matar pessoas.

Pararam de falar quando a garçonete chegou para servir o restante das bebidas. Gustavo encarou as bolhas de gás subindo no copo quando ela abriu a garrafa e serviu a água tônica com limão.

Novo homem. Velhas manias.

Bebeu tudo num só gole e tornou a encher o copo.

— Foi você quem pegou o depoimento do Adam? — questionou ele.

Allegra concordou.

— Ele contou por que fez tudo aquilo? — Apoiou o cotovelo na mesa e o queixo na mão. — Entendo que ele foi pego de surpresa quando me viu, mas por que matou o xerife?

O caixa solitário abriu um pacote de moedas e despejou na gaveta da caixa registradora.

— Era sobre isso que queríamos falar — disse Allegra. — Depois que o levamos à penitenciária, o Adam perguntou pela esposa e não falou mais nada além de "Só vou conversar com o Gustavo".

Gustavo franziu a testa.

— Esperou até agora pra me contar?

— Você quase brigou com o médico pra que te liberasse. Se tivéssemos contado, você teria dado o fora com o oxigênio enfiado no nariz — justificou ela. — Além do mais, o supervisor acha que o Adam não tem ligação com o assassino, então o caso foi repassado para outra equipe.

— Não querem saber o que ele tem a dizer?

— Duas e meia. — Allegra olhou o relógio.

— Duas e meia o quê?

— Às duas e meia vamos falar com ele. Você fará uma visita supervisionada para ouvi-lo.

Um homem de avental azul se aproximou segurando uma bandeja com hambúrguer, batatas fritas e potes de condimentos. O cheiro de queijo derretido fez Gustavo salivar.

— Há outra coisa que você precisa saber — acrescentou Allegra.

Gustavo ergueu os olhos.

— Outra jovem grávida está desaparecida. A mãe dela entrou em contato com a polícia ontem de manhã.

— Isso não é bom. — Gustavo mordeu o hambúrguer. Um pensamento aleatório passou pela sua cabeça com a mesma velocidade de um raio cortando o céu. — Encontraram o Lakota? — perguntou.

Allegra pegou uma batata e a mergulhou no ketchup.

— Ainda não.

51

Sou a própria natureza.

    Faço o que nasci para fazer e não sinto culpa.

    Noite passada, enquanto ouvia uma canção sobre demônios, senti de novo o desejo de ser eu mesmo.

    Esquecer a máscara.

    Libertar o monstro.

    Deixar a natureza agir.

    Quem sou eu para questionar as escolhas da natureza?

* * *

11 de julho de 1993
Seis meses antes

As retinas dela precisaram de alguns segundos para acostumarem-se à luz. *Mary Albameyang.* Eu a peguei no caminho da faculdade, no fim de 1992. Ela passou muito tempo no escuro, presa na caixa, esperando o bebê ficar pronto. Quando ficou, era hora de libertá-la dos grilhões mundanos e torná-la imortal. Assim como eu.

    Lágrimas escorreram pelos olhos dela quando percebeu onde estava. Uma mesa de madeira. A mesma de sempre. Eu a deitei ali e amarrei seus pulsos e tornozelos com cintas de couro. Precisava garantir a segurança dela e a do bebê. Todas têm a mania de se mexer enquanto faço o que precisa ser feito. É o instinto humano. Sempre em busca de liberdade. Imagino que seja desagradável estar ali, imóvel e impotente. Não posso culpá-las.

— O que vai fazer? — A voz de Mary tremia.

Não consegui entender muito bem o que ela dizia. O relaxante muscular que eu tinha aplicado estava começando a fazer efeito.

— Fique calma. — Confortei-a com um beijo na testa. — Tudo vai ficar bem.

Meu coração batia mais rápido que o normal, como um tambor no Quatro de Julho. Eu estava nervoso. Podia sentir as mãos suando. Geralmente não fico daquele jeito — impaciente, ansioso —, mas as circunstâncias eram diferentes: havia uma plateia. Eles estavam na ponta do cômodo, sentados em banquetas. Minha esposa e meus filhos, ansiosos pelo início da peça.

É verdade que não pareciam contentes, mas eu podia entender. Nunca tinha feito aquilo na frente deles. Sempre os preservei da minha natureza. Escondia-me, mentia, vestia máscaras e, quando a hora chegava, costumava ir ao porão ou à floresta para me libertar. Natureza. Bebês não esperam para nascer. É assim que funciona. Quando estão prontos, estão. Não há muito que fazer senão trazê-los a este mundo pestilento para que se unam à horda pulsante e asquerosa da humanidade.

Sou o dono das cordas. Ninguém vai me enforcar.

Confesso que me esforcei para que meus filhos fossem diferentes de mim, mas a natureza é implacável. Nada pode contra ela.

Mary voltou a gritar.

— Por favor, me solte. Juro que não conto pra ninguém.

Coloquei o dedo indicador sobre os lábios mentirosos e manipuladores dela.

Juro que não conto.

Odeio quando pensam que sou estúpido.

— Quieta — pedi com certa delicadeza. — Não quero ter que amordaçá-la.

Ela começou a chorar mais.

Removi o lençol branco que a cobria até a altura dos seios. Meu filho mais velho levantou do assento para vê-la, mas ordenei que voltasse ao lugar. Estendi o lençol no chão. Iria usá-lo mais tarde. Notei que a barriga dela tinha crescido um pouco desde a última vez que a vira, onze dias antes.

Peguei uma das facas.

O corpo de Mary triscou de medo, cada músculo eletrizado. Seus olhos arregalaram e as pupilas dilataram, e ela começou a se debater, mas as cintas a mantiveram no lugar. Depois de alguns instantes de euforia, ela ficou mole.

— Fique calma. Vai acabar logo.

Ela transbordou em soluços.

Debrucei sobre as coxas dela e abri um corte horizontal logo abaixo do umbigo. A pele era macia como veludo. Foi uma pena ter que cortá-la. Sangue escorreu pela mesa e pingou no lençol. Ela gemeu baixinho. Puxei a manga da camisa e enfiei o braço. Gosto de sentir a pele esquentando enquanto procuro a criança escondida lá dentro. Toquei em algo macio. Consegui estourar a bolsa com as unhas. Um líquido incolor escorreu, molhando minha calça. Não havia mais volta.

Mary se calou. Provavelmente desmaiou.

Era melhor assim.

Não demorei quase nada para encontrar o bebê. Estou ficando cada vez melhor. A prática leva à perfeição. Arranquei-o lá de dentro com cuidado, puxando-o pelas perninhas frágeis.

Meus olhos brilharam.

Como era linda aquela menina de bochechas grandes e cabelos claros empapados. Ela chorou quando a lâmpada iluminou seu rosto, como se soubesse tudo sobre a podridão que a espera naquele novo mundo onde fora condenada a viver.

Cortei o cordão umbilical, libertando-a.

Naquele momento, ela passou a me pertencer.

— Olá. — Aproximei-a do peito, sujando de sangue meu suéter xadrez.

Ela agarrou meu polegar.

— Venham ver sua irmãzinha — disse aos meus filhos.

Eles se aproximaram.

Abaixei para que o menorzinho pudesse vê-la também.

— Qual o nome dela? — perguntou ele com aquela voz meiga e feição curiosa.

Olhei para minha esposa. Nós havíamos conversado sobre o comportamento dela nos últimos meses e, depois de ela implorar tanto, acabei autorizando que ela escolhesse o nome daquela vez.

— Ela pode ter o mesmo nome que eu? — perguntou minha esposa.

Sorri. Havia sangue no meu rosto.

— É você quem escolhe — respondi.

Eu lhe entreguei a criança e ela agradeceu.

— Posso limpá-la?

Assenti.

Ela saiu pelo corredor, paparicando a bebê.

Voltei ao trabalho.

Limpei as mãos na toalha, pois ainda não tinha concluído minha obra. Soltei as amarras que prendiam Mary e a ajudei a levantar da mesa.

— Vamos pra floresta — cochichei.

Mary mal conseguia se mexer.

52
Anchorage, Alasca
3 de janeiro de 1994

Depois de uma rápida parada na delegacia, onde telefonou para a mãe, Gustavo observava a tundra lutando contra o asfalto para recuperar seus domínios. Perguntou-se como conseguira passar a vida sem perceber a simetria das árvores. A natureza cintilava nas colinas, de um jeito que nunca vira antes. Por um momento, sentiu que voltava no tempo, correndo pela neve, brincando de polícia e ladrão em lugares parecidos àquele. Lembrou-se do inverno em que quebrou o braço num passeio escolar, e do dia em que quase foi atacado por lobos quando saiu da trilha depois de pescar no lago Clark.

A verdade só pode ser vislumbrada pelos olhos da morte.

Um caminhão-baú passou derrapando na pista contrária.

Gustavo sentiu um repentino mal-estar.

— Posso te fazer uma pergunta? — Encarou o velocímetro no painel e voltou a atenção às árvores. — Acha que o supervisor tinha razão quando ele negou uma possível ligação entre o Adam e o Homem de Palha?

Allegra olhou para ele com o canto dos olhos.

— Você não cansa nunca?

— Eu?

— É. Pega leve. — Ela engatou a quinta e a traseira da viatura balançou. — Estava no hospital até duas horas atrás.

— A sopa de legumes me deixou elétrico — riu Gustavo.

— Só pode ser.

— E então?

— E então que é difícil dizer sem saber o que motivou o Adam a fazer aquilo. A princípio, não achamos nada relevante. A autópsia não mostrou vestígio de palha no xerife ou no vigia.

— E a causa das mortes?

— Disparos de arma de fogo.

Gustavo fungou.

— O que foi? — indagou Allegra. — Acha que pode ter algo mais?

— Depois do que ele fez, não dá pra descartar. — Gustavo abriu o vidro e cuspiu o chiclete sem gosto que ganhara na lanchonete. O vento cortante gelou suas bochechas. — Agora me fale sobre a garota que está desaparecida.

Allegra tornou a olhá-lo.

— Energia da sopa de legumes?

— Pode crer.

— Tá bom. — Ela sorriu. — O nome dela é Gabriela Castillo, tem 16 anos e vive com a mãe num dos bairros mais violentos da cidade.

— Vida difícil? — Gustavo sacou o bloquinho de notas.

— Ao que tudo indica, sim. Moram num apartamento alugado no nome de um traficante conhecido da polícia. Na verdade, parece que o prédio todo pertence ao mesmo cara — contou. — A mãe disse que ela sumiu na madrugada do dia 31, mas que só avisou as autoridades dois dias depois porque pensou que ela estivesse na casa do namorado. — Apontou para uma pasta de couro no banco de trás. — Ela estava de oito meses.

Gustavo esticou o braço com cuidado e abriu o arquivo. Olhou para os papéis e, ao ver apenas uma foto e uma cópia da certidão de nascimento expedida no México, indagou:

— É tudo o que temos?

— As duas são mexicanas. Entraram ilegalmente no país em 1987. — Allegra olhou rapidamente para os papéis. — Não vamos conseguir muito mais do que isso.

Gustavo abaixou a cabeça.

Os avós de Claire eram mexicanos.

— Ainda estão ilegais, ou se regularizaram?

— Ilegais ainda.

Gustavo esfregou o rosto com as mãos.

— Avisaram o Departamento de Imigração? — perguntou, sem desviar os olhos da fotografia, que fora tirada num parque aquático quando Gabriela tinha uns dez anos.

— Que eu saiba, não.

— Melhor assim. Identificaram o pai da criança?

Allegra fez que sim.

— É um traficante que mora no mesmo bairro. Ele disse que não recebeu qualquer ligação ou visita estranha, e que nem sabia da existência de um assassino em série na região.

— Estão de olho nele?

— Temos agentes vigiando.

Depois de uma curva brusca, a penitenciária surgiu. O Complexo Correcional de Anchorage ficava numa área de cinco hectares ao norte da cidade, totalmente fechada com cercas de arame farpado e placas alertando os visitantes de que mantivessem distância. Parte do complexo tinha sido construída dezenas de anos antes por um grupo de dissidentes fundamentalistas que haviam erguido um prédio para usá-lo como local de pregação religiosa.

Houve alguns problemas durante o processo, e o Estado acabou adquirindo a propriedade. Seis meses de reformas e ampliações e o edifício se tornou uma penitenciária.

Quando estacionaram numa vaga destinada aos funcionários, Gustavo saiu da viatura e pisou no asfalto úmido de neve derretida. O sol brilhava acima da sua cabeça — um clarão de esperança entre as nuvens alaranjadas que passeavam pelas colinas.

Cruzaram o estacionamento até encontrarem dois guardas parrudos com espingardas. Allegra explicou que eram agentes e tinham uma visita supervisionada marcada para as duas da tarde. Eles os conduziram pelo acesso principal até um portão de ferro fundido atrás da guarita. Um deles apertou a campainha.

— Sim? — disse alguém pelo interfone.

— Os policiais estão aqui.

O portão foi destrancado. Gustavo e Allegra atravessaram o corredor e entraram numa sala aquecida onde estavam o diretor da penitenciária e outro agente da equipe designada para o caso Cabana Inuíte.

Um figurão do departamento, que devia ter aproximadamente 55 anos, avançou com uma expressão orgulhosa e enérgica.

— Chegaram na hora. — Ele falava depressa, e olhava para Allegra de forma sedutora. — Estão prontos?

— Vamos lá — disse Gustavo, vendo a carranca do diretor atrás da mesa. — Algum problema?

O figurão olhou para o diretor.

— É que seu amigo não permitiu que os guardas o levassem à sala de interrogatório. Não deixou nem que o tocassem. — Ajeitou a gola do pulôver. — Insiste que só vai falar com você em particular.

Gustavo se sentiu desconfortável.

— Tudo bem — disse.

— Quando entrar, pergunte ao filho da puta se ele não quer um cafezinho com bolacha também — resmungou o diretor.

Fez-se silêncio.

— Me levem à cela e arrumem um gravador — disse Gustavo. — Deixe que com ele eu me viro.

Um guarda com cassetete na cintura acompanhou Gustavo até a ala dois, para onde eram levados os presos preventivos. Deixando a claridade do sol para trás, eles acessaram um amplo corredor com grades em ambos os lados que dava numa cela separada, em cuja cama Adam estava deitado. Ele vestia um macacão laranja e olhava para o teto de cimento, com os dedos entrelaçados atrás da cabeça.

O guarda pegou um molho de chaves e destrancou o cadeado.

Gustavo entrou.

— Estou aqui, como você pediu — disse, mostrando o gravador. — Querem que eu grave a conversa.

— Não me importo. — Adam sentou no colchão. — Como você está?

Gustavo não respondeu. Não havia clima para bate-papo.

— Conversou com a Clotilde? — emendou Adam. — Não sei por quê, mas não a deixaram entrar no horário de visitas.

— Não conversei, mas ela vai ficar bem.

— Se a encontrar, diga pra não se preocupar. Que estou tentando fazer a coisa certa desta vez.

— Direi.

Adam respirou fundo.

Fez-se um silêncio pesado na cela.

— Passei as últimas horas pensando em como te pedir desculpas, mas concluí que não adiantaria. — A voz de Adam tremia. — Não esperava que você estivesse lá. Não queria fazer aquilo. A última coisa que queria ter feito era te machucar, mas eu perdi o controle.

Gustavo deu uma volta na cela, passando ao lado do vaso e da pia metálica que ficavam no canto.

— E eu não esperava ouvir uma versão diferente. — Ele parou perto das grades. — Mas você deve saber que não é por isso que estou aqui.

— Sei.

— Allegra me contou sobre seu depoimento. — Gustavo olhou para Adam, cujo rosto se contraía num tique nervoso. — O que quero descobrir é o motivo de você ter recebido aquela carta, quem a enviou e por que você matou o xerife de Palmer.

Adam colocou as mãos na frente da boca e as baforou.

— Não sei quem mandou as cartas, mas sei por que fui um dos que as receberam — revelou, enrijecendo os ombros. — Tudo tem a ver com aquele maldito eremita.

— Landon Klay? — indagou Gustavo.

— L.L.K. — disse Adam, pausadamente. — Landon Lionel Klay, pelo menos era este o suposto nome dele.

— Conheço a história — Gustavo assentiu. — Quero saber o que ele tem a ver com isso.

— Antes, quero que saiba que me arrependo de tudo. Por isso decidi contar. Eu matei o xerife porque ele queria revelar o que fizemos com Landon na noite do incêndio — disse Adam. — Não fiz aquilo sozinho. Nem teria como. De todos os envolvidos nessa merda, sou o único que ainda pode revelar o que aconteceu.

Gustavo se aproximou de Adam.

— E por que os outros não podem?

— Alguém matou todos eles. — Adam olhou para o chão. — Um por um.

53
Palmer, Alasca
20 de novembro de 1992
Dois anos antes

Era tarde da noite quando Adam acendeu outro charuto e soprou a fumaça para o alto, misturando-a ao ar úmido. Fazia muito frio naquele galpão rural de madeira onde, às sextas-feiras, costumavam jogar baralho e falar sobre negócios.

— Eu pago. — Adam olhou para as cartas na mão.

Valete e dama de paus.

Sentado na outra ponta, o xerife de Palmer, Arnold Tremper, bebeu o resto de uísque do copo e virou o *flop*, mostrando as três primeiras cartas da vigésima rodada de pôquer da noite.

Nove de ouros, dois de paus e três de paus.

— Mas isso é uma maravilha — gracejou o policial Gonzalo Cuerva quando viu as cartas.

Adam manteve a expressão séria, como um verdadeiro campeão. Ele fingiu olhar para os montes de feno empilhados no fundo do galpão, mas estava atento às expressões do adversário, pois sabia que Gonzalo não jogava porcaria nenhuma e costumava resmungar bastante quando tinha pouca chance de vencer.

— Aposto mais quinze. — Gonzalo atirou as fichas na mesa.

Adam jogou outra carta com um movimento dos dedos.

Cinco de espadas.

Gonzalo gargalhou.

Naquele instante, o dono da fazenda entrou no galpão com um litro de uísque embaixo do braço e sentou no lugar onde estava.

— Vai deixar o blefador levar o dinheiro? — Olhou para Adam enquanto passava a mão na cabeça de Gonzalo.

— Vai tomar no cu, Ed — esbravejou Gonzalo, apostando mais vinte dólares. — Compre mais fichas se quiser dar algum palpite.

Ed Tremper riu e encheu o copo do irmão.

Dez de paus. Todas as cartas estavam na mesa.

— *All-in.* Aposto tudo — anunciou Gonzalo, empurrando o resto das fichas para o centro da mesa. Ele tentava esconder suas emoções, mas não conseguia. — Vai pagar ou se esconder no meio do feno? — provocou, imitando uma galinha.

Adam pigarreou, fazendo sinal para que enchessem seu copo. Bebeu. Pensou um pouco e, fazendo charme, por fim pagou.

Os olhos de Arnold e Ed cresceram quando Gonzalo mostrou o jogo.

— Trinca de noves — vangloriou-se ele. — Achou que era blefe?

— Achei. — Adam deu outra tragada no charuto. — Ainda bem que tenho um *flush*. — Posicionou suas cartas ao lado das outras.

— Filho da puta! — exclamou Gonzalo, incrédulo.

Os outros caíram na gargalhada.

— Não adianta, Gonzalo — caçoou Ed. — Você continua sendo um grande amador.

Deixando o baralho em segundo plano, os quatro beberam e fumaram por mais algum tempo, até que Adam saiu para o curral para urinar. A noite estava fria, e a lua ofuscava as estrelas mais próximas dela. Adam só escutava o estrilar dos grilos embaixo do galpão. Ele encheu os pulmões de ar. Estava mesmo precisando de um descanso depois daquela semana difícil. Três prisões em flagrante e duas pessoas baleadas depois de uma briga de bar não era algo que acontecia sempre na cidade. Cuspiu no chão.

Pelo menos tinha conseguido resolver tudo.

Ou quase tudo.

Olhou para trás quando escutou o latido do malamute que vigiava a fazenda.

— Mas que porcaria é essa? — murmurou Adam, ao ver que uma caminhonete se aproximava pela estrada de terra. O motorista freou pouco antes de bater numa cerca. — Puta merda!

Sem desligar o motor, o velho Carlo Cabarca abriu a porta da caminhonete e quase caiu ao sair dela. Apoiou-se no capô durante um momento.

Estava bêbado. Os faróis ligados iluminaram seu rosto inchado e as roupas molhadas quando se aproximou cambaleando. O para-choque da caminhonete estava amassado e com manchas de sangue.

— Que merda você fez agora?! — gritou Adam.

Cabarca tropeçou nos cadarços e caiu no lamaçal.

O cheiro de álcool pairava no ar.

Deixando Cabarca no chão, Adam foi até a caminhonete e analisou as marcas. Passou o dedo sobre elas e as olhou de perto. *Sangue.* Desligou o motor. Um litro de vodca vazio estava no banco.

O movimento no curral logo chamou a atenção.

— É o Carlo Cabarca? — Arnold virou Cabarca com os pés, deitando-o de costas para que pudesse ver seu rosto.

— Perdeu o rumo de casa. — Ed começou a rir.

Adam continuava abaixado ao lado do para-choque.

— Tem sangue aqui. — Ele mostrou os dedos manchados.

— O filho da mãe deve ter atropelado um bicho — sugeriu Ed, chegando mais perto para conferir a mancha.

Gonzalo, que ainda estava com um pé no galpão, deu uma última tragada no cigarro e atirou-o longe. A guimba voou pelo gramado. Tomando cuidado para não se sujar, ele contornou o barro pela lateral da caminhonete.

A distância, o malamute não parava de latir.

— Já chega! — ralhou Ed com o cão.

Novamente se ouviam apenas os grilos.

— Venham dar uma olhada nisso — gaguejou Gonzalo.

Adam deu a volta e olhou dentro da caçamba da caminhonete.

— Eu falei que envolver esse filho da puta no esquema ia dar merda. — Arnold socou a lataria.

Jogado na caçamba, com sangue saindo pelo nariz e pelas orelhas, jazia um homem parcialmente coberto com uma lona. Havia um ferimento enorme atrás da cabeça dele, os cabelos longos estavam empapados de sangue e barro e o braço direito estava quase desprendido do corpo.

— Evite chamar a atenção... Evite chamar a atenção... — Arnold pegou o revólver da cinta e o apontou para a cabeça de Cabarca, estirado no barro. — Deveríamos dar um tiro nesse pedaço de merda.

Adam o impediu.

— Ninguém vai atirar em ninguém. Precisaremos dele quando o carregamento chegar.

Começou a arrepender-se de ter envolvido Cabarca no esquema, mesmo que não houvesse outra opção. Eles haviam tido problemas com o último barco de cocaína que chegara da América do Sul um mês antes. Se não tivessem desembolsado uma quantia razoável para comprar o silêncio do fiscal do porto, o esquema teria ido por água abaixo. Quando decidiram parar, o fornecedor colombiano telefonou enfurecido dizendo que outro carregamento tinha partido de Cali dois dias antes. Foi naquele momento que envolveram Cabarca, tio do fiscal que estaria no porto na madrugada em que o barco chegaria.

Gonzalo abriu a caçamba da caminhonete e removeu a lona.

Ambas as pernas do homem tinham fraturas expostas que sobressaíam da calça rasgada.

— É aquele maluco que vive nas montanhas. — Ed apontou a lanterna para o rosto do homem. Ele tinha barba e faltavam-lhe alguns dentes.

— Merda!

Tiraram Cabarca da poça de barro e o arrastaram para o galpão.

— Acorde, seu traste. — Arnold lhe estapeou no rosto.

— Eu... — Cabarca tinha vômito no queixo. — Eu não consegui desviar. O filho da puta estava andando no asfalto.

Ed jogou um copo de uísque no rosto de Cabarca.

— Você foi pra outro lugar antes de vir aqui? — indagou Adam.

Cabarca fez que não.

— Alguém viu o que aconteceu? — emendou Arnold.

— Acho que não — respondeu Cabarca. — Foi na estrada que corta o bosque em Riacho do Alce. Ninguém anda naquele lugar de noite.

— Tudo bem — disse Adam com a voz calma, mesmo que quisesse enfiar uma bala na cabeça de Cabarca.

Deixaram-no ali deitado e se reuniram no curral.

— O que vamos fazer? — perguntou Gonzalo. — O barco vai chegar amanhã.

Adam colocou as mãos na parede, como se quisesse derrubar o galpão.

— Vamos matar o velho e sumir com os corpos — opinou Arnold. — Ninguém vai notar a falta desses merdas.

— E vamos dizer o que pro bosta do sobrinho? — Adam rangeu os dentes. — Que o tio desapareceu um dia antes do barco chegar?

— Acho que tenho uma ideia. — Ed chutou um monte de lama. — O eremita está morto de qualquer jeito. Vamos levar o corpo pra cabana dele e tacar fogo com ele dentro.

— E quando a autópsia descobrir as pernas quebradas? — Arnold fez uma concha com a mão para acender o cigarro.

— Tem uma ideia melhor? — perguntou Ed para o irmão.

Todos ficaram em silêncio.

— Tenho um amigo que é legista em Anchorage. — Adam virou de costas e olhou o gramado. — Como policiais, seremos os primeiros a chegar ao local do incêndio. Assim que os bombeiros aparecerem, nós encaminhamos o corpo, e o legista de lá faz o resto do serviço.

— Parece uma boa.

Adam olhou para os irmãos Tremper.

— Seu amigo é confiável? — Arnold perguntou.

— Não é a primeira vez que ele vai me livrar de alguma enrascada.

— Que seja, então.

* * *

Anchorage, Alasca
3 de janeiro de 1994

Um guarda apareceu no corredor para checar se Gustavo estava tendo problemas.

— Tudo bem aí?

Gustavo assentiu e pediu para o guarda sair.

Quando ele se afastou e bateu a porta do fim do corredor, Adam levantou da cama e continuou:

— Uns quinze dias depois, todos começamos a receber ligações de madrugada. A primeira vez foi a Clotilde que atendeu. Ela disse que só ouviu uma voz estranha balbuciando "L.L.K.". — Escorou-se nas grades. — Os rapazes me contaram que o mesmo aconteceu com eles nas noites seguintes. Passamos semanas tentando rastrear as ligações, mas não deu em nada.

Gustavo manteve a expressão séria.

— Então, de uma hora pra outra, elas pararam. As coisas ficaram calmas por um tempo. Até que três dias antes do Natal tudo começou de novo. "L.L.K.". Era só isso que o filho da mãe soletrava no telefone. — Os olhos assustados de Adam percorreram a cela. — No mesmo dia, falei com os rapazes. Disse para ficarmos de olhos abertos. Alguém sabia da merda que tínhamos feito com o Landon Klay.

— E as cartas?

— Elas começaram a chegar depois que o Ed, o Gonzalo e o Cabarca foram encontrados mortos no mesmo local onde aconteceu o acidente em 1992 — continuou Adam. — Na madrugada do Natal, o Arnold me ligou dizendo que o Ed e o Gonzalo tinham desaparecido.

Gustavo pegou o bloquinho do bolso.

— À 1h33 — disse.

— Como você sabe?

— Temos bons investigadores — respondeu Gustavo. — Também descobriram que às 1h38 você tentou ligar pra casa do Cabarca, mas não conseguiu. E, um minuto depois, telefonou para um número residencial em Anchorage, que agora sei que era do Thorwald Morris, o legista assassinado. Queria alertá-los sobre algo?

— Sobre o sumiço do Ed e do Gonzalo — confirmou Adam.

Gustavo folheou suas anotações.

— Lembra-se de quando me ligou no motel, pedindo que eu fosse ao local? — prosseguiu Gustavo, sem esperar a resposta de Adam. — A ligação foi às 2h14, mas a polícia só recebeu a chamada anônima vinte minutos depois. Por que você queria que eu chegasse até lá antes da polícia?

Adam titubeou.

— Antes de falar, quero que prometa que vai tirar a Clotilde da cidade. Garanta que ela fique longe daqui — pediu ele. — A casa na Flórida está pronta. Diga pra ela ir pra lá.

— Ele está usando a Clotilde pra te chantagear? Ameaçando-a pra que você faça o que ele pede? — Gustavo se lembrou dos companheiros das vítimas que foram usados pelo assassino.

— Ele quem?

— Esperava que você pudesse me dizer.

— Eu não sei quem ele é, Gustavo. Só sei que é um psicopata da pior espécie. Mais lunático que todos esses malucos que a gente assiste na TV.

— O Homem de Palha?

— Não sei. — Adam suspirou.

— Havia um bonequinho de palha dentro da boca dos seus companheiros. — Gustavo tratou de lhe refrescar a memória.

— Eu sei, mas talvez seja outra pessoa.

— Está sugerindo que são dois assassinos?

— Não sei. Você está trabalhando no caso, não eu — respondeu Adam, alterando-se. — Eu nunca vi o filho da puta. Nem mesmo escutei a voz verdadeira dele. Não faço a mínima ideia de quem seja. Não posso te ajudar a pegá-lo, mesmo que quisesse. Só quero que você me prometa que vai tirar a Clotilde da cidade.

— Farei o possível — concordou Gustavo.

Adam o encarou.

— Tome cuidado. Esse cara é esperto. Ele queria você na autoestrada antes da polícia e na equipe de investigação — revelou. — No fim, você sempre está onde ele quer que você esteja.

54

Gustavo saiu da penitenciária aquecendo as mãos. Seus dedos estavam dormentes, começando a ficar roxos.

— É inacreditável pensar que fizeram aquilo com Landon Klay. — Allegra engatou a ré e olhou o retrovisor.

— Dizem que ele não tinha amigos nem família — comentou Gustavo.

— Logo, imaginaram que ninguém iria exigir uma investigação mais profunda.

— E estavam certos. Ninguém investigou. Agora precisamos ir à montanha. Alguém deve ter tido contato com esse cara, saber seu verdadeiro nome. Qualquer coisa que possa ajudar.

Gustavo olhou Allegra de canto. Ela não tinha qualquer receio de colocar para fora tudo o que pensava, mesmo que tivesse de acertar o departamento onde trabalhava.

— E a hipótese dos dois assassinos? — prosseguiu ela. — O que acha?

— Cogitei isso há alguns dias. — Gustavo se acomodou melhor no banco. — Por que alguém obcecado por mulheres grávidas começaria a matar policiais e médicos? Aí comecei a pensar nos bonecos enfiados nos corpos e concluí que tudo está interligado. Se pegarmos o assassino, pegamos o Homem de Palha.

Allegra apertou os lábios numa expressão indecisa.

— E Landon Klay é a chave.

— Talvez.

O carro deu um solavanco quando passaram por um desnível.

Gustavo pôs a mão no ombro dolorido, fechou os olhos e os manteve assim por um tempo. *Você sempre está onde ele quer que você esteja.* Não tinha certeza do que fazer. Se revelasse a Allegra aquele trecho da conversa com Adam, ela poderia afastá-lo do caso. E ele não queria ser afastado. Tinha ido longe demais para que o tirassem do jogo. Abriu os olhos e fitou Allegra de soslaio. Os cabelos ondulados dela balançavam com o vento quente que saía do aquecedor.

— Consegue convencer alguém a colocar um policial na casa da Clotilde? Pelo menos por alguns dias? — Ele apoiou a cabeça no banco. — Sei que o Adam não merece porcaria nenhuma, mas a Clotilde não tem nada a ver com isso.

— Verei o que dá pra fazer.

Gustavo agradeceu.

Allegra dirigiu até a delegacia no centro da cidade. Quando chegaram, pegou o controle do portão no porta-luvas e o acionou. Enquanto o portão de ferro da garagem levantava rangendo, duas crianças com uniforme de escola passaram pela calçada e acenaram.

— Conhece? — Gustavo retribuiu o aceno deles.

— Não — respondeu Allegra. — Seus pais nunca te disseram pra ser gentil com policiais?

Gustavo riu.

— Meus pais sempre diziam pra ficar longe deles.

Ao entrarem, os pneus com tachas estalaram no piso de cimento polido. Um carro vermelho entrou logo atrás deles, ultrapassou-os pela lateral e parou na vaga embaixo de uma lâmpada que tremeluzia. Era Edgar Causing, o supervisor do departamento. Gustavo não conhecia o chefe da delegacia, mas percebeu que Allegra hesitou em parar na vaga ao lado quando Edgar acenou para ela.

— Prado? — perguntou ele.

— Sr. Causing? — Gustavo estendeu a mão.

Edgar tinha traços austeros, que contradiziam sua expressão animada.

— Como está o braço? — Cumprimentou-o com cuidado, meio sem jeito. — Te trataram bem no hospital?

— Melhor do que em casa — brincou Gustavo.

Edgar ficou observando Allegra sair da viatura.

— Como foram na penitenciária?

— Fomos bem, senhor. — Allegra amarrou o cabelo e postou-se ao lado dele. — Conseguimos informações importantes.

— Bom. — Edgar caminhou para as escadas. Ficou alguns instantes em silêncio, ensaiando o que dizer. Voltou a falar quando estavam quase na recepção. — Há um jornalista da CNN lá em cima querendo falar com vocês. Parece que vão fazer um especial sobre o nosso assassino durante o jornal noturno e querem que vocês participem.

Gustavo apenas ouviu.

— Não sei se é uma boa ideia, senhor. — Allegra se empertigou.

Edgar abriu um sorriso.

— Tá brincando? Eu achei excelente. Vai aproximar o departamento da população — explicou. — Teremos a chance de mostrar que estamos fazendo todo o possível pra pegar o desgraçado.

Allegra ergueu uma sobrancelha.

Edgar não disse nada. Havia algo de opressivo no seu silêncio.

— O jornalista está na sua sala. — Ele parou antes do último degrau. — Como é inviável para vocês se deslocarem até a sede da emissora, ele concordou em montar um estúdio improvisado aqui. Sejam cordiais e aceitem o convite. Vai ser rápido.

Allegra coçou o queixo.

Quando chegaram à recepção, Edgar parou no balcão para conversar com um homem de terno. Antes de dar as costas, ele ainda lançou um olhar severo para Gustavo e Allegra, exigindo que eles fizessem o solicitado.

— Sério que vamos aparecer em rede nacional? — ironizou Gustavo, enquanto subiam ao segundo andar. — É a chance que faltava pra eu conseguir um papel no próximo *Exterminador*.

Allegra balançou a cabeça.

— Alguém já te contou que ele tem intenções políticas? — retrucou ela. — Quer ser congressista. Só está querendo marketing.

— Então por que ele mesmo não dá a entrevista?

— Edgar é um pé no saco. — Allegra bufou com desdém. — Acho que nem a imprensa o suporta. Além do mais, você que é a estrela. Não foi ele que levou um tiro e teve o resgate transmitido ao vivo.

— Será que o Schwarzenegger viu minha atuação?

— Você se acha muito engraçado, não é? — Foi em direção à máquina de café. — Meu queixo caiu de ele não ter te pedido pra citar o nome dele durante a entrevista.

— Ainda dá tempo.

— Nem brinca.

Do fim do corredor, Gustavo enxergou um homem de camisa social no escritório. Estava de pernas cruzadas, folheando uma revista.

— Vai querer café? — ofereceu Allegra.

— Pode ser.

Quando Allegra entregou o copo fumegante, Lena surgiu na escadaria carregando uma caixa de papelão em forma de arquivo que quase escondia seu rosto.

— Já estão de volta? — indagou Lena.

— Chegamos agora. — Gustavo olhou para a caixa. — Eu a ajudaria com isso, mas ficarei meio inútil por alguns dias. — Mostrou o braço.

— Tudo bem. Eu consigo carregar sozinha.

Allegra curvou-se para olhar o escritório e fez um gesto de rejeição quando viu o homem sentado ali.

— Ele está esperando há muito tempo?

— Uns quinze minutos — cochichou Lena. — Mas antes passou quase uma hora fechado na sala com o Edgar.

— Acertando detalhes e garantindo que não iríamos recusar a entrevista?

— Provavelmente.

Entraram no escritório.

O repórter era grande e gorducho. Sua enorme barriga travava uma batalha épica contra os botões da camisa social e, em pelo menos um ponto, estava vencendo. Pelo rosto gentil embaixo dos óculos de grau, era possível presumir que a emissora o enviara de propósito.

Cumprimentaram-se.

— Então é você que veio nos convencer? — indagou Allegra de supetão, mantendo um tom cordial.

O repórter abriu os braços.

— Pensei que tudo estivesse acertado. — A voz dele era gentil e afeminada. — Já falei com o senhor...

— Causing — respondeu Allegra. — Edgar Causing.

— É. Achei que ele tivesse conversado com vocês. — Ele levantou da cadeira com dificuldade, entregando uma folha para ela. — Essas são as perguntas que ele concordou que fizéssemos.

Allegra correu os olhos por elas.

— A CNN faz questão de que participem. — O repórter mexeu na haste dos óculos. — Vocês não precisam se preocupar com nada. A entrevista não deve durar mais do que cinco minutos.

Allegra se recostou na cadeira atrás da mesa e olhou para Lena, que tirava pastas velhas de dentro da caixa e as colocava sobre a mesa. Depois de um longo suspiro, ela encarou Gustavo.

— Cinco minutinhos — reforçou o repórter.

Gustavo deu de ombros, indicando que Allegra fizesse o que achasse melhor. Lembrou que, em Riacho do Alce, quando a rádio local telefonava pedindo entrevista, era sempre Adam quem dava a palavra final. Ele ordenava e os agentes obedeciam. Aquela era a regra. Em geral, Gustavo conseguia se livrar dos microfones. Odiava-os. Guardadas as devidas proporções, imaginou que em Anchorage as coisas não deviam ser diferentes e, pela expressão rabugenta de Allegra, sabia que ela se sentia obrigada a aceitar.

— Quando será a entrevista? — perguntou ela, por fim.

— Hoje, às nove da noite. — O repórter deu uma boa olhada ao redor. — Se autorizarem, podemos fazer aqui mesmo. Essa perspectiva com a cidade ao fundo é perfeita. — Enquadrou o cenário com as mãos.

— Tudo bem — disse ela.

O repórter comemorou. Ele agradeceu e saiu do escritório quase saltitando.

Allegra cruzou os braços e ficou olhando para fora.

— Droga! — Pegou o telefone e discou o ramal da recepção. — Ligue pro detetive Dimitri Andreiko e passe a ligação.

Gustavo e Lena trocaram olhares.

— Não me diga que tinham um encontro? — insinuou Lena.

Allegra bebeu um pouco de café.

— Não é da sua conta.

55

Gabriela sentiu uma lágrima percorrer o caminho de sal que outras lágrimas tinham deixado. Fechou a boca e respirou pelo nariz. O ar morno com cheiro de urina fazia o desespero bater na porta da sua alma. *Não vai entrar*, dizia para si, num deprimido lamento. *Não vai entrar.* Respirou de novo. Sua boca estava seca e rachada. Tentou engolir saliva, mas mesmo aquilo tinha parado de descer. Já bebera toda a água. No canto da caixa, restavam apenas as garrafas vazias. Ela deveria tê-las racionado. Sentiu-se culpada da própria desgraça. Mas o que poderia ter feito? Tinha passado a última hora gastando energia, esforçando-se para sair.

Preciso de água.

Teve vontade de gritar a plenos pulmões, fazendo com que o mundo todo escutasse e soubesse onde estava.

Manteve a calma. De nada adiantaria fazer aquilo.

Havia algum tempo colocara em prática um novo plano: colar as costas contra uma das paredes da caixa, apoiar os pés na outra e empurrar com toda força. *Três, quatro, cinco.* Gemia. Os dentes rangiam. *Sete, oito, nove.* Contava mentalmente cada segundo que aguentava até que seus músculos começassem a doer. *Dez.* Descansava enquanto a dor diminuía.

Repetiu aquele movimento dezenas de vezes. Àquela altura, quase à beira da exaustão, gotas de suor escorriam pelo seu rosto. Colocou as mãos no chão, pegajoso de suor e urina. Tentou ajeitar o corpo em alguma posição confortável no pequeno espaço que seu casulo proporcionava.

Será que é assim que borboletas se sentem? Não. Borboletas não têm barriga.

— Tenha calma, bebê. — Ela acariciou sua barriga. — Vamos dar um jeito de sair daqui.

Já perdera a conta de quantos dias haviam passado sem que ninguém descesse, mesmo ela tendo gritado sem parar, imaginando que apareceriam para ordenar que ficasse quieta. O lugar estava silencioso desde que tinha começado a se concentrar nos barulhos.

Passos no andar de cima.

Um motor elétrico.

Choro de criança.

Tudo cessara havia algum tempo.

Gabriela chegou a pensar que tudo só tinha acontecido dentro da sua cabeça. E as coisas ficaram mais difíceis quando cogitou que a tinham deixado para morrer. Sentiu o sangue pulsando nas orelhas. *Quanto tempo uma pessoa vive sem água?* Certa vez, um programa de televisão dissera que a água era o principal problema para alguém perdido. Um ser humano consegue sobreviver semanas sem comida. Mas sem água era diferente. Bastariam alguns dias para que a morte viesse. *Quantos dias?* Não lembrava.

Fechou os olhos e apoiou a cabeça para descansar.

Os músculos das coxas espasmavam enquanto Gabriela era dominada por uma sonolência. Esfregou os olhos. Não queria dormir. Fizera quase só isso nos últimos dias. Manteve os olhos abertos, encarando o escuro, pensando em coisa nenhuma. Abertos. Fechados. Não fazia diferença.

Caiu no sono.

Muito tempo depois, três horas ou mais, despertou de sobressalto ao ouvir alguém abrindo o porão. Com o barulho das chaves veio a claridade de fora e, em menos de um segundo, tudo escureceu e silenciou novamente. Gabriela prendeu a respiração. Não ouvia nada, mas sentia alguma presença. *Deve ser a mulher. O que ela está esperando?* Logo o medo tomou conta dela. *E se não for ela?* Voltou a respirar. *E se for... ele?* Era esquisito sentir tanto pavor de alguém que nem conhecia.

— Quem está aí? — arriscou Gabriela.

— Shhh — assoprou alguém. — Vai incomodar as crianças.

Gabriela sentiu um peso sendo tirado das costas.

— Por favor. Estou sem água — reclamou, numa voz sofrível. — Eu e o bebê vamos morrer.

O porão voltou ao silêncio.

— Olá? — chamou Gabriela. — Você está aí?

A mulher começou a cochichar para si:

— O bebê vai morrer sem água. E ele não vai gostar. Mas vai me machucar se descobrir que eu vim aqui. Ele não vai descobrir. Ele está na floresta, e não vai voltar tão cedo.

— Só estou pedindo um copo d'água — implorou Gabriela.

— Coitada. Ela só quer um pouco de água.

Gabriela ouviu a mulher se afastar. Alguma coisa caiu, foi difícil identificar o quê. Ouviu a torneira e a água escorrendo. Vibrou. Tinha conseguido. Usando a ponta dos dedos, massageou os músculos das coxas. Queria estar preparada para quando a mulher abrisse a caixa. Não podia perder aquela chance. Talvez fosse a única.

O barulho da água parou e a mulher aproximou-se. Gabriela apoiou as mãos no chão e dobrou os joelhos. Quando a mulher abrisse o cadeado, ela empurraria com toda a força e correria. Antes de engravidar, tinha feito um semestre de atletismo no colégio. Ainda lembrava-se das dicas que o treinador dera de como conseguir uma boa arrancada.

— Obrigada por fazer isso — disse ela, com uma voz meiga, temendo que a mulher desistisse na última hora.

O barulho de um pino metálico sendo desencaixado no alto da caixa fez o coração de Gabriela disparar. Ela colou o ouvido na madeira. Quando a tampa abriu, ela levantou empurrando tudo. O copo de vidro despedaçou no chão.

Gabriela ficou em pé e sentiu o ar fresco entrando nos pulmões. *Liberdade.* Derrubou a mulher e correu em direção a um filete de luz que vinha da fresta inferior de uma porta. Abriu. A claridade da lâmpada inundou o porão. O piso era de madeira, e havia compotas de frutas cristalizadas em estantes suspensas nas paredes.

— Não faça isso. Eu só queria ajudar — suplicou a mulher. — Ele vai me machucar quando descobrir. — Ficou em posição fetal no chão, chorando de soluçar.

Gabriela bateu a porta atrás de si e subiu a escadaria até uma cozinha com mesa de madeira, fogão a lenha e um velho rádio em cima da geladeira. Sentiu uma pontada na barriga. No fim do corredor, crianças de diversas idades brincavam em cima do tapete. Um menino loiro levantou quando a viu. A maneira como ele a encarou fez Gabriela sentir calafrios. Sem tempo para pensar, ela abriu a porta dos fundos. Era noite, fazia frio e não havia lua. Para onde quer que olhasse só enxergava árvores. Respirou fundo. *Liberdade.* E correu o mais rápido que pôde, torcendo para que a escuridão acobertasse seus rastros.

56
Anchorage, Alasca
3 de janeiro de 1994

Gustavo esperou que alguém o instruísse sobre o que deveria fazer assim que chegasse ao estúdio improvisado. Nas últimas horas, ele estivera ocupado lendo as perguntas que seriam feitas e decorando as respostas. Além disso, tinha visitado um barbeiro e duas lojas de departamento para comprar um terno. Odiava microfones e câmeras, mas, já que não tivera como recusar, resolveu vestir-se com elegância.

No meio da sala, próximos da gigante logomarca da CNN, Allegra e o repórter gorducho conversavam, não muito amigavelmente, ao que parecia. Allegra vestia um terninho preto e calçava sapatos de salto. Gustavo agradeceu de não ser o único preocupado com o que vestiria para a ocasião. Atrás deles, no cenário, uma mulher posicionava as banquetas dos convidados, enquanto homens com grandes fones de ouvido testavam o melhor ângulo das câmeras. No outro lado, sentado numa cadeira estofada, o apresentador com cabelo à escovinha empapado de gel dizia frases aleatórias na frente de um espelho, aquecendo os músculos da mandíbula.

Gustavo se sentiu um intruso ali.

Allegra se aproximou e, olhando para o corredor, brincou:

— Por acaso o senhor não viu o Gustavo por aí? Temos uma entrevista e ele ainda não apareceu.

— Infelizmente ele ficou gripado e avisou que não poderá vir. — Gustavo cruzou os braços. — Mandou-me substituí-lo.

— Gripado?

— Não espalhe, mas é só desculpa — confidenciou ele. — Na verdade, ele me contou que prefere ficar em casa enfiando alfinetes nos olhos.

Allegra segurou o riso.

— Pronto para as câmeras?

— E se eu não estiver?

— Tarde demais. — Ela olhou o homem diante do espelho.

Quando faltavam quinze minutos para as nove, um dos operadores de câmera ligou uma TV de tela grande que transmitia ao vivo de Atlanta. O jornal noturno reportava a queda de um avião em Irkutsk, na Sibéria, que deixara 125 mortos. Embaixo da imagem dos destroços da aeronave, lia-se: "Em instantes: Desvendando os mistérios do Homem de Palha".

Gustavo não conseguiu deixar de ficar nervoso quando o repórter os chamou e pediu que sentassem.

Ele suava frio.

Pouco depois, a mesma assistente que arrumava o cenário os ajudou a colocar os pontos eletrônicos com microfones. Assim, poderiam ouvir e responder as perguntas do estúdio principal.

— Isso não vai dar choque? — perguntou Gustavo, quando a assistente disse para colocar o fio por dentro do paletó.

— Não vai, não. — Ela sorriu.

O tempo passou voando enquanto outras notícias eram transmitidas: a queda da economia de países asiáticos e a revitalização dos estádios para a primeira Copa do Mundo nos Estados Unidos. Nada que fizesse os olhos saltar. Os âncoras frisavam o tempo todo a atração mostrada na faixa vermelha inferior.

O Homem de Palha.

Gustavo imaginou quantos milhões de televisões estariam ligadas naquela noite somente para assistir ao que psicólogos, criminalistas e investigadores diriam sobre o novo astro norte-americano. Olhou para o lado. Allegra estava de pernas cruzadas, balançando o pé sem parar. Não era o único nervoso.

Um pouco mais distante, o apresentador trocou algumas palavras com o repórter e depois se aproximou.

— Preparados?

— Não diria que essa é a palavra — respondeu Allegra.

O apresentador abriu um sorriso.

— Vocês veem gente morta com que frequência? Uma vez por semana? — questionou. — Não entendo como podem ter medo de câmeras.

— Os mortos não julgam — disparou Gustavo.

O apresentador riu e foi para seu lugar.

Quando o comercial de um produto de limpeza terminou e o jornal recomeçou, todos olharam para a tela. O cenário que tinham criado em Atlanta era muito parecido com o de Anchorage. A única diferença era que, em Atlanta, havia dois âncoras — um homem e uma mulher — e três convidados: um psicólogo, um criminalista e um psiquiatra.

O volume da trilha jornalística baixou, e a âncora iniciou a apresentação.

— Responsável por diversos crimes brutais que abalaram o país, ele é hoje a pessoa mais procurada pelas autoridades dos Estados Unidos.

A câmera fechou no rosto do outro âncora.

— Todos sabem como age e o que faz, mas hoje tentaremos entrar na mente desse psicopata que vem espalhando terror nos arredores de Anchorage. — A voz dele era grave. — Quem é o Homem de Palha?

— E por que ele faz o que faz? — complementou a mulher.

— Mergulhe na mente desse maníaco junto conosco aqui no *CNN Entrevista*.

A trilha subiu e as câmeras percorreram o cenário pelo alto, filmando todos os convidados de Atlanta enquanto os âncoras os apresentavam um por um. Gustavo nem piscava, seus olhos estavam fixos na TV. Logo estaria em rede nacional.

O apresentador deu uma ajeitada na gravata.

— Agora vamos ao Alasca, onde nosso correspondente Zac Paris está pronto para entrevistar os agentes responsáveis pelo caso — disse a âncora.

A tela foi dividida em duas.

Estou na TV. Gustavo tentou relaxar.

Cinco minutos. Só cinco minutos.

— Boa noite, América — disse o apresentador. Olhando ora para uma câmera, ora para outra, seguindo a luz verde que os operadores acendiam naquela que estava no ar, ele continuou: — Não foi fácil, mas, depois de uma breve pausa nas investigações, conseguimos trazer os agentes Gustavo Prado e Allegra Green para participar deste especial.

— Ele estufou o peito. — Como o tempo que temos com eles é curto, peço que abram os microfones dos convidados para que comecemos a conversa.

Gustavo e Allegra ficaram vinte minutos respondendo aos questionamentos previamente combinados e a mais alguns que fugiram do protocolo. No começo, quando chamaram seu nome, Gustavo temeu que fosse gaguejar, mas acabou ficando à vontade em menos tempo do que imaginou.

Depois das perguntas, os convidados discutiram sobre outros assassinos em série — de Jack, o Estripador, em 1888, passando pelo Assassino do Zodíaco no fim dos anos 1960, até chegar a Ted Bundy nos anos 1970. O psiquiatra passou um tempo explicando a diferença entre psicopatia e sociopatia, e comentou sobre os traumas que podiam levar alguém a cometer esses crimes. O criminalista aproveitou para falar sobre o Açougueiro de Rostov, um maníaco que agira na Rússia por mais de dez anos e ele mesmo ajudara a capturar.

Quando o programa estava quase no fim, Gustavo percebeu que o apresentador o encarava com certa perplexidade.

O refletor fazia seu cabelo à escovinha brilhar, e ele forçava o dedo indicador contra o ouvido, pressionando o ponto eletrônico. A televisão mostrava o criminologista em Atlanta falando sobre as provas do caso. Rapidamente o apresentador fez sinal para que os microfones do estúdio improvisado fossem cortados.

— Mas que porcaria é essa? — ralhou ele com o repórter gorducho.
— Deve ser só um doente querendo aparecer.
— Recebi a informação da direção. Parece que fizeram uma checagem e o cara está dizendo a verdade — respondeu o repórter. — Agora volte pro seu lugar que eles vão colocá-lo no ar.

Gustavo olhou para Allegra.

A âncora em Atlanta interrompeu a fala do criminologista e a imagem foi cortada para Anchorage.

— Pedimos desculpas pela interrupção — improvisou o apresentador —, mas neste momento estamos com alguém na linha que diz ser o verdadeiro responsável pelos crimes creditados ao Homem de Palha. Frisamos que a CNN não costuma fazer isso, mas, pela gravidade da revelação, a direção optou por colocar a ligação no ar.

Gustavo sentiu o coração acelerar. *O que é isso? Como assim colocá-lo no ar? Desligue essa merda!* Evitou demonstrar espanto na frente das câmeras. Olhou para Allegra com o canto dos olhos. Ela aparentava estar tão surpresa quanto ele.

— Alô. Quem está falando? — perguntou o apresentador.

Ouviu-se um chiado.

— Boa noite, Gustavo. — Era perceptível que o suposto assassino mascarava a voz. — Bom saber que sua ferida está melhorando.

Gustavo olhou para o próprio braço escorado na banqueta.

O apresentador tentou intermediar o diálogo.

— Você ligou pra falar com o agente Prado? É com ele que quer falar?

— Cale essa boca suja, Zac — disse o suspeito, com serenidade. — Seja gentil e só a abra de novo quando eu me dirigir a você.

O apresentador franziu a testa.

— Diga, Gustavo — prosseguiu o suspeito. — Como está o ferimento?

As câmeras se voltaram para ele.

Gustavo não tinha a menor ideia do que fazer. Nunca antes estivera numa situação parecida. Pela terceira vez, olhou para Allegra. Ela fez um gesto afirmativo com a cabeça.

— Meu ferimento? — Gustavo movimentou o braço. — Está melhorando. Os médicos disseram que não era tão grave. — Viu a própria imagem na televisão. — Agora me diga, por que devemos acreditar que você é quem diz ser?

O suspeito puxou ar por entre os dentes.

— Não quero falar sobre mim. Por que não me pergunta algo sobre o Homem de Palha? — indagou ele. — Não é ele o motivo desse circo?

— Você sabe de algo?

O suspeito riu.

— Só sei que ele não é quem deveriam estar caçando.

— Entendi — assinalou Gustavo. — Pela apresentação, parece que é você quem deveríamos estar procurando.

Ele não respondeu.

— Vai precisar fazer melhor que isso se quiser ser levado a sério. Aliás, que tipo de assassino liga para uma rede de TV dizendo que estão caçando o cara errado? — emendou Gustavo.

— Do tipo que gosta de aparecer — respondeu Allegra.

As câmeras focaram nela.

Outro ruído na linha telefônica.

O suspeito voltou a falar.

— Olá, Allegra. Vejo que também quer participar. Como está sua vida? Está feliz de ter encontrado alguém com quem se relacionar depois de tanto tempo?

Allegra engoliu em seco.

— O detetive polonês parece um homem decente. Torço muito para que deem certo. — Ele mantinha o tom calmo. — Se um dia ele conseguir te engravidar, talvez eu faça uma visita a vocês.

O repórter gorducho ergueu os braços atrás das câmeras, fazendo sinal para que o apresentador interviesse.

— O que está tentando provar? — indagou Gustavo, com ar de desprezo. — Até agora só ficou de blá-blá-blá, usando um palavreado culto pra cuspir baboseiras sobre coisas que qualquer idiota poderia saber.

Outro instante silencioso.

— Quer mesmo saber do que estou falando, Gustavo? — Nem depois de desafiado o suspeito mudou o tom. — Tomem o local onde encontraram Elsa Rugger como ponto de partida para nossa caça ao tesouro. Siga três quilômetros pela autoestrada e vai encontrar um caminho de terra à esquerda. Só existe ele por ali, não tem como errar. Continue nele até chegar ao riacho e vá costeando-o na direção oeste. Deixei uma coisa lá alguns meses atrás — revelou. — Levem pás e enxadas. Vão precisar. Não é você quem está no comando.

E desligou.

57

Um helicóptero da polícia sobrevoava a montanha quando Gustavo e Allegra estacionaram no fim da estrada de terra, atrás dos furgões da imprensa. Antes de abrir a porta, viram um aglomerado de pessoas com câmeras e microfones tentando transpor a barreira policial.

— Há muita gente aqui. — Gustavo olhou para as fitas amarelas que os flashes iluminavam na escuridão.

— Chegaram depressa — comentou Allegra. — O país inteiro assistiu.

Gustavo saiu da viatura e acelerou o passo quando dois repórteres vieram na sua direção. Enterrando o sapato na neve, ele caminhou até a faixa de isolamento. Não precisou mostrar a identificação para que o deixassem passar. Ventava e fazia tanto frio que a água do riacho tinha congelado. Ele olhou o relógio de pulso. Eram quase onze da noite. Abotoou o paletó, mas não adiantou. Logo começaria a tremer.

Não demorou em notar que havia pegadas na beira do riacho. O azul e o vermelho do alerta das viaturas faziam as árvores, que se curvavam sob o peso da neve, parecerem ter vida própria.

— Tinha muita gente aqui quando chegaram? — perguntou para um dos policiais que compunha a barreira.

— Alguns moradores encontraram o local antes que pudéssemos impedir — informou o policial. — Todos foram retirados assim que chegamos. A maioria está aqui há pouco tempo.

Gustavo murmurou algo e olhou em direção ao oeste. A trilha de pegadas seguia para além de onde as luzes alcançavam.

— Pode me emprestar a lanterna?

O policial enfiou a mão no cinto.

Uma rajada de vento passou assobiando, fazendo flocos de neve rodopiarem em todas as direções. Gustavo sentiu o ar gelado da tundra penetrar nos poros do rosto. Deu dois tapas em cada lado, como fazia sempre que acordava, e começou a caminhar costeando a água. Quando se afastou o suficiente para que o burburinho dos curiosos ficasse inaudível, acendeu a lanterna. Allegra vinha atrás, acompanhando-o de perto, ambos guiados pelo mesmo feixe de luz que mal iluminava a trilha.

Continuaram seguindo as pegadas. Em alguns pontos, a neve estava bastante fofa, o que os obrigava a avançar com esforço.

As copas das árvores escondiam as estrelas.

— Sabe no que estive pensando? — Allegra quebrou o silêncio. — No que motivou o cara a querer falar com você.

Gustavo manteve a lanterna apontada para a frente.

— Sei lá. Talvez seja da cidade.

— Talvez.

Allegra interrompeu o passo.

— O que foi? — Gustavo olhou por sobre o ombro.

— Não tenho certeza. — Ela abaixou a cabeça. — Será que pode ter alguma coisa a ver com Claire?

— Por que está perguntando isso? — Ele falava com dificuldade.

— Lena estava investigando os desaparecimentos e o nome dela apareceu. Quando vimos o arquivo, descobrimos que era sua noiva — explicou. — Imagino que deva ter sido difícil, e não quero fazê-lo voltar ao pior momento da sua vida, mas há coisas de que preciso saber.

Gustavo voltou a caminhar.

Seus pensamentos se voltaram a Claire, para todos os laços que o prenderiam a ela para sempre. Foram anos de relacionamento e incontáveis lembranças. Os sussurros de noite, as piadas sem graça e os jantares queimados. Pequenos detalhes que unem duas vidas. Foram crianças juntos. E amadureceram juntos. Até aquele passeio na mata.

— Não foi nosso cara que a matou, se é isso que quer saber — respondeu ele. — O pai dela reconheceu o corpo. Claire foi morta por um urso. Talvez tenha sido até um dos que ela ajudou a proteger.

— Sinto muito.

— Não precisa. Já faz bastante tempo. — Gustavo iluminou as pegadas.

— Desculpe ter tocado no assunto, mas eu precisava.

— Tudo bem. — Ele tornou a olhar para trás, mostrando que não havia ressentimento. — Eu sabia que cedo ou tarde você iria descobrir.

Continuaram em silêncio, seguindo o riacho congelado que serpenteava de um lado para outro, até que ouviram um latido no meio da mata. Apressaram o passo. Mais à frente avistaram o movimento das lanternas dos oficiais que tinham chegado antes.

Três agentes de outra equipe, que vestiam jaquetas azuis com um bordado amarelo nas costas, cercavam uma cova rasa ao lado de raízes. Dois policiais locais removiam terra do buraco enquanto o fotógrafo registrava os detalhes da cena. No local também estava um integrante da patrulha canina segurando firme a coleira de Poe, que latia e puxava a corrente para o bosque.

— Alarme falso? — Gustavo viu a cova vazia.

— É o que parece — respondeu um oficial com gorro de três pontas.

— Como sabiam que esse era o lugar?

— Não sabíamos. — O oficial pegou um cigarro. — Quando chegamos estava assim. — Apontou a cova aberta. — O buraco já estava feito. Os rapazes só estão cavando para garantir que não tem nada aí dentro.

Gustavo direcionou a lanterna para as árvores.

— Vasculharam a área?

— Uma olhada preliminar, mas não encontramos nada. Um dos moradores disse que não há cabanas ou fazendas por perto, então vamos esperar amanhecer para fazer uma busca.

Gustavo assentiu.

— Quando chegaram, notou se tinha neve no buraco?

— Uma quantidade razoável. — O oficial meneou a cabeça e riscou um fósforo para acender o cigarro. — Quem quer que tenha aberto essa cova, deve ter feito isso dias atrás.

Allegra se aproximou do monte de terra deixado pelos policiais que cavavam.

Gustavo a iluminou.

Ela se agachou e pegou com cuidado algo enfiado no monte. Balançou a cabeça.

— Vocês precisam ter mais cuidado quando mexem em cenas de crime. — Olhou para os policiais com as pás. — Se eu não tivesse visto, essa coisa passaria despercebida.

Os agentes entreolharam-se.

— Coloque num saco. — Allegra entregou o bonequinho de palha.

Gustavo sentiu um calafrio percorrendo a espinha e esquadrinhou o bosque. Deu dois passos e olhou ao redor. O horizonte estava escuro e silencioso. O brilho da lanterna cintilava na neve, de onde surgiam galhos que formavam desenhos montanha acima.

Preso pela guia, Poe não parava de latir.

— Deve ter algum animal por perto — explicou o treinador. — Poe gosta de correr atrás de coelhos e raposas.

Gustavo encarou Poe. Ele rosnava para o escuro, como se estivesse sentindo o cheiro de algo que não era visível para os agentes. Voltou à infância, ao dia em que adotou um vira-lata que vagava pela vizinhança do bairro. Na época, o veterinário havia dito que o cachorro tinha onze anos, mas com disposição de onze meses. Gustavo o batizou de Bilbo, por causa de uma história que ouvira na escola sobre um homenzinho de pés peludos que tinha encontrado um anel que não o deixava envelhecer. Bilbo passou as primeiras noites preso na garagem, latindo sem parar. Quando Gustavo conversou com a mãe, ela disse que cães sentiam coisas que seres humanos não conseguiam sentir. Naquela semana, passou duas noites sem dormir, temendo que o novo amigo estivesse vendo fantasmas na garagem.

Fantasias infantis.

Uma rajada de vento passou por ele.

Gustavo agachou-se do lado de Poe e acariciou suas orelhas.

— Quer mostrar algo, garoto? — cochichou, e ergueu os olhos para o treinador, fazendo sinal para que lhe desse a guia.

O treinador obedeceu.

Gustavo ficou em pé, pediu um rádio e deixou Poe conduzi-lo para o meio do bosque. Mal tinha andado trinta metros quando foi envolvido por um silêncio sepulcral. Não ouvia nada além da própria respiração e das intensas fungadas de Poe. Olhou para trás. As árvores escondiam os agentes que haviam ficado na cova. Por precaução, sacou o revólver. Quando varreu o chão com a lanterna, não enxergou pegadas, marcas ou trilhas. Respirou fundo, deixando o ar gelado penetrar nos pulmões. Estar isolado no escuro com uma lanterna não o fazia sentir-se mais seguro.

Poe parou de repente, encarando o lado oposto do riacho.

— Farejou algo?

Pegadas. Não recentes, mas ainda assim pegadas.

A camada de gelo que recobria o riacho quebrou quando Gustavo tentou atravessá-lo. Porcaria. Uma porção de água entrou nos seus sapatos, ensopando a meia. Balançou o pé no ar.

Poe voltou a latir quando se aproximaram de uma clareira onde o brilho das estrelas se infiltrava. Gustavo caminhou para dentro dela, segurando firme a guia e apontando a lanterna para uma figura imóvel ali no meio.

Ao pegar o rádio, sentiu uma fisgada no ombro.

— Alguém na escuta?

Ninguém respondeu.

Aproximando-se, viu que era um boneco amarrado numa estaca em formato de T, com os braços abertos e a cabeça erguida, os olhos de botão quase escondidos embaixo do chapéu.

Um espantalho.

— Alguém na escuta? — repetiu.

— Estamos aqui. — A voz de Allegra ecoou na clareira pelo alto-falante do rádio.

— Preciso que envie os peritos.

— Encontrou algo?

O rádio chiou.

— Um boneco de palha — respondeu.

Chegou mais perto, apontando a luz para o rosto, que fora moldado e enrolado num saco de batatas. Os botões representando os olhos haviam sido costurados com linha de pesca. Ramas de palha saíam das mangas da camisa xadrez. No lugar da boca estavam enfiadas duas presas de porco, apontadas para cima. Com a lanterna, Gustavo removeu o chapéu, revelando uma mecha de cabelo.

— Droga! Não é um boneco — disse ele pelo rádio. — É uma garota. O boneco é uma garota.

58
Riacho do Alce, Alasca
4 de janeiro de 1994

Depois daquela noite sombria, o dia amanheceu ensolarado.

Já passava das nove quando o despertador apitou, fazendo Gustavo esticar o braço para desligá-lo. Os primeiros raios de sol invadiam o quarto pelas frestas na cortina, iluminando a mesa de cabeceira empoeirada onde tinha deixado uma garrafa de água tônica. Era reconfortante dormir na sua cama depois de tantos dias afastado, mesmo que ela estivesse com um leve cheiro de mofo.

Quando levantou, viu Allegra no sofá da sala bebendo café expresso num copo personalizado que só poderia ter vindo da cafeteria da rua de trás. Como o trabalho na montanha tinha se estendido noite adentro, Allegra acabou aceitando o convite de Gustavo para dormir em seu quarto de hóspedes em vez de procurar um hotel de madrugada.

Gustavo fez um pouco de barulho antes de aparecer.

— Vejo que conheceu o Billy — disse.

Allegra coçou atrás da orelha.

— O Billy — repetiu Gustavo, apontando para o copo personalizado com a bandeira de Camarões na mesinha de centro. — Da cafeteria.

— Ah! Então aquele grandão era o Billy?

— Dono da melhor cafeteria da cidade.

— Existe mais de uma?

— Na verdade, não.

— Comprei um expresso pra você. Está na cozinha — avisou ela. — A bandeira do México não fui eu que escolhi. Billy disse que é a sua preferida. — Mordeu o lábio e voltou a ler a revista, constrangida de ter entendido por que aquela bandeira era a preferida de Gustavo.

Fez-se silêncio, exceto pelo zunido da geladeira. Gustavo andou até o aparador perto da porta e pegou o porta-retratos com a fotografia em preto e branco de Claire numa festa de Halloween nos anos 1980.

— Essa é a Claire.

Allegra olhou.

— Ela era muito bonita — disse.

Todos diziam aquilo. Gustavo agradeceu. Era difícil encontrar as palavras certas para usar em momentos como aquele. *Era muito bonita*, repetiu mentalmente, colocando o porta-retratos de volta e indo para a cozinha buscar seu café. Às 11h17, chegaram à sede da polícia de Riacho do Alce. Uma música suave se espalhava pelo ambiente. A recepcionista, que trabalhava ali havia mais tempo do que Gustavo conseguia lembrar, fez uma festa quando ele aproximou-se para cumprimentá-la. Um policial de cabeça grande como abóbora, que usava a copiadora, também veio o saudar com um aperto de mão.

— Pensei que não te veria mais — disse ele.

— Pois é — respondeu Gustavo meio encabulado, olhando o corredor vazio. — Alguém está usando a sala do Adam?

— Ninguém. — A recepcionista o encarava como se não quisesse deixá-lo se afastar. — Ontem três investigadores vieram e levaram algumas coisas de lá, mas dei uma arrumada na bagunça que deixaram.

— Sabe o que levaram?

— Papéis. Reviraram os arquivos. Eu mesma ajudei com as pastas.

Gustavo bateu os dedos no balcão.

— Vá se acostumando — avisou.

Ela mordeu a ponta do lápis que segurava. Um ar de genuína desolação surgiu nos seus olhos.

— É difícil acreditar que...

— É, é difícil — interrompeu Gustavo.

— Ah! Antes que eu esqueça. Hoje de manhã, recebi isso por fax. — Ela abriu a gaveta e pegou uma pasta com brasão da polícia. — É de Anchorage. Deve ser o laudo da garota que encontraram na clareira. Também está aí a localização da cabana que me pediu por telefone ontem.

Gustavo franziu a testa.

— Eu não pedi nada ontem de manhã — disse.

Ela recuou.

— Bem, alguém ligou de Anchorage ontem — explicou, afobada. — Disse que estava trabalhando com você no caso e que precisava saber onde ficava a cabana da viúva que costumava ajudar Landon Klay com roupas e comida.

— Perguntou o nome? — quis saber Gustavo.

— Disse que se chamava Lee.

Gustavo e Allegra entreolharam-se.

— Lakota Lee? — emendou Allegra.

— Não disse o nome — respondeu a recepcionista. — Apenas Lee.

O telefone da recepção começou a tocar.

Atravessaram o corredor até a sala que pertencera a Adam. Mesmo do lado de fora, e com a porta fechada, era possível sentir o cheiro de cigarro impregnado em tudo ali dentro. Pendurada na porta, a plaquinha metálica com o nome de Adam ainda reluzia.

— Deve ser estranho voltar — comentou Allegra.

— Depois do que vi nos últimos dias, nada mais me parece estranho. — Gustavo encarou a fechadura. — Nunca gostei desta sala. Acho que o problema é o cheiro de cigarro no carpete.

Ficaram em silêncio.

— Eu não acho que tenha sido o Lakota que telefonou — disse Allegra de repente.

— Nem eu.

— Vamos à cabana da viúva? Olhamos o laudo da garota no caminho.

— Eu estava pensando nisso.

Voltaram ao estacionamento pela trilha escorregadia no gramado polvilhado de neve.

Gustavo chegou a pensar em pedir para dirigir, estava sentindo falta daquilo, mas, como seu braço continuava dolorido, deixou que Allegra sentasse ao volante. Saíram da cidade pela rodovia que costeava o mar e levava para as montanhas ao norte, que àquela hora da manhã estavam ligeiramente cintilantes.

— E então? — Allegra olhou de relance para o lado.

Gustavo estava com a pasta sobre as coxas, folheando o laudo da autópsia e lendo trechos dele.

— Confirmaram que era Mary Albameyang, a garota que desapareceu no caminho para a faculdade dois anos atrás — revelou ele. — Calculam que a morte ocorreu há cerca de seis meses, embora o corpo esteja bem preservado. O legista usou o termo "taxidermia contemporânea".
Allegra expressou desânimo.
— Aqui diz que arrancaram os olhos dela e no lugar costuraram botões. Os órgãos foram removidos, e a caixa torácica recheada com palha. Um corte abdominal indica que passou por cesárea. Linha de pesca foi usada na costura. A criança foi removida e colocaram um boneco no lugar.
— Jogou a pasta no banco de trás.
Ficaram em silêncio. Gustavo estava perturbado, olhando para as árvores na beira da estrada, cujos troncos surgiam e ficavam para trás à medida que a viatura avançava montanha acima.
— Você acha que o cara da TV falou a verdade? — indagou Allegra. — Quero dizer... Ele sabia que o corpo estava no bosque. E disse que estamos caçando a pessoa errada.
Gustavo continuou olhando para as árvores.
— Então quem é a pessoa certa? — questionou. — Vire na próxima direita. A cabana é por ali.
Embora o sol brilhasse, ainda havia resquícios do gelo noturno na estrada de terra. O caminho repentinamente começou a estreitar e a serpentear conforme eles entravam mais fundo na floresta. Por fim, chegaram a um local plano, de onde conseguiam enxergar o clarão magnífico do sol entre as poucas nuvens que repousavam a distância.
Na outra margem descampada, rente às escarpas de uma elevação, uma cabana humilde que parecia desabitada soltava fumaça pela chaminé. De tão antiga, ela pendia para o lado, pronta para cair ao primeiro sopro.
Saíram da viatura, e Gustavo seguiu na frente, aproximando-se de uma pilha de madeira deixada para secar ao sol. Olhou ao redor. Não fosse a fumaça, teria dado meia-volta. A cabana parecia totalmente abandonada. Contornaram uma bétula anã plantada no meio do caminho e viram alguém empunhando um machado nos fundos. Lascas de lenha voavam para os lados toda vez que o machado acertava a madeira com um barulho seco.
— Bom dia — gritou Gustavo.
A velha vestida com pele de lobo olhou para trás. Ela tinha um rosto comprido e ossudo, uma cicatriz abaixo da orelha e era cega de um olho.

As rugas da sua testa eram profundas, e as costas, curvadas. Sem responder, ela pegou outro pedaço de madeira e recuou, erguendo o machado acima da cabeça.

— Senhora, somos da polícia — insistiu Allegra. — Estamos aqui pra conversar sobre Landon Klay.

A velha interrompeu o movimento.

— Landon está morto — disse rispidamente. — Deveriam ter se preocupado com ele quando estava vivo. — Acertou a madeira, dividindo-a em duas, e atirou-as num monte.

— A senhora poderia falar conosco um minuto? — Allegra tentava esconder a irritação. — É importante.

A velha inflou o peito, cravou o machado em um toco serrado e sentou numa banqueta, mas antes lançou um olhar típico de velhos que são interrompidos durante uma tarefa.

— Estão aqui pra saber do homem que mata as garotas?

— Sabe algo sobre ele? — Allegra mostrou interesse.

A velha olhou para o monte de lenha.

— Não sei de muita coisa, mas imagino por que chegaram ao nome do Landon. — Sua voz denunciava sofrimento. — Eu soube que esse bandido empalha as garotas como animais.

— É mais ou menos isso.

— Eu não tenho televisão, doutora, mas as notícias chegam aqui no seu tempo. Demoram, mas chegam — continuou a velha. — Landon empalhava coisas. Algumas semanas antes de morrer, ele fez um corvo e me deu de presente. Posso buscar se quiserem ver.

Houve uma rápida troca de olhares.

— Não será preciso — comentou Allegra. — Mas o Landon não pode estar fazendo isso com as garotas, não é? Ele está morto.

— Está me perguntando se acredito em fantasmas?

— Você acredita?

— Com certeza acredito. Vejo muitos na floresta. — A velha levantou e começou a recolher a lenha. — Mas também tenho certeza de que não é um fantasma que está fazendo essas coisas com as garotas.

O sol a pino inflamava a montanha. Sentindo o corpo aquecido, Gustavo endireitou as costas e olhou para o horizonte, onde o verde das árvores contrastava com o azul do céu.

— Sabe se Landon mantinha contato com alguém que fazia o mesmo tipo de trabalho? — Ele apoiou a perna no toco onde o machado estava cravado. — Um conhecido ou um amigo?

— Ele não tinha amigos, doutor. Eu era a única que conversava com ele. Vocês da cidade implicavam e davam apelidos. Ele não conseguia nem ficar meia hora no mercado sem que alguém telefonasse pra polícia.

Gustavo engoliu em seco. Sentiu-se culpado. Não costumava compartilhar dos apelidos, embora imaginasse quanto aquilo e as ligações para a polícia infernizassem a vida de Landon.

— Alguma vez ele comentou se vendia os animais que empalhava?

— A maioria não prestava — respondeu a velha. — Mas tinha um homem de Palmer que vinha comprar algumas coisas de vez em quando.

— Um homem de Palmer? — repetiu Gustavo, tirando o bloquinho do bolso. Precisava anotar antes que fosse traído pela memória.

Allegra enfiou a mão no casaco e pegou o retrato falado do falso policial da autoestrada.

— Esse homem?

— Não. Mais velho — respondeu a velha. — Algumas semanas depois do incêndio, ele veio perguntar o que tinha acontecido. Conversamos um pouco e ele foi embora.

— Lembra o nome dele?

— Não, mas podem achá-lo em Palmer. Ele me disse que tem um estúdio de animais empalhados na cidade.

Gustavo apertou os lábios e olhou para a viatura parada na trilha: a única imagem em todo aquele descampado que os mantinha ligados ao mundo exterior.

— A senhora não recebe muitas visitas por aqui, recebe?

A velha balançou a cabeça.

— É possível que nos últimos dias alguém tenha vindo procurá-la. Um homem alto, com fisionomia de nativo — disse Gustavo. — Pode ter se apresentado como Lakota Lee.

De novo a velha balançou a cabeça.

— Não, doutor. Ninguém me visita há muito tempo.

59

Gabriela parou e apoiou-se num tronco. Estava cansada, com os músculos enrijecidos depois de vagar sem rumo pela mata. Olhando para trás, calculou a distância percorrida desde que enganou aquela mulher e fugiu da cabana. Não tinha sido muito. Ainda era possível enxergar as luzes da cabana por entre as árvores. Precisava continuar. Era a única maneira de ficar segura.

Suas bochechas morenas arroxearam de frio quando seguiu em frente com a neve pinicando a pele. A floresta estava escura como borra de café, a fazendo perguntar-se se era madrugada. Não tinha como saber. Sua noção de tempo ainda estava presa na caixa. Naquele momento, tudo que sabia era que morreria se não continuasse. Precisava chegar a um lugar seguro. Encontrar uma estrada.

Sentiu uma pontada embaixo das costelas.

— Vai ficar tudo bem. — Olhou para a barriga.

Gabriela estava focada no caminho, mas não perdia nenhum detalhe em volta: a planura que se elevava, as pedras, a vegetação rasteira e um riacho que seguia montanha abaixo. Aquilo acabaria logo. Tentou correr mais rápido. Olhou para trás mais uma vez e viu os rastros que deixava. Ninguém a estava seguindo. Respirou mais depressa, a ponto de sentir-se leve. Sabia que conseguiria sobreviver àquela noite traiçoeira.

Continuou correndo até chegar a uma elevação, subindo alguns metros com a intenção de deixar marcas falsas na neve. Contemplou o cenário do alto. Queria poder estar ali em outra circunstância. O brilho da lua refletindo no riacho merecia uma foto. Então um lobo uivou. Não saberia o que fazer se cruzasse com uma alcateia. Lembrou que anos antes implorara à mãe que a deixasse participar de um grupo de escoteiros da escola, mas a falta de dinheiro para pagar a contribuição fizera a resposta ser não.

    Sentindo a neve congelar os pés descalços, Gabriela voltou para a trilha pisando com cuidado nas mesmas pegadas de antes até entrar no riacho. Seus músculos quase paralisaram quando a água alcançou a altura da cintura. Continuou andando, enterrando os pés no lodo. *Vai valer a pena.* Se alguém tentasse segui-la, pegaria o caminho inverso quando chegasse naquele ponto. Deu mais um passo. Estava quase na outra margem quando seus pés enroscaram em galhos submersos, fazendo bolhas de ar subirem para a superfície. De início ficou imóvel, mas perdeu o equilíbrio quando um urso-negro morto emergiu ao seu lado. Gabriela bateu os braços e engoliu muita água até conseguir ficar em pé. Passou a mão no rosto e olhou para o animal. Ele estava sem pele e havia um enorme buraco de bala na sua cabeça, o que significava que um caçador ilegal o jogara ali. Encharcada e tremendo, ela empurrou o urso para longe e seguiu até a margem.

    Olhando por sobre o ombro, viu que as luzes da cabana não estavam mais visíveis. Não demorou muito para que o som do riacho também ficasse para trás. Parou perto de um pinheiro, escorando-se para descansar. Seu coração pulsava acelerado, assim como a respiração. Olhou para um lado e para outro. Ouviu algo se mexendo atrás de uma ramada que a vegetação cobria. *Se for um lobo, voltarei ao riacho.* Não sabia se lobos tinham medo de água, mas lembrou de uma aula de ciências sobre a maneira como eles caçam. *Lobos não ficam espreitando em arbustos. Isso é coisa dos felinos. Eles simplesmente atacam.* As palavras da professora soavam vivas na sua memória. Prendeu a respiração e ficou imóvel, até perceber que era o vento que balançava a ramada.

    — Continue — disse para si mesma.

    A neve parecia estar mais espessa a cada passo, a ponto de Gabriela quase não conseguir sentir os pés. Ela conhecia pessoas que tiveram os dedos amputados depois de passar muito tempo no gelo, mas tentou não pensar naquilo. Concentrou-se no caminho. Depois de alguns minutos, devido à quantidade de árvores idênticas com que cruzava, pensou que estava andando em círculos. Um verdadeiro desespero a dominou vinte minutos depois, quando ela avistou no horizonte uma cabana iluminada. Parou e ficou analisando.

— Não é a mesma — disse, vendo fumaça na chaminé.

Aproximou-se, usando os pinheiros como esconderijo. Esticou o pescoço. De fato não era a mesma.

Correu e ficou na ponta dos pés para espiar o interior pela janela. Não viu ninguém, mas a lareira estava acesa. Parou na frente da porta. Ficou receosa de bater. Temia que mais alguém, além do dono, ouvisse. Olhou ao redor. O vento torcia os galhos e soprava cristais de gelo em redemoinhos. Gabriela bateu com pouca força.

Ouviu alguém caminhando do outro lado da porta. Encolheu-se e cruzou os braços sobre a barriga. Em instantes, um homem abriu uma fresta na cortina e a encarou com olhos curiosos. Ele tinha um rosto amigável e cabelo bem-arrumado.

— Preciso de ajuda — disse ela.

A sombra do homem sumiu da janela. Ele demorou alguns segundos até girar o trinco e abrir a porta.

— Quem é você? — indagou ele, apontando uma espingarda.

— Gabriela. — Ela olhou para a arma. — Gabriela Castillo. Alguém me prendeu no porão de uma casa perto daqui.

— Entre logo. — O homem olhou para a barriga dela e conferiu as árvores ao redor.

A cabana cheirava a mofo, como se a limpeza não fosse prioridade. A decoração era rústica, com mobília de madeira, cortinas de pano e tapetes de pele.

— Você disse que estava presa num porão? — O homem abaixou o ferrolho e passou a tranca na porta.

— Não sei como explicar, mas passei os últimos dias dentro de uma caixa — contou ela. — Por favor, preciso que ligue pra polícia.

— Não tenho telefone. Já te vi em algum lugar. — Ele aproximou-se da janela. — Você é a garota da televisão. Ouvi no noticiário que te sequestraram em Anchorage.

— Não estamos em Anchorage?

— Riacho do Alce. Estamos em Riacho do Alce.

O fogo estalava atrás da tela protetora da lareira.

O homem passou a mão no rosto enquanto andava pela sala sem saber o que fazer. Ele abriu a gaveta de uma cômoda e colocou mais um cartucho na espingarda, guardando outros dois no bolso. Gabriela chegou mais perto da lareira, ouvindo-o murmurar repetidas vezes: "Meu senhor Jesus Cristo, é a garota da TV".

— Eu tenho uma caminhonete. Está parada há alguns dias e não tem combustível pra chegar à cidade — disse ele, e foi para a cozinha buscar as chaves. — Vou te levar pra fazenda dos Watson. Eles têm telefone lá.

— Só quero que me tire deste lugar.

— Espere aqui. — O homem pegou um casaco. — Vou buscar a caminhonete no galpão. Só saia quando eu estiver aqui na frente.

Gabriela assentiu, observando pela janela o homem correr apressado para os fundos. Quando ele sumiu atrás da cabana, passou a tranca na porta. Então voltou para perto do fogo. O calor fazia seu sangue voltar a circular. Pensou na mãe, no namorado e nas amigas. Aquela era a primeira vez que sentia saudades de acordar cedo e caminhar três quadras para pegar o ônibus escolar às sete da manhã. Estendeu a mão em direção ao fogo. Olhou o porta-retratos sobre a lareira, que mostrava dois homens abraçados, cada um segurando uma espingarda, na frente de um cervo abatido. Um deles era o homem que a ajudava. O outro era um senhor de idade barbudo com roupas de pele.

O barulho de um motor se recusando a pegar brotou de algum lugar ali fora. Ela virou de costas e viu uma porta encostada no outro lado da sala. Havia claridade. O som do motor afogado persistia. Gabriela entrou no quarto iluminado por um candelabro de três velas. Havia imagens sacras nas paredes, além de balcões e armários cheios de coisas estranhas.

Sentiu o coração acelerar enquanto varria com os olhos uma bancada com diversos instrumentos. Ao lado, um armário repleto de potes adesivados com nomes estranhos, daqueles que se aprende nas aulas de química.

— Tetraborato de sódio — leu ela em voz alta. — Paraformaldeído. Franziu a testa.

Em seguida, viu um livro de couro na bancada embaixo da janela, amarrado na parede com um fio de náilon. Tentou ler o que estava escrito, mas não entendeu quase nada. As figuras eram o que chamavam mais a atenção. Desenhos de animais marcados com locais de corte. Conforme folheava, os animais davam lugar a imagens de corpos humanos. Começou a suar.

O motor da caminhonete roncou.

Deixou o livro na página que encontrou e se virou. Na outra ponta da bancada, enfiados em sacos de ráfia, havia milhares de minúsculos homenzinhos de palha.

60
Palmer, Alasca
4 de janeiro de 1994

Era um fim de tarde escuro e, de acordo com o termômetro da viatura, a temperatura tinha caído oito graus. Mesmo com o aquecedor ligado, Gustavo sentia os dedos das mãos enrijecidos.

Enquanto Allegra dirigia pela estrada nevada de Palmer, ele olhava ora para o laudo necroscópico de Mary Albameyang — a garota-espantalho —, ora para as propriedades que reluziam no topo das colinas.

— O endereço fica mais adiante — disse ele ao passarem por um curral de ovelhas. — Este lugar parece com a propriedade do Dimitri.

Allegra reduziu a velocidade.

— Por causa das ovelhas?

— Já esteve lá?

— Eu e a Lena falamos com ele enquanto você estava internado. Já te contei isso.

— Contou, mas não me disse que estiveram na casa — ponderou Gustavo. — Como estão se saindo? Sabe... Vocês dois. — Sentiu uma pontada de arrependimento por ter perguntado aquilo.

— Não existe nós dois. Só tomamos um café.

— Certo. Assunto encerrado. — Gustavo sorriu constrangido. Fez que ia dizer mais alguma coisa, mas voltou atrás, e sua hesitação o fez enrubescer. *Que pergunta idiota.* Precisava emendar outro assunto. — Já que falou da Lena, ela te contou alguma novidade?

— Nada que mude nossa sorte — disse Allegra. — A família Albameyang não é daqui. São de algum lugar do sul. E nem sabiam que a filha estava grávida. Quem contou isso pra polícia foi uma ex-colega de quarto na faculdade.

Gustavo ficou em silêncio.

— Conversaram com a colega?

— Conversamos. Ela disse que Mary escondia a gravidez porque tinha medo da reação dos pais. Aquela palhaçada de família tradicional — descreveu Allegra. — Parece que o cara de quem ela engravidou era um ator frustrado que trabalhava em filmes de baixo orçamento. Daí o medo dela. A colega disse que nunca o viu, mas que o nome dele é Ethan.

— Um Ethan que atua em filmes que ninguém assiste — disse Gustavo. — Não vai ser fácil achá-lo.

— Não. Mas a Lena é boa em descobrir coisas.

Reduziram a velocidade ao chegar à propriedade do homem que a velha da montanha tinha apontado como o comerciante de animais empalhados. Havia uma placa enfiada na terra ao lado da estrada que, se as letras não estivessem apagadas, talvez mostrasse o nome da família que vivia ali. Devagar, eles entraram num pátio embarrado entre uma casa em estilo europeu e um celeiro.

Gustavo saiu da viatura e foi até a escada da área. As luzes da casa estavam acesas. Mesmo com a temperatura abaixo de zero, o cheiro do esterco das ovelhas pairava forte no ar. Primeiro espiou, então bateu duas vezes à porta. Ninguém atendeu. Quando se preparou para bater de novo, uma pessoa surgiu do celeiro iluminando-os com uma lamparina.

— Posso ajudar?

Embora só enxergassem contornos naquela escuridão, eles de imediato identificaram uma voz masculina.

— Somos da Divisão de Homicídios — gritou Gustavo, voltando ao pátio. — Queremos conversar com o dono da casa.

— Sou eu. — O homem se aproximou. Ele vestia um gorro que cobria as orelhas e uma jaqueta com gola por baixo de um avental ensanguentado. — Posso ver a identificação de vocês?

Gustavo e Allegra mostraram os distintivos.

Ele endireitou a coluna para ler os nomes.

— Estão aqui por causa do Homem de Palha? — indagou.

Gustavo olhou para as mãos sujas de sangue do homem.

— Ah! Desculpe por isso. — Ele as limpou no avental. Era difícil dizer o que estava mais sujo. — Eu estava trabalhando num papagaio-do-mar que me trouxeram anteontem. É difícil não se sujar com sangue quando se lida com, sabe, animais mortos.

— É por isso que estamos aqui, senhor...

— Miller. — Fez um movimento de cumprimento, mas voltou atrás. *Mãos sujas.*

Miller os levou ao celeiro, onde criava suas obras de arte numa sala isolada, separada do resto do edifício. Ali dentro, um odor consistente de produtos químicos acobertou o cheiro de esterco de ovelha. Em cima de uma bancada, jazia a carcaça do papagaio-do-mar, perto de alguns instrumentos de metal e de um pote de vidro. Mais atrás, no alto de uma prateleira antiga, animais empalhados pareciam encarar os visitantes.

— O que acha? — perguntou Miller.

— Realmente não sei o que dizer — respondeu Gustavo.

— É um belo trabalho — analisou Allegra. — Não estamos acostumados com isso, mas é um belo trabalho.

— Ainda estou com duas corujas e um salmão no refrigerador esperando. — Miller parecia entusiasmado. — Tenho que entregá-los no fim deste mês.

Gustavo estranhou aquilo.

— Alguém compra salmão empalhado?

— Compra. — Miller arrastou dois bancos para que sentassem. — E pagam bem.

Quando sentou, Gustavo olhou ao redor e ficou um tanto inquieto, fazendo o possível para não olhar nos olhos sem vida de um guaxinim que o encarava. Uma peça tão bem trabalhada nos detalhes que dava para imaginá-la ganhando vida e saltando da prateleira.

Depois de tirar o avental, Miller lavou as mãos na mangueira da pia e sentou numa cadeira giratória forrada com plástico filme.

— E então? Qual o motivo da visita?

— Landon Klay — anunciou Allegra. — Descobrimos que você costumava comprar peças que ele fazia.

— É. Nós negociávamos às vezes. — Miller ergueu a sobrancelha. — De modo geral, ele não era um bom taxidermista, mas, quando o assunto era pássaro, ele sabia o que estava fazendo. — Parou de falar de repente, apertando os lábios. Permaneceu calado durante alguns segundos, como se tentasse conjurar as palavras. — Muito triste o que aconteceu. Eu gostava de ouvir as histórias dele.

— Posso imaginar. — Gustavo desviou os olhos do guaxinim. Não podia deixar aquele olhar de vidro desconcentrá-lo. — Senhor, numa escala de zero a dez, poderia me dizer o quão bem conhecia Landon?

Miller não titubeou.

— Zero. Pra te dizer a verdade, só depois que ele faleceu descobri que Landon nem era o nome dele de verdade.

— Entendo — resmungou Gustavo. — E alguma vez ele comentou com você sobre a vida pessoal dele? Família, amigos?

— Não que eu lembre. Ele só ficava sentado naquele banco embaixo da árvore, fumando um cigarro de palha e contando que ele mesmo tinha capturado o animal que estava me vendendo — disse Miller. — Acho que eu e a velha que o ajudava éramos os únicos contatos humanos que ele tinha.

Gustavo sacou o bloquinho do bolso. Fez um risco onde terminavam as anotações da conversa com a velha e começou a escrever as novas.

Miller encolheu os ombros.

— Algum problema? — perguntou Gustavo.

— A viatura parada no pátio. Torço pra que nenhum dos vizinhos veja. — Miller se esticou. — Ontem uns moleques vieram correndo e atiraram um saco de fezes na minha porta. Lá na igreja, estão insinuando que eu sou o Homem de Palha. Que matei as garotas.

— O senhor matou? — indagou Allegra.

— Pareço ter matado? — Miller arqueou as sobrancelhas.

Allegra abriu um sorriso. Não queria pressioná-lo.

— Pode me contar onde aprendeu taxidermia? — prosseguiu.

— Com meu pai. — Miller largou os braços na lateral da cadeira. — Ele gostava de caçar.

Gustavo ouviu Miller contar sobre como o pai não gostava de desperdiçar nada dos animais que abatia.

— No começo era só um passatempo, mas depois descobrimos que podíamos ganhar dinheiro — disse Miller, terminando a história.

— Dinheiro é sempre bom. — Allegra esquadrinhou os potes enfileirados na prateleira. — E os produtos que utiliza? Compra na cidade?

— Por aqui não se encontra essas coisas. Cidade pequena. Ia mofar na estante das farmácias. — Ele olhou para a prateleira. — Alguns eu compro em Anchorage, outros vêm de uma distribuidora no Canadá.

Gustavo empertigou-se, pensando ter fisgado uma pista.

— É preciso alguma autorização pra comprá-los? — indagou.

— Precisar até precisa, mas não é bem assim que a coisa funciona. Eu tenho as autorizações, mas nunca ninguém pediu pra ver.

— Resumindo, o senhor diria que qualquer um pode comprar sem ser rastreado? — insinuou Gustavo.

— É isso aí.

De repente, o taxidermista tornou-se tão útil para o avanço da investigação quanto o guaxinim na estante.

Sem saída.

Gustavo olhou para Allegra, esperando que ela tomasse a iniciativa de levantar e se despedir, agradecendo a ajuda e sumindo para nunca mais voltar. Não havia nada ali que os ajudaria a desvendar o quebra-cabeça.

Miller voltou a falar.

— Vocês se saíram bem na TV ontem. Assisti ao programa. Aliás, já que estamos falando desse assunto, devo dizer que o que me causa mais estranheza não são os produtos, mas sim o enchimento que o assassino usa nos corpos.

Gustavo franziu a testa.

— Por quê?

— É que há anos não se usa mais palha — revelou Miller. — Hoje em dia usamos algodão. É maleável e reduz as chances de deformidades.

— E isso quer dizer...?

— Que quem está fazendo isso é uma pessoa de idade. Ou alguém que aprendeu a técnica com uma pessoa de idade.

— Landon usava palha?

Miller fez que sim.

61
Anchorage, Alasca
5 de janeiro de 1994

Gustavo estava na segunda garrafa de água tônica quando Allegra chegou. A hora do rush tinha passado e a cafeteria estava quase deserta. Havia apenas um casal de idosos comendo rosquinhas, além da garçonete e do proprietário, que removia o gelo da calçada com uma mangueira.

— Está atrasada. — Gustavo olhou o relógio, sorriu e deu uma mordida na torrada de presunto.

— Lena ligou dizendo que queria conversar — explicou ela. — Passei na delegacia antes de vir.

Gustavo tentou disfarçar, mas não deixou de reparar que ela estava vestindo um cardigã preto tricotado com uma calça jeans justa que realçava as curvas da cintura. Desviou os olhos quando um guardanapo voou da mesa.

— Novidades? — perguntou.

— Consegui que mandassem um policial pra casa do Adam. — Ela sentou. — Vão tentar convencer Clotilde a sair da cidade pelo menos até que as coisas acalmem.

— Isso é bom — agradeceu Gustavo. — Clotilde não tem culpa de estar no meio dessa merda.

Allegra concordou.

— E o caso da garota mexicana? — prosseguiu Gustavo.

— Nada de novo. Mas a Lena descobriu algo que pode levar à identidade do ex-namorado de Mary. Temos o endereço de alguém que pode saber o nome completo do tal ator.

— Um amigo?

— Um diretor de cinema. Dá pra acreditar?

Gustavo largou a torrada sobre o prato.

— Como ela descobre essas coisas?

— Ligou os pontos. É mais esperta do que a gente. — Allegra ergueu a mão e pediu um café. — Nem sabia que gravavam filmes em Anchorage.

— Nem eu.

De repente a atenção dos dois se voltou para a calçada, onde o dono da cafeteria ralhava com um morador de rua que passou pedindo comida.

Allegra chamou a atenção da garçonete.

— Dê umas rosquinhas pra ele. Eu pago.

— E um copo de café — acrescentou Gustavo.

O morador de rua largou seus trapos no chão e abriu um sorriso desdentado de agradecimento.

Trinta minutos depois de saírem da cafeteria, eles estacionaram a viatura num bairro industrial, em frente a um grande portão enferrujado. Gustavo franziu o cenho quando viu que o endereço que Lena havia passado era de um galpão abandonado próximo ao pântano. Olhando da rua, dava para ver centenas de coisas espalhadas, de motocicletas que pareciam ter sido incendiadas a uma gigante cabeça de lobisomem com nariz quebrado. O sol, que acabara de nascer, reluzia nas vidraças quebradas no alto das paredes. Um lugar melancólico que por muito tempo abrigou trabalhadores suados, mas que naquele momento precisava se contentar apenas com o vento entrando pelas janelas quebradas.

Saíram da viatura e viram que não havia cadeado no portão de acesso. Gustavo o empurrou com cuidado, mesmo assim o ferro soltou um rangido alto. Desviando das poças de gelo, deram uma checada rápida no pátio e entraram por uma porta lateral.

O galpão cheirava a urina de rato e era bem estreito, embora devesse ter uns quarenta metros de comprimento. Perto da porta, havia meia dúzia de pallets empilhados e, ao lado, um baú sem tampa repleto de cartazes de filmes. Outros cartazes estavam pendurados em molduras de madeira, como um que mostrava Darth Vader segurando seu sabre de luz vermelho em *Star Wars: O império contra-ataca*.

— Acho que estamos no lugar certo — disse Gustavo, apontando para o cartaz.

— Odeio *Star Wars*. — Allegra fez uma careta.

— Já assistiu?

Ela fez que sim.

— Assiste de novo — ironizou Gustavo. — Deve ter assistido errado.

Sobressaltaram-se com um barulho que viera detrás da parede, na outra extremidade do edifício. O som de uma gargalhada, seguida por um grito eufórico, que parou tão repentinamente quanto começara.

— Olá — chamou Gustavo.

Ninguém apareceu.

Chamou de novo, aproximando-se. Notou que havia mais coisas estranhas naquela parte do galpão. Passou o dedo numa escultura de gesso coberta de algo que parecia gosma. Então um homem de cabelo raspado e cavanhaque esticou o pescoço atrás da parede.

— Quem são vocês? — perguntou ele, assustado.

— Departamento de Homicídios. — Allegra mostrou o distintivo. — O senhor tem um minuto?

— Estou terminando uma pintura aqui atrás. Não posso deixar a tinta secar — disse, limpando as mãos no macacão azul. — Se não se importam com o cheiro de solvente, podemos falar enquanto termino.

Seguiram-no até uma espécie de estúdio de arte com uma mesa comprida no centro. Havia esculturas de ferro fundido, peças de roupas em manequins e uma porção de coisas estranhas. Gustavo se aproximou do quadro que o homem pintava, cercado de inúmeras latas. O cheiro de tinta era melhor que o de urina de rato. Um vento manso entrava pela abertura da janela cujas guarnições estavam quebradas, agitando a cortina, que parecia um véu de noiva.

— Estou treinando pra ser o novo Da Vinci — brincou o homem.

— E essa é sua Mona Lisa? — Gustavo parou ao lado do cavalete.

Allegra analisou os traços do quadro.

— Pra mim, parece Van Gogh.

Gustavo olhou para trás com um vinco entre as sobrancelhas.

O homem cruzou os braços.

— E não é que parece mesmo — disse ele. — Acho que estou treinando pra ser o cara errado.

Gustavo olhou de relance para um esqueleto de ferro soldado numa bicicleta, de modo que parecesse pedalar.

— O senhor tem coisas bem estranhas aqui — comentou.

— Se está falando do esqueleto, não é meu. — O homem largou os pincéis. — Estou guardando pra alguém. Mas tenho algumas coisas bem bizarras mesmo. Viram o lobisomem gigante lá na frente? Eu que fiz.

Gustavo assentiu.

— Pensamos que o senhor fosse diretor de cinema, mas parece que nos enganamos.

— Ah, não. De maneira nenhuma. Também sou diretor, mas não dá pra viver fazendo só isso. Pelo menos não aqui.

Ambos concordaram.

— Senhor — adiantou-se Allegra —, o motivo da nossa visita é que você talvez possa nos ajudar num caso de homicídio. O senhor trabalhou com um rapaz chamado Ethan. De vinte e poucos anos. Descobrimos que ele fez alguns bicos como ator na cidade.

— Ele está encrencado?

— Ainda não, mas nunca se sabe.

Uma leve brisa soprou os cabelos de Allegra. O homem levantou e, com um gancho de ferro, fechou a janela alta, como se aquilo impedisse o vento de entrar pelo vidro quebrado. A careca dele reluzia. Quando virou de costas, Gustavo e Allegra viram uma tatuagem na sua nuca.

— Trabalhei com um ator chamado Ethan tempos atrás. Se não me engano, ele foi figurante num filme de terror gravado nas geleiras. — Ele cofiou a barba. — Aquilo ficou tão ruim que nenhum estúdio quis comprar.

— O senhor lembra o sobrenome dele?

O homem pensou antes de responder.

— Na verdade, não. São muitos nomes pra guardar na memória. E, como ele era figurante, sabe como é. Ninguém se importa.

— Compreendo. — Allegra apertou os lábios, numa expressão aborrecida. — Lembra como ele era? E como foi parar na lista de figurantes?

— Se for quem estou pensando, era um cara normal. Digo, sem nada que chamasse a atenção. Tem gente que chega querendo ser o centro das atenções, mas ele não era desses — respondeu. — E, sobre a lista de figurantes, não faço ideia. Eu escolho os atores principais. A equipe faz o resto. Não temos muitas opções por aqui, então qualquer um que se oferecer consegue aparecer no filme.

Gustavo percebeu que não estavam chegando a lugar nenhum.

— E esse filme... — Acreditou ter encontrado um jeito de avançar. — O senhor deve ter uma cópia em algum lugar, não é? Geralmente os nomes aparecem nos créditos.

— Verdade. — O homem ficou em pé. — Posso buscar a fita se quiser.

— Por favor.

Ele foi para o canto oposto da galeria e subiu uma escada espiral atrás de um bandô. Quando sumiu no segundo andar, Gustavo olhou para o quadro. Entortou a cabeça, tentando identificar o que aquilo poderia representar. Parecia uma mulher, mas a cabeça era pequena demais. Desistiu. Nunca fora bom com arte. Mas, mesmo sendo um desastre artístico, Gustavo achava que pintava melhor que o tal diretor. Ao menos sabia medir proporções.

Ele aproveitou para atazanar Allegra.

— Van Gogh? Sério?

— Cala a boca.

Calaram-se assim que ouviram passos na escada.

O homem voltou com uma caixa nas mãos.

— Está empoeirada — disse ele, e a assoprou. — Mas vai funcionar.

Gustavo pegou a caixa e tirou a fita de dentro. *A criatura maldita*. Esfregou a testa quando lembrou que teria que assistir a um filme com aquele título. Colocou-a de volta no lugar quando o homem disse:

— Os créditos estão no final, mas, se quiserem ver o rosto do Ethan, terão que assistir parte do filme. — Sentou em frente ao quadro. — Se não me engano, ele aparece numa cena em que a criatura mata o policial que chegava pra ajudar as garotas.

No fundo, Gustavo ficou feliz de saber que não precisaria assistir tudo.

— Obrigado pela ajuda — agradeceu.

* * *

Passava pouco do meio-dia quando o brilho vermelho da luzinha stand-by iluminou fracamente a sala de vídeo da Delegacia de Homicídios. Gustavo enfiou a fita no aparelho, apertou o play e se recostou na cadeira. A música de fundo parecia vir de um Atari. O título surgiu na tela com letras que imitavam manchas de sangue escorrendo pela neve, numa montagem amadora.

— Isso explica o desinteresse dos estúdios — comentou Allegra.

Logo apareceu a imagem de duas garotas dentro de um carro conversível, ouvindo a todo volume uma música animada, daquelas que faziam sucesso apenas por um verão.

Gustavo torceu o nariz.

— Não vai querer assistir a essa merda toda?

— Vamos procurar a parte do policial. — Allegra avançou e rebobinou três vezes até encontrar a cena.

Gustavo aumentou o volume assim que a imagem começou a mostrar um carro de polícia correndo por uma estrada na montanha. A câmera então cortou para o interior de uma cabana antiga, onde quatro garotas estavam trancadas enquanto uma criatura rondava o pátio.

Avançaram outro tanto.

A viatura estava no pátio, e o policial, filmado de costas, caminhava na direção da porta. A câmera cortou novamente para o interior só para mostrar a euforia das garotas com a chegada de ajuda, mas logo voltou a filmar de fora, onde o policial batia à porta.

"Tem alguém aí?" A má qualidade do som distorcia um pouco a voz rouca do ator. "Aqui é a polícia."

Gustavo apurou os ouvidos.

Quando a criatura, uma mistura de lobisomem e alienígena, apareceu no canto do vídeo, um jato de sangue espirrou na lente da câmera, seguido por uma trilha sonora de suspense. Ela então matou o policial. Por fim, a câmera focou no rosto dele.

Gustavo engoliu em seco, chegando perto da tela.

Allegra virou-se e o encarou.

Pausaram o vídeo no momento em que o rosto de Ethan apareceu.

— Esse é o...? — surpreendeu-se Allegra.

— É. — Gustavo focalizou os olhos de Ethan, lembrando-se da noite na autoestrada. Era difícil acreditar no que estava vendo. — O cabelo está diferente, mas é o mesmo cara que se passou por policial.

— Puta merda! Dói demais — reclamou Gustavo, quando tiraram o esparadrapo da pele machucada.

A enfermeira ergueu os olhos e removeu o restante com mais cuidado, jogando a gaze suja de sangue numa cuba.

— Não estaria doendo tanto se tivesse repousado. — O médico pegou uma caneta e começou a escrever no prontuário. — Pelo menos está tomando os antibióticos na hora certa?

Gustavo assentiu, fazendo cara feia quando a enfermeira limpou o ferimento com água destilada e algodão. Rangendo os dentes, ele olhou para fora. Por trás da cerração, a lua brilhava entre dois arranha-céus.

— Vou sobreviver? — perguntou.

— Acho que sim. — O médico ofereceu outra receita de analgésicos. — Mas, sério, tente não mexer esse braço.

Um homem com a perna engessada e andando com a ajuda de muletas cruzou com Gustavo quando ele saiu do ambulatório tentando vestir a jaqueta de couro. Desistiu ao perceber que a dor voltava toda vez que dobrava o braço para enfiá-lo na manga. Olhou o relógio. O tempo havia mudado nas últimas horas, como sempre acontecia no inverno. Acordar com -3ºC e dormir com -20ºC.

Saiu do hospital e entrou no carro. Naquela tarde, Dimitri tinha convidado a ele e a Allegra para jantar na sua casa. O prato seria risoto de cordeiro ao vinho branco. Era para lá que estava indo quando passou em frente a uma loja de ferragens, freou e fez o retorno. Sentiu-se um paspalho por ter demorado tanto para perceber o óbvio. Conhecia Dimitri bem demais. Sabia que ele o convidara apenas para forçar Allegra a aceitar. Balançou a cabeça, rindo sozinho.

Acelerou pela rua sem movimento e foi ao hotel em que estava hospedado à custa do departamento. Em vez de entrar na garagem subterrânea, estacionou perto da calçada e ficou observando, numa praça do outro lado da rua, um grupo de adolescentes cantando e tocando violão enquanto fumavam maconha.

Olhou de novo o relógio. Pouco tempo havia passado. No banco de trás, uma pilha de papéis com cópias dos formulários do caso Homem de Palha esperavam para ser lidos.

Uma brisa gelada entrou pela fresta da janela no instante em que os adolescentes começaram a tocar as primeiras notas de uma música que fizera muito sucesso no fim dos anos 1970. Gustavo olhou para o banco vazio ao seu lado e deu partida no carro. Estava cansado, era tarde e só se apresentaria na delegacia na manhã seguinte.

Ligou o rádio, mas a voz do cantor fez o nome Ethan Hopkins lhe voltar à mente. *Ethan, o ator. Ethan, o falso policial da autoestrada.* Apesar de finalmente saberem quem era o companheiro de Mary Albameyang, o departamento só conseguira descobrir o endereço residencial dos pais dele, numa cidadezinha da Pensilvânia. Lena alertara o chefe do departamento, que por sua vez solicitou que uma equipe estadual fizesse o contato.

O carro parado tremia com as rotações do motor. Pelo retrovisor, Gustavo via a fumaça do escapamento misturar-se à cerração. Pensou naquele bar na beira do píer, onde serviam o melhor gim com tônica da região. Então pensou em Ethan e no corpo de Mary pendurado na estaca e entulhado de palha, como se fosse um espantalho.

Apertou o volante, engatou a ré e entrou no estacionamento. Um carro de luxo chegou logo atrás e dele saíram três mulheres de salto alto e vestido curto. Gustavo pegou a pilha de formulários e subiu ao saguão.

— Sr. Prado? — chamou o recepcionista.

Gustavo se aproximou dele. Alguns homens saíram por uma porta lateral e aglomeraram-se na frente do elevador.

— Congresso de empresários — explicou o recepcionista. — Uma vez por ano, eles se reúnem para vangloriarem-se.

Gustavo os fitou, imaginando o quanto deveriam estar interessados no congresso. Homens cuja grandeza parecia ser medida pelos nós de gravata perfeitos e pelos sapatos lustrosos que desfilavam naquele que, pelo menos por dois minutos, era o corredor do poder. Quando eles entraram no elevador, o silêncio tomou conta do ambiente.

— Há alguma coisa pra mim? — perguntou.

— Uma moça telefonou agora há pouco. Acabou de desligar. Agente Lena Turner. — Leu o que havia anotado. — Ela pediu que o senhor retornasse a ligação. O número está no papel.

— Obrigado. — Gustavo pegou o papel e subiu.

Quando chegou ao quarto, sentou na beirada do colchão para usar o telefone. Discou o número e deixou tocar.

— Homicídios — disse Lena.

— Ainda trabalhando?

— Nem fale. — Ela soltou um suspiro inconformado. — Eu estava pronta pra ir embora quando recebi um telefonema. Lembra que eu disse que enviaria o nome e a fotografia do Ethan para alguns amigos?

— Lembro. Os caras maus que eram informantes do seu pai.

— É. Isso não é nada oficial, até porque ainda não tivemos informações da Pensilvânia — prosseguiu Lena. — Mas um desses caras me disse que alguém metido a ator vivia até pouco tempo no porão de um barco lá no porto. Parece que as características batem com as do Ethan.

— Tem alguma informação sobre o barco? Nome, cor, qualquer coisa. — Gustavo estava com o bloquinho nas mãos.

— É branco, com faixas amarelas. Um barco de pesca.

Gustavo olhou para o zíper aberto da mala. As camareiras tinham bisbilhotado onde não deviam.

— Devo ir dar uma olhada? — indagou ele.

— Sei lá. Tentei ligar no apartamento da Allegra, mas o telefone só chama.

— Ela não está lá.

— Alguma chance de encontrá-la?

— Pra seguir uma pista que pode ser furada? Melhor não. — Gustavo levantou. — Vou dar uma passada no porto. Se encontrar algo suspeito, te aviso.

— Tá legal. Não quer que eu vá também?

— Fique nesse número. Ligo se tiver problemas.

Colocou o telefone no gancho e bebeu uma garrafa de tônica do frigobar antes de voltar para a garagem.

Dirigiu até o porto.

O vento que soprava através da cerca o fez levantar a gola do casaco. A área portuária parecia um deserto. Os postes balançavam com as rajadas e iluminavam dezenas de contêineres. Olhou para a corrente com cadeado enrolada no portão, imaginando que poderia entrar se conseguisse empurrar o suficiente até que as barras cedessem. Recuou um passo e calculou a altura. Três metros. Sem farpas. Numa situação normal, conseguiria pular facilmente, mas não com o braço travado daquele jeito. Escolheu a primeira opção.

O ancoradouro de navios pesqueiros ficava no lado oposto do atracadouro de cargas. Gustavo tentou encontrar o barco branco com faixas amarelas. Não havia muitos ancorados ali, por isso não demorou a identificá-lo.

Cruzou o píer, sentindo as ondas quebrando nos palanques de sustentação do trapiche. Subiu no barco e caminhou pelo convés. A luz dos postes não iluminava bem aquele ponto. Enfiou a mão no bolso, pegou a lanterna e a direcionou para a cabine. Viu a cadeira do capitão e o leme, cujas extremidades estavam gastas. Pelo estado, aquele barco já não navegava havia um tempo. Tentou abrir a porta para chegar ao porão, mas estava fechada.

— Olá! — gritou, batendo os pés. Se alguém estivesse ali embaixo, ouviria.

Um cachorro latiu.

Forçou o trinco.

Deu a volta na cabine até o outro lado. Os latidos não paravam. Aquele cheiro de peixe podre o fez se lembrar da infância. Concentrou-se, permitindo que a podridão penetrasse nos pulmões.

Isso não é peixe.

— Tem alguém aí? — chamou de novo.

Voltou para a porta e olhou o pátio antes de quebrar o vidro com a coronha do revólver e abrir o ferrolho. O cheiro ficou mais forte.

Um animal morto?

Não.

Sabia que não.

Houve um momento repentino de total silêncio, quando até mesmo o vento parou de soprar.

Ao abrir o alçapão, seu coração disparou. Atirou-se para o lado como um raio quando um pastor-alemão magro subiu pela escada e correu até o convés. Tomado de adrenalina, Gustavo olhou para o cachorro e para o porão. Respirou fundo. Desceu dois degraus e viu um saco rasgado com migalhas de ração espalhadas pelo chão. A um metro do saco, havia um pote de água vazio. O cachorro estava faminto, por isso fugira daquele jeito.

Com a arma e a lanterna em punho, desceu o restante dos degraus. Pensou em voltar, abrir tudo que fosse possível e esperar o cheiro amenizar antes de continuar, mas tinha quase certeza de que não adiantaria. Mirando a lanterna, viu um monte de louças sujas na pia e mosquitos voando ao redor da lata de lixo. O cheiro bem que poderia vir dela, mas nem o fedor de lixo velho poderia ser tão nauseante. Continuou estudando o local. Em cima de uma mesa dobrável, daquelas que as pessoas erguem contra a parede quando terminam de usar, havia um copo e, ao lado, um prato com restos de salada. Avançou um passo, de olho na porta fechada mais no fundo. O barulho do cão no convés e os mosquitos o deixaram com os pelos ouriçados.

Tentou chamar uma última vez, sabendo que ninguém responderia.

— Tem alguém aí?

Girou o trinco e abriu a porta, cujas dobradiças enferrujadas emitiram rangidos quase sobrenaturais.

A lanterna iluminou primeiro as manchas de sangue seco impregnadas nos cobertores. Depois, uma mão pálida em cima de uma fotografia, com um terço enrolado nos dedos. Na outra mão, uma pistola de pequeno calibre. E, por fim, encontrou Ethan Hopkins sentado na cama e escorado na cabeceira, com a cabeça estourada por um tiro na têmpora.

63

Conheço pessoas que desmaiam quando veem sangue. Conheço outras que cobrem os olhos das crianças quando aparece uma cena violenta na televisão. Pensando bem, não há diferença entre mim e eles quando estamos no meio de uma multidão. Somos normais na aparência. Talvez eu até seja mais normal do que eles. Mais normal porque não estou embrulhado na bandagem da civilização. Mais normal porque vejo sangue e não viro os olhos, permito-me sentir a atração. Atrás da aversão e do impulso de olhar para o outro lado, pulsa uma força maior. Na verdade, todos querem olhar para o sangue, mas poucos admitem isso.

Preciso manter a calma. Meus braços estão formigando com frequência ultimamente. Sinto que estou perdendo as rédeas. Não suporto ver minha obra roubada desse jeito. Eu sei. Sei que preciso dar um tempo antes que ele me faça perder o resto de controle.

Eu vou parar, mas ainda não.

Antes disso vou achá-lo, matá-lo e empalhá-lo. Farei que sinta o mesmo que minhas meninas sentiram.

Porcaria! Nem consigo mais ler o jornal ou ouvir meu velho rádio. Tenho vontade de vomitar. Só falam sobre ele.

O Homem de Palha.

Respiro fundo, deixando o ar fresco da montanha entrar.

Está escuro. Não sei que horas são, pois não costumo usar relógio, e o painel do carro está com os números borrados desde que ficou estacionado ao relento na última nevasca. Meus olhos estão pesados. Mal consegui dormir relembrando o que fiz com aquela garota meses atrás. *A cesárea. Os gritos. O sangue escorrendo.* Mary foi especial. Eu nunca tinha feito aquilo na frente de ninguém, pelo menos não até ela aparecer e mudar as regras. E depois me esforcei. Fiz tudo certo para que os policiais a encontrassem naquela cova na mata. Por fim, Mary não estava mais lá. Ele a roubou e levou o crédito pela obra. De novo.

As coisas não vão acabar bem.

Os pneus da caminhonete se agarram à neve, e consigo avançar os últimos metros que faltam até a cabana. Já posso ver luzes nas janelas, cujas vidraças substituí na semana passada. Quando manobro para estacionar na garagem de lona, vejo que a porta dos fundos está aberta. Não consigo contar nos dedos a quantidade de vezes que pedi para minha esposa deixá-la fechada. *Feche a porta! Feche a porta! Feche a porta!* Esta não é a primeira vez que ela me decepciona. Aliás, desde que tranquei a garota mexicana no porão, minha esposa tem sido um constante estorvo. Ela não sabe que eu sei, mas as crianças me contaram que ela tem descido lá. Vou continuar fingindo só para ver aonde isso vai dar.

Puxo a lona sobre o carro para que amanhã ele não fique teimando em não ligar por causa do frio. Um vento sopra no meio dos pinheiros fazendo os galhos rangerem. Ouço um barulho. Olho para o chão e vejo marcas na neve. Pegadas de alguém que correu para o bosque. Tento não me preocupar, mas meu coração dispara quando vejo minha esposa sair do meio das árvores com os cabelos esparramados pelo vento.

Olho para ela.

Ela me olha como uma presa diante do predador.

— Onde está a garota? — pergunto.

Não obtenho resposta.

— Onde ela está? — repito.

Ela não fala. Ajoelha-se diante de mim enquanto lágrimas brotam daqueles olhos escuros. Coloco a mão na cabeça dela e acaricio seus cabelos, mas evito encará-la. Meu sangue está fervendo, e não quero ser rude. Não quero deixá-la mais nervosa do que já está.

— Shhh... Shhh...

Preciso dela calma.

Preciso dela pronta quando a hora chegar.

64
Anchorage, Alasca
5 de janeiro de 1994

O barco se movimentava ao sabor das ondas que quebravam fazendo espuma. A neve no chão do convés refletia a luz amarela da equipe criminalística.

Enquanto homens de touca desciam e subiam pela escada que levava ao porão, Gustavo estava em pé na cabine, olhando os espectadores e o pessoal da imprensa atrás da barreira policial. Na outra ponta, dois policiais se esforçavam para pegar o cachorro que se encolhia e fugia sempre que se aproximavam.

— O que vocês vão fazer com ele? — indagou Gustavo, quando passaram com o pastor-alemão na coleira.

— Enviar aos familiares da vítima.

— E se eles não quiserem?

— Vai pra adoção.

— Me avisem se for pra adoção? — Gustavo baforou as mãos.

O policial assentiu, deixando o convés rumo ao pátio do porto.

O corpo de Ethan foi trazido algum tempo depois, dentro de um saco escuro e em cima de uma maca, logo que os peritos saíram. Eles o levaram até o furgão sob os flashes das câmeras. A maioria dos curiosos se dispersou depois.

— Gustavo — chamou alguém, enfiando a cabeça para fora do buraco do alçapão. — Desça aqui.

Foi ao porão, preparando os pulmões para travar outra batalha contra aquele cheiro podre.

O assoalho e parte da escada estavam cheios de pó, espalhado com pincéis em busca de digitais. Pela porta do quarto, viu homens ensacando as cobertas e os lençóis para que fossem enviados à análise. Perto da cômoda, outro homem de cabelo cinza com corte militar procurava mais pistas nas gavetas.

— Conseguiu algo? — perguntou Gustavo.

— Fibras de tecidos e fios de cabelo — revelou o detetive. — Tem sangue na pia da cozinha, de acordo com o luminol. Também encontramos vômito na lixeira, com pedaços de verduras digeridas. O cara devia ser vegetariano.

— Verificaram a arma?

— Duas digitais diferentes. Uma no cabo e outra no cano. Já enviamos pra análise. — Ele tossiu. — Conversamos com os guardas noturnos. Disseram que não viam Ethan há algum tempo e não se lembram de ouvir disparos.

Gustavo recuou quando os agentes passaram com o saco de provas.

— Temos que falar com todos que trabalharam aqui nos últimos dias — disse ele. — Alguém deve ter ouvido.

— Uma vez trabalhei num caso de suicídio no hotel de um cassino em Orlando. A segurança lá era feita pela mesma empresa que presta serviço pro porto — comentou o detetive. — Não foi fácil convencer os funcionários a abrir a boca. Tinham medo de perder o emprego.

Passando os olhos pelo interior do quarto, ele se aproximou de um mapa-múndi pendurado com fita adesiva atrás da porta. Nele, havia meia dúzia de alfinetes em lugares diferentes do globo, como se marcassem aqueles que a vítima tinha visitado. Marrocos, Austrália e outros quatro países da Europa, com destaque para um alfinete maior, de cabeça vermelha, enfiado em cima de Paris.

— Fotografaram isso?

— Não acho que seja relevante, mas a equipe fez imagens do quarto todo. Enviaram tudo pra delegacia: a arma, a foto que a vítima segurava e o envelope embaixo do colchão.

— Envelope?

— É. Lacrado e com manchas de sangue — disse o detetive. — Talvez uma carta suicida. Não sei por que esses malucos gostam tanto de escrever antes de enfiar uma bala no cérebro.

Gustavo voltou para perto da cama.

Agachou-se para analisar a poça de sangue seco no colchão. Lembrou-se da banheira no chalé entupida com o pedaço da língua de Sean. Bem como da sala de interrogatório tingida com o sangue de Rory e do falso advogado. Deu meia-volta e subiu ao convés. Saiu do barco e foi até o carro estacionado no perímetro de isolamento, onde os repórteres não podiam alcançá-lo. Entrou e ficou em silêncio olhando o mar. *Não é você quem está no comando.* As palavras que o suposto assassino dissera por telefone ainda retumbavam na sua cabeça. *Não é você quem está no comando.*

65

Era um novo dia, faltavam poucos minutos para as oito da manhã. Gustavo estava na Delegacia de Homicídios observando a cidade. As antenas no alto dos prédios desenhavam formas estranhas no céu escuro. A conversa de dois agentes no corredor era abafada pelo som da televisão que o diretor pedira para instalar na sala dias antes, sob a justificativa de que precisavam saber o que a imprensa estava falando sobre o caso.

Em cima da mesa, havia o folheto de uma pizzaria que prometia um drinque grátis aos cinquenta primeiros fregueses que os visitassem naquela noite. Gustavo olhou para a imagem da garrafa de Jägermeister impressa no folheto, pensando que talvez não fosse má ideia. Guardou-o no bolso do casaco e sentou no sofá para esperar.

Dez minutos tinham passado quando Lena e Allegra chegaram conversando sobre preços de sapatos e como valeria a pena aproveitar a promoção de uma loja do centro da cidade.

— Estou precisando de sapatos novos — insinuou Gustavo, cruzando as pernas e fazendo um círculo no ar com seu sapato de couro.

— Não é desse tipo de sapato que estávamos falando. — Lena sorriu e jogou um jornal dobrado na mesa. — Mas, se nos disser quando é seu aniversário, podemos pensar em te presentear com um par.

— Desse tipo — disse, apontando para seus pés —, ou do tipo que vocês estavam falando?

— Acho que uma bota de cano alto com zíper ficaria bem nele — brincou Allegra.

— Quem sabe — riu Lena.

Fazendo cara feia, Gustavo levantou e pegou o jornal de cima da mesa. A matéria da primeira página trazia a imagem do porto com um barco de pesca ao fundo, seguida pelo título "O homem do retrato falado". Mais embaixo, e não com menos destaque, os editores colocaram a pergunta: "O que eles estão fazendo?". No instante em que leu aquilo, soube que o "eles" referia-se aos policiais. *O que estamos fazendo?* Teve vontade de jogar o jornal no lixo. Continuou folheando, passando pela seção de esportes até chegar à página oito, onde estava a matéria completa.

"Homem encontrado morto em barco."

"Ato criminoso não é descartado."

"Primeiras impressões apontam suicídio."

"Autoridades preferem não comentar."

Examinou as partes principais do artigo, constatando que o silêncio da polícia devia-se sempre ao mesmo motivo: eles não tinham pista alguma. O radar das autoridades — o seu próprio radar — estava varrendo um deserto inóspito e vazio.

— Esqueça essa droga — disse Allegra, sentando à mesa para atender o telefone que tocava.

Gustavo enrolou o jornal e o atirou na lixeira.

Allegra colocou o fone no ouvido e começou a conversar, desligando logo depois de pedir que trouxessem algo para cima.

— O relatório das provas encontradas no barco chegou — disse ela.

Em dois minutos, alguém apareceu e entregou uma pasta escura para Lena, que não demorou a abrir e retirar uma resma de papéis com mais páginas do que o normal.

— Alguém se habilita? — indagou ela.

— Fique à vontade. — Gustavo cruzou os braços.

Lena puxou uma cadeira, apoiou os cotovelos na mesa e começou a procurar o laudo da autópsia.

— Disparo de arma de fogo na têmpora direita — leu ela. — A angulação do ferimento condiz com o levantamento inicial da perícia de que a vítima foi autora do disparo.

— De fato Ethan era destro. A polícia estadual conseguiu falar com a família na Pensilvânia. Foi a primeira coisa que perguntaram — elucidou Allegra.

— Os exames também apontam pequenos níveis de THC no teste de queratina — prosseguiu Lena.

Gustavo franziu a testa.

— Maconha — explicou Lena. — Nada fora do normal.

— E as digitais na arma?

— Ainda sem identificação.

Ficaram em silêncio.

— Esse caso é bem parecido com o que aconteceu quando Ian Lazar se degolou na sala de interrogatório — comentou Gustavo. — Uma espécie de suicídio forçado.

— É provável.

— Eu diria que é a melhor hipótese, se nos basearmos na fotografia encontrada com o corpo, que mostra Mary presa numa caixa. Com certeza o assassino tirou e enviou ao endereço do Ethan.

Lena concordou.

— Então é possível que o assassino tenha contatado Ethan — ponderou Allegra, rabiscando uma folha. — Como não havia telefone no barco, deviam trocar informações de outra forma.

Gustavo se esticou na poltrona.

— Quer ouvir um palpite?

Allegra apurou os ouvidos.

— Eles se comunicavam por cartas — disse ele. — O detetive que estava no local falou que encontraram um envelope embaixo do colchão.

— Fiquei sabendo.

— Este aqui? — Lena ergueu um envelope amarelado que fora aberto pela perícia e lacrado novamente com um adesivo da polícia estadual. Ela abriu o lacre com um estilete.

Quando viu o que havia dentro do envelope, Lena assumiu uma expressão confusa. De longe, aparentava ser outra fotografia. Ela olhou a frente, depois o verso e, por fim, fitou Allegra.

— Isso é...É... — gaguejou.

Allegra foi até a mesa. Suas bochechas ficaram rosadas. Ela colocou a mão na testa e olhou para Gustavo. Ela queria falar algo, mas não conseguia encontrar as palavras.

Gustavo levantou e pegou a foto, sentindo um calafrio incessante dominar cada parte do seu corpo. Seus batimentos aceleraram e ele precisou sentar. Era Claire. Ela estava mais velha e com os cabelos compridos, mas era ela. Claire usava um vestido mal costurado e estava de costas para uma parede de madeira com enfeites natalinos fajutos, com a expressão séria. Ao lado dela, uma menina segurava um Papai Noel de pelúcia embaixo do braço. *Não pode ser verdade.* As mãos de Gustavo começaram a formigar quando leu o que estava escrito no verso.

Claire e Corinne
25 de dezembro de 1993

E, mais embaixo, escrito numa caligrafia diferente:

Não é você quem está no comando.

Gustavo largou a fotografia e caminhou quase caindo até a janela. Seu reflexo na vidraça mostrava o rosto de alguém que acabara de levar o maior soco no estômago de toda a vida. Ficou ali, olhando para fora, lembrando-se do tempo em que viveu com Claire, dos risos, dos carinhos e das discussões sem nexo que sempre acabavam tão depressa quanto começavam. Sentiu os olhos marejados, mas conseguiu conter-se.

— É ela? — perguntou Allegra.

Gustavo não sabia o que responder. Mal conseguia respirar. Mal conseguia raciocinar. Era Claire. Sabia que era, embora não quisesse acreditar. *Mas como?* Claire tinha sido morta por um urso enquanto caminhava na floresta. O corpo fora encontrado dias depois com a barraca e seus pertences. O pai a identificara. A dor de ter ouvido aquilo no corredor do necrotério de Anchorage ainda o abalava às vezes. *Como é possível?* Tudo aquilo devia ser só um pesadelo do qual logo acordaria. Não seria o primeiro. De vez em quando sonhava que Claire estava viva, mas simplesmente aceitava aquilo como uma breve visita do além. *É, deve ser um pesadelo.* Fechou os olhos, imaginando-se deitado na cama, rolando de um lado para outro antes de acordar. Cada parte do seu corpo estava entorpecida; e seus sentidos, sobrecarregados.

— Você está bem? — A voz de Allegra o arrancou do transe.

Gustavo deu as costas para a janela.

— Preciso usar o telefone.

66
Juneau, Alasca
6 de janeiro de 1994

Uma forte nevasca castigava Juneau. A pouca visibilidade obrigou o piloto do voo 8823 da Alaska Airlines a dar duas voltas no ar antes de se preparar para a aterrissagem.

Num assento no meio da aeronave, Gustavo desviou os olhos da fotografia que segurava quando uma comissária com sotaque texano pediu que todos os passageiros afivelassem o cinto. Olhando pela janela, ele mal conseguia enxergar as luzes através da neblina. Bebeu o resto do refrigerante que o serviço de bordo havia servido. Tinha passado boa parte do dia pregado no telefone, conversando com os agentes de homicídio da época em que Claire fora encontrada morta e com o investigador que chefiou o caso em 1986.

O investigador se mostrou aberto e disse que, na época, todas as peças se encaixaram, deixando evidente que a mulher encontrada morta na floresta era mesmo Claire. Ele citou provas como pertences, mochila, barraca e o colar de borboleta encontrado junto ao corpo. Tudo aquilo ajudava a confirmar sua versão, mas a fotografia apontava o oposto.

No início daquela tarde, Gustavo telefonou também para os pais de Claire, avisando-os de que faria uma visita. Javier, seu ex-sogro, tinha ficado preocupado com aquilo e insistiu que ele revelasse o motivo, mas Gustavo apenas disse que não era assunto para ser tratado pelo telefone. Antes do anoitecer, quando fora com Gustavo ao aeroporto para comprar as passagens, Allegra havia se oferecido para viajar junto, mas ele acabou dizendo que preferia resolver aquilo sozinho.

Uma turbulência fez o avião tremer.

Gustavo voltou a olhar a fotografia. É ela. *Claire está viva.* Passou o polegar pelo papel frio, como se o acariciasse.

— Sua família é uma graça — disse a idosa no assento ao seu lado, olhando sem disfarçar para a mulher e a menina da foto. — Tenho um neto com a mesma idade da sua garotinha.

Gustavo abriu um sorriso cansado enquanto afivelava o cinto.

— Obrigado — disse ele, apenas para não deixá-la falando sozinha.

O avião tremeu quando tocou a pista de asfalto congelada.

Após o desembarque, Gustavo arrastou a mala pela calçada do aeroporto, sentindo como se tivesse entrado num freezer logo depois de terem mudado a refrigeração para a potência máxima. Bateu na janela fechada de um táxi, entregando um bilhete com endereço para o motorista, que vestia o uniforme de uma empresa de táxis.

— Quinze dólares até lá, senhor — anunciou o taxista.

— Prefiro que ligue o taxímetro. — Gustavo já tinha aberto a porta de trás e colocado a mala no banco.

— Tudo bem. Vamos pelo taxímetro. — Ele ajustou o aparelho e acelerou.

Enquanto tentava se ajeitar no assento, Gustavo percebeu que o taxista lançava olhares curiosos para o espelho retrovisor a cada dois segundos. Algumas quadras seriam o suficiente para que ele perdesse a vergonha e começasse a falar.

— Posso estar enganado, mas você não é o policial que apareceu na televisão esses dias?

Gustavo franziu a testa.

— Não sei do que está falando — disse ele, tentando desconversar.

— Sério? Nunca ouviu falar do Homem de Palha?

Gustavo negou com a cabeça.

— É um maníaco que sequestra e mata mulheres grávidas. E ele ainda faz coisas bizarras com os corpos — explicou o taxista. — Jesus! As notícias estão em todo lugar. Onde você vive que nunca ouviu?

Gustavo inventou uma desculpa.

— Ando desligado nas últimas semanas. — Mas não podia perder a chance de perguntar para alguém do povo o que ele pensava sobre o caso. — A polícia sabe quem é o cara?

O taxista riu.

— Sabe nada. Pelo jeito nunca vão pegá-lo.

Pior do que imaginei.

— Esses maníacos costumam ser bem inteligentes — adicionou Gustavo. Precisava defender sua profissão. — Lembra-se do alvoroço que o Ted Bundy causou antes que o jogassem na cadeira elétrica?

— Lembro. E pode até ser, mas esse filho da puta é diferente. Ele antecipa tudo que a polícia faz — prosseguiu o taxista. — A gente fala bastante sobre essa merda lá no ponto enquanto esperamos os aviões. Eu sempre digo que, se fosse policial, começaria investigando de dentro. Dar uma prensa naqueles que têm acesso aos papéis.

— É uma boa ideia. — Gustavo forçou um riso. — Deveria ligar na delegacia de Anchorage e conversar com os responsáveis.

O taxista continuou contando suas teorias pelo resto do caminho.

O relógio no painel marcava 22h30 e -23°C quando estacionaram em frente à casa dos Rivera, que mudara pouco desde a última vez que Gustavo estivera ali sete anos antes.

Lucia atendeu a porta e, quando o viu parado ali fora, em cima do LAR, DOCE LAR do tapete felpudo, deu-lhe um abraço. Lucia parecia tanto com Claire que tornara-se um prenúncio de como a filha seria quando ficasse velha. Desde sempre foi uma mulher bonita, daquelas que as pessoas duvidavam que o tempo fosse desafeitar. Mas a morte da única filha, somada à passagem dos anos, não foram gentis. Seu rosto envelhecera e os olhos pareciam duas bolas de vidro espatifadas.

Não foi fácil encontrar palavras depois de tanto tempo. *Sete anos.* Sete anos sem conversas ou notícias além dos recados da mãe, durante os telefonemas mensais, sobre como os Rivera gostariam de revê-lo. "Diga que também estou com saudade", dizia ele, antes de inventar qualquer desculpa para não vê-los. Gustavo havia se fechado depois da morte de Claire. Lidar com coisas que traziam de volta as lembranças dela era doloroso. Ver fotografias antigas e sonhar com Claire de vez em quando era algo suportável, mas Gustavo sabia que encarar Lucia e Javier o quebraria.

— Você está tão bem. — Lucia o mirou dos pés à cabeça.

— E você continua tentando aumentar minha autoestima.

Por um momento, eles ficaram se olhando.

— Não imagina como é bom te ver. — Por fim ela o puxou para dentro.

— Sinto muito pela ausência. — Dizer aquilo não aplacou sua consciência. — Tem sido difícil encontrar tempo.

Lucia assentiu com a cabeça.

— É. Estive acompanhando o caso pela TV. — Ela fez sinal para que sentasse. — Que coisa horrível.

Enquanto Lucia foi chamar Javier, Gustavo ficou na sala contemplando a mobília. O tapete parecia o mesmo de sempre, assim como a luminária. Ele tentou não olhar para o canto do cômodo, pois sabia que o consolo da lareira estaria repleto de fotos de Claire com seu sorriso dilacerante.

Sentiu um aperto no peito quando viu o sofá com aquele forro brega na frente da televisão. *Faz tanto tempo.* Chegou mais perto, relembrando quantas vezes tinham sentado nele para assistir aos documentários sobre a vida selvagem de que Claire tanto gostava. Também foi naquele sofá, deitada com a cabeça no seu colo, que Claire recebeu a carta de aceitação da faculdade de biologia.

Colocando a mão no forro de flores de girassol, recordou de um estágio que haviam feito juntos durante as férias de verão em 1979, quando foram voluntários de uma ONG que ajudava cães e gatos abandonados. Um dia, Claire encontrou um vira-lata com a pata fraturada e a pele toda lesionada por picadas de pulga. Um dos veterinários da ONG disse que não era raro encontrar animais naquela situação. Gustavo não gostava de ver aquelas coisas. Ele era um típico ser humano que achava que as coisas não existiam se ele não as visse. Claire era diferente. Ela tinha cuidado daquele cachorro por mais de uma semana, depois encontrado um lar para ele. Para Gustavo, Claire era a melhor pessoa do mundo.

Sentou no sofá, recostado naquele encosto macio.

— Juro que pensei que nunca mais te veria. — Javier o surpreendeu, chegando pelo corredor.

Gustavo deu um sorriso forçado, mas não disse nada nem olhou nos olhos dele quando trocaram um aperto de mão. Pensava que o ex-sogro o culpava pelo que tinha acontecido. Embora Javier nunca tivesse dito nada a respeito, suas atitudes nos dias seguintes ao velório falavam por si.

Lucia serviu bolachas de mel com chá e eles ficaram conversando sobre como tinha sido a vida naqueles últimos anos. Quase só ela falava. Sentado ao lado, Javier mantinha a cabeça baixa, fingindo interesse, olhando para Gustavo como se ele fosse o motivo da sua desgraça. Javier não estava confortável, mas não falava nada. Nem precisava. Gustavo via aquilo nos olhos dele.

No meio da sessão de perguntas e respostas, Gustavo pensou em qual seria a forma menos incisiva de abordar o único tópico que realmente importava. Não estava interessado em saber se Lucia tinha começado a frequentar outra igreja, ou se Javier tinha comprado o título de um clube de tiro. *Nada interessava.* Queria falar sobre Claire.

Quando os assuntos sem importância terminaram, Lucia fitou o chão com seus olhos de vidro espatifado.

— Quer beber alguma coisa mais forte? — Javier tamborilou no encosto do sofá.

— Água tônica, se tiver.

— Gustavo Prado pedindo água tônica? — estranhou Javier. — Não era você que dizia que tinha gosto de mijo de alce?

— Era.

Fora da casa, a nevasca não dava trégua. A lareira começou a estalar mais alto. Javier foi à cozinha e voltou com uísque e uma garrafa de tônica. Serviu os copos, agitou seu uísque em círculos e lançou um olhar fulminante para Gustavo.

— Por que está aqui, Gustavo? — perguntou ele. — Sete anos e de repente aparece assim, como se fôssemos velhos amigos.

Gustavo o encarou, percebendo que a necessidade de falar sobre o passado vinha à tona. Tão necessária. Tão dolorida.

— Vim falar sobre a Claire.

— Isso eu já sei. — Javier parecia esconder-se atrás do copo. — Mas por que você quer falar dela?

Não haveria um jeito fácil.

— O que vou perguntar pode soar estranho, mas pode me dizer como ela estava quando a viu no necrotério?

— Sério? — Javier levantou de repente, esfregando a palma das mãos na calça. Tinha bebido todo o uísque num só gole. — Você é policial. Deve saber como um corpo fica depois de dias na mata.

— Não foi isso que eu quis dizer.
— Então o quê? Explique melhor, porque ainda não entendi.
— Quero saber... Como sabia que era ela?
— Como eu sabia que era ela? — repetiu Javier num tom mais rude. — Deixa eu pensar... Minha filha nem sequer se parecia com uma pessoa. O corpo ficou dias apodrecendo no meio do mato. Um pedaço de carne com ossos e o colar prateado e as roupas cheias de barro, as mesmas que ela usava quando desapareceu. Foi assim que eu soube. — As veias do seu pescoço estavam saltadas.

Gustavo abaixou a cabeça.

— Eu também a amava — disse.

— Sabemos que sim — antecipou-se Lucia, choramingando.

Javier colocou a mão no ombro dela, quase desabando junto.

— Foi pra isso que veio?

Gustavo ficou em silêncio, olhando as bolhas de ar que se formavam no copo de água tônica. Sentiu o cheiro do gás. Deu um gole. O gosto era o mesmo de sempre. *Mijo de alce.* Nunca havia mudado. A única coisa que mudou desde que Claire morreu foi o fato de que beber aquilo o fazia se lembrar dela. Era Claire que gostava de água tônica, não ele. *Mijo de alce.* Colocou o copo na mesinha de centro. Não iria beber mais nenhuma gota daquilo. Não precisava.

— Me desculpe, Gustavo. Eu não quis ser rude — disse Javier, voltando a sentar. — É que essa coisa nos manteve num poço sem fundo por muito tempo. Claire era tudo que a gente tinha. Tudo que a gente fazia era pra ela. — Seus olhos estavam úmidos e vermelhos. — E agora estamos aqui. Dois velhos sozinhos esperando pra ver quem vai morrer primeiro.

— Ninguém aqui vai morrer sozinho — acrescentou Gustavo.

Colocou a mão no bolso do casaco e sentiu a textura da fotografia que tinham encontrado no barco. Pegou-a e a encarou por alguns segundos antes de tomar coragem e entregá-la a Javier.

— Encontramos isso numa cena de crime.

— Essa é...? — gaguejou Lucia.

— Olhem o verso.

— Claire e Corinne. Dezembro de 1993 — leu Javier.

Gustavo e Javier olharam para Lucia quando ela colocou a mão no rosto e começou a chorar copiosamente.

Javier a abraçou.

Depois de algum tempo, ela ergueu o rosto. Seus olhos úmidos transpareciam a tensão de algo que carregou por muito tempo, cujo peso era difícil de suportar naquele momento.

— Há uma coisa que vocês precisam saber. — Ela olhou para Gustavo. — Algo que escondo desde que a Claire morreu. Algo que pensei que os faria viver melhor se não soubessem.

Os pelos do braço de Gustavo eriçaram. Ele sabia o que ela iria dizer.

— Claire tinha acabado de descobrir que estava grávida quando desapareceu — revelou Lucia. — Ela ia te contar naquele fim de semana.

67
Juneau, Alasca
6 de janeiro de 1994

Era quase meia-noite quando o táxi parou em frente a uma casa de dois andares, onze quadras distante da casa dos Rivera. O taxista estacionou no outro lado da rua, mas Gustavo não reclamou. Ele pagou os dez dólares e desceu. Caminhou pelos ladrilhos da calçada, sem preocupar-se com a temperatura congelante. Os dedos dos seus pés estavam amortecidos, mas ele só conseguia pensar no que Lucia tinha contado sobre a gravidez de Claire. Era difícil acreditar que ela manteve aquilo escondido por tanto tempo.

Quando pisou na sacada iluminada segurando um pequeno buquê de flores que havia surrupiado do canteiro dos Rivera, ele enfiou o dedo na campainha e olhou para o jardim. Trepadeiras ocupavam a parte da lateral da casa, de modo que pareciam continuar até o céu. A garagem nos fundos fora pintada de outra cor. O gramado estava coberto de neve fofa e os galhos da única árvore se curvavam com o vento.

Alguém puxou a cortina da janela e espiou ali fora.

— Quem é? — gritou Dolores.

Gustavo olhou pelo vidro embaçado. Dolores não conseguia ver muita coisa por causa da neblina.

— Sou eu, mãe — respondeu. — Gustavo.

Dolores abriu a ponta e ficou estática diante do filho.

— O que está fazendo aqui?

— Boa noite. — Ele a abraçou.

Um calor aconchegante vinha da casa.

— Entre logo ou vai morrer congelado.

Ele entrou e deu as flores para ela.

— Continua estragando o canteiro dos vizinhos?

Gustavo sorriu.

Como era de esperar, Dolores foi direto para a cozinha mexer na geladeira em busca de algo para o filho comer. Ela sempre achava que Gustavo estava magro e faminto. Tirou um pedaço de frango assado, que provavelmente tinha sobrado do almoço, e o enfiou no micro-ondas. Gustavo sentou na quina da mesa e ficou observando-a. As bolachas de mel que comera na casa dos Rivera não tinham matado a fome e, mesmo que tivessem, ele mal conseguia lembrar quando comera frango assado pela última vez. Abriu a gaveta da pia, pegou garfo e faca e agradeceu à mãe quando ela lhe serviu o prato e sentou na cadeira ao lado para vê-lo comer.

Gustavo não se sentia confortável com alguém o encarando enquanto mastigava, mas conhecia bem o hábito da mãe e sabia que não adiantaria reclamar. Ela tinha aquela mania estranha às vezes. E, se Gustavo deixasse algum resto de comida no prato, muito provavelmente chamaria a atenção dele. "Coma tudo!" Havia coisas que nem o tempo conseguia mudar.

— Você parece cansado — disse Dolores.

— Pareço?

— Quando foi a última vez que tirou férias?

— Não faz muito tempo que passei uma semana pescando nas ilhas. — Gustavo segurou o garfo na frente da boca.

— Não parece.

Encararam-se.

— Tem falado com seu pai? — indagou ela, quando foi para a geladeira pegar a jarra de suco.

— Não. Teve notícias dele?

— Ele às vezes me liga perguntando de você. Ele não te ligou?

— Ligou meses atrás me convidando pra passar uns dias com ele no Brasil. — Gustavo a observou encher um copo. — Sabe se ele ainda está em Santa Catarina?

— Está. Ele me disse que comprou um apartamento perto da praia e arranjou uma namorada. Parecia feliz.

Gustavo sorriu.

Quando restavam apenas os ossos do que antes era uma generosa coxa de frango, Dolores pegou o prato sujo e o levou para a pia.

— Vai me contar o que veio fazer aqui? — indagou.

Gustavo levantou da mesa.

— Eu precisava conversar com o Javier sobre algo que encontramos em Anchorage.

— O Homem de Palha?

— É.

— Quer falar sobre isso? — Dolores abriu a torneira.

— Nós conversamos sobre a Claire. — Gustavo notou que a atenção da mãe aguçou no mesmo instante.

Esperou em vão ela dizer alguma coisa.

— Existe a possibilidade de que Claire esteja viva — revelou.

— Quê?! — Dolores fechou a torneira e secou as mãos no pano em cima do ombro. — Do que está falando?

Gustavo mostrou a fotografia.

Dolores ficou pálida quando viu a imagem de Claire de mãos dadas com uma menina.

— Essa é... — As palavras não saíam.

— Parece ela.

— Não parece. É ela — frisou Dolores. — E essa criança?

Gustavo suspirou.

— Lucia disse que a Claire estava grávida — disse ele, tentando não chorar. Não podia se deixar levar. Ainda não.

— Então quer dizer...

— Que talvez a menina seja sua neta.

Ela ficou em estupor.

— Preciso de um copo d'água.

— Você está bem?

Dolores disse que sim, embora não parecesse.

— O telefone do quarto de visitas funciona? — indagou Gustavo, depois de servir a água.

Ela fez que sim com a cabeça.

— Quero ter certeza antes de ficar supondo coisas. — Ele olhou para a sala e foi buscar a mala de rodinhas.

Quando chegou ao quarto, pôs a mala na cama para escolher o que vestiria. Enquanto desdobrava as roupas e colocava-as no colchão, dava rápidas olhadas para o telefone. Precisava contar aquela descoberta para Allegra, mas ao conferir o relógio de pulso viu que passava da meia-noite. *É tarde.* Além do mais, Claire estivera morta nos últimos sete anos, algumas horas a mais não fariam diferença. Largou tudo e foi para o chuveiro.

Ficou parado embaixo dele, deixando a água quente escorrer pelo corpo por quinze minutos, imaginando hipóteses que pudessem refutar aquelas que fuzilavam seu cérebro. *Mas e a barraca? E as roupas? E o colar de borboleta?* Refletiu sobre o que Javier havia dito, sobre como o corpo no necrotério parecia só um pedaço de carne.

Fechou os olhos.

Traçou mentalmente cada informação que tinha levantado do caso até aquele momento. Não queria acreditar numa miragem, sustentando esperanças vagas, para que no fim descobrisse que só tinha enchido a barriga com areia. Fechou o chuveiro e se enrolou na toalha.

Foi até a mala, deixando pegadas no chão, e remexeu o fundo em busca do seu bloquinho. Folheou página por página, leu cada palavra. Depois sentou na beirada da cama e discou o número do apartamento de Allegra.

Ela demorou a atender.

— Alô. — Sua voz não parecia sonolenta.

Gustavo ouviu música ao fundo.

— Acabei de conversar com os Rivera — disse ele, olhando a poça que se formava ao redor dos pés molhados.

— Gustavo? — A música abaixou de repente. — Como você está?

— Bem — respondeu ele.

— Descobriu algo novo?

— Talvez. Quanto tempo acha que demora pra conseguir uma autorização de exumação?

Allegra balbuciou algo inaudível.

— Tá falando sério?

— O que acha? — Por um momento, Gustavo imaginou que deveria ter conversado um pouco mais antes de ir direto ao ponto.

Allegra suspirou.

— Não sei. Conseguir esse tipo de coisa é sempre um problema. Se a família concordar é um prazo, senão complica. Tudo depende do caso e do grau de necessidade.

— Você sabe qual é o caso.

Outro suspiro.

— Se a família concordar, dois dias — palpitou ela.

— Eles vão concordar — afirmou Gustavo.

— Já é um começo. Talvez Lena consiga mexer uns pauzinhos e a autorização saia antes.

— Pode pedir pra ela começar?

— Que horas são?

— Mais de meia-noite. Pode pedir pra ela?

— Posso.

Gustavo respirou fundo. Eles iriam mesmo fazer aquilo.

— Volto pra Anchorage no primeiro voo da manhã — disse.

Ambos ficaram quietos por alguns instantes.

— Tem certeza de que quer fazer isso? — questionou Allegra.

— É o único jeito. — Ele olhou para uma anotação no bloquinho, sublinhada com dois traços. — E acho que sei o que vamos encontrar naquela cova.

— Um caixão vazio?

— Pior do que isso.

68

Gabriela ficou estática, sentindo bolas de ferro atadas nos tornozelos. O quarto cheirava a produtos químicos, mas aquilo era o que menos causava espanto. Um repentino mal-estar a fez colocar a mão na boca para segurar a ânsia.

Avançou na direção dos sacos de ráfia recheados de homenzinhos de palha. Pegou um deles. Seu corpo tremeu. Uma porção de saliva amarga que tinha na boca quase não desceu quando fez força para engolir. Teve vontade de chorar, de enfiar-se num buraco escuro onde ninguém conseguisse atormentá-la. Não se importava de voltar para dentro de uma caixa, só queria sair daquele lugar.

Apertou o bonequinho na palma da mão, úmida de suor. O barulho do motor que vinha dos fundos servia de alento momentâneo para que pensasse numa saída. Olhou para a janela acima da bancada onde repousava aberto aquele livro macabro. Foi até ela e tentou abrir, mas desistiu quando percebeu que não conseguiria estourar o cadeado que a mantinha fechada.

Pense, Gabriela. Massageou as têmporas.

No mesmo instante, o eco de uma buzina penetrou seus ouvidos. Estava sem tempo. O homem tinha conseguido fazer a caminhonete funcionar.

Respirou fundo, mas se arrependeu logo que o cheiro de produtos químicos inundou seus pulmões. Outra onda de ânsia. Precisava manter a calma. Era o único jeito de não fazer nada estúpido. Deu mais uma olhada ao redor. As imagens sacras nas paredes, somadas aos desenhos do livro, tornavam o lugar ainda mais sombrio.

Contou os segundos.

Outra vez a buzina.

Não iria subir naquela caminhonete. Era sua única certeza. Enquanto mexia no livro, deixando-o na mesma posição e na mesma página de quando o encontrara, pensou que poderia sair pela frente, correr o mais rápido que as pernas aguentassem e torcer para que o homem não a alcançasse. Sabia que ao escolher aquela opção talvez tivesse que passar a noite na mata. *Qualquer coisa é melhor que isso.* Com sorte, encontraria um abrigo e conseguiria acender uma fogueira usando as técnicas primitivas que aprendera na escola.

Saiu do quarto na ponta dos pés e encostou a porta, prestando atenção ao ronco do motor.

Pensou em pegar o atiçador da lareira para usá-lo como arma, mas o brilho dos faróis que entrou pela janela desenhando sombras nas paredes a fez desistir. Escutou a buzina de novo, um aperto mais longo, impaciente.

Acariciou a barriga, pensando no bebê. Estava a ponto de desmoronar quando viu outra janela no fim do corredor, na cozinha. Sem pestanejar foi até ali, torcendo para que ela não estivesse trancada. Vibrou quando encontrou apenas um trinco simples. *Vou conseguir.* Esticou o braço e tentou abrir o ferrolho. Estava conseguindo. Seu coração quase explodiu quando ouviu a voz do homem.

— O que está fazendo?

Gabriela tirou a mão do trinco e continuou de costas, para que ele não percebesse seu desespero.

— Eu estava esperando na sala, mas acho que vi alguém nas árvores. — Ela apontou para fora, esforçando-se para não gaguejar.

O homem aproximou-se, tentando enxergar a escuridão da floresta pelo vidro. Ele estava tão próximo que Gabriela conseguia ver seus traços, sentir seu cheiro. Outra vez sentiu-se presa a bolas de ferro e àquele homem alto e de ombros largos que a fazia estremecer de pavor pelo simples fato de respirar.

— A caminhonete está pronta — disse ele num tom estranho. — Vamos. Vou te tirar daqui.

Gabriela atravessou o corredor e a sala e sentiu a terra gelada quando pisou descalça no pátio. Sem mexer a cabeça, esquadrinhou a vastidão de árvores. Ouvia a respiração e os passos do homem às suas costas. Era hora de decidir. Olhou para a barriga grande e sentou no banco de couro rasgado da caminhonete. Estava tremendo. Não queria pensar que não conseguiria salvar a si mesma e ao bebê.

Talvez se eu agir naturalmente...

— Obrigada por me ajudar — disse ela.

O homem meneou a cabeça, blasfemando um xingamento a Nossa Senhora quando engatou a primeira. Depois, abriu uma fresta no vidro e acelerou pela trilha que levava montanha abaixo.

Suando frio, Gabriela não tirava os olhos do velocímetro. Seguiam tão devagar que era possível ouvir os pneus amassando galhos na estrada.

— Pode ficar tranquila. Você está a salvo — disse o homem, sem desviar da estrada. — A fazenda dos Watson não fica longe.

Pode ficar tranquila? Tentou olhar pelo retrovisor, mas, como não queria se mexer e o espelho era alto demais, voltou para a posição em que estava. *Será que estou parecendo desesperada?*

Um desnível na estrada fez a caminhonete balançar.

— É difícil acreditar que te encontrei. Ontem mesmo estavam falando de você na TV, e agora está aqui — continuou ele, depois de fazer uma curva. — Ouvi coisas sobre o assassino que mata mulheres grávidas. É incrível que você tenha escapado.

Gabriela assentiu.

— Quantos dias ele te manteve presa?

— Não sei. Eu estava num porão — respondeu ela, colocando as mãos embaixo das coxas.

— Ah, desculpe. Esta caminhonete é antiga e o aquecedor não funciona. Só tento manter essa lata-velha funcionando porque é herança de família. Sabe como é. A gente se apega mais à história do que ao bem.

— Tudo bem. O aquecedor do carro da minha mãe também não funciona direito. Acho que não vou querer ficar com aquela tralha se ela me deixar de herança. — Sentiu-se corajosa depois de dizer aquilo.

Aja naturalmente.

— Eu pensava assim quando era adolescente. Nada que meus pais fizessem ou dissessem me interessava. Tinha vezes que eu torcia pra eles morrerem — revelou o homem. Aquilo parecia ser o prenúncio de um conselho. — Aí um dia eles morreram. Primeiro minha mãe.

Gabriela abaixou a cabeça.

— Quer ouvir uma história estranha? — perguntou ele, mais alto.

Ela concordou, fingindo que estava relaxada.

— Nunca contei isso pra ninguém. — Ele olhou para a barriga dela. — Mas minha mãe estava grávida quando faleceu. Nós vivíamos num lugar isolado. Meu pai nunca gostou da cidade. Então, numa manhã qualquer, minha mãe pegou um resfriado e três dias depois estava morta.

— Sinto muito.

O homem abriu o porta-luvas e pegou um cachimbo, soltando o volante enquanto o acendia com um isqueiro.

— Não sinta. Já faz tempo. — Soprou a fumaça pela fresta no vidro. — Tinha uma parteira católica que atendia nossa comunidade naquela época, mas ela morava longe. Lembro como se fosse hoje. Meu pai estava desesperado. — O cachimbo dançava entre seus lábios. — Não deve ter sido fácil pra ele abrir a barriga da minha mãe só pra descobrir que o bebê também estava morto.

Gabriela olhou de relance para o velocímetro, depois voltou a mirar as árvores em busca de qualquer foco de claridade da fazenda. Sentia novamente seus músculos tremerem.

— Meu pai foi julgado pelo tribunal dos homens semanas depois, mas o absolveram. Quem ousaria condenar um pobre coitado que tinha perdido a mulher e o filho de uma só vez? — prosseguiu ele. — Claro que tivemos que nos mudar quando os vizinhos começaram a dizer que nossa presença apodrecia as terras e emagrecia os animais.

— Devem ter sido tempos difíceis. — Gabriela não conseguiu evitar que aquelas palavras saíssem arrastadas.

Tirou a mão de debaixo das coxas. Virou a cabeça, esforçando-se para não chorar. Olhou para a maçaneta, depois para seu reflexo no vidro da janela. Não conseguiria fingir tranquilidade por muito mais tempo. Pela velocidade em que estavam, poderia pular sem se machucar.

— Meu pai se isolou ainda mais depois daquilo. E eu, que presenciei tudo, venho tentando viver desde então. Consultei alguns médicos, mas a maioria disse que não tenho nada. Tomei remédios, mas parei porque eles me fazem esquecer as coisas.

Gabriela estava prestes a abrir a porta para fugir quando um portão iluminado apareceu, duzentos metros à frente. A distância, havia um celeiro e uma casa de dois andares.

— A fazenda dos Watson — anunciou o homem. — Eles têm telefone.

— Obrigada por ajudar — disse Gabriela novamente, torcendo para que seu salvador não mudasse de ideia. — Não sei o que teria acontecido se eu não tivesse te encontrado.

O homem sorriu. Tinha dentes bonitos. Reduziu um pouco a velocidade quando estavam a cem metros do portão. Então pisou no freio, fazendo a caminhonete derrapar no gelo antes de parar.

Gabriela puxou a maçaneta, mas nada aconteceu.

— Tudo seria tão fácil se tivesse esperado na sala — disse o homem, num tom tranquilo. — Por que teve que entrar no quarto?

Chorando, Gabriela envolveu a barriga.

— Por favor, não me machuque — suplicou.

O homem recuou no assento, desarmando-se, como se tivesse sido ofendido.

— Por que acha que eu te machucaria?

Gabriela olhou para as luzes da fazenda.

— Acha que fui eu quem matou as mulheres? — perguntou o homem. — Está enganada. Quem fez isso foi o mesmo que te trancou na caixa. Ele é que iria te matar e arrancar seu bebê. Não eu. O que você viu naquele livro é o que eu faço: corrigir o que ele faz. Deixá-las bonitas de novo.

— Me deixe ir. — Gabriela forçou a maçaneta.

— Você está livre, garota. Só peço que não fale nada até que eu consiga pará-lo — completou ele. — Sou inofensivo e, embora ele esteja no comando a maior parte do tempo, sou a melhor chance que esta cidade tem de fazer aquele maldito pagar por tudo. A armadilha está pronta. Sei que ele vai cair porque o conheço. — E destravou a porta.

Gabriela desceu tremendo-se inteira, com medo de que fosse impedida de continuar. Sentiu as lágrimas brotando, mas todo o medo a abandonou quando ouviu a caminhonete se afastando. Apressando o passo em direção à fazenda, ela olhou para trás e viu os faróis traseiros desaparecendo depois da curva.

69
Riacho do Alce, Alasca
7 de janeiro de 1994

Estava nublado e a temperatura tinha subido um pouco, mas uma brisa leve fez Gustavo buscar abrigo atrás de uma macieira perto da cruz de concreto. A alguns metros, dois funcionários do cemitério ajudavam o motorista da miniescavadeira a aproximar-se do local onde devia cavar. A miniescavadeira roncava e soltava fumaça, tirando o sossego daquele que talvez fosse o lugar mais silencioso da cidade.

— Esse cara já fez isso antes? — perguntou Gustavo, quando o motorista quase enroscou a caçamba numa lápide.

— Provavelmente não. — Allegra encolheu-se no casaco.

— E você? — Ele a olhou de canto.

— Uma vez, em Seattle. Encontramos dois túmulos vazios onde deveriam estar um mafioso e a esposa.

— Mortes forjadas?

— Provavelmente. Fui transferida antes que resolvessem o caso.

Quando as garras da caçamba removeram a primeira porção de terra, o coração de Gustavo começou a palpitar. Ele olhou para a lápide de mármore onde estava gravado o nome de Claire e as datas de nascimento e morte dela, mas não manteve o olhar fixo ali por muito tempo. Fora ele quem tinha comprado aquilo. Lembrou-se do dia em que a enterraram, do teclado, do cantor falando sobre redenção, do cheiro das flores e dos salmos proferidos pelo pastor. Aproximou-se mais. Estava nervoso. Queria ver a exumação, embora não tivesse ideia do que sentiria quando o caixão aparecesse.

Um monte de terra se formou ao lado da cova. O rangido da miniescavadeira firmando no chão ecoou pelo cemitério. Logo outra porção tinha sido removida, seguida por estalos de madeira quebrando.

— Pare! — gritou um dos homens.

Os funcionários do cemitério saltaram para dentro do buraco com pás quando a miniescavadeira recuou. Naquele mesmo momento, três policiais cercaram o local com uma lona amarela, evitando que os fotógrafos conseguissem fazer imagens. Dois peritos com luvas se aproximaram.

Gustavo caminhou até a beirada e sentiu arrepios ao ver que o caixão de madeira de lei estava inteiro. Totalmente sujo de barro, mas inteiro. Pensou que os peritos o abririam e removeriam os restos mortais dali de dentro, mas em vez disso eles pediram que Gustavo se afastasse quando o carro de uma funerária local estacionou ali perto de ré. O caixão seria transportado.

— Vão levar pra onde?

Os peritos entreolharam-se.

— Anchorage — responderam.

Quando o carro funerário cruzou o portão de saída escoltado por policiais, Gustavo voltou para perto da macieira. Esforçou-se para manter a serenidade, não queria parecer tocado, mas sentia o coração disparado, além de pequenos tremores.

— Agora é só esperar. Vão nos avisar assim que tiverem algo. — Allegra manteve a expressão séria. — Quer ir pra algum lugar?

— Você conhece um remédio que me faça dormir até o resultado sair? — Gustavo enfiou as mãos nos bolsos do casaco.

— Podemos tentar encontrar algo. — Ela abriu um meio sorriso.

O motor da miniescavadeira roncou outra vez.

— Me leve pra delegacia — pediu. — Quero testar a teoria que ouvi de um taxista em Juneau.

— Taxista?

— Um falastrão que acha que nunca vamos pegar o assassino.

— Sério?

— Pois é. Ele disse que se fosse policial começaria procurando de dentro pra fora.

— Já entendi.

Chegaram ao centro à tarde, na hora do rush. O sol se punha, e os carros dos trabalhadores desfilavam pelas ruas.

Estacionaram no terreno dos fundos da delegacia, numa vaga que até dias antes era exclusiva do chefe de polícia. Entraram, cumprimentaram a recepcionista e atravessaram o corredor até ficarem frente a frente com a porta da sala de Adam.

Gustavo girou a maçaneta e entrou. Antes que alcançasse o interruptor, sentiu o cheiro de cigarro. Soltou um suspiro. A luz inundou a sala. Ainda havia papéis em cima da mesa.

Olhou para a prateleira no fundo. As pilhas de livros nunca lidos e as fotografias da família de Adam continuavam no mesmo lugar. Aproximou-se e ficou olhando uma foto de Clotilde, que já deveria estar na Flórida, enquanto o marido esperava o julgamento.

— Sabe lidar com esse troço? — Apontou para um computador que aparentava nunca ter sido usado.

— O que pretende descobrir? Um endereço?

— Dá pra conseguir endereços com isso? — brincou ele.

Allegra torceu o nariz.

— Quero ver o nome de cada policial que acessou o sistema nos últimos dias. — Gustavo ligou o computador.

Allegra sentou. Parecia em dúvida.

— Tem noção do quanto isso é um tiro no escuro? — comentou ela. — O sistema é interligado à rede de dados federal. Deve ter uns cinco mil acessos todos os dias.

— Pode ter um milhão. Só precisamos procurar um nome.

— Não acho que o nome dele vai aparecer.

— Tomara, mas não custa tentar.

Allegra esperou o computador iniciar e começou a procurar. Digitou os comandos numa janela preta e apertou uma série de teclas que a levaram até um local onde poderia gerar a lista de acessos.

Antes de digitar a primeira letra, olhou para Gustavo.

— Vamos. Não custa tentar — incentivou ele.

Os dedos dela correram pelo teclado.

LAKOTA LEE
49 registros encontrados

Nos segundos seguintes, só se ouvia a ventoinha do computador.

Gustavo se abaixou para verificar as datas, que apareciam uma embaixo da outra. O silêncio tomou conta da sala quando verificaram que havia onze acessos de Lakota nos últimos cinco dias, sendo que dois foram feitos naquele mesmo dia.

Trocaram olhares confusos. Ambos formulavam hipóteses.

— É possível acessar o sistema de fora da delegacia? — indagou Gustavo.

Allegra hesitou.

— Não faço ideia — respondeu.

— Conhece alguém que saiba?

— Lena.

Telefonaram para a delegacia de Anchorage. A atendente disse que Lena não estava na sala, mas pediria que ela retornasse a ligação o mais rápido possível.

Minutos passaram.

Gustavo estava anotando no seu bloquinho o horário dos acessos de Lakota quando o telefone tocou.

— Oi, Gustavo. — Lena estava ofegante. — Algum problema?

— Acho que sim — respondeu ele. — A Allegra disse que você entende de redes de computadores.

— Eu fiz aquele curso que o departamento ofereceu no ano passado — explicou ela. — Digamos que consigo me virar.

— Certo. Então talvez saiba me dizer se é possível acessar o sistema interno da polícia de um computador que não esteja na delegacia.

Lena demorou a responder. Parecia estar conversando com alguém ao mesmo tempo que falava ao telefone.

— Desculpe — disse ela. — Vamos lá. Qualquer um que tenha login e acesso à internet consegue.

Aquilo não era nada bom.

— Então, tecnicamente, qualquer policial pode acessar o sistema de qualquer lugar? — perguntou Gustavo.

— Tecnicamente, sim. — Sua voz soava estranha. — Mas os números reduzem bastante se pensarmos que para fazer isso é preciso um computador com acesso à internet.

— E como isso nos ajuda?

— Conhece alguém no Alasca que tenha internet em casa?
— Não. — Ele cofiou a barba.
— Então... Quem você está procurando, tem.
Gustavo ouviu alguém chamando Lena no outro lado da linha.
— Só mais uma coisa — pediu, antes de desligar. — É possível descobrir o endereço da pessoa que está acessando o sistema?
Lena riu.
— Talvez em alguns anos, mas hoje eu diria que não.

70

Fazia quinze minutos que eles não cruzavam com veículos na direção oposta. Apenas galhos e folhas secas farfalhavam no asfalto.

— Ou o Lakota está acessando o sistema, ou alguém conseguiu os dados dele. — Gustavo encarou a escuridão entre as árvores.

— Sei o que parece, mas o assassino não cometeu um erro sequer até agora. — Allegra bateu os dedos no volante. — Se fosse o Lakota, ele não seria estúpido de deixar esse rastro.

Fazia sentido. *A não ser que...*

— Acha mesmo que é um rastro? — Olhou Allegra de soslaio. — Você disse que são milhares de acessos por dia no sistema. Se não tivéssemos procurado o nome exato, estaríamos até agora analisando aquela porcaria.

— Pode ser.

— Pode ser o quê?

— Que você tenha razão.

Allegra reduziu a velocidade ao ver um cervo e seu filhote atravessando o asfalto. No banco do carona, Gustavo abriu uma fresta na janela para cuspir o chiclete, fazendo a voz do apresentador do jornal da rádio misturar-se aos ruídos que vinham de fora.

— Conhece Lakota há quanto tempo? — perguntou ele, enquanto se esforçava para girar a manivela do vidro com o braço machucado.

— Desde minha transferência.

— Então sabe onde ele mora?

Allegra fez que sim.

Faróis refletiram no retrovisor. Um carro em alta velocidade os ultrapassou.

— O que acha de darmos uma olhada? — indagou Gustavo.

— No apartamento dele? — replicou Allegra, inquieta. — Sem um mandado?

— Quem se importa com mandados?

— O chefe do departamento.

— Eu não conto se você não contar.

* * *

Em quarenta minutos, chegaram a uma rua estreita de um bairro que ficava às margens da enseada em Anchorage. Gustavo e Allegra sentiram o cheiro de peixe e de água salgada quando desceram da viatura.

Lakota morava num prédio de quatro andares, com um caminho de azulejos de cerâmica que levava até o portão ao lado da guarita. Quando chegaram, um homem de uniforme azul-escuro colocou a cabeça para fora da janelinha.

— Posso ajudar? — Ele tinha voz fina.

Gustavo olhou para Allegra, esperando que ela assumisse.

— Somos da polícia. — Ela estendeu o distintivo. — Queremos dar uma olhada no apartamento de Lakota Lee.

O homem assentiu.

— Não diga que o encontraram? — Logo em seguida o portão se abriu com um bipe.

— Não. — Allegra entrou. — Sabe de alguma coisa?

— Só que não o vejo desde que desapareceu. — O homem esfregou as mãos e voltou para dentro do seu cubículo aquecido.

Seguiram para a entrada, atravessando um amplo corredor em cujas paredes estavam penduradas cópias das obras de um artista local que todos conheciam mas quase ninguém lembrava o nome. Subiram o primeiro lance de escadas e cumprimentaram um menino que brincava com bonecos dos *Cavaleiros do Zodíaco* em frente a um apartamento. Pararam diante do 201. Allegra forçou o trinco. Gustavo olhou para o menino brincando ali perto, que os encarava como se julgasse o que eles estavam fazendo.

— Somos da polícia, tá legal? — explicou Gustavo.

O menino abaixou a cabeça e entrou em casa.

Allegra empurrou a porta.

— Quer que eu arrombe? — perguntou Gustavo.

— Tem certeza? Todo o andar vai saber que estamos aqui.

— O guarda sabe. O menino sabe — disse ele. — Daqui a meia hora, a cidade inteira vai saber.

Gustavo chutou o trinco com força.

As primeiras coisas em que reparou ao entrar naquele pequeno apartamento foi o cheiro de cigarro e o quão limpo e bem-arrumado estava. Na sala conjugada, mobiliada de forma simples e atrativa, não havia bagunça, restos de comida ou copos sujos como em qualquer apartamento de um jovem solteiro. A cor do papel de parede desbotado era clara, o que aumentava a sensação sufocante de limpeza. Na cozinha estreita, não havia pratos esperando na pia. Aquela imaculada organização o fez pensar em tirar os sapatos antes de continuar.

Deixaram a sala e atravessaram o corredor.

Chegaram ao quarto, onde viram a cama com lençóis dobrados com tanta força que ficar embaixo deles requeria manobra acrobática.

— Tem certeza de que ele mora aqui? — Gustavo não deixou de reparar nos três sapatos enfileirados ao lado do guarda-roupa. — A mesa dele lá no escritório é uma bagunça. E não me lembro de tê-lo visto fumando.

— Pois é. — Allegra aproximou-se de uma mesinha de estudos para analisar algo em cima dela.

Gustavo aproveitou para espiar o banheiro.

A lâmina de barbear e a loção pós-barba estavam dispostas em ordem militar ao lado do sabonete. Uma guimba flutuava dentro do vaso, o que indicava que alguém estivera ali havia pouco tempo. De repente, soube o que todo aquele excesso de capricho lembrava: seu próprio apartamento anos antes, quando Claire avisava que viria passar o fim de semana.

Deu meia-volta e chegou perto da mesinha.

Havia uma fileira de livros organizados por tamanho e cor e papéis com o timbre do departamento rabiscados.

— Dá uma olhada nisso — disse Allegra, apontando para um dos papéis. — Parecem informações do caso Mary Albameyang.

Gustavo correu os olhos pelo papel. Ali estavam anotados detalhes como o dia da morte, o local no bosque onde o corpo foi encontrado e outras descrições que cabiam somente à polícia.

— Tem algo estranho — ele ponderou. — Lakota está desaparecido desde antes do Ano-Novo, mas Mary só foi encontrada esta semana.

Allegra arrastou a folha com o polegar, revelando mais papéis com dados dos demais desaparecimentos e assassinatos creditados ao Homem de Palha. Junto deles, havia recortes de jornais nacionais com artigos sobre o maníaco.

— Um dossiê? — supôs ela.

— Ou um caderno de recordações.

Continuaram fazendo a busca nos cômodos, abriram armários, gavetas e pegaram tudo de relevante que encontraram. Quando terminaram, usaram o telefone de um vizinho para chamar reforço, ordenando aos curiosos no corredor que ninguém entrasse. Esperaram os policiais chegarem e disseram a eles que tinham entrado no apartamento porque pensaram ter ouvido gritos. Quando a perícia chegou, eles desceram ao térreo e pegaram a viatura. Pelo vidro lateral, Gustavo viu um homem alto parado na calçada, fumando e olhando para o prédio com o rosto escondido embaixo do chapéu. Tentou identificá-lo, mas Allegra acelerou pela rua naquele mesmo momento. Estacionaram na garagem subterrânea da delegacia dois minutos depois do fim do expediente. Havia um estranho movimento de policiais na sala separada que usavam como cozinha. Logo um grupo passou por eles segurando pastéis fritos e copos de café. Em seguida, apareceu outro grupo carregando brownies e refrigerante.

— Será que fomos convidados? — cochichou Allegra, com a mão na frente da boca enquanto subiam ao departamento.

Gustavo ficou tenso ao entrar no escritório e ver Lena ao telefone. Não tinha certeza de que estava preparado para descobrir o resultado da exumação. Sentou no sofá e recostou-se. Na televisão, na parede, passava uma reportagem sobre a vida de Nelson Mandela, cuja manchete era: "O primeiro presidente negro eleito na África do Sul".

O volume estava no mudo.

Ele parou de assistir quando Lena colocou o telefone no gancho.

— Não é o que está pensando — adiantou-se ela. — É o resultado das digitais na arma que matou Ethan no barco.

Gustavo relaxou.

— Conseguiram identificar?

— As do cabo eram do próprio Ethan. E as do cano são compatíveis com as de Rupert Miller.

Gustavo ficou surpreso.

— Miller?

— O taxidermista que vocês visitaram outro dia — acrescentou Lena, oferecendo o material. — A polícia o prendeu. Em interrogatório, ele admitiu ser o dono da arma, mas negou envolvimento no crime. Disse que a arma sumiu do ateliê dele dias atrás. Apresentou, inclusive, o boletim de ocorrência do furto.

— Isso não prova nada.

— Não, mas o interessante é que ele registrou a ocorrência no mesmo dia em que vocês foram vê-lo.

— Ele comentou se tem alguma suspeita?

Lena ergueu as sobrancelhas.

— Allegra Green ou Gustavo Prado — contou. — Ele disse pra polícia que vocês foram as únicas pessoas que entraram no ateliê no dia em que notou o sumiço da arma.

— No dia em que notou o sumiço?

Lena assentiu.

— Pelo jeito ele nem sabe o dia em que a arma foi levada — continuou ela —, mas disse ter quase certeza de que foi um de vocês.

Gustavo virou-se e foi até a janela olhar os prédios. Tinha vontade de rir.

— Esse babaca está mentindo. — Lembrou-se do pastor-alemão que tinha rasgado os sacos de ração em busca de comida.

— Também acho — disse Lena. — A autópsia mostrou que Ethan cometeu suicídio antes de ele reportar a invasão ao ateliê. De qualquer forma, pediram prisão preventiva até que ele consiga explicar melhor as coisas.

Gustavo animou-se. Talvez naquela repentina maré de sorte eles tivessem conseguido tirar o assassino de circulação.

— Ele foi mandado pra penitenciária? — perguntou.

— Foi — respondeu Lena. — E provavelmente está dividindo a cela com o Adam.

71

Estou sem tempo, mas antes vou assistir à matilha abatendo um cervo e seu filhote. É incrível como a mãe protege a cria, que não tem ideia do que acontece, colocando-se entre ela e as quatro feras. *Afeto ilimitado.* Um lobo com pelagem escura ataca primeiro, derrubando a mãe e cravando os dentes no pescoço dela. O som que ela emite enquanto sua vida escorre pelo corte, criando uma poça no chão, parece uma sinfonia. *A beleza da vida.* Ela bate as pernas e vira os olhos, lutando pela sobrevivência. Enquanto isso, o restante da matilha abate seu filhote num ritual de pura violência que só a natureza pode proporcionar.

Entendo que isso soe macabro para ouvidos criados à base de cotonete, mas violência é vida. Você se esconde dela, acovarda-se na sua presença, mas sem ela não haveria eu, nem você, nem lobos, nem cervos, apenas organismos unicelulares boiando num lago salgado. Violência é evolução. As espécies evoluem por competições violentas, em que os fortes matam os fracos, ajudando a moldar o que somos hoje. Simples assim. Apesar de tudo, ainda tratamos a violência como nossa inimiga, mesmo sendo nossa maior aliada.

Estou sem tempo.

Quando o sangue da mãe e do filhote forma uma só poça, compreendo que é hora de continuar.

Agacho-me, iluminando o chão com a lanterna. Está cada vez mais difícil enxergar as pegadas na neve, de modo que cada nova marca é uma vitória. Ela estava tão perto, mas me escorreu pelos dedos. Não sei há quanto tempo Gabriela escapou da caixa. Algumas horas, imagino. Minha esposa mal consegue falar e meus filhos dizem coisas diferentes. Não sei em quem acreditar. E, na minha desconfiança, sigo a trilha dos passos.

Vou pegá-la. É questão de tempo.

Caminho alguns minutos depois de atravessar o riacho onde as pegadas ficaram confusas. *Minha menina é esperta.* Ela passou por aqui há algum tempo, mas não demora muito até que meus olhos sejam agraciados com um feixe de luz que brilha numa cabana afastada. Busco abrigo atrás de um tronco. Estou curioso. Mal consigo me lembrar da última vez que estive neste lado da montanha. É um lugar sem caça abundante, e parte da região integra o parque florestal, por isso não imaginei que alguém pudesse construir aqui.

Embora haja claridade, não vejo ninguém quando me estico para olhar pela janela. Somente a lareira apagada e um estofado rasgado. Do lado de fora, vejo marcas de pneus e a porta da frente encostada, me convidando a entrar.

Ando pela sala com passos sorrateiros, e atravesso o corredor que leva à cozinha. Não há nada de diferente. Dou meia-volta e antes de ir embora entro em um quarto. Sinto as mãos formigando e os batimentos acelerando. Uma onda de bem-estar se alastra por todo o meu corpo. Esperei muito tempo para encontrá-lo. Jamais imaginei que minha menina me traria até ele. Sim. Agora tenho certeza de que ela esteve aqui, assim como estou certo de que ele a levou.

Olho os desenhos de um livro que não me parece estranho.

Que tipo de doente empalha um ser humano?

Ele descreve desde maneiras corretas de remover pele de urso sem rasgar o couro até pontos do corpo humano onde há menos concentração de vasos sanguíneos, tudo muito detalhadamente. Coisas importantes de saber se você é alguém que não gosta de sujeira. Coisas que jamais imaginei que outro habitante desta cidade saberia.

Pobre Gabriela.

Cair nas mãos desse maníaco...

Durante o tempo que passo ali, aproveito para conhecer melhor o homem que roubou tudo que me pertence. Vasculho os cômodos para descobrir que tipo de comida ele come, que marcas de bebida consome, que livros lê e até que cheiro tem o sabonete que usa. O que sinto por ele é algo que extrapola o ódio. Tenho vontade de arrancar os olhos dele, cortar sua língua e enchê-lo com os mesmos bonequinhos que ele guarda nesses sacos. *Farei isso em breve.* Agora que sei onde vive, logo saberei quem ele é. Preciso extirpar essa praga, pois a vontade de fazê-lo desaparecer do meu mundo ficou ainda maior agora que descobri que, de certo modo, somos parecidos. Ele gosta das mesmas coisas que eu.

O estofado rasgado na sala parece confortável.

Fico sentado ali por horas, planejando os detalhes.

Olho pela janela. Embora esteja escuro, sei que já é de manhã. Posso sentir o calor do sol aquecendo a relva e derretendo a neve atrás da montanha. Logo o grande astro estará alto o bastante para aquecer o bosque, e eu não estarei mais aqui. Sou astuto, um presente que a natureza deu à humanidade. Não posso estar aqui quando amanhecer, embora queira muito ver no que mais somos parecidos: se somos crias do mesmo animal, se ele consegue esconder sua natureza, se sua fachada de normalidade engana tão bem quanto a minha.

Espero mais 45 minutos antes de levantar. Temo que ele não vá aparecer. Embora eu tenha sido cuidadoso, ele deve saber que estou aqui. *Será que me observa?* Volto ao quarto. Faço força para arrastar o saco com os bonequinhos até o pátio. O sol logo vai aparecer. Tenho que me apressar. Passo quinze minutos dispondo os bonequinhos num grande círculo, afastados não mais que trinta centímetros um do outro, ao redor da cabana. Olho para o céu. A neve não voltará a cair tão cedo, de modo que, quando todos chegarem, os bonequinhos ainda estarão visíveis.

Encaro a cabana, então vou buscar o livro. Sinto a capa áspera roçando meu casaco quando me curvo para colocar fogo na cortina.

Saio, pisando nas mesmas pegadas que minha doce menina deixou. Ninguém poderá me seguir. Interrompo o passo, olhando para trás. Há marcas de pneu na neve, mas só quero olhar para a cabana. Quero ver tudo queimar. Quando vejo que o fogo toma conta das paredes, aperto o livro contra o peito e desapareço no meio das árvores, assim como um bom predador faz depois de devorar sua presa, deixando apenas ossos para trás.

72
Anchorage, Alasca
7 de janeiro de 1994

Os raios de sol entravam pelas persianas erguidas até a metade. Aquela mesma claridade atingiu os olhos de Gustavo quando ele cruzou a porta de vidro da delegacia. Segurando um copo de café, ele parou assim que viu Allegra e Lena sentadas à mesa com Edgar, o chefe do departamento.

— Sente-se, sr. Prado. — Edgar quis parecer amigável.

Gustavo olhou para Allegra, que franziu a testa e apontou a cadeira. Antes de sentar, viu que Edgar segurava uma pasta com folhas do Hospital Regional do Alasca. Sabia do que aquilo se tratava, só que ainda não tinha certeza se queria descobrir.

Edgar fez sinal para Lena fechar a porta e olhou para Allegra, deixando claro que ela tinha sido escolhida para dar a notícia.

— Recebemos o resultado da exumação.

Gustavo se endireitou. Seu coração estava disparado. O sol que entrava pela persiana o cegava. Num instante, sentiu a descarga de adrenalina na corrente sanguínea.

Allegra estava com os ombros contraídos.

— Não sei se existe um jeito certo de dizer isso, mas o corpo não era da Claire.

Gustavo mirou um ponto fixo na parede, passando o dedo indicador entre a testa e o nariz. De repente, nada mais ao seu redor importava. O fio que o ligava à realidade tinha rompido. Não sabia o que dizer. Nem se devia dizer qualquer coisa. Sete anos. Quase uma década vivendo uma vida de mentira. Tanto sofrimento e lágrimas em vão. *Claire está viva.* Afundou o rosto nas mãos quando pensou no tempo que ela havia passado com aquele maníaco, na angústia que deve ter sentido ao ver os anos passando sem que ninguém fosse socorrê-la. Sete anos vivendo com um monstro, assustada, no escuro e em imensa agonia. Gustavo cerrou o punho. Seus olhos se encheram de lágrimas. Tinha sido enganado como um pássaro que é atraído pela comida e acaba preso numa armadilha que muda seu destino.

— Nós vamos achá-las e trazê-las pra casa. — Allegra colocou a mão no ombro de Gustavo. Um ato de compaixão que não fazia diferença.

Gustavo permaneceu calado. Ele enfiou a mão trêmula no bolso e pegou a fotografia. Fitou-a durante alguns instantes antes de colocá-la na mesa.

— Minha esposa e minha filha estão vivas. — O rancor na sua voz era algo que ninguém merecia ouvir. — Elas passaram os últimos sete anos nas mãos desse maníaco, esperando que eu fizesse alguma coisa, que as resgatasse, que as livrasse dessa merda. E eu não fiz nada.

Allegra olhou para Lena.

— Você teria feito se soubesse — disse Alegra.

— Isso não melhora as coisas.

Lembranças invadiram a mente de Gustavo, fazendo-o embrenhar-se num caminho doloroso. Certos lugares a mente não devia visitar. Apertou os olhos, tentando expulsá-las. Não adiantou. *Claire está viva. Sempre esteve.* Levantou e foi ao banheiro. Jogou água fria no rosto e olhou-se no espelho. Estava terrível. Secou-se com uma porção de toalhas de papel e voltou à mesa.

— Podemos parar por aqui, se achar melhor — assinalou Edgar.

Gustavo balançou a cabeça.

— Descobriram quem estava no caixão? — perguntou.

Ninguém respondeu.

— Sr. Prado — disse Edgar —, conversei com alguns membros do departamento e decidimos que é melhor você se afastar do caso.

Aquilo o atingiu como um raio.

— Estão de brincadeira? — Gustavo olhou para Allegra e Lena, imaginando que elas estivessem envolvidas. — É claro que não vou sair!

Edgar bateu os dedos na mesa.

— Tenho certeza de que gostaria de continuar na equipe, mas a decisão já foi tomada — comunicou. — Vínculos emocionais atrapalham o desempenho do agente, então gostaríamos que entregasse a arma e o distintivo. Você ficará afastado até segunda ordem.

— Desempenho do agente? — retorquiu Gustavo. — Aprendeu isso nas merdas de curso que a agência oferece?

— Nós não... — Edgar suspirou. — Nós não mudaremos de ideia, sr. Prado. Realmente precisamos que se afaste por alguns dias.

De repente, Allegra abriu a boca como se quisesse dizer algo, mas logo a fechou. Havia uma faixa de sombra no seu rosto.

— Quanta baboseira. — Gustavo socou a mesa.

— O departamento fez o check-out no hotel que estávamos te hospedando — continuou Edgar. — Queremos que volte a Riacho do Alce, espere notícias e descanse enquanto a polícia faz o resto do trabalho. Sei o quanto deve ser difícil, mas faremos todo o possível pra pegar o criminoso que está com sua família.

Abrindo um sorriso debochado, Gustavo pegou o distintivo.

— Sabe que vou continuar investigando com ou sem essa merda, não sabe? — Atirou-o na mesa.

— Essa é uma decisão sua, senhor. Mas atrapalhar uma investigação é considerado crime.

— Pare de me chamar de senhor. — Gustavo ficou em pé.

— Como preferir. — Edgar fez um gesto de desarme. — Só espero que entenda o que me levou a tomar essa decisão.

— Claro que entendo. — Gustavo caminhou até a saída. — Aliás, por que você não vai à merda?! Por que todos vocês não vão à merda?!

Pelo reflexo no vidro, viu Edgar de cabeça baixa recolhendo os papéis e a fotografia.

— Esqueceu de entregar sua arma — disse Edgar um segundo depois.

— Vem buscar. — Gustavo nem olhou para trás.

O sol refletia nas janelas quando Gustavo desceu do táxi em frente ao hotel. Os corredores do seu andar estavam desertos. Havia poucos hóspedes naquela sexta-feira, a maioria já havia saído para dar lugar aos que chegariam a partir das duas da tarde para a próxima diária. Entrou no quarto e sentou na cama. Abriu o frigobar e pegou uma lata de Pepsi, que bebeu num longo gole, apreciando o gás que entrava pelas fossas nasais. Apoiou o queixo na mão, imaginando que talvez devesse mesmo voltar a Riacho do Alce, mas não para descansar.

O fato é que não iria deixar o caso. Não mesmo. Podiam ter lhe afastado do departamento, mas ninguém o impediria de continuar trabalhando. Numa descarga de fúria, socou o colchão algumas vezes, imaginando que deixava o rosto de Edgar cada vez mais roxo. *Filho da puta.* Por fim, enfiou seus pertences numa sacola e saiu.

Depois de entregar a chave para a recepcionista do turno, parou ao ver uma viatura estacionando no outro lado da rua. Allegra e Lena. Respirou fundo quando elas atravessaram a rua movimentada.

Ambas estavam com o rosto fechado.

— Vai mesmo voltar pra casa? — indagou Allegra.

— Ainda não sei — respondeu Gustavo.

— Não tivemos nada a ver com aquilo — explicou ela. — Tentamos fazê-lo mudar de ideia, mas no fim é ele que decide.

— Agradeço. Eu não devia ter me alterado daquele jeito.

Allegra mexeu a cabeça no que pareceu um sinal positivo.

— Ainda quer saber de quem era o corpo enterrado?
— Quero.
— Certo. Então que tal conversarmos em outro lugar?
Atravessaram a rua e entraram na viatura.
Dirigiram sete quadras até o parque municipal. Perto do lago congelado, havia inúmeras pessoas sentadas nos bancos, algumas lendo jornal e comendo sua marmita durante o intervalo do trabalho, outras só buscando um pouco de vitamina D. Deram a volta no lago, andando sobre o gramado queimado pela neve, e se acomodaram num banco próximo de um carrinho de cachorro-quente.

Antes de começar a falar, Lena abriu a bolsa que carregava a tiracolo e entregou uma resma de folhas para Gustavo.

— São os arquivos do caso — disse. — Fizemos cópias quando descobrimos que você seria afastado.

Gustavo agradeceu com um gesto afirmativo. Não tinha intenção de ler tudo aquilo outra vez, embora conhecesse histórias de casos que não foram solucionados precocemente porque os investigadores não haviam lido os arquivos vezes o suficiente para ligar os pontos.

— Lembra-se da garota que trabalhava numa corretora de seguros e foi dada como desaparecida em 1982? — disse Allegra.
— Lembro.
— Se chamava Berta Emmanuel. É dela o corpo.

Gustavo mirou o horizonte. Tinha lido algumas coisas sobre Berta, sobre como as autoridades a haviam procurado nas primeiras semanas e como esqueceram que ela existia conforme o tempo passou. *Estatística.* Era isso que as vítimas viravam quando um caso não era resolvido logo ou não tinha apelo popular.

— Como souberam?
— Comparação de arcada dentária — explicou Lena.

Um casal de mãos dadas passou perto deles e parou para comprar cachorro-quente.

— Quero que escute com atenção. — Allegra apoiou os cotovelos nas coxas e olhou para Gustavo. — Quando esse caso surgiu pela primeira vez, não tínhamos motivos pra checar todos os detalhes, até porque Berta desapareceu quatro anos antes de Claire. O que quero dizer é que na época as duas tinham 27 anos, a mesma altura e a mesma cor de pele e de cabelo. — Ela falava e pegava os papéis com aqueles dados. — Os corpos eram semelhantes em proporção e, se olhar pra imagem, vai ver que são parecidas. — Mostrou a fotografia de Berta.

Gustavo a analisou, mas não achou Berta e Claire tão parecidas assim.

— Tá legal. — Ele devolveu os papéis. — Então podemos começar a pensar que o desaparecimento de Claire foi planejado?

— Eu diria que Berta foi escolhida como substituta — disse Lena. — O ponto aqui é que o assassino pode ser alguém que a conhecia, ou que gostava dela.

— Se ele a conhecia, é provável que me conhecesse.

— Isso explicaria aquela cena na TV — disse Allegra.

Ficaram em silêncio, ouvindo os cochichos entre o vendedor de cachorro-quente e o casal.

Lena olhou para Gustavo.

— Está pensando em algo? Sei lá... Um lugar por onde possamos começar?

De pronto uma lembrança dominou Gustavo.

— Tinha um cara que ela conheceu no trabalho — contou ele. — Ela me disse que ele era estranho, e que chegou a convidá-la pra jantar algumas vezes. É o único que consigo lembrar.

— Sabe quem é ele?

— Não. Claire disse que tinha resolvido aquele assunto e não queria causar mal-estar. Lembro que, assim que soube disso, pedi ao Dimitri pra arrumar um valentão e dar um susto no cara. Eu estava tentando ser promovido naquela época, por isso não podia sujar as mãos e me meter em encrenca — explicou.

— E será que esse valentão lembra quem era o cara?

— Nunca mais falamos disso depois daquele dia. — Gustavo apertou os lábios. — É bem provável que ele tenha pegado o dinheiro do Dimitri e não tenha feito nada.

— Temos que achar esse homem — ponderou Lena. — Alguma ideia de onde procurar?

— Em alguma penitenciária do Canadá. A última vez que ouvi falar dele, soube que estava metido num assalto em Toronto. — Forçou a memória. — Se não me engano, o nome dele era Peter Waldau.

— Lena, acha que consegue? — indagou Allegra.

— Não tenho acesso ao banco de dados canadense, mas me dê algumas horas e verei o que posso fazer.

Allegra assentiu.

— Agora quero que volte para Riacho do Alce. O Edgar é um pé no saco, e vai colocar alguém na sua cola pra garantir que você não se meta na investigação, ainda mais depois do que você fez — alertou ela. — Ele não pode saber que estamos conversando. Espere nossa ligação.

Gustavo assentiu.

Gabriela não ouvia mais a caminhonete. Seu pulso acelerava a cada passo, num misto de leveza e preocupação, ambos causados pelo mesmo motivo: naquele momento estava sozinha. A claridade na casa da fazenda dos Watson servia como alento para sua mente cansada. Ela cavoucava a neve com o pé, fazendo os dedos ficarem arroxeados. Não conseguia mais sentir o pé direito, e a única coisa que reconhecia do esquerdo era uma dor incômoda que a fazia apertar os lábios. Continuou, encorajada pelo serzinho dentro da barriga.

Não iria desistir.

Uma rajada de vento balançou as árvores na beira da estrada. Tentou correr, queria chegar à casa o mais rápido possível, mas a dor a impedia. Respirou fundo. Mal acreditava que tinha conseguido enganar aquela mulher louca para fugir da caixa. Mal acreditava que estivera na cabana do Homem de Palha e que ele a libertou. Fez uma rápida oração à Virgem de Guadalupe enquanto agarrava a cerca de arame, que a ajudou a se arrastar até o portão.

FAMÍLIA WATSON.

A placa de madeira entalhada, pendurada por correntes no alto do portão, fez Gabriela sentir, pela primeira vez nos últimos dias, que a leveza tinha aberto alguma vantagem sobre a preocupação. Empurrou as tábuas para entrar na propriedade. Na varanda da casa, a mais ou menos cinquenta metros de onde estava, Gabriela viu duas pessoas. Por causa da escuridão, elas não conseguiam vê-la.

— Socorro! — gritou, mas o grito não foi alto o bastante.

Sentiu algo se mexendo nas árvores ao redor. Seus pelos ouriçaram quando percebeu que daquela vez não tinha sido o vento. Soltou a cerca e começou a correr. Seus pés doíam. Não ousou olhar para trás, mas no fundo sabia que havia algo seguindo seus passos. Podia sentir sua presença. Passos na neve emanaram de algum lugar próximo.

— Socorro! — Torceu para que as duas pessoas na varanda ouvissem seu grito. — Soc... — Uma dor lancinante na lateral do rosto a impediu de completar a palavra.

Com os olhos embaralhados e sentindo algo quente escorrer pela bochecha, Gabriela caiu na neve fofa. De repente, respirar ficou difícil, como se houvesse algo entupindo a passagem de ar. Fez um esforço tremendo para levar a mão ao rosto. *Sangue.* Sua cabeça doía tanto quanto o resto do corpo.

Forçando os cotovelos para ficar em pé, viu um vulto se ajoelhar ao lado. Um homem grande que carregava algo na mão. Tentou gritar, mas não conseguia abrir a boca. Sua mandíbula estava deslocada.

— Percebe o que me obrigou a fazer, doce menina?

Gabriela tentou falar, mas apenas balbuciava.

Ele então a segurou pelos braços, impedindo também que movimentasse as pernas. Num ímpeto, Gabriela tentou mordê-lo, mas não chegou nem perto. Queria gritar, tirá-lo de cima dela, mas lhe faltava força. Os joelhos dele pressionando seu peito tornavam as coisas mais difíceis. Tudo estava tão borrado que não era possível nem enxergar o céu. Sua cabeça doía, mas tal dor foi tragada por outra maior quando o homem passou uma lâmina afiada na sua garganta, fazendo com que o sangue salpicasse a neve.

Gabriela se debateu como um animal ferido, colocando as mãos no pescoço, tentando impedir aquela sangria. Engasgou quando tentou puxar ar. Então começou uma erupção de bolhas, que estouravam antes de desgrudar da pele cortada, como se seu bebê brincasse de soprar água com sabão vermelho em algum lugar dentro dela.

Enquanto lutava pela vida, sentiu o homem acariciando sua barriga.

— Agora vamos te tirar daí — disse ele.

Quando ia fazer o corte, ele interrompeu o movimento.

— Maldição. — Ficou em pé.

Com o mundo escurecendo ao redor, Gabriela o viu sumir entre as árvores. Estava sozinha outra vez, no escuro, no silêncio. Os segundos pareciam horas. Sentia o calor do sangue já na metade dos braços quando viu um brilho se aproximando da trilha que conduzia à fazenda. Um homem e um garoto.

— A caixa... — balbuciou ela, tentando apontar. — A casa...

O homem a envolveu e a ergueu nos braços.

— Corra e ligue pra emergência — disse ao garoto. — Depressa!

75
Riacho do Alce, Alasca
7 de janeiro de 1994

Com a sacola de roupas numa mão e as correspondências na outra, Gustavo se escorou na parede, esperando o elevador. Tinha acabado de abrir a caixa de correio, amassado uma dúzia de panfletos promocionais e guardado apenas as contas de energia e TV a cabo, que, mesmo fechadas, imaginava estar vencidas.

Chegando ao quinto andar, olhou para o tapete amontoado em frente à porta. Esticou-o. Fazia tempo que a faxineira não o deixava daquele jeito. Pelo menos ela passara a ter o cuidado de estendê-lo depois que uma vizinha do terceiro andar reclamou durante a reunião do condomínio antes do Natal. Gustavo nunca entendeu a necessidade das mulheres de manter as coisas sempre impecáveis. Claire não era assim. Mas talvez ela pudesse ter mudado depois de tantos anos. *As pessoas mudam.* Torceu para que ela não tivesse mudado. Era perfeita como era. Nada que fosse tirado ou adicionado a tornaria melhor ou pior.

Enfiou a chave no trinco, mas antes de entrar viu que todos os demais tapetes do corredor estavam do jeito que deveriam estar. Entrou no apartamento, sentindo o cheiro de casa fechada. Ficou em silêncio, e desistiu da ideia de que houvesse alguém ali dentro depois de ficar um minuto calado escutando apenas o barulho do encanamento e o choro do filho do vizinho. Chegou a caminhar na direção da janela querendo abrir uma fresta para ventilar, mas fazia frio naquela noite. Largou a sacola no chão, colocou as correspondências na mesa e foi ligar o calefator. Sentindo a temperatura aumentar, tirou o casaco e foi ao quarto ouvir as mensagens na secretária eletrônica.

Das sete ligações, as últimas cinco datavam daquele dia. Ninguém tinha deixado recado. Apertou os botões para ver os números. Todas apareciam como número desconhecido.

O banho que tomou em seguida não foi demorado como de costume. Tentou aproveitar o momento, o calor da água aquecendo sua pele, mas sua cabeça estava em outro lugar. *Claire.* Deixou a porta do banheiro aberta enquanto se secava, temendo não conseguir ouvir o telefone no quarto caso tocasse. Aparou a barba e penteou o cabelo.

Subitamente, seu reflexo no espelho o fez sentir-se um covarde. Perguntou-se se aquele era o reflexo de um bom policial. Um rosto pálido, dois olhos fundos, rodeados de marcas azuladas, uma de cada lado do nariz. As marcas de expressão na testa pareciam cortes de faca em madeira. Quase chorou quando lembrou que havia quebrado uma promessa que fizera a si mesmo e a Claire: ele nunca, de maneira nenhuma, iria abandoná-la.

No tempo que ficou parado, pensou em mais de cem planos que poderia colocar em prática para acelerar seu reencontro com Claire. A mente de um investigador pode ser um lugar bem fértil quando um ideal é abraçado. Não demorou a concluir que todas as ideias seriam barradas sempre no mesmo ponto: não tinha nada a que agarrar-se. Tinha passado uma dezena de dias investigando com a polícia, correndo para diferentes lugares, supondo coisas como se fossem videntes, para que no fim a amarga realidade fosse que não tinham feito avanço nenhum a não ser o fato de terem farejado uma trilha de cadáveres.

Caminhou até a sacola de roupas para pegar a cópia da fotografia de Claire e da criança que fizera em Anchorage no dia anterior. Pendurou-a no canto do espelho, para lembrar pelo que lutava.

Foi para a sala e sentou na poltrona, mesmo sabendo que não ficaria na mesma posição por muito tempo. Ligou a TV, mas desligou antes de ver o que estava passando. A imagem encolheu e virou um pontinho preto no centro da tela. Levantou. Não tinha fome, nem sede, nem vontade de fazer coisa nenhuma que não fosse encontrar Claire. Encarou o telefone. Não conseguiria dormir se Allegra não retornasse com novidades sobre Peter Waldau.

Cinco minutos depois o telefone tocou. Gustavo levantou num salto. No display, no lugar do número de telefone de quem estava ligando, aparecia a palavra DESCONHECIDO. Tirou do gancho.

— Alô.

Ninguém respondeu, embora ele soubesse, pela respiração ofegante, que havia alguém no outro lado da linha.

— Allegra?

— Quem fala? — Alguém devolveu a pergunta.

Gustavo sentiu o coração petrificar. Aquela era a voz de...

— Claire? Claire, é você?

Ouviu estalos na linha.

— Claire — chamou mais alto.

— Boa noite, Gustavo. — Um homem assumiu a ligação. — É bom poder falar com você de novo. Como vão as coisas no trabalho? Fiquei sabendo que te dispensaram. — Aquela voz mascarada soava esquisita.

— Encoste nela e vou arrancar seus olhos, seu desgraçado. — Gustavo fechou a mão com tanta força que achou que o telefone quebraria.

— Arrancar meus olhos? Sério? Pensei que fosse mais criativo — riu o homem. — Fique tranquilo, não farei com ela nada que já não tenha feito uma centena de vezes. Claire vem sendo uma boa esposa nestes últimos anos. Ainda não tenho certeza se quero devolvê-la.

Gustavo não sabia o que fazer. Queria estrangulá-lo, mas estava de mãos atadas, vendado e amordaçado. Aquele homem estava com Claire.

É ele quem comanda o jogo.

Tentou manter a calma. Não queria continuar desafiando-o, mas também não queria parecer abatido.

— Me diga onde ela está — disse com calma, tentando escutar algum som que pudesse ajudá-lo.

Não captou nada além da voz que vinha com um chiado baixo.

— Acho maravilhoso que queira se juntar a nós, mas isso não é o que me deixa mais satisfeito — disse o homem. — Aceitação. É sobre isso que venho falando. Finalmente você entendeu quem dá as cartas.

— Era isso que você queria?

— Por enquanto é o bastante.

— Sabe que vou te encontrar, não sabe?

— Sei. Claro que sei — concordou o homem. — Você é muito bom em encontrar coisas. Encontrou a maioria das peças do quebra-cabeça que deixei. — Fez uma pausa. — O problema é que agora você tem uma dúzia de peças, mas não faz a mínima ideia de como elas se encaixam. Deve ser frustrante.

— Como pode ter certeza de que eu não as encaixei?

Um riso baixo ecoou novamente.

— Eu não estaria no telefone se o quebra-cabeça estivesse montado, estaria? — Ele parecia animado. — Veja bem, Gustavo. Pode não parecer, mas eu gosto de você. Gosto mesmo. — Outra pausa. — Só peço que não estrague tudo envolvendo a polícia quando a hora chegar. Nem pense em ligar pra Anchorage, ou pra qualquer outro lugar. Eu saberei se você fizer isso.

— Quando a hora chegar?

— Foi bom falar com você. Gostaria de poder te desejar uma boa noite, mas acho que ela não vai ser tão boa assim.

E desligou.

Dominado pela inquietação, Gustavo ficou mais alguns segundos com o telefone na orelha antes de ir até a janela da frente e olhar para baixo. Para onde quer que olhasse, via pessoas bem agasalhadas andando despreocupadas, olhando vitrines e atravessando a rua entre os carros. Pessoas normais, levando vidas normais, com suas próprias rotinas. Qualquer um poderia ser o assassino. Voltou para a poltrona. Se o Homem de Palha batesse à sua porta pedindo ajuda, Gustavo provavelmente o deixaria entrar. Ele poderia ser qualquer um. Um vizinho, um amigo, um desconhecido.

Pensou em ligar para Allegra.

Ligar para contar o quê? Que tinha ouvido a voz de Claire? Que ela estava viva? Todos sabiam daquilo.

Desistiu.

Quase meia hora depois alguém tocou a campainha. Algo tão raro ali que Gustavo deu um pulo. Foi até a porta e a abriu.

— Boa noite. — Era Jerry, o guarda do prédio. — Vi pelas câmeras de segurança que o senhor voltou pra casa.

— Boa noite. Pois é. Acabei de chegar. — Gustavo esticou o pescoço para o corredor. — Algum problema?

Jerry mantinha os olhos baixos. Nas mãos, um envelope vermelho que acabara de tirar do casaco.

— Deixei cair algo do correio quando subi? — indagou Gustavo.

— Na verdade, não. Posso entrar?

Qualquer um.

— Pode. Claro. Fique à vontade. Vou ver se encontro algo pra gente beber.

Enquanto Jerry se acomodava no sofá, Gustavo foi à cozinha servir uma dose da única bebida que havia ali: rum. Ao mesmo tempo que o líquido escorria para o copo, ficou pensando no que tinha levado Jerry a bater à sua porta. *Problemas?* Embora parecessem amigos, só trocavam algumas palavras enquanto um vigiava e o outro esperava o elevador. Quando retornou à sala, ofereceu um copo. Jerry aproximou o copo dos lábios, mas não bebeu nenhuma gota. Colocou-o sobre a mesinha.

— Como está o trabalho? — perguntou ele. — Ouvi que prenderam um empalhador de animais de Palmer.

— Estamos progredindo.

— Acha que ele é o assassino?

— Talvez. — Gustavo bebeu um gole do rum e olhou o relógio. — Está com algum problema, Jerry? Quero dizer... Você nunca veio aqui antes. Isso está cheirando a problema.

— Não sei como explicar. — Jerry entregou o envelope vermelho. — Mas agora há pouco peguei um garoto entrando na recepção com esse negócio.

— E? — murmurou Gustavo.

— E o moleque disse que pagaram cinco dólares pra ele colocar embaixo da porta do seu apartamento — continuou. — No começo, achei que ele estava querendo roubar algo dos corredores, você sabe que isso já aconteceu antes. Então peguei o envelope e falei pra ele ir embora antes que lhe enchesse de sopapos.

Gustavo começou a sentir a palma das mãos suando.

— E aí, quando abriu o envelope e viu o que tinha dentro, você percebeu que o garoto estava falando a verdade — resumiu, notando que o lacre estava violado.

— Desculpe por isso. — Jerry abaixou a cabeça. — Não imaginei que ele estivesse falando sério.

— Tudo bem. Não tinha como saber.

Gustavo ergueu o fecho do envelope. Um arrepio percorreu sua espinha quando retirou dali outra fotografia de Claire com a menina, ambas de pé em frente a uma antiga casa de campo idêntica àquela onde tinham passado o fatídico fim de semana sete anos antes.

— Conhecia o garoto que entregou?

— Nunca tinha visto. Dê uma olhada no que está escrito atrás.

Gustavo olhou o verso. Não foi difícil reconhecer a caligrafia, os traços e a forma como Claire desenhava a primeira letra de cada frase. "Agora que estou viva, venha buscar seu prêmio".

76
Anchorage, Alasca
7 de janeiro de 1994

Lena sentiu o cheiro de café passado inundando a delegacia. Estava exausta, com dor de cabeça, mas o sono ainda não tinha chegado. Tinha começado a redigir o relatório que seria enviado à polícia canadense havia algumas horas. Burocracias que precisavam ser cumpridas para que obtivesse informações sobre Peter Waldau.

— Lena, venha dar uma olhada nisso — chamou Allegra.

— Encontrou algo?

— Acho que sim, se bem que... Não sei se é o nosso cara.

Lena aproximou-se e pediu para assumir o teclado.

Allegra levantou.

— Você está no sistema policial do Tennessee? — Lena jogou uma mecha de cabelo para trás da orelha.

— Estou. O Tennessee é um dos poucos estados que ainda não estão interligados com o banco de dados nacional — explicou. — Chequei em todos os sistemas. Só encontrei um Peter Waldau nos Estados Unidos.

Lena digitou um comando. Dados de um Peter Waldau nascido na Holanda apareceram numa segunda janela. Ele tinha diversas passagens por furto, a mais recente era de quatro meses antes, quando foi preso por roubar maços de cigarro em um supermercado de Nashville. O campo onde deveria ficar o último endereço conhecido estava em branco.

— Não é o nosso cara. — Allegra bateu o indicador sobre o ano de nascimento dele. — Mil novecentos e setenta e cinco. Esse era criança na época.

— É. Talvez o Gustavo tenha se enganado com o nome — sugeriu Lena. — Faz muito tempo.

— Pode ser.

— Quem sabe o Dimitri se lembre de mais detalhes. O Gustavo mesmo disse que pediu pra ele pagar o valentão. — Ela voltou ao relatório. — Quando vocês vão se encontrar?

— Já estou atrasada. — Allegra pegou a bolsa na cadeira.

Depois que Allegra saiu para encontrar Dimitri, Lena desceu ao primeiro andar em busca de café. Quando retornou, releu tudo que havia escrito, alterou o que achava necessário e adicionou detalhes no campo onde deveria descrever o motivo da consulta no banco canadense, sublinhando o trecho que fazia referência ao Homem de Palha. Imprimiu duas cópias e telefonou para o número que um agente tinha passado horas antes.

— Homicídios. — O agente que atendeu tinha voz amistosa e sotaque mais evidente.

— Preciso de sinal de fax, por favor — pediu Lena.

— Do que se trata?

— Relatório pra solicitação de busca em banco de dados.

— Ah, sim. Deixaram uma anotação aqui. — Ele parou de falar. — Lena Turner? Pesquisa referente ao caso Homem de Palha?

— Correto.

Ouviu o barulho de alguém folheando papel.

— Só me tire uma dúvida. — Houve uma alteração na voz. — Foi alguém chamado Louis que te pediu pra enviar esse relatório?

— Não sei o nome, mas alguém pediu. — Lena esfregou os olhos.

— Meu Deus! É por isso que os bandidos fazem a festa.

— Concordo.

— Passou muito tempo fazendo essa papelada?

— Mais do que imagina.

Depois de um breve silêncio, a voz cordial retornou.

— Vamos fazer o seguinte: diga o nome do cidadão que eu faço uma busca e te passo os resultados — adiantou-se ele. — Depois você pode enviar o fax, por desencargo de consciência.

— Agradeço a agilidade.

— Cooperação entre agências.

— É isso aí — disse Lena, com falsa animação. — O nome dele é Peter Waldau. Com W. Temos informações de que ele esteve envolvido num assalto a banco algum tempo atrás, aí na Holanda.

Enquanto esperava, Lena abaixou os olhos para o relatório de três páginas que acabara de terminar. Teve vontade de rasgá-lo em um milhão de pedaços. Respirou fundo, servindo-se de mais café.

— Temos duas pessoas com esse sobrenome, mas nenhuma se chama Peter — disse o agente, enquanto continuava digitando. — Cateline Waldau, falecida dois anos atrás. E Robert Waldau, filho dela, que é advogado e mora na capital há mais de trinta anos.

Lena se encolheu, lançando um olhar para o computador de Allegra. Sabia que estava tateando no escuro, mas talvez tudo aquilo pudesse ter alguma conexão.

De repente, algo lhe ocorreu.

— Pode dizer se são holandeses?

— São, sim. Cateline entrou no Canadá em 1943. Mas o filho nasceu aqui.

— Nenhum assalto a banco então?

— Com esse sobrenome, não.

Encerrou a ligação admitindo que aquilo não terminaria facilmente. Na realidade, parecia que não terminaria nunca. Encarou de novo o computador de Allegra. Esquadrinhou o espaçoso escritório da divisão, a televisão ligada no volume baixo, a placa metálica com seu nome sobre a mesa. Tudo aquilo — seu trabalho, sua carreira, o nome da sua família —, nada teria sentido se não conseguissem prender o assassino. Caçar o Homem de Palha era como tentar segurar fumaça com as mãos. Reclinou-se na cadeira. Não podia acreditar que todo aquele tempo investido em Peter Waldau seria inútil.

Depois de alguns minutos, decidiu que manteria contato com a polícia holandesa. Não podia ser coincidência. Obtivera informações sobre três Waldau, a origem de todos conduzia ao mesmo lugar: a Holanda. Procurou no mapa do mural a diferença de fuso horário entre os dois países. Olhou o relógio e discou o número marcado na Bíblia — a lista com os contatos de todas as agências do planeta.

Contou seis toques antes que alguém atendesse falando holandês.

— *Met.* — Era uma mulher.

— Aqui é a agente Lena Turner — apresentou-se Lena em inglês. — Falo do Departamento de Homicídios do Alasca, Estados Unidos.

— Prossiga, agente Turner.

— Estou em busca de informações sobre um homem chamado Peter Waldau. Não temos certeza, mas acreditamos que nasceu no seu país.

De repente, a mulher começou a cochichar com alguém. Vinte segundos depois, ela passou o telefone para outra pessoa.

— Olá, aqui é o detetive Dan Rutger. — Sua fluência era invejável. — Por que está interessada em Peter Waldau?

Lena debruçou sobre a mesa, estranhando aquela abordagem.

— Então o nome não é estranho — insinuou ela.

— Nenhum pouco.

— Temos um palpite de que essa pessoa pode nos levar à identidade de um assassino em série que vem agindo na região — explicou.

— O Homem de Palha? — indagou Dan.

— Ele mesmo.

— Certo. Voltei anteontem das férias e deparei com essa história nos jornais. Fazia tempo que não ouvíamos boatos de um maníaco que conseguisse virar notícia no outro lado do Atlântico.

— Torçamos pra que seja o último — emendou Lena.

Dan pigarreou.

— Duvido que seja — comentou ele. — Está sentada, agente Turner?

— Estou — Lena coçou a cabeça.

— Quer ouvir uma história interessante sobre o Peter?

— Por favor. — Ela se acomodou.

Dan deu uma tossida.

— Peter Waldau — disse, como se tentasse expurgá-lo. — Eu o procuro há muito tempo, desde que foi acusado de matar a ex-mulher, em 1980, na França. Acho que é importante citar que ela estava grávida quando foi assassinada.

Lena sentiu um nó na garganta.

— Peter desapareceu depois do crime. Nunca mais foi visto. Então comecei a pesquisar sobre a vida dele — prosseguiu Dan. — Isso vai soar um pouco assustador, mas descobri que, quando era criança, ele viu o pai abrir a barriga da mãe morta e tirar lá de dentro o irmão, que também estava morto. — Dan fazia longas pausas entre cada revelação. — Descobri também que no fim dos anos 1960, durante a adolescência, ele passou alguns meses internado num hospital psiquiátrico. Tive acesso aos prontuários. O diagnóstico dele era transtorno dissociativo de personalidade.

A ligação silenciou. Lena olhou para os papéis espalhados sobre a mesa, depois para a janela, e então para o copo de café que nem havia tocado. Bebeu um gole. Não conseguiria dormir naquela noite.

— Transtorno de múltipla personalidade — disse ela, com a voz trêmida.

Dan pigarreou outra vez.

— É. Li que é uma doença que não tem cura, mas que o tratamento ajuda o indivíduo a continuar vivendo normalmente. — Ele parecia empolgado por compartilhar aquilo. — Depois que saiu do hospital, Peter tornou-se um homem diferente. Culto, de certa forma. Interroguei alguns amigos dele e eles disseram que, se não conhecessem a história, seria impossível adivinhar que Peter tinha passado por todos aqueles problemas.

Um calafrio desceu pela espinha de Lena.

— Uma pessoa como qualquer outra — disse ela.

— Foi o que os amigos dele me disseram na época — continuou Dan. — Quase um ano depois do crime na França, a polícia de Paris descobriu que Peter e o pai fugiram num navio de carga que ia pros Estados Unidos. As investigações esfriaram depois daquilo.

— Então é possível que eles tenham vivido aqui?

— É mais do que possível — respondeu Dan. — Aposto que não há registro de nenhum Peter Waldau no sistema do seu governo, certo?

— Nenhum que seja o nosso homem.

— Isso comprova nossa teoria de que ambos mudaram de nome quando chegaram à América do Norte — acrescentou ele.

Lena pensou que também mudaria de nome se estivesse naquela situação. Era instintivo.

— Pelo jeito vocês não descobriram que nomes eles adotaram — disse ela, olhando para a escuridão na janela.

— Peter estaria preso se tivéssemos descoberto.

Pelo silêncio, Lena imaginou que a história tinha acabado.

— Por acaso vocês têm alguma fotografia dele? — indagou.

Dan suspirou.

— Temos. Está no arquivo. Vou descer ao porão e procurar a caixa do caso. Envio pra você em seguida.
— Obrigada.
Lena levantou e deu uma volta na sala. Olhou para a televisão e para a plaquinha na mesa. *Tateando no escuro.* Sentiu um mal-estar, mas não daqueles que acompanhavam um resfriado ou coisa do tipo. Um mal-estar de alguém que estava prestes a avançar um passo num terreno onde qualquer movimento poderia cobrir a distância entre o início e o fim. Voltou para a mesa, pensando que pouquíssimo tempo havia passado desde que desligara o telefone. Tamborilou na mesa, ansiosa, encarando o aparelho de fax, torcendo para que a luzinha dele acendesse.

Alguns minutos depois, o fax começou a tocar, e Lena nem se preocupou em atender. Ela apertou o botão verde que dava sinal ao remetente e uma folha foi puxada para o dispositivo de impressão.

Uma imagem em preto e branco começou a ser impressa. Cada segundo parecia uma hora. Primeiro apareceu um homem grande e barbado. Ela olhou mais de perto. Era Landon Klay, o eremita. A impressão continuou. Havia mais alguém ao lado dele, outro homem alto. Peter Waldau. Mais alguns segundos e o fax cuspiu a folha.

Lena segurou a foto perto dos olhos. Seu sangue congelou.

Era Dimitri.

77
8 de janeiro de 1994

Cristais de gelo cobriam o para-brisa quando Gustavo estacionou no início da trilha que o levaria até a casa na floresta. O céu encoberto daquela madrugada reforçava a escuridão, e rajadas agressivas assobiavam entre os troncos, como um prelúdio da tempestade. Inclinando-se contra a ventania, apertou a mão no bolso do casaco. Antes que chegasse à metade do caminho, todo seu rosto estava petrificado. Em certo ponto da trilha, os antigos donos da casa haviam colocado uma corrente e uma placa que dizia NÃO ENTRE. Ambas estavam enferrujadas. Os anos de abandono eram visíveis. Gustavo tirou a corrente, enrolou-a numa árvore próxima e continuou lutando contra o vento que desprendia galhos e levantava redemoinhos de neve do chão. Trocou a lanterna de mão e colocou a outra no bolso antes que não pudesse mais senti-la.

Depois de ter avançado alguns metros, viu um brilho no meio das árvores. Aquilo não podia estar vindo do seu destino, embora a direção fosse a mesma. Na última vez que estivera ali, anos antes, a única coisa que aquela cabana não parecia era com uma casa. O telhado havia desabado, as tábuas, apodrecido. Os degraus de madeira que levavam até a porta foram reduzidos a lascas. Depois do desaparecimento de Claire, os proprietários, dois italianos, a haviam colocado à venda. Tempos depois, sem que houvesse interessados, ela caíra em desuso e acabara abandonada. Jovens a usavam para farrear de vez em quando. Houve alguns relatos de vandalismo. Por um longo tempo, caçadores ilegais também a usaram, mas mesmo para aquilo ela tinha deixado de servir.

Um rosnado de lobo fez Gustavo interromper os passos e mirar a lanterna para o meio da mata. Não viu nada. Qualquer coisa que estivesse a mais de cinco metros parecia apenas um borrão. Sacou o revólver, conferindo se estava carregado.

Logo que deixou o corredor de árvores para trás, ele entrou na clareira. Cerrou o punho assim que viu a lâmpada da varanda acesa. Sentiu um aperto no peito ao ver que a cabana tinha sido totalmente restaurada. Precisou buscar abrigo atrás de uma ramada. Seus olhos incrédulos percorreram o telhado refeito, os vidros novos e as tábuas pintadas da mesma cor de anos antes. Cercando os fundos, o muro de pedra de meio metro que o tempo havia destruído estava inteiro outra vez. Abaixou-se e espiou a claridade que emanava através da janela.

Deu outra boa olhada.

As lembranças daquele fim de semana e do sorriso de Claire o enfeitiçavam. Foi naquele lugar que ele a viu pela última vez, que a beijou, que a abraçou, que trocaram palavras de carinho. As últimas memórias felizes que tinha da vida estavam ali. "Agora que estou viva, venha buscar seu prêmio". A frase que ela tinha deixado na fotografia martelava na sua mente. Engatilhou o revólver e se aproximou.

A madeira da varanda rangeu quando Gustavo subiu os degraus e parou em frente à porta. Olhou para o chão. Mesmo o tapete era igual ao do passado. Sentiu uma alteração nos sentidos. A nevasca impedia que escutasse bem, mas apurando o ouvido conseguiu escutar um som bem baixo vindo ali de dentro. *Burning Heart?* A mesma música que seu radinho tocava na manhã em que Claire desapareceu. Entrou.

"*In the burning heart, just about to burst*", a voz do vocalista do Survivor ficou mais alta.

Olhou para a cozinha e viu um radinho a pilha idêntico ao seu tocando a música com o volume no máximo. O cheiro de panquecas e café se espalhava no ar. Chegou a dar um passo, mas seus músculos travaram quando viu a velha mochila de Claire em cima da poltrona xadrez na sala. *Não pode ser.* Aquela mochila marrom tinha sido encontrada junto ao corpo, perto da barraca. Ele mesmo a viu toda ensanguentada, dentro do saco de provas. *Não é a mesma.* Deu um passo e abriu o zíper. Dentro, havia biscoitos de avelã, garrafas d'água, corda, canivete, pederneira, spray para ursos e uma barraca. Tudo que Claire sempre levava nas caminhadas. Com o coração pressionando os ossos do peito, Gustavo enfiou a mão no fundo, até encontrar o que procurava: o revólver calibre 32.

Olhou para ele, era a mesma arma que insistia que Claire levasse consigo quando entrava na floresta. Tentou se lembrar de detalhes específicos que pudessem revelar se era o mesmo revólver daquela época. Mas fazia muito tempo. *Calibre 32. O que mais poderia saber?* Colocou-o de volta e olhou ao redor. A lareira estalava no canto da sala. Voltou no tempo. Foi na frente daquela lareira, diante de uma fogueira como aquela, que ele e Claire haviam bebido vinho e conversado pela primeira vez sobre o nome que dariam aos futuros filhos. Claire puxara aquele assunto, talvez em busca de uma brecha para contar a novidade.

Em seguida, atravessou o corredor e foi ao quarto. O cheiro de xampu e perfume feminino penetrou seus pulmões. *O cheiro dela.* O quarto, arrumado de maneira impecável, o fez voltar mais uma vez ao passado. Os lençóis eram os mesmos, assim como as cortinas e o abajur. Entrou, deixando música para trás, trocando-a pelo som do chuveiro ligado no banheiro.

— Claire — chamou.

Apesar do frio, Gustavo estava suando. Olhou para o vão embaixo da porta, tentando identificar algum movimento. Queria vê-la, tocá-la, ouvir sua voz. Sabia que atrás daquela porta poderia estar tudo que queria, mas também sabia que poderia ser uma armadilha. De todo modo, uma armadilha na qual não se importava em cair. Forçou o trinco.

Seu coração explodiu.

Claire estava ali, sentada numa cadeira, olhando para a água que saía do chuveiro.

Parado no batente, Gustavo não conseguiu se mover nem falar. Permaneceu imóvel, contemplando o rosto dela, que apesar de mais magro continuava com os traços de sempre. Seu cabelo estava diferente, mais curto, mas tinha a mesma cor. Lembrou-se então de sonhar com momentos como aquele, quando acariciava o rosto dela outra vez, sempre consciente de que aquilo não era de verdade e logo seria jogado de volta ao mundo real. Então o medo de que tudo aquilo não passasse de outro devaneio o dominou, deixando-o sem ar.

Foi na direção dela, sentindo o perfume de flor de sândalo.

Só queria que aquilo fosse verdade. Que durasse.
— Claire — chamou de novo.
Ela não respondeu. Nem se mexeu.
Gustavo ajoelhou-se. Os lábios dela estavam azulados, o rosto, pálido, e havia marcas de dedo no seu pescoço. Estava morta. Teve a sensação de estar caindo num abismo. Estremeceu. Um nó se formou na garganta. Segurou-a. Apertou-a com força. Cheirou sua pele, seus cabelos. Fechou os olhos, sentindo uma dor tão forte quanto a vez que a perdeu. Enterrou o rosto dela contra o peito. Ainda encaixava. Seus corpos continuavam se encaixando com perfeição.
— Claire. — Beijou-a na testa.
Desesperou-se.
Deitou-a no chão, soprando ar para dentro dos pulmões dela e massageando o coração para que voltasse a bater. Contou trinta massagens antes de soprar mais. Repetiu tudo quatro vezes. Cãibras lhe fustigavam os braços. Não se importou. Não iria parar até que ela acordasse. Forçou os músculos a trabalharem. Mais três repetições. Suor começou a escorrer por baixo do casaco. *Um, dois, três, quatro...* Cada vez que afundava o tórax de Claire uma lágrima escorria. *Cinco, seis, sete...* Não podia perdê-la de novo.
"In the burning heart, just about to burst."
Quando sua força se esvaiu, ele a envolveu com os braços, acariciou seu rosto pálido e chorou como nunca havia chorado. As lágrimas não paravam de escorrer, Gustavo não conseguia contê-las. Sua lucidez estava abalada. Era como se toda a angústia tivesse encontrado uma saída. Tudo desmoronava. Todas as luzes estavam apagadas. Porque passara os últimos anos preso num poço escuro. Porque a corda que tinham jogado para resgatá-lo da escuridão se mostrou curta demais. Assim como a luz do sol num dia nublado, que num momento está ali, brilhando como ouro, e de repente desaparece, transformando todo o colorido em cinza.

A chama da vela bruxuleia enquanto viro as páginas. O fogo ilumina as marcas no papel amarelado, o mesmo que deveria ter queimado com tudo que pertencia ao Homem de Palha.

Minhas mãos tremem. Não consigo desviar o olhar da perfeição dos desenhos, da suavidade dos traços e das letras, iguais às minhas.

Esse livro não me pertence, nunca me pertenceu, mas na contracapa está marcado o meu nome. Em cada rabisco nele, enxergo a mim mesmo. O cheiro dos anos, a textura do papel, a robustez do couro. Esse livro não me pertence, embora eu consiga ligá-lo a mim em todos os sentidos.

Seu conteúdo revela coisas que me dizem respeito, detalhes que ninguém sabe. O dia em que matei pela primeira vez, o desejo incontrolável por sangue, os períodos em que adormeço e acordo sem saber o que aconteceu. É difícil pensar nisso. Descrevo essas coisas não para reviver meu passado de tanto sofrimento, mas para separar o Inferno e o Céu dessa cruel verdade que são duas pessoas habitando o mesmo corpo.

É incrível como o cérebro humano é facilmente coagido a acreditar na mentira, mesmo a verdade estando tão próxima que é possível tocá-la. Há algum tempo, contei para ele que tínhamos um inimigo, alguém que havia roubado a razão da nossa existência. Às vezes, meu cérebro conversa comigo, me desafia, me insulta, me impulsiona, como se fôssemos partes diferentes do mesmo ser. Eu odiei o Homem de Palha por tanto tempo... E agora descubro que ele sabia muito sobre mim. Minha mente é meu maior inimigo. Ela é o rei; e eu, só um peão descartável no tabuleiro.

Sou o dono das cordas. Ninguém vai me enforcar.

Minhas mãos formigam.

Sinto-me preso. Qual de nós dirá o que faremos em seguida? Preciso saber quem está no comando. Saber qual dos dois é o fantoche e qual a mão que faz a arte acontecer. Preciso ter certeza de que no minuto seguinte ainda estarei aqui.

Eu pertenço a ele? Ou ele é que me pertence?

Como posso garantir que ele não assumirá o comando, me aprisionando num buraco escuro? Tenho medo de me perder.

A cera de vela está no fim. A chama quase já não ilumina.

Fecho o livro, certo de que ele me roubou coisas demais para que eu me permita ser um simples peão.

O Homem de Palha pode ter vencido até agora, mas não mais.

Não mais...

Um vendaval se forma lá fora, batendo a janela que deixei aberta na cozinha. A mulher do tempo acertou de novo. Ela sempre acerta. Guardo o livro na gaveta da cômoda, ao lado do gravador de voz que usei para enganar Gustavo Prado meia hora atrás. Foi um dia trabalhoso, admito, mas o resultado será glorioso.

Ouço um estrondo. É provável que o telhado de zinco que cobre o curral das ovelhas tenha se soltado das treliças. Não é a primeira vez que acontece, mas é a primeira vez que não me importo. Meus pensamentos estão em outro lugar: nas montanhas. Preciso ver meus filhos.

Vou à cozinha e me estico sobre a pia para fechar a janela. Vejo uma viatura entrando pelo portão da fazenda e parando ao lado da caminhonete. Coloco a mão na testa e esfrego os olhos. *Como pude esquecer?*

Corro para o banheiro, lavo o rosto com água fria e visto uma jaqueta social que comprei na semana passada. É uma peça fina e cara, daquelas que fazem um assassino tornar-se um homem de bem aos olhos da estúpida humanidade. Olho-me no espelho e vejo o que todos gostam de ver.

Allegra Green surge radiante quando abro a porta. É incrível como as mulheres ficam atraídas por qualquer um que tenha um rosto bonito e vista roupas caras.

— Boa noite — cumprimento-a.

Cada vez que a vejo tenho mais certeza de que o que me dizem é verdade. Ela se comporta diferente quando estou por perto. *Desejo*. É isso que ela sente. Peço que entre e sente no sofá. Antes de fechar a porta, olho para fora. O zelo é uma dádiva do caçador.

— Que droga de tempestade. — Sento na poltrona de frente para ela. — Adivinhe o que comprei no mercado hoje cedo?

— Bolacha recheada? — brinca ela, mexendo nos cabelos.

— Se soubesse que você gostava, teria comprado. — Mostro-me animado. — Na verdade, foram duas garrafas de vinho do Porto. Em promoção — enfatizo, como se tivesse ganhado na loteria.

Allegra ri.

— Não vai rir quando descobrir de que ano é a safra. — Levanto, pego duas taças do armário e vou à cozinha.

Não costumo beber vinho, de modo que é difícil usar o saca-rolha. Arranco a rolha com certo esforço, deixando derramar um pouco de vinho no balcão e quase derrubando uma das taças.

— Precisa de ajuda? — grita Allegra da sala.

— Vou ficar bem — respondo.

Sirvo o vinho nas taças, sentindo o cheiro dele e analisando a cor escura da uva portuguesa que tinge o cristal. Da gaveta dos talheres, pego um frasco âmbar e pingo doze gotas de uma solução insípida e inodora que uso quando não consigo dormir. Agito o vinho. E pingo mais na garrafa.

— Se adivinhar qual a safra, juro que saio na chuva pra comprar suas bolachas. — Volto sentindo um nó na garganta. Entrego uma taça para ela e levanto a minha, numa espécie de brinde tímido.

— Eu não saberia dizer nem que isso é vinho do Porto se você não tivesse dito. — Ela bebe um gole.

— Meu pai dizia que é possível descobrir pelo sabor. — Bebo tudo de uma vez, induzindo-a a fazer o mesmo.

E é o que ela faz.

Encho novamente as taças e fico bebericando o vinho enquanto ela começa a fazer perguntas sobre um antigo admirador de Claire Rivera. Digo que me lembro daquela história, mas que os detalhes há muito foram esquecidos. Minto, pois é isso que faço melhor.

Sentado na poltrona, consigo ouvir o ferro aquecido da fornalha rangendo no porão. De modo geral, não costumo usar o sistema de aquecimento, mas esta noite exige que eu abra mão das minhas preferências.

Dez minutos depois da primeira taça, Allegra passa a mão no rosto. Não está se sentindo bem. Mostro-me atencioso. Como todo bom cavalheiro, levanto, sento ao lado dela e espero que adormeça. Envolvo-a com os braços, encarando seu lindo rosto. Meus filhos precisarão de uma nova mãe quando eu não estiver aqui para protegê-los.

79
8 de janeiro de 1994

Gustavo gritou. Não para se fazer ouvir, mas para expulsar toda a angústia. Claire jazia nos seus braços. Ele a tinha perdido pela segunda vez.

Fazendo esforço para tirá-la do banheiro, ele chutou a porta e a levou ao sofá, onde a deitou tomando cuidado para que a cabeça ficasse mais alta que o corpo. Num lampejo de esperança, pensou que os paramédicos pudessem trazê-la de volta. Sem perder tempo, vestiu o capuz do casaco e correu para fora, enfrentando a tempestade para chegar à viatura.

Galhos baixos e desfolhados arranhavam seu rosto à medida que corria entre as árvores. A corrida da vida. Por causa da intensa escuridão, eventualmente iluminada pelo clarão de algum raio, não conseguiu chegar ao veículo antes do granizo. Pedras de gelo do tamanho de bolas de gude caíam, deixando marcas na neve. Suas botas de couro encharcadas chapinhavam.

Quando viu a viatura estacionada entre dois pinheiros no fim da trilha, apressou o passo. Ele entrou e ligou o rádio, conectado à antena externa do canal de emergência da polícia de Riacho do Alce.

— Alguém na escuta — chamou.

Quando soltou o botão do aparelho, ouviu apenas um chiado. Passou a mão no rosto para secar a água da chuva e as lágrimas.

— Alguém na escuta — repetiu. — É uma emergência.

— Gustavo? — respondeu o policial que trabalhava à noite, em meio a falhas de sinal. — Onde você está? Tentei entrar em contato.

A transmissão estava tão ruim que Gustavo mal conseguia entender. Uma rajada entrou pela porta aberta da viatura. Gustavo procurava as palavras. Quando as encontrou, sua voz transparecia angústia.

— Preste atenção. Preciso de uma ambulância na casa de campo abandonada na montanha. Entendeu? — disse devagar. — Temos um policial ferido. — As palavras mágicas que multiplicavam a agilidade do resgate.

— Pode repetir? — O policial estava quase gritando. — A transmissão está ruim.

Um chiado ensurdecedor veio em seguida.

— Ambulância. Preciso de uma ambulância na casa abandonada, três quilômetros subindo a montanha na estrada secundária. Policial ferido.

Um instante sem resposta.

— Copiado.

Gustavo largou o rádio, vendo através da impenetrável tempestade os galhos caindo sobre o para-brisa. Mais lágrimas brotaram. Apertou a mão fechada contra a boca. Não queria acreditar no que tinha acontecido.

Eu a perdi.

Sentiu o coração pulsando, empurrando os ossos da costela de maneira brusca. Apertou o volante com tanta força que pensou que o tiraria do lugar. Agarrou o banco, quase o rasgando. Por fim, colocou as mãos no rosto e chorou de soluçar até o rádio voltar a chiar.

— Gustavo? — chamou o policial.

— Estou aqui — respondeu Gustavo.

— Falei com a central. A ajuda está a caminho.

Saiu da viatura. Seus pés enterravam na neve enquanto corria. Ofegante, voltou para a casa e sentou ao lado do corpo de Claire. Fechou os olhos e acariciou o cabelo dela. Custava a ele acreditar que a tinha perdido de novo, mas acabaria acreditando, como na primeira vez. Queria poder abraçá-la, contemplar seus olhos castanhos e ouvir sua voz macia mais uma vez. Aquilo, sabia bem, era tudo de que precisava para voltar a ser feliz.

80

Allegra abriu os olhos ao ouvir um choro. Estava deitada em um colchão macio. O gosto estranho na garganta e a cabeça dolorida indicavam que a droga continuava fazendo efeito. Sentou com as costas na cabeceira e examinou o ambiente.

Uma lâmpada, presa por um fio, pendia sobre a cama, mas não era dela que vinha a luz. Havia um abajur do Pernalonga aceso em cima da estante. Virando a cabeça, viu brinquedos dispostos numa mesinha com cadeiras cor-de-rosa, daquelas em que crianças sentavam para servir chás imaginários.

Passos leves crepitavam no piso de madeira fora do quarto, e ela ouvia o barulho de uma televisão ligada. Não se lembrava de como tinha chegado ali ou quanto demorou o percurso. Lembrava-se apenas de ter saído tarde da delegacia para encontrar Dimitri. Depois daquilo, nada.

Em instantes, o efeito da droga se dissipou mais um pouco, impulsionado pelo poderoso combustível do pânico. Colocou os pés no chão e apoiou as mãos nos joelhos. O quarto girou quando ficou em pé, obrigando-a a segurar-se na cabeceira. Com dificuldade para manter aquela posição, fechou os olhos e abaixou a cabeça até que tudo ficasse menos embaçado.

Caminhou em direção à porta, agradecendo ao ver sua arma ao lado do Pernalonga. Pegou-a depressa, conferindo a munição.

"*Meet George Jetson. His boy Elroy.*" O tema de abertura de *Os Jetsons* vinha de outro cômodo.

Com a arma em punho, ela pegou o corredor e viu duas meninas brincando com bonecas em cima de um tapete na sala. Quando a maior delas a viu, puxou a menor pelo braço e ambas desapareceram atrás da parede. Allegra abaixou a arma ao ver um garoto mais velho sentado no sofá com um bebê no colo e outro deitado nas almofadas.

Houve uma troca de olhares silenciosa.

Uma das crianças era a mesma da fotografia que Gustavo tinha recebido do assassino.

— Corinne? — chamou Allegra.

Corinne a encarou, escondida atrás do garoto.

Mesmo diante de cinco crianças, Allegra não se sentia segura. Deu um passo e olhou para fora. Uma caminhonete velha estava estacionada embaixo de uma construção de madeira. Mais ao lado, sendo castigado pelo vendaval, o sedã escuro que pertencia a Dimitri.

— Há mais alguém aqui? — perguntou às crianças. — Um homem alto, cabelo claro.

O garoto fez que não.

— Sabem quem me trouxe pra cá?

O mesmo gesto.

Abaixou a arma e fez sinal para que todos sentassem.

— Quem é você? — perguntou o garoto.

— Sou da polícia. — Ela olhou ao redor. — Vocês têm telefone?

— Não. O pai diz que telefones não servem pra nada.

Os pelos da nuca de Allegra arrepiaram. Pôde sentir parte do tormento que aquelas crianças tinham sofrido a vida inteira.

— Onde está seu pai?

As crianças entreolharam-se.

— Saiu de manhãzinha pra levar a mamãe no médico — respondeu Corinne.

O garoto cochichou algo para Corinne e entregou-lhe o bebê. Em seguida, foi para a cozinha.

Allegra o seguiu. Precisava tirá-los daquele lugar.

— Não conte a ninguém, mas acho que o pai levou a mãe pra floresta porque ela desobedeceu entrando no porão. Horas atrás, enquanto a gente dormia, eu o ouvi chegando e saindo — cochichou o garoto. — A mãe sempre volta machucada quando ele a leva pra lá. Consegue ajudá-la?

— Vou tentar. Vai ficar tudo bem.

Voltando para a sala, Allegra deu outra olhada no carro estacionado.

— Não saiam daqui.

Saiu pela porta da frente. Correu na tempestade até chegar ao sedã, somente para descobrir que estava trancado. Pela janela da cabana, via as crianças olhando para ela. Colocou o braço na frente dos olhos e foi para a construção onde estava a caminhonete. Vidros fechados e porta destrancada. Sentou no banco rasgado e vasculhou o porta-luvas em busca da chave.

Merda. Socou o volante.

Voltou para procurar na cabana.

— Por que você quer as chaves? Não vai conseguir entrar com o carro na floresta — disse o garoto. — Está indo ajudar minha mãe, não está?

— Primeiro preciso das chaves. Depois ajudamos sua mãe.

O garoto torceu os lábios. Então disse:

— Às vezes ele esquece a chave naquele armário de ferramentas no porão. — Mostrou onde ficava o alçapão. — Pode ser que esteja lá.

Allegra puxou a argola de ferro. Um ruído estridente veio das dobradiças. Uma escada de madeira estreita a levou para baixo. No caminho, torceu para que o garoto não visse sua hesitação entrando naquele porão escuro, silencioso, úmido e com cheiro de terra.

Interrompeu o passo ao ouvir um estalido e ver que uma das tábuas estava cedendo. Olhou em volta. Estava assustada, mas determinada. Esticou o braço e apertou o interruptor. A luz acendeu atrás de outra porta, que ela teve que fazer força para abrir. A porta abriu com um estalo seco. Antes de continuar, olhou o garoto parado no terceiro degrau. Com a arma em punho, caminhou com cuidado, passando por uma caixa de madeira, uma bicicleta enferrujada e um sofá coberto com uma manta antes de parar na frente do armário.

Assim que viu as correntes presas com cadeado concluiu que não havia chave nenhuma ali. Sentiu a respiração acelerar. No chão em frente, viu uma mancha branca que parecia cal virgem, como se tivesse vazado dali de dentro. Abaixou para analisar. Tornou a olhar o garoto, parado no mesmo lugar. Tentou abrir puxando a corrente. Inútil. Quando chegou bem perto e espiou o que havia dentro, sentiu um cheiro estranho, quase putrefato.

— Sabe o que seu pai guarda aqui? — perguntou.

— Ferramentas — disse o garoto.

Engatilhou a pistola e disparou duas vezes. A corrente enfiada em dois furos na madeira escorregou e caiu no chão, mostrando que havia algo pesado empurrando a porta por dentro.

Um corpo nu, coberto de cal, caiu aos pés de Allegra, fazendo-a recuar. Ela se ajoelhou ao lado e deu um grito.

O corpo de Lakota estava amolecido. Na sua garganta, havia um corte limpo que ia de uma orelha à outra. Os ferimentos nas falanges indicavam que ele estivera em uma briga, mas o afundamento na lateral do crânio apontava que não fora o vencedor. Dentro do armário, dobradas e empilhadas como num guarda-roupa, estavam a camisa social e a calça que ele vestia no dia em que desapareceu. Sobre elas, um distintivo prateado com manchas de sangue. Allegra segurou o choro, ficou em pé e correu para o alçapão. Não queria demonstrar fraqueza. Sabia que as chances de encontrar Lakota com vida eram escassas, mas, depois que o vira daquele jeito, só conseguia sentir uma enorme indignação.

— Precisamos encontrar a chave — disse ela para o garoto.

— Não estavam lá?

— Não.

Voltaram para a sala onde as outras crianças estavam.

— Quem quer jogar um jogo? — indagou Allegra, olhando de relance a janela. Temia que o homem retornasse.

As meninas encararam o irmão.

— Se me ajudarem a achar a chave de um dos carros, eu os levarei junto pra encontrarmos a mamãe na floresta — mentiu.

As duas meninas não reagiram, mas depois que o irmão concordou com a cabeça elas desapareceram no corredor.

Enquanto eles procuravam nos quartos, Allegra abria as gavetas da cozinha e fuçava em cima dos móveis. Olhava para fora toda vez que ouvia um ruído. Voltou a concentrar-se. Precisava sair dali, tirar as crianças e chamar reforço. Abriu um baleiro vazio em cima da mesa e tomou um susto ao ver que as duas meninas estavam paradas no vão que separava a sala da cozinha.

— Encontrei. — Corinne estendeu uma chave surrada, que só podia ser da caminhonete velha.

Allegra sorriu.

A filha do Gustavo.

Era difícil imaginar o que aquelas crianças tinham passado nas mãos do maníaco.

Pegou a chave, pediu ao garoto que a ajudasse e foi em direção aos bebês no sofá.

— Não vamos pra floresta, não é? — cochichou o garoto.

Allegra se abaixou para ficar na altura dele.

— Antes preciso tirá-los daqui — disse em voz baixa, para que apenas ele ouvisse. — Sei que você entende.

O garoto hesitou por um segundo, mas por fim assentiu.

Foram para a porta da frente e, ao abri-la, sentiram respingos de chuva. Allegra aproximou o bebê do peito, protegendo-o do frio, e correu para a caminhonete.

— Mais rápido! — gritou para as crianças.

Ela ajudou o garoto, que segurava outro bebê, a entrar e fechou a porta, enfiando a chave na ignição. Na segunda tentativa, o motor roncou, fazendo um barulho de veículo malcuidado. Engatou a ré e acelerou pela estrada embarrada. Antes que saísse da propriedade, olhou pelo retrovisor e viu uma sombra com contorno humano caminhando em direção às árvores e sumindo na sombria vastidão do bosque.

Encaro a neblina e tento em vão encontrar uma razão para desistir.
Eu pertenço a ele?
Mantenho os olhos abertos.
Ele pertence a mim?
Escorado num tronco do bosque, vejo movimento pela janela da cabana. Tudo que eu queria agora era poder voltar, ver meus filhos se preparando para sua nova vida e ouvir a voz irritante do locutor fanho que importunava minhas manhãs. Tudo que eu queria era olhar para a caixa de madeira arranhada. Qualquer coisa que me devolva, mesmo que por um minuto, minha razão de ser.
Não mais. Isso já não me pertence. Preciso seguir em frente.
Quando me viro para entrar na mata, vejo a porta da casa abrindo e meus filhos correndo para a garagem com Allegra Green. A ovelha e os filhos do lobo.
Allegra, Allegra.
Fecho os olhos, lembrando-me da voz dela. Doce e decidida. Não preciso de mais nada além disso. Conheço seu cheiro e o brilho da sua pele. Carregarei essas lembranças dentro de mim aonde quer que eu vá, até o fim.
Meus filhos ficarão bem. Isso é tudo que importa.
Afivelo a mochila e entro na floresta. A tempestade engole o barulho dos meus passos. Tenho uma lanterna comigo, mas não preciso dela para caminhar na escuridão. Um predador não precisa de luz.

E caminho, imaginando até quando estarei no comando.

Talvez ele volte no próximo passo, ou no breve intervalo entre pegar o macarrão com o garfo e levá-lo até a boca. Talvez ele volte e não me deixe mais sair. Talvez ele tenha uma caixa de madeira pronta para mim, agora que sabe que eu sei.

Respiro fundo. Queria compartilhar os segredos que tenho guardado. *Mas não posso.* No momento, o que posso lhes dar é a minha obra, como um ator esperando os aplausos ao fim de um espetáculo.

Talvez em outra vida.

As copas das árvores ficam altas quando chego ao ponto mais belo do meu parque de diversões. Não há lugar melhor que este para o último ato. Sento e observo. É difícil escolher qual árvore merece o destaque. A bétula. O pinheiro. Concluo que pouco importa. Em seu pequeno universo, todas são deusas. Uso uma pedra como apoio para amarrar a corda num galho. Dar o nó é a parte fácil. Predadores sabem dar nós. Não seguro as lágrimas enquanto enrolo a corda em torno do pescoço, permitindo que ela me sufoque quando pulo da pedra.

Consigo sentir a pressão na carne. Minha visão fica turva. Estou balançando. É difícil respirar, mas me reconforta saber que vai terminar logo. Continuo balançando, certo de que, quando a mão da morte me tocar, serei mais do que jamais imaginei ser.

— Por quê? — Meu subconsciente fala comigo pela última vez.

— Porque não posso deixar que ele viva em mim.

Quando enfim morremos, um silvo lento escapa do nosso lábio. Os holofotes se apagam e o espetáculo chega ao fim.

82
Anchorage, Alasca
10 de janeiro de 1994

Gustavo desligou a TV logo depois que a mulher do tempo disse que a tempestade que assolara a região nos últimos dias tinha ido embora para o sul. Através da janela do hospital, observou o céu escuro e as poucas nuvens remanescentes. *O pior passou.* Seus joelhos fizeram barulho quando se posicionou para olhar o movimento na rua. Carros aceleravam pelo asfalto e pedestres com a gola do casaco levantada desfilavam nas calçadas.

Um cheiro de sopa de legumes invadiu o quarto, fazendo seu estômago embrulhar. Ele vestiu a jaqueta de couro e parou no espelho do banheiro para arrumar o cabelo, desgrenhado por causa da noite maldormida na cama dos acompanhantes. Beijou a testa de Corinne e se preparou para descer à cafeteria, pensando em comprar iogurte e rosquinhas de chocolate para quando a filha acordasse. Queria agradá-la de todas as formas. Entrou no elevador e esperou. Chegando à cafeteria, viu Allegra comendo um sanduíche numa mesa de canto.

Foi até ela.

— Como ela está? — indagou Allegra ao vê-lo.

— Bem melhor — respondeu ele, erguendo a mão e chamando um garçom. — Vão me deixar levá-la pra casa hoje.

— Que bom. Acha que está pronto?

— Difícil responder. Nunca cuidei nem de cachorro. — Gustavo cruzou os braços. — Mas uma psicóloga fará visitas periódicas nos primeiros meses. Acho que vamos nos dar bem. Ontem à noite, ela até perguntou se poderia tomar sorvete quando chegasse em casa.

— Sorvete neste frio?

— Pois é.

Ambos riram.

— Você vai ser um ótimo pai.

Foi impossível não se lembrar de Claire. Ela falava a mesma coisa sempre que conversavam sobre ter filhos. Abriu um sorriso embaraçado, mas logo o fez sumir. Imaginou as duas, uma ao lado da outra, felizes. Deu outro sorriso quando compreendeu que Claire não havia partido totalmente.

Ficaram em silêncio quando o garçom chegou recolhendo a xícara suja de outro cliente. Passou um pano úmido na mesa de mármore e anotou o pedido sem pressa. Enquanto ele escrevia, Gustavo observava as outras cinco pessoas espalhadas entre as inúmeras mesas vazias da cafeteria. Uma mulher de meia-idade chorava com as mãos no rosto enquanto um jovem a consolava.

— Um café expresso sem açúcar — confirmou o garçom. — Algo mais, senhor?

Gustavo fez que não.

Um bipe no sistema de som precedeu um chamado de emergência na ala cirúrgica. O problema parecia ser sério.

— Me conte como estão as coisas no departamento. — Gustavo voltou a falar quando o chamado terminou.

— Tudo quase normal — Allegra respondeu. — A Lena tirou uns dias de folga. Merecido. E o Edgar continua enchendo o saco de todo mundo, dessa vez sobre o funeral do Lakota.

— Já sabem quando vai ser?

— Depois de amanhã.

Gustavo abaixou a cabeça. Precisaria ir.

— Teve notícia das outras crianças?

— Tive. As três menores foram levadas para a casa de familiares. Parece que o governo reuniu uma banca de especialistas e eles concluíram que a melhor maneira de reinseri-las na sociedade seria devolvê-las à vida normal quanto antes. — Allegra limpou as mãos no guardanapo. — Mas parece que o menino mais velho terá que ficar no hospital mais um tempo.

— O filho da Elsa Rugger?

Ela assentiu.

— Estão dizendo que a família anda pedindo dinheiro das emissoras de TV pra participar dos programas e dar entrevistas — completou. — Um preço se levarem o menino, outro preço se não o levarem.

— Puta que pariu.

— Pois é. É por isso que o estão mantendo no hospital.

De repente, Allegra olhou para a mesa. Ficou algum tempo sem desviar os olhos dela, como uma adolescente envergonhada no primeiro encontro. Para Gustavo, o motivo daquilo era o mesmo que o fazia perder o sono: Dimitri.

— Ei! Você sabe que não tem nada com que se preocupar, tá legal? — Ele ignorou a própria dor para animá-la. — Não tínhamos como saber.

— Eu sei, mas é uma sensação estranha.

— A de ser enganado?

Ela concordou.

— Com certeza — admitiu Gustavo. — Fui amigo daquele merda por quase uma década e nunca desconfiei. Já sabem o que vão fazer com o corpo?

— Vai ser cremado na próxima semana. — Allegra levantou para pegar mais guardanapo. — Antes disso, os holandeses pediram exames para confirmar se ele era mesmo Peter Waldau. Querem fechar o caso daquele assassinato em Paris.

— Não sei o que é pior. Tirar a vida de quem quer viver, ou escapar da punição se suicidando.

Allegra balançou a cabeça.

— Jamais vamos saber.

— É. — Gustavo respirou. — Alguém te disse o que vão fazer com aquele livro estranho que acharam na fazenda?

— Provavelmente vai ser arquivado até que algum policial maluco o venda — avaliou ela. — O livro do Homem de Palha. Sabia que tem gente que coleciona essas porcarias?

— Somos todos monstros no fim das contas — acrescentou Gustavo. — O importante é que conseguimos pegá-lo.

— Lena conseguiu.

— É — concordou ele. — Agora ficou provado que ela sempre foi uma investigadora melhor do que nós.

Riram.

— Estou pensando em indicá-la pro meu lugar quando eu voltar a Seattle — revelou Allegra. — Quero aproveitar um pouco a praia antes de encrencar com alguém e ser mandada de volta pra geladeira.

— Terá amigos esperando se voltar.

Ficaram em silêncio quando o garçom voltou com o pedido.

Gustavo deu um gole no café.

— Quer outra boa notícia? — suspirou Allegra.

— Outra boa notícia? Sério? Pra mim, Seattle não é boa notícia.

Ela abriu um sorriso.

— Gabriela Castillo e o bebê estão fora de risco. Os médicos disseram que em alguns dias ela conseguirá falar com a polícia.

— Isso é bom.

Depois de um tempo, Allegra levantou.

— Tenho que ir. Prometi ao Edgar que ia ajudar a escolher flores pro funeral — explicou ela. — Mas volto ao meio-dia. Quero estar aqui quando vocês forem pra casa.

— Vamos te esperar.

Gustavo soprou o café fumegante e bebeu outro gole. De repente, lembrou que a partir daquele dia haveria sempre alguém o esperando pelo resto da vida. Queria estar na poltrona do quarto quando a filha acordasse. Queria levá-la para a escola todos os dias e beijá-la no rosto antes que descesse do carro. Queria dançar com ela no baile de formatura e vê-la se tornar a melhor pessoa do mundo, assim como a mãe.

Claire ficará orgulhosa.

Levantou e caminhou até o quarto. Pela primeira vez em anos, não se sentia sozinho.

Epílogo

O céu estava limpo, salvo por uma nuvem branca que o vento logo empurraria.

— Como é o nome dessa moça bonita? — indagou Jerry, chegando para ajudar a tirar as sacolas do carro.

— Corinne — respondeu a menina, encabulada.

Gustavo sorriu, pegando a última sacola da loja de roupas infantis no porta-malas. Deu a volta, abriu a porta de trás. O pastor-alemão saltou e começou a pular nas suas pernas.

— Adotou um cachorro?

— Encontrei num barco de pesca — respondeu Gustavo, enquanto caminhavam até o portão. — Será um bom guardião.

Entraram no prédio e pararam em frente ao elevador. Corinne arregalou os olhos quando a caixa de aço chegou ao térreo com um bipe.

A porta abriu, o guarda colocou as sacolas para dentro e apertou o botão do quinto andar.

— Precisa de mais alguma coisa, senhor?

— Agora eu me viro. Obrigado, Jerry.

— Por nada, senhor. — Jerry virou as costas, mas de repente interrompeu o passo. — Ah! O senhor se lembra do encanador que apareceu dias atrás dizendo que viria consertar seu encanamento?

— Lembro.

— Ele veio de novo hoje cedo.

Gustavo pôs a mão no sensor para que o elevador não fechasse.

— Disse que não estou com problemas no encanamento?
— Disse.
— E então?
— Então ele perguntou se o senhor tem certeza.

Agradecimentos

Às gurias da Increasy, por terem transformado meu passatempo em trabalho. À agente Alba Milena, por uma porção de coisas. À Astral Cultural, por ter acreditado na minha escrita. À minha família, pelo suporte e apoio incondicional. A todos os meus professores, sem os quais nem escrever eu saberia. À Ilana Casoy, pelos conselhos e leitura. E ao Gustavo Ávila, pela parceria e pelo texto que pode ser lido na orelha deste livro.

Obrigado.

Primeira edição (junho/2022) · Terceira reimpressão
Papel de miolo Ivory Bulk 1.8 58g
Tipografias Lucida Bright e Miso
Gráfica LIS